Farejando o Amor

LANA FERGUSON

Farejando o Amor

Tradução: Érika Nogueira Vieira

GLOBOLIVROS

Copyright © 2024 by Editora Globo S.A. para a presente edição
Copyright © 2023 by Lana Ferguson

Todos os direitos reservados. Nenhuma parte desta edição pode ser utilizada ou reproduzida — em qualquer meio ou forma, seja mecânico ou eletrônico, fotocópia, gravação etc. — nem apropriada ou estocada em sistema de banco de dados sem a expressa autorização da editora.

Texto fixado conforme as regras do Acordo Ortográfico da Língua Portuguesa
(Decreto Legislativo nº 54, de 1995)

Título original: *The Fake Mate*

Editora responsável: Amanda Orlando
Editor-assistente: Rodrigo Ramos
Preparação: Mariana Donner
Revisão: Jane Pessoa e Lorrane Fortunato
Diagramação e adaptação de capa: Carolinne de Oliveira
Capa: Rita Frangie Batour
Imagem de capa: Monika Roe

1ª edição, 2024 — 1ª reimpressão, 2024

CIP-BRASIL. CATALOGAÇÃO NA PUBLICAÇÃO
SINDICATO NACIONAL DOS EDITORES DE LIVROS, RJ

F392f

    Ferguson, Lana
        Farejando o amor / Lana Ferguson ; tradução Érika Nogueira Vieira. — 1ª ed. — Rio de Janeiro: Globo Livros, 2024.
        368 p.; 23 cm.

    Tradução de: The fake mate
    ISBN: 978-65-5987-176-6

    1. Romance americano. I. Vieira, Érika Nogueira. II. Título.

24-92397
                                CDD: 813
                                CDU: 82-31(73)

Gabriela Faray Ferreira Lopes — Bibliotecária — CRB-7/6643

Direitos exclusivos de edição em língua portuguesa para o Brasil adquiridos por Editora Globo S.A.
Rua Marquês de Pombal, 25 — 20230-240 — Rio de Janeiro — RJ
www.globolivros.com.br

Para meu amigo mais antigo, que na época que este livro for publicado provavelmente ainda não vai ter terminado de lê-lo por causa daquela "parada esquisita de lobos". Eu te amo, seu babaca. Você não sabe o que está perdendo.

1.

Mackenzie

— Estou namorando.

Pensando em retrospecto, a mentira sai muito mais fácil do que imaginei que sairia. É terrível mentir para a mulher que me criou desde que eu tinha doze anos, mas diante do meu sétimo encontro ruim (ou agora já são oito? Eu sinceramente perdi a conta) em três meses, parece necessário.

Minha avó, Moira, responde na mesma hora, como é de esperar.

— *O quê?* Com quem? Alguém do trabalho? É alguém que eu conheço?

Sei que se eu não acabar com essa linha de raciocínio rapidinho, a conversa vai sair de controle e virar um interrogatório completo.

— Não — digo de pronto. — Você não conhece.

Acho que pelo menos essa parte não é tão mentira, já que nem eu o conheço. Já que ele não existe.

Minha avó tem boas intenções, de verdade, mas o gosto dela para homens — sejam eles humanos *ou* metamorfos — é descaradamente terrível. Eu já fui ao cinema com lupinos especialistas em modelos de trem que queriam deixar seu cheiro em mim no primeiro encontro, tomei café com um analista de dados humano que perguntou se eu conseguia dar um jeito de manter meu rabo ainda na forma humana (eu não quero nem explorar a linha de raciocínio aqui); cada encontro ruim só concretizou a ideia de que fico bem melhor me concentrando no meu trabalho do que nas ilusões da minha avó de que vou encontrar um belo de um homem para sossegar e dar a ela uma ninhada de bisnetos. Como se eu já não tivesse o bastante com que lidar. Às vezes acho que minha avó não é em nada melhor do que os caras que ela me manda quando se trata do meu status de ômega.

É raro, isso que eu sou — mas não me torna *tão* diferente assim de qualquer outro metamorfo. Talvez antigamente sim, na época em que os lobisomens ainda viviam escondidos em sistemas hierárquicos clandestinos secretos e desconhecidos para todas as outras pessoas — mas agora simplesmente tenho um estigma irritante que me persegue de que sou de algum jeito melhor na cama do que os outros metamorfos. Juro, todo mundo para quem já contei esperava que eu entrasse no cio espontaneamente ao meu bel-prazer. Então, hoje em dia quase sempre guardo isso para mim mesma.

— Há quanto tempo você está saindo com ele? Quantos anos ele tem? Ele é um metamorfo? Eu sei como você é ocupada, querida, mas não estou ficando mais jovem, e seria tão bom ouvir os passinhos de…

— Vó, é cedo *demais* para pensar tão longe assim. — A ideia de bebês chorando me dá calafrios. — Faz pouco tempo. Ainda é recente. Tipo, muito recente. Praticamente ainda tem cheiro de novo.

— Ah, Mackenzie, por que você não me contou? Você quer acabar comigo?

— Você sabe a loucura que está no trabalho. A gente recebeu quatro brigas de bar no mês passado, sem contar os engavetamentos por causa de todo esse gelo fino na estrada… Tem sido um pesadelo total no pronto-socorro. Acho que estou ficando com síndrome do túnel do carpo por causa da quantidade de pontos que venho dando ultimamente.

— Você trabalha demais, querida. Será que não dá para eles te transferirem para um lugar que não seja tão… acelerado?

É uma pergunta que ela costuma fazer com frequência, mas já sabe a minha resposta. Eu adoro trabalhar no pronto-socorro. Até nos dias mais penosos, ainda vou para a cama à noite sabendo que estou salvando vidas.

— Vó…

— Tá bem, tá bem. Então me conta sobre o seu homem misterioso. Pelo menos me fala a espécie, querida.

Eu sei qual é a opção mais óbvia para deixá-la satisfeita.

— Ele é metamorfo — digo, ainda me sentindo mal por mentir. — Você vai adorar ele. — Tomo uma decisão rápida baseada tão somente no fato de que minha avó vai perceber na hora se eu tentar dizer que conheci um homem misterioso em qualquer outro lugar, já que *não vou* realmente a nenhum outro lugar. — Conheci ele no trabalho.

Consigo praticamente ouvi-la bater os calcanhares de empolgação. É provável que esteja fazendo uma dancinha na cozinha enquanto conversamos, pensando que a neta por fim vai sossegar o facho com um belo de um lobo que vai dar a ela e ao meu avô uns bisnetinhos. Isso faz eu me sentir muito mais culpada. Só que lembrar do encontro com o cara dos modelos de trem fortalece a minha determinação.

— Eu tenho que conhecer ele. Quando posso conhecer ele? Você poderia trazê-lo para jantar... Faz tanto tempo que você não vem nos visitar, querida. Seria tão bom ver você e o seu novo amigo.

— Não, não — digo rapidamente. — Acabei de falar que é recente. A gente está indo devagar. Não quero agourar as coisas, sabe? Pode ficar... constrangedor no trabalho.

— Pelo menos me fala o nome dele, vai?!

Entro em pânico, incapaz de pensar em um nome sequer. Há dezenas de candidatos a namorados falsos trabalhando no meu andar neste exato momento, e não consigo me lembrar de nenhum deles. Será que é um castigo por estar mentindo para a minha avó? É o universo me amaldiçoando por ser uma neta má? Consigo sentir meu hipocampo praticamente derretendo até virar uma poça de gosma na minha cabeça, dando um branco em qualquer sílaba que pudesse amarrar minha mentira mal planejada em um belo de um lacinho.

— Ah, humm... — Consigo sentir minha boca ficando seca enquanto luto por alguma coisa, *qualquer coisa*. — O nome dele? O nome dele é...

Agora consigo contar em uma única mão o número de funcionários do hospital Denver General com quem eu não me dou bem. Um dos benefícios de ser, aos vinte e nove anos, uma das médicas mais novas do pronto-socorro é que todo mundo trata você como o bebê da equipe, e embora isso às vezes possa ser irritante, significa que fiz poucos inimigos trabalhando aqui no último ano. Na verdade, eu chegaria a dizer que a maioria das pessoas com quem trabalhei aqui *gosta* de mim. Mas isso não quer dizer que não existam exceções. Quer dizer, eu sou agradável, acho. Desde que o outro lado em questão não esteja tentando fungar o meu pescoço.

Só que isso não quer dizer que todas as minhas relações de trabalho sejam um mar de rosas. E é claro que é com essa ideia em mente que a porta da salinha de descanso se abre, revelando um cabelo espesso e escuro que quase bate no alto do batente da porta, preso à estrutura maciça de um dos poucos médicos que caem na categoria do "não me dou bem". Sua testa sempre franzida, acima de uma boca larga e cor-de-rosa, se volta para mim, debaixo de olhos azuis penetrantes que me encaram do mesmo jeito que sempre fizeram desde que eu o conheço — um olhar duro que diz que está infeliz por ter outra pessoa viva e respirando na mesma sala em que acabou de entrar. E é claro que como o universo parece estar me castigando pelas minhas mentiras inocentes antes mesmo que eu consiga terminar de colocá--las para fora — é o nome *dele*, infelizmente, o primeiro que meu cérebro parece ser capaz de formular.

— Noah — digo para a minha avó baixinho, para que ele não possa me ouvir. — O nome dele é Noah Taylor.

Minha avó fica radiante, e sua voz desaparece enquanto observo o metamorfo mais intratável que já conheci me dar as costas para encher a cafeteira, ao mesmo tempo que engrenagens do pior tipo giram na minha cabeça. Não é a ideia *mais idiota* que já tive na vida, eu acho. Quer dizer, com certeza não é a melhor, mas existem opções piores. Provavelmente. E, além do mais, não é como se ele precisasse conhecer minha avó de verdade ou algo assim. Quem sabe ele tira uma foto comigo e sorri pela primeira vez na vida? Isso me daria pelo menos algumas semanas de respiro, certo? Que mal faria uma fotinho inocente? Com certeza até Noah Taylor tira selfies.

Na verdade, parando para pensar, eu não apostaria nisso.

— Vó, preciso voltar ao trabalho — digo, cortando sua linha incessante de perguntas que não aguento mais ouvir. — Ligo para você amanhã, tá?

— Tá bem, mas quero mais detalhes quando você ligar. Não pense que essa conversa acaba aqui.

— Tá bem — respondo, sabendo absolutamente que não acaba. — Pode deixar.

Ainda estou encarando as costas de Noah enquanto ele verte o café na caneca, olhando seus ombros enormes subirem e descerem com um suspiro depois do que deve ter sido uma longa noite. Noah é um dos cardiologistas intervencionistas da equipe do hospital, para não dizer o chefe do departamento, e é muito solicitado. Quem quer que passe pela porta com um problema no coração é encaminhado para ele na mesma hora e, até onde sei, pode ser que o cara de fato durma aqui. Não estou convencida de que não tenha feito algum tipo de covil no porão. Noah trabalha há muito mais tempo aqui do que eu, anos até — mas me bastou uma reunião para perceber como esse cara é idiota. Ainda mais porque logo na primeira vez em que nos encontramos ele disse que eu "mal parecia ter idade o bastante para fazer uma sutura". Digamos apenas que Noah não é do tipo que se aproxima dos colegas metamorfos só por questão de camaradagem.

Ele me flagra o encarando quando por fim se vira para tomar um gole da caneca, uma única sobrancelha perfeita se erguendo interrogativa quando repara em mim.

— Posso ajudar?

— Talvez — digo honestamente. — Como foi sua noite?

Ele parece não saber por que eu faria uma pergunta dessas, ou por que eu me importaria para começo de conversa, e para um instante antes de soltar um suspiro.

— Terrível, se você quer saber — ele me diz. — Dois ataques do coração seguidos. Coloquei sete *stents* nas últimas cinco horas. E se isso não for o bastante, agora tenho que lidar com a droga do conselho e os ignorantes dos… — Ele aperta os olhos, parecendo se dar conta de que está de fato tendo uma conversa com uma colega de trabalho que não envolve olhares fulminantes. — Por que está perguntando?

—Ah… gentileza profissional? Você parecia… cansado. Está com uma cara de quem teve uma noite e tanto.

Noah não parece nada impressionado com minha tentativa de conversa amigável. Acho que talvez seja a primeira vez que alguém tenta fazer isso com ele.

— Exato. Então me perdoa se não estou a fim de conversar.

Reviro os olhos.

— Como se isso fosse novidade.

— Tá — ele diz categórico, erguendo a caneca. — Acho que vou levar isso para a minha sala.

— Não, espera!

Noah se vira, com aquela expressão perplexa ainda estampada nas feições, já que provavelmente está se dando conta de que esta é a conversa mais longa que ele e eu tivemos nos últimos seis meses, pelo menos; parando agora para pensar, não consigo mesmo me lembrar a última vez que ele respondeu meu *olá* de educação ao cruzar com ele no corredor. Não que alguém fosse me culpar por isso. Acho que, na última vez em que conversamos, ele me disse, sem diminuir o passo, que o meu sapato estava desamarrado. Não tenho certeza se isso conta como uma conversa.

Ele está me olhando com irritação agora, como se eu estivesse desperdiçando seu tempo precioso.

— Que foi?

Não acredito que estou considerando pedir para o Abominável Idiota do Colorado me ajudar. Pode ser a pior ideia que eu já tive na vida, mas agora já estou metida nela.

— Eu estava me perguntando… — sei que vou me arrepender disso — se você tiraria uma foto comigo.

Noah parece totalmente confuso.

— Oi?

— Uma fotografia. Quem sabe você possa sorrir nela também? Estou disposta a pagar. Em café melhor, ou lanchinhos… — Ele parece não saber a definição da palavra. Pela sua cara, sinceramente, dá para ver. — Tá bom, então nada de lanchinhos. O que você quiser. Só preciso de uma fotografia.

— Me explica uma situação em que uma fotografia comigo ajuda você de alguma forma.

— Bem, é complicado, sabe. — Noah fica piscando por uns três segundos antes de se virar para ir embora, aparentemente dando a conversa por encerrada, e eu o chamo de novo. — Tá bom, tá bom. — Suspiro. — Olha, sei que isso vai soar ridículo, mas preciso usar você.

Suas sobrancelhas disparam para o alto até quase alcançar o cabelo.

— Oi?

— Não é nada de mais, é só que eu precisava de alguém do trabalho, e meio que me deu um branco quando ela perguntou, e o seu nome saiu da minha boca já que você estava *bem aí*, e eu só preciso mesmo de uma fotografia, de verdade. Acho que isso me renderia algum tempo pelo menos para...

— Mas do que é que você está *falando*?

Respiro fundo, já me arrependendo.

— Preciso que você seja meu namorado de mentira.

Ele se demora na porta por uns bons segundos, segundos em que consigo sentir meu estômago revirar de constrangimento. *Sei* que eu devia ter dado um nome aleatório para a minha avó. *Sei* que podia ter dito para ela que estava transando com um colega aleatório em segredo e ter feito com que se calasse de vergonha — mas não fiz nenhuma dessas coisas, e se não conseguir ganhar algum tempo, uma noite de sexta-feira cheia de diversão me espera com um cabeção qualquer que vai ficar me explicando sobre criptomoedas. (Eu cheguei a mencionar que já tive uns encontros *bem* ruins?)

Noah beberica o café, engole, e então fecha a porta da salinha de descanso. Ele atravessa o espaço para ficar além das outras mesinhas de madeira que enchem a sala, e seu volume considerável se assenta em uma das cadeiras acolchoadas de frente para a que estou ocupando. Por um instante ele não diz nada, me estudando com um olhar indeciso enquanto o velho relógio de parede à minha direita conta os segundos, mas então bebe mais um pouco e engole, fazendo seu pomo de adão se movimentar antes de pousar a caneca na mesa.

— Como assim?

— Entendi. — A caneca de Noah está quase vazia, sua expressão mal difere da que ele tinha dez minutos antes, quando comecei a explicar meu histórico de encontros terríveis e minha aversão a passar por mais um encontro ruim e como tudo levou à minha mentira. — Você quer que eu finja ser seu namorado... para você não ter que arranjar um namorado?

— Você nem precisa fazer nada.

— Não consigo ver de forma alguma a minha utilidade então.

Tenho certeza de que nunca estive tão perto assim de Noah. Pelo menos não por tanto tempo. Consigo sentir um travo agudo de inibidores exalando dele, o que acho estranho; a maioria dos metamorfos machos optam por renunciar a eles, presos demais ao ego para deixar passar a oportunidade de preencher um cômodo com seu cheiro, na esperança de que uma lupina apareça correndo. Talvez seja uma decisão profissional? Seu cheiro pode não ser agradável. Apesar disso, acho que posso deixar essa teoria de lado, já que, por mais estranho que pareça, eu consigo distingui-lo levemente até debaixo do odor químico de seus inibidores, o que me faz pensar que ele precisa de uma dosagem mais forte. Não que eu esteja reclamando, pois acho que pode ser um cheiro bom. É amadeirado. Como o de pinhas e ar frio. Ele me remete a correr de quatro na neve.

Mas não é nisso que eu devia me concentrar.

— Bem, uma fotografia, quem sabe. Para eu poder provar que você é real. Isso vai sossegá-la por umas semanas, pelo menos. Sem dúvida você sabe sorrir, não é? Você pode pensar em alguma coisa de que gosta, como olhar feio para criancinhas ou criticar os baristas do Starbucks.

— Eu não faço nenhuma dessas duas coisas. — Ele bufa. — Muito obrigado.

Dou de ombros.

— Foi só um chute. Vamos lá, não custa nada, e você vai me ajudar.

— Te ajudar. — Noah parece pensativo enquanto baixa os olhos para a caneca, levando-a à boca para tomar o último gole de café. — E me fala de novo por que é que eu faria isso.

Eu fecho a cara. É sinceramente irritante demais que ele possa ser um dos homens mais bonitos com quem já entrei em contato na vida — metamorfo ou não. Noah tem traços angulares, e seus olhos azuis são penetrantes em contraste com a pele suave e clara, como se enxergassem mais do que você quer, e não vou fingir que seu nariz aquilino não me traga ideias sobre o que ele é capaz de fazer... Se pelo menos sua personalidade não fosse tão amarga.

— Camaradagem entre indivíduos da mesma espécie? — Noah parece impassível, e eu gemo. — É sério, ia te matar fazer uma coisa legal para variar? Isso presumindo que você saiba como fazer uma coisa legal e saiba desempenhar adequadamente a tarefa.

Noah está me examinando mais uma vez, e seus olhos se movem do meu cabelo loiro-escuro e meus olhos âmbar até minha boca, que está nesse momento apertada, fazendo biquinho, quase como se ele estivesse considerando. O quê, não tenho como ter certeza. Não dá para dizer se está pensando em me ajudar ou se está tentando encontrar o jeito mais cruel de me dizer que estou ferrada.

— Eu nunca fui muito a favor desse tipo de camaradagem — ele diz, por fim, e eu sinto meu estômago se revirar, sabendo que essa foi a pior ideia que já tive na vida. — Mas...

Eu me animo.

— Mas?

—Acho que podemos chegar a um acordo que seja mutuamente benéfico.

Agora é a minha vez de ficar confusa. Não consigo pensar em uma única coisa que Noah Taylor poderia precisar de mim, ou de qualquer outra pessoa na verdade, já que nunca o vi conversar com alguém por sequer uma fração do tempo que ele está falando comigo sem bradar ordens a determinada altura.

— E o que é que eu possivelmente poderia fazer por você?

Para ser sincera, estou preparada para o pior. Ele provavelmente vai me pedir para direcionar suas consultas para outro cardiologista, o que seria um saco total, porque ele sabe que é de longe o mais requisitado. Talvez me peça para limpar sua sala pelo puro prazer de me ver fazer isso. E me parece que esse é um tipo de tortura sádica que Noah pode curtir. Não consigo sequer imaginar como deve ser a sala dele. Aposto que nem precisa de faxina. Ele provavelmente tem capas plásticas em cima de todas as cadeiras e superfícies. Eu poderia me oferecer para fazer autorizações de admissão para ele por um período. Isso seria irritante mas factível, pelo menos. Sem dúvida valeria a pena para evitar mais alguns encontros terríveis, já que ao que parece sou mole demais para simplesmente dizer *não* para o olhar de filhote da minha avó.

Ah, meu Deus. E se ele quiser sexo? Eu o tinha imaginado como um solteirão ranzinza que se vira com uma masturbação nervosa nos finais de semana, mas e se Noah for como todos os outros tarados com quem já cruzei? Essa é a única coisa que está definitivamente fora de cogitação, e vou chutar sua canela estupidamente comprida se ele for burro o bastante para sugerir isso. Até porque ele não sabe que sou uma ômega — não tem como ele saber —, então com certeza não vai estar atrás de nada pervertido.

Fico tensa quando Noah se inclina para a frente na cadeira, os dedos se enlaçando enquanto as mãos pousam na mesa, e seus olhos penetrantes encontram os meus com aquela intensidade ardente que nunca parecem perder quando tenho o azar de cruzar com ele. Eles não parecem olhos de alguém que está prestes a pedir sexo, pelo menos. Ou talvez pareçam, dado o contexto. Não sei. É difícil pensar com ele me encarando como está agora. Mas acontece que Noah não tem intenção alguma de me pedir qualquer tipo de favor sórdido. O que Noah propõe é muito pior, e a parte mais maluca é o modo como sua expressão absolutamente não muda, nem um pouquinho, quando ele diz:

— Eu preciso de uma parceira.

Agora é a minha vez de ficar piscando para ele. Que nem uma idiota, se eu tivesse que adivinhar.

— Você precisa de uma… parceira?

Noah assente, como se o que tivesse acabado de falar fosse perfeitamente razoável. Como se não tivesse acabado de propor o equivalente a um casamento para os metamorfos e — a *última* coisa em que estou interessada — a uma verdadeira estranha de quem não sei sequer se ele gosta (não estou levando para o lado pessoal nem nada, ele não parece gostar de ninguém) enquanto toma um café ruim na sala de hospital.

— E rápido — ele acrescenta.

Dá a mão, quer o braço, imagino.

Noah

Essa é uma péssima ideia.

Mesmo enquanto sugiro, já espero me arrepender, mas uma vez que a resposta proverbial aos meus problemas caiu no meu colo, estou inclinado a aceitar a tábua de salvação que está sendo oferecida para mim. Estou ciente de que a dra. Carter — jovem, teimosa e um pouco falante demais para o meu gosto — não é minha primeira escolha para uma parceira de mentira, mas com uma reunião disciplinar do conselho acontecendo daqui a menos de uma hora devido a algumas omissões de minha parte, vejo poucas outras saídas.

— Você precisa de... uma parceira?

Posso ver a confusão estampada em sua boca de aparência suave e em sua testa delicada, franzida em pensamentos sobre os olhos âmbar brilhantes. Sei que não é algo simples o que estou pedindo, mas, de todo modo, estou desesperado e talvez maluco o bastante para fazê-lo. Sobretudo porque parece haver alguma vantagem nisso para ela também.

— E rápido — digo, e me deparo com mais perplexidade.

A dra. Carter encosta as mãos na beirada da mesa da salinha de descanso, seus dedos esguios batendo na borda enquanto lhe dou um segundo para assimilar e computar o que estou dizendo. Tempo não é algo que tenho o luxo de possuir, mas já me disseram (repetidamente) ao longo da minha vida que você consegue apanhar mais moscas com mel do que com vinagre, e se há um momento para testar essa teoria, é agora.

— Parceira é... um belo de um upgrade em relação ao meu pedido de selfie.

Concordo com a cabeça.

— É, mas... pensa bem. Com uma fotografia você ganha o quê? Uma semana? Duas no máximo? Minha cooperação poderia lhe render bem mais do que isso. Meses até, se lhe convier.

— Mas estou tentando arranjar um namorado de mentira para *evitar* parceiros — ela me diz com desgosto. — Não estou exatamente a fim de me sobrecarregar com a personificação na vida real do Oscar, o Rabugento da Vila Sésamo, para evitar mais encontros ruins. — Ela tem o bom-tom de parecer levemente pesarosa. — Desculpa. Sem querer ofender.

— Não me ofendi — digo a ela com sinceridade. — Pode confiar, não estou interessado em te morder.

O nariz dela enruga como se estivesse ofendida, o que parece contradizer sua oposição anterior, ou talvez seja alguma ofensa geral. Não dá para ter certeza.

— Bem, eu também não. — Ela bufa. — Nem você nem qualquer outra pessoa.

— Então acho que podemos nos beneficiar um do outro — digo. — Não preciso morder você para conseguir isso. — Ela ainda parece incerta, e eu passo a mão no rosto, suspirando. — Tem... tem uma coisa sobre mim que me esforcei muito para manter em segredo. Uma coisa que ameaçaria a minha posição aqui, e me vejo de repente... exposto.

— O quê? Você atacou alguém que fazia caminhada ou algo assim?

Aperto os lábios, fechando a cara.

— Até parece. Eu sou o retrato do controle.

— Claramente — ela diz, impassível.

Acho que ela pode estar tirando sarro de mim, mas faço vista grossa, já que sua recusa poderia custar meu emprego.

— Existem... entraves para pessoas como eu. Noções arcaicas ridículas que poderiam ter me impedido de chegar ao cargo que ocupo agora e, por causa disso... posso ter deixado de informar o conselho sobre meu status quando fui contratado.

— Que status? De lupino? Tem um monte de metamorfos trabalhando aqui, inclusive eu.

Minhas narinas se dilatam, e a ideia do meu segredo tão bem guardado caindo aos pedaços me deixa ainda mais irritado.

— Não como eu.

— Não estou entendendo.

— Eu sou... um alfa.

Ela estreita os olhos para mim como se eu pudesse a estar provocando, mas então vejo a suspeita sumir enquanto ela parece me examinar, sem dúvida procurando sinais do lendário comportamento de Lobo Mau que costuma ser tão associado à minha designação. Alfas são raros, sem dúvida, e talvez seja por isso que há tantas noções bizarras associadas ao status. Em outros tempos, significaria que eu estava destinado a liderar uma matilha, a dar continuidade a um clã... mas, na nossa sociedade mais modernizada, significa apenas que sou um pouco mais forte, um pouco mais rápido, um pouco... *mais* do que um metamorfomédio.

E talvez seja por isso que existem tantos estigmas associados ao rótulo.

Ela ainda está me olhando com cuidado, mas não parece absolutamente desencorajada da ideia do que eu sou. Tem até alguma coisa em sua expressão quase... curiosa? É muito diferente de como eu esperava que ela reagiria. Em outras ocasiões já fui recebido com prudência e olhares de soslaio quando as pessoas descobriam o que sou, e por isso decidi na faculdade que me seria útil fazer o que pudesse para impedir que alguém descobrisse. E, no entanto, cá estou, botando tudo para fora para uma colega de trabalho que mal conheço, na esperança de que ela possa ser a resposta que estou procurando.

— Você não... hum. — Ela volta a enrugar o nariz, como se estivesse pensando. Parece ser um hábito. — Na verdade, quer saber? Eu percebi isso. Agora que você mencionou. Isso explica sua personalidade tão vivaz.

Estreito os olhos.

— A maioria dos rumores no que diz respeito aos alfas é absurdamente exagerado.

— Ouvi dizer que você fez uma enfermeira-assistente chorar uma vez.

— Também absurdamente exagerado.

— Não sei, minha amiga Priya, da anestesiologia, jura que as pessoas viram a pobre de uma garota correndo para fora da sala com...

— Escuta, na verdade estou com pressa. A questão é que faz anos que consigo fazer bem o meu trabalho aqui, sem ter acessos de raiva incontroláveis e sem morder auxiliares de enfermagem ou protagonizar quaisquer outras histórias que as pessoas contam umas para as outras para impedir que gente como eu ingresse em profissões com muita pressão. A droga de uma denúncia *anônima* não deveria ser o que tira tudo isso de mim.

Ela arregala os olhos.

— Alguém te denunciou?

— Parece que sim.

Ainda sinto uma ligeira vontade de rasgar algo pela metade quando penso nisso, mas presumo que não ajudaria nem um pouco no meu caso.

— Então o que ter uma parceira tem a ver com isso?

— É uma teoria amplamente aceita de que os metamorfos alfas com parceiras são bem mais... dóceis do que os que não têm parceiras. Por mais ridículo que pareça, acreditam que seja um livre-trânsito na nossa linha de trabalho. Um alfa sem parceira só pode estar destinado a ser o segurança contratado de alguém ou um campeão de luta premiado, mas um alfa com *uma parceira* não é olhado duas vezes.

— Eu me pergunto por quê.

— Alguma noção boba sobre pares predestinados, preenchendo o que falta no outro, ou algo assim.

— Então me morder é como se fosse o seu Xanax, basicamente.

— Na falta de palavreado melhor, sim.

— Credo — diz, parecendo genuinamente desencorajada da ideia. — Parece que o conselho vem conversando com minha avó.

— Não dá para dizer se você está inclinada para um lado em especial, dra. Carter.

Ela cruza os braços, se recostando na cadeira e me lançando um sorriso malicioso que me diz que provavelmente está prestes a se tornar intolerável.

— Então, o Lobo Mau da cardiologia precisa da minha ajuda. — Ela balança a cabeça indolente para si mesma, desviando o olhar de mim como se considerasse a ideia. — Isso é meio que legal, na verdade. Você já pediu a ajuda de alguém alguma vez? Estou te privando de suas virtudes rígidas agora?

Fecho a cara.

— Histérica.

— Desculpa. — Ela ri. — Não é engraçado, eu sei. Você tem razão em pensar que não deveria sequer estar se preocupando com isso para começo de conversa, já que você é, tipo, maravilhoso no seu trabalho... — Sinto minhas sobrancelhas se erguerem ao ouvir o elogio, assim como ao ouvir que ela concorda sobre como toda essa situação é uma ignorância, mas ela estende a mão para me impedir de comentar. — Não vá se animando, você ainda é meio babaca, na maior parte do tempo. Sem querer ofender.

Aperto os lábios com força. Acho que deveria ter previsto isso.

— Não me ofendi nem um pouco, imagina.

— Ainda assim. É um estigma de merda. — A expressão dela fica mais suave. — Eu entendo por que você está tão desconcertado. Eles estão ameaçando te mandar embora por causa disso?

Não tenho certeza se ela é mesmo capaz de compreender como isso é desconcertante, mas dá para valorizar sua comiseração. Encolho os ombros o bastante para configurar um "dar de ombros", cerrando os dentes.

— Não tenho certeza. Só me disseram que eu precisaria me reunir com o conselho para discutir meu status de alfa sem parceira. O tom do memorando não passava confiança. Não é algo que eu esteja disposto a relegar à sorte, considerando todo o tempo que investi aqui.

— Hum.

Os segundos correm no relógio de parede ao lado, e sei que cada um me leva para mais perto da reunião que pode me privar de tudo pelo que trabalhei, e agora parece que por alguma reviravolta do destino, tudo se resume a essa médica loirinha que pode na verdade estar desfrutando do meu sofrimento. Não sei nem o que pensar disso.

— Certo — ela diz, por fim. — Me fala como seria isso. Como vamos convencer as pessoas de que somos *parceiros* — ela faz uma careta ao dizer a palavra, como se fosse difícil colocá-la para fora —, se nunca conversamos um com o outro e você cheira a inibidores baratos?

Eu recuo, surpreso.

— Oi? Baratos?

— Foi mal — ela se desculpa. — Não quis ser idiota, só quis dizer, já que eu ainda consigo sentir o seu cheiro...?

Isso me pega de surpresa.

— Você consegue?

— Consigo? Eu não deveria? Imaginei que você estivesse precisando de uma dosagem mais forte. Presumi que estivesse tomando para que nenhuma das enfermeiras te chamasse para sair ou algo assim.

— Eu... — Já faz um bom tempo que nada me choca, mas a ideia de que a dra. Carter possa sentir o meu cheiro, mesmo agora, definitivamente me choca. Não deveria haver um nariz nesta Terra que conseguisse sentir qualquer coisa em mim além do odor médico dos meus inibidores. Pago um bom dinheiro todo mês para garantir isso. — Estou tomando a dose mais alta considerada segura para o meu peso dos melhores inibidores que o dinheiro pode comprar — digo, desorientado. — Não tem nenhuma chance de você ainda conseguir sentir o meu cheiro.

Ela dá de ombros.

— Cheira um pouco a pinha. — Ela deve ter reparado no meu queixo caindo, porque acrescenta: — Não cheira mal nem nada disso. De qualquer modo, como você ia conseguir fazer isso?

Acho que alguma parte de mim não esperava que ela de fato fosse considerar a coisa; quer dizer, é ridículo, afinal, então pode ser por isso que eu esteja confuso por um instante sobre como responder a sua pergunta. Eu simplesmente não tinha pensado tão adiante quando a ideia absurda surgiu na minha mente depois de ouvir o apuro dela.

— Certo. Convencer as pessoas. Sim. — Cruzo os braços, encarando a mesa enquanto penso. — Nós poderíamos... dizer a eles que vínhamos mantendo nosso relacionamento em segredo.

— E por que a gente estaria fazendo isso?

— Você é uma médica novata aqui — digo, ainda pensando. — Está aqui há o quê? Seis meses?

Ela estreita os olhos.

— Já faz mais de um ano.

— Certo. Desculpa. Independentemente disso, seria uma linha de raciocínio perfeitamente razoável que você não queria ser associada romanticamente a alguém com o meu cargo e nível na carreira logo no começo; presumo que você não gostaria de levar algum tipo de vantagem com base nas conquistas do seu parceiro. É claro que você gostaria de desbravar seu próprio caminho sem estar vinculada a um grande nome. Essa seria uma razão mais do que adequada para manter nossa ligação em segredo.

Ela parece um pouco abalada com a minha avaliação de seu caráter, mas não comenta.

— E os inibidores? Quer dizer, em teoria… como a gente estaria fazendo sexo esse tempo todo se você está com essa dose?

Não consigo deixar de fechar a cara mais uma vez.

— Garanto para você que os inibidores não me prejudicam absolutamente nada nesse ramo.

— Uau, é mesmo? Você não me parece o tipo galanteador.

— Eu não sou.

— Você *definitivamente* não me parece o tipo "pega e vaza" de…

— Não acho que essa linha de perguntas seja prudente.

— Tá bom, tá bom. — Ela está assentindo para o nada mais uma vez, enrugando o nariz de novo daquele jeito que *definitivamente* deve ser um hábito. Não consigo decidir se é irritante ou adorável. — Bem, essa coisa toda ainda parece mais benéfica para você do que para mim. Quer dizer, eu quero dar um tempo em toda essa coisa dos encontros, não descolar todo um negócio de parceiro de mentira.

— Meu cheiro impediria todos os metamorfos dentro de um raio de mais ou menos quinze quilômetros de sequer *considerar* abordar você romanticamente.

Observo seus olhos se arregalarem, o rosa-claro da boca se abrindo numa surpresa silenciosa com a confiança no meu tom.

— Como você pode ter certeza?

— Porque ninguém que sentisse meu cheiro ousaria tocar em você.

Ela parece surpresa mais uma vez, a boca aberta novamente, mas tem algo extra agora. Algo que se mistura à sua surpresa e parece estranhamente com curiosidade de novo. Acho que posso presumir com segurança que sou o primeiro alfa com quem ela já deparou. Não é uma ideia improvável, pois só conheço um além de mim. Observo a linha esguia de sua garganta subir e descer ao engolir, seus lábios se apertando enquanto ela desvia os olhos.

— Interessante — ela rebate, tranquila.

Posso ver seus pensamentos praticamente disparando pela cabeça, a expressão enquanto ela calcula e parece considerar cada ângulo possível do que estou oferecendo, ou melhor, pedindo.

— Então, como fazemos? A gente só... passa a nossa vida num amor de mentira mutuamente benéfico?

Agora é minha vez de enrugar o nariz.

— Até parece. Eu só preciso ganhar um tempo para resolver as coisas.

— Faz sentido — ela responde casualmente, ainda parecendo mergulhada em pensamentos. — Então, tipo, umas duas semanas? Um mês?

— Não tenho certeza — digo a ela sinceramente. Eu ainda não sei se é uma boa ideia mostrar todas as minhas cartas para essa mulher com quem mal falei antes, mas, a essa altura, já estou metido nisso. — Tenho uma proposta de emprego em Albuquerque que estou considerando. Um headhunter tem me abordado faz um tempo, e me ofereceram um cargo de chefia. A opinião deles sobre meu status de alfa não é tão antiquada como a do conselho daqui, e dado meu histórico perfeito...

— Mas se eles descobrirem que você vem mentindo...

— Não chamaria isso de mentira — argumento.

— ... Que você vem *omitindo* de propósito seu status de alfa todo o tempo que trabalha aqui...

Assinto solenemente, não envergonhado da minha omissão, já que se trata de um estigma ridículo para começo de conversa, e a considero um mal necessário. Não é como se eles tivessem *pedido* esse esclarecimento específico durante a minha entrevista, já que fazer isso poderia potencialmente atrair acusações de discriminação, e é esse detalhe mínimo que tem ajudado a amenizar qualquer culpa que eu pudesse ter sentido por não mencionar esse fato.

— Poderia acabar pintando um quadro pouco lisonjeiro meu. Outra coisa que prefiro não deixar para a sorte.

— Então somos parceiros até isso ser esquecido, e aí você desaparece, e a gente termina de mentira? — Ela parece contemplativa. — Dois parceiros podem terminar?

— Raramente — informo a ela. — É uma opção, com certeza. Ou você pode continuar usando o meu nome para escapar de encontros, se preferir. Não faz diferença para mim. Você pode inventar a história que quiser quando eu tiver ido embora.

— Mas que romântico. — Ela ri.

— Garanto para você que essa é uma transação comercial, dra. Carter. Romance não vai fazer parte dela.

Ela dá um sorriso largo, e todos os dentes brancos perfeitos e as covinhas nas bochechas em que meus olhos descansam por um segundo longo demais parecem achar toda essa conversa moderadamente divertida.

— Certo — ela diz. — Parece perfeito.

Sinto um nó no estômago começando a se desfazer, mas só de leve.

— Parece?

— Quer dizer, eu fico livre da coisa dos encontros e ganho uma alavancada do Lobo Mau do Denver General?

— Oi?

— Fica tranquilo, não te chamam assim de verdade. — Ao me ver fechar a cara, ela acrescenta: — Bem, a maioria das pessoas não.

— Quer dizer então… — Eu consigo até sentir o nervosismo tremulando no meu peito, a possibilidade de todo o meu trabalho escorrendo entre os meus dedos porque uma coisa tão boba quanto minha composição genética ser totalmente inaceitável. — Quer dizer então que você está dentro?

— Humm. — Ela bate o dedo no queixo, parecendo mais satisfeita consigo mesma do que eu gostaria. — Quer dizer, soa meio divertido.

— Dra. Carter, a gente não tem tempo para…

— É Mack — ela interrompe. — Todo mundo me chama de Mack. Acho que o "dra. Carter" ficou para trás, já que você está me pedindo para deixar que todo mundo pense que você vai para a cama comigo regularmente.

Sinto minha garganta secar. A grosseria dela causa um efeito totalmente diferente do que deveria. Algo quente chameja no meu peito ao breve lampejo de imagens que surgem da sua piada cruel e desnecessária, e para a qual absolutamente não tenho tempo, e eu logo engulo em seco para manter minha expressão impassível.

— Mack? O seu nome é Mack?

— Hum... quer dizer, tecnicamente é Mackenzie, mas ninguém me chama assim a não ser a minha avó.

— Acho que prefiro Mackenzie.

— De algum modo isso não me surpreende. — Ela dá risadinhas. — Tudo bem. Tanto faz. Eu não ligo para como você me chama.

— Então... isso é um sim?

— Em algum momento você vai ter que conhecer a minha avó. Se eu fizer isso, você vai ter que vender a história do meu lado. Estou falando de jantar de família, histórias... tudo. Não quero minha avó sacando aquele caderninho preto por um *bom* tempo.

Tenho certeza de que meu desgosto em relação à ideia está estampado no meu rosto inteiro, mas não consigo ver outra saída.

— Tudo bem. Eu posso... ir jantar.

Espero enquanto ela me encara de volta, a cada segundo deitando mais seu olhar em minha pele como um cobertor pesado. Por fim, ela respira fundo e suspira, sua expressão me dizendo que ela pode estar tão surpresa com sua resposta quanto eu.

— Tá — ela diz, soando meio confiante. — Estou dentro.

Eu não tinha sequer me dado conta de que estava prendendo a respiração até o ar sair depressa entre meus lábios, em alívio. Assinto devagar, confiro a hora no relógio na parede enquanto me preparo para estabelecer o meu plano. Os ponteiros parecem estar voando, e rezo para que eu ganhe o tempo de que preciso para cuidar dessa bagunça. Talvez até encontrar o desgraçado que me entregou e fazê-lo se arrepender. Penso comigo que devo ter julgado mal a dra. Cart... — ou melhor, a *Mackenzie* —, e já a considero muito mais razoável do que eu tinha imaginado. Esse pode ser até um processo bastante indolor.

— Então — ela diz, mais bem-humorada do que acho necessário. — Qual era mesmo o plano, maridinho?

Eu me controlo para não bufar.

Pensando bem...

Mackenzie

— Por que você não me explica isso como se eu tivesse cinco anos — Parker diz, estupefato.

Paro de abrir meu chocolate, sem ter certeza de como posso elaborar mais do que já elaborei.

— Que parte você não está entendendo?

Meu melhor amigo há dezesseis anos está sentado no seu pequeno cubículo na sala de TI no subsolo, me olhando como se eu estivesse latindo para ele em vez de falando. Na verdade, é engraçado, já que ele viu eu me transformar dezenas de vezes ao longo de nossa amizade. Não que Parker esteja rindo. De fato, suas bochechas em geral pálidas estão coradas com um toque de escarlate que estou bem ciente que vem da ansiedade, o que faz suas sardas se destacarem ainda mais, o que também estou ciente que o chateia.

— Não sei — ele diz, exasperado, passando os dedos no cabelo ruivo brilhante. — Talvez a parte que você falou para o conselho do hospital que *a porra do Noah Taylor é o seu parceiro secreto?*

Ah, tá. Essa parte.

Quer dizer, para ser justa, eu ainda estou tendo dificuldade para acreditar que de fato fui adiante com isso. Quando Noah me explicou seu dilema, parecia um enredo de um k-drama ou algo assim. Tenho certeza de que li essa trama inteira em uma sinopse enquanto zapeava pela Netflix algumas semanas atrás. Se não estivesse quase cem por cento certa de que Noah nunca contou uma piada na vida, eu poderia até ter apostado que era uma pegadinha. E, no entanto, cá estou eu, abrindo um Twix, empoleirada na mesa do Parker, depois de ganhar um parceiro muito rude, pelo menos até onde a administração do hospital sabe.

— Fala baixo — sussurro. — Pode passar alguém.

—Ah, e então eu seria um cúmplice, não é?

Reviro os olhos.

— Não seja tão dramático.

— Como exatamente vocês conseguiram convencer o conselho de que essa coisa toda não é uma besteirada completa? O que de fato é, aliás. Você sabe disso, não sabe?

Eu mesma ainda estava tendo problemas com essa parte. Só tinha por volta de trinta por cento de confiança de que Noah conseguiria fazer essa artimanha dar certo, meio concordando apenas para arranjar um bom lugar para assistir ao show... mas droga. Aquele cara sabe como controlar uma sala. Deve ser a coisa do alfa.

Tiro uma das barras de chocolate da embalagem, dando de ombros.

—Acontece que, quando Noah fala, as pessoas ouvem. Vai saber.

— Nós estamos jogando algum jogo que desconheço, no qual você me dá o mínimo de detalhes humanamente possível até que eu entre em combustão espontânea?

Estico a mão e dou um tapinha no nariz dele.

— Você está ficando amuado? Você fica tão fofo quando está aflito.

— Vou precisar de mais detalhes, Mack. Você está me matando.

Eu o dispenso com a mão.

— Ele tinha toda essa conversa fiada sobre como a gente vinha mantendo a nossa relação em segredo para que eu pudesse consolidar minha reputação com base no meu próprio mérito ou algo assim. Para ser sincera, foi bastante convincente. Ele conseguiu até que, no fim das contas, eles se *desculpassem* por invadir a nossa privacidade. Foi bem impressionante.

— E eles compraram mesmo essa história?

Encolho os ombros.

— Imagino que sim, já que fechamos um acordo.

— Meu Deus, Mack. Você ao menos pensou no que s... Dá pra parar, por favor?

Tiro a barra de chocolate da boca.

— O quê?

— Para de raspar a cobertura com os dentes. — Ele faz uma careta. — É nojento.

— Mas o biscoito é a minha parte preferida. Você sabe disso.

— Isso não torna o processo mais bonito de assistir. Além do mais, não quero seus dedos sebosos de chocolate na minha mesa toda.

— Você acabou de falar "sebosos"?

— Juro por tudo que é mais sagrado, vou te expulsar da minha baia.

— Tá, tá. — Volto para o que estava fazendo. — Então eles deveriam vender os biscoitos separados também.

— Tanto faz. Mas e a Moira? Você acha que a sua avó vai acreditar que você de repente arranjou um parceiro?

— Só um namorado — esclareço.

— O quê?

— Aqui a gente é parceiro, mas para a minha avó a gente só está namorando. — É uma distinção, mas uma distinção importante.

Parker bufa.

— Ah, então agora você está trabalhando com embustes multifacetados? Fazendo uma lambança e tanto, é isso?

— Você é ridículo. Vai ficar tudo bem — eu o tranquilizo. — Pensa só. Um belo de um tempo sem precisar fingir que dou a mínima para a divisão de futebol delirante de um cara qualquer.

— Eu diria que isso é uma vitória, exceto pelo fato de que você tem que ficar com a porra do Noah Taylor.

— Não acho que esse seja o nome completo dele.

— Você tem certeza? — Parker ergue as mãos. — Como é que você sabe? Você se meteu nessa conspiraçãozinha dele sem saber nada a respeito do cara!

— Eu não tinha muitas opções.

— Por que você não pediu para mim?

— Porque a gente é amigo desde a escola?

— Você nunca leu livros em que amigos se apaixonam?

— *Você* já leu livros em que amigos se apaixonam?

— Não vou justificar as minhas escolhas literárias para você.

— Literatura erótica, você quer dizer.

— É romântico, sua pateta. É bom.

— Por que você está lendo essas coisas românticas? As coisas com o Gostoso da Ioga não estão dando certo?

— O Gostoso da Ioga está ótimo, muito obrigado. A gente vai jantar nesse final de semana.

— Humm. Imagino como ele é sem lycra.

Parker bufa.

— Para de mudar de assunto.

— Tecnicamente, isso é muito relevante para o assunto. Eu não acho que minha avó acreditaria que de repente você está curtindo mulheres. Você sabe, ela te pegou dando uns amassos no Trey no baile de formatura.

Ele parece ofendido por eu ter mencionado isso.

— Ainda não acredito que você deixou ela ser a acompanhante.

— Eu não tinha exatamente voz de decisão nessa questão.

— Aff. — Ele esfrega as têmporas. — Estou ficando com dor de cabeça. Você sabe que isso vai acabar mal, não é? Não tem como acabar bem.

Lambo o caramelo dos meus dentes enquanto examino o biscoito exposto que sobrou, considerando a questão. Ele está provavelmente certo, para ser sincera. Não faço ideia de como a gente vai fazer essa farsa funcionar a longo prazo, mas também parece que Noah tem muito mais a perder do que eu, então talvez seja por isso que estou me sentindo tão calma com a questão.

— Estou pensando nisso como uma sina.

Parker afunda na cadeira do escritório, passando as mãos no rosto.

— Você já pensou em como isso vai ser difícil? Quer dizer, você não é uma metamorfa média, você é uma ômega! Ele é um *alfa*, Mackenzie. Você nunca ouviu as histórias? E se ele tentar fazer alguma reivindicação predatória sobre você?

— Ah, credo — recupero o fôlego. — Até parece. Faz um ano que eu trabalho com o Noah, e ele ainda não se apaixonou de um jeito bizarro e cósmico por mim. A gente está bem.

— Mas ele estava tomando inibidores, não é? Eu sei que sou só um humano comum, mas imagino que isso faça diferença. Além do mais, você não ficava com ele regularmente. Não acho que cruzar com o cara no corredor conte como interação. Ele nem sequer sabe o que você é.

— Hum — digo, confusa. — Sabe, eu nem mencionei isso. Esqueci completamente. Não acho que importe. A coisa toda de alfa/ômega é só história para boi dormir. Até porque não existem muitos de nós por aí fazendo suposições sobre como a gente se afeta. Está tudo bem.

— Então você vai contar para ele?

Balanço a cabeça para a frente e para trás, considerando. Enquanto tenho *muita* certeza de que são pequenas as chances de Noah de repente querer afundar os dentes na minha glândula de acasalamento se eu lhe disser o que sou, imagino que sempre haja uma possibilidade. Ainda assim, posso sempre cortar os laços se isso acontecer. Arranjar um parceiro *de verdade* não está na minha lista de coisas a fazer. Talvez nunca esteja, realmente.

Desconsidero o que Parker disse.

— E arriscar que ele venha dar uma de Jacob Black para cima de mim?

— O quê?

— "Quando você a vê, não é mais a terra que te segura aqui. Ela te segura."

— Isso é uma referência a *Crepúsculo*?

— *Eclipse*, na verdade, e não me julgue tanto. Não vou justificar minha obsessão pelos livros para você de novo.

— Meu Deus. — Ele esfrega os olhos. — E se você... Sabe?

Ergo uma sobrancelha.

— Sei o quê?

— *Sabe?* — ele reforça, parecendo desconfortável. — E se você entrar... Bem, *você sabe*.

Eu poderia rir dele se não tivesse cem por cento de certeza que isso o irritaria ainda mais.

— Você está me perguntando sobre o meu cio?

— Você pelo menos levou isso em consideração?

— É claro que levei. — Mais ou menos. Rapidamente. Por, tipo, um segundo. — O meu próximo só vai acontecer daqui a uns meses. Portanto, não há nada com que se preocupar. *Relaxa*, Parker. Ninguém vai me arrastar para o covil tão cedo.

— Só sei que foi assim que a sua mãe e o seu pai acabaram...

Eu o corto com um olhar.

— Para.

— Desculpa. — Ele estremece. — Você sabe que não gosto de falar deles. Mas foi isso que aconteceu.

— Eu não sou eles — balbucio. — Não vou me apaixonar à primeira vista pelo Noah e implorar para ele virar meu parceiro *de fato* na primeira vez em que meus hormônios perderem o prumo.

— Tá. — Parker aceita com um suspiro. — Então isso tem *mesmo* a ver com o caderninho preto de horrores da sua avó?

— Modelos de *trens*, Parker — ressalto. — Você sabe quem foi a primeira pessoa a ter um modelo de trem?

Parker ergue uma sobrancelha.

— Não?

— Bem, então só um de nós sabe. Aparentemente foi um dos sobrinhos--netos do Napoleão.

— Você acha que foi porque ele também era baixinho?

Estalo os dedos.

— Foi isso que eu disse! Caiu superbem pro cara.

— Tenho certeza que sim. — Parker me dá uma olhada, a mesma que sempre me lança quando quer dizer que estou sendo idiota. — Então você concordou mesmo com isso?

— Eu te falei. Estou cansada da minha avó sempre...

— Tenta de novo.

Aperto os olhos, dando uma mordida no meu biscoito de Twix puro (realmente é a melhor parte, e é minha missão de vida encontrar esse biscoito na natureza sem cobertura) e mastigando devagar.

— Não sei — admito, por fim. — Eu meio que entrei nisso sozinha. Afinal, fui eu que abordei ele primeiro, lembra? Essa coisa de deixar o cheiro parece um pouco como um mal necessário também. Quer dizer, aparentemente, basta um chameguinho com o Noah, e todos os outros metamorfos vão sair do caminho!

Parker revira os olhos.

— Porque afinal isso não vai ser constrangedor.

— Tanto faz. Não é lá grande coisa. E eu não sei. Se for para ser completamente sincera? O cara está parecendo bem desesperado. Ele pode ser um babaca, mas é um bom médico. É sacanagem eles tentarem tomar o emprego dele sem Noah nunca ter dado uma razão de verdade para fazerem isso.

— A gente é o cavaleiro branco por acaso? Desde quando você liga para o Noah Taylor? Ele não é apenas um babaca, Mack. Ele pode até ser um demônio. Você ouviu falar da vez que ele deu uma rasteira naquela enfermeira e quebrou o nariz dela?

— Não ouvi de fato essa versão, mas me disseram que a coisa toda foi "absurdamente exagerada".

— É isso que ele *quer* que a gente pense — Parker resmunga.

— Vai dar tudo certo. — Dou outra mordida, assentindo para o nada. — Supercerto.

Parker zomba.

— E essas foram suas Famosas Últimas Palavras.

Lambo os dedos, ainda assentindo languidamente enquanto começo a pegar uma segunda barra de chocolate, garantindo a mim mesma que *vai* dar tudo certo. Quer dizer, são apenas umas mentirinhas e um relacionamento falso. Nada de mau pode acontecer.

Outra coisa que consigo contar nos dedos de uma das mãos é o número de vezes que deparei casualmente com Noah Taylor no trabalho — incluindo o encontro desta tarde sobre o nosso novo dueto supersecreto de casal poderoso —, então fico surpresa ao vê-lo duas vezes no mesmo dia, sobretudo no fim de um turno de doze horas, quando as pessoas estão começando a ir embora de manhã. Debaixo do toldo, ele parece atônito, parando de assoprar as mãos quando passo pelas portas automáticas de vidro ainda enfiando meu casaco. O vento faz seu cabelo escuro esvoaçar, batendo no rosto, e enquanto ele me observa, a luz da lâmpada que vem de cima das portas faz seus olhos parecerem ainda mais escuros do que são. Reparo em como Noah é *grande*. Ele sempre foi tão alto assim? Será que eu simplesmente nunca tinha notado porque sempre desvio o olhar quando passo por ele no corredor? Ele deve ser pelo menos vinte centímetros mais alto do que eu, e não sou exatamente baixa com um metro e setenta.

— Dra. Carter?

Paro de olhar estupidamente para ele, com a boca se curvando.

— É assim que aborda a sua parceira?

— Ah. — Ele faz uma careta. — Certo. Boa... Mackenzie.

Rio enquanto começo a enrolar o cachecol no pescoço.

— Você vai ter muita dificuldade com isso, não é?

— Admito que não estou acostumado a ter que estar tão... ciente de outra pessoa.

— Uau. — Sei que Noah não está tentando ser engraçado, o conceito disso tudo é sem dúvida estranho para ele, mas poxa, ele não está parecendo divertido sendo sincerão. — Isso vai ser um desastre.

— Vai dar tudo certo — diz ele estoicamente. — Embora devêssemos marcar um encontro logo. Se formos fazer isso direito, vamos ter que aprender a parecer mais familiarizados um com o outro.

Finjo estar chocada.

— Você podia pelo menos me pagar um jantar antes de pular direto para *aprender a parecer mais familiarizados um com o outro*.

Noah suspira, e o ar sai como uma nuvem no ar frio de setembro enquanto ele balança a cabeça, parecendo exausto.

— Estou feliz por você estar achando isso tão divertido, mas agora preciso de um banho e de uma cama, e depois preciso esquecer o dia de hoje. A gente pode se reorganizar amanhã. Posso fazer uma reserva para o almoço, se você estiver livre.

— Deixa eu ver... — Pressiono o espaço entre os olhos, repassando a minha agenda. — Trabalho até sexta-feira. E sábado? Tenho ioga às onze, mas a gente pode almoçar um pouco mais tarde.

— Ioga?

— É. É ótimo para aliviar o estresse. Quem sabe você experimenta um dia. Ouvi dizer que é difícil fazer cirurgia do coração em si mesmo.

— Vou passar — ele responde. — Sábado está bom. Vou fazer uma cirurgia à tarde, mas vai ser só lá pelas quatro, antes disso estarei livre. — Ele dá uma olhada no relógio. — Então suponho que deveríamos trocar números e aí a gente pode... partir daí.

— Ouvi dizer que o primeiro teste que você tem que passar num programa de TV com recém-casados é responder: "Para qual número você ligaria em uma crise?".

Eu não tinha a intenção de provocá-lo tanto assim, mas ele torna a coisa fácil demais. Parece uma estátua de jardim, só que mais... duro. Mais alto também.

— De todo modo, esse aqui é o meu número — ele me diz, sacando a carteira para tirar um *cartão de visita* de verdade. Eu começaria a rir se não tivesse tanta certeza de que Noah está perto de ter uma embolia pulmonar depois do dia que teve, então pego gentilmente o cartão para ler sua bela tipografia.

— Legal — constato. — Talvez eu devesse arranjar uns cartões de visita.

— Posso recomendar uma gráfica excelente, se estiver procurando.

A essa altura, não tenho nem coragem de lhe dizer que estou brincando.

— Ah, tá. Claro. Então, acho que... te mando uma mensagem mais tarde.

— Sim, a gente pode se falar depois de dormir um pouco.

Ele fica ali um instante, se contorcendo como se estivesse mastigando alguma coisa que não consegue botar para fora — olhando para mim e para o chão e para mim de novo com uma expressão constrita.

— Imagino que eu deveria... agradecer. Por hoje. Você me salvou nessa.

— Eu levo o meu juramento de Hipócrates muito a sério — digo, impassível. — Essa coisa de salvar vidas e tal.

— Certo. — Ele faz um movimento estranho com a boca, curvando um pouco os lábios como se quisesse sorrir mas tivesse esquecido como se faz. — Ah, e... acho que eu deveria... — Ele olha em volta para o estacionamento quase vazio, franzindo a testa enquanto se apoia na ponta dos pés para ter certeza de que não tem ninguém por perto antes de subitamente vir na minha direção, me encurralando rumo à grande fileira de arbustos

plantados dos dois lados da entrada dos fundos. — Eu acho… eu deveria…
— Sua expressão parece sofrida. — Não tem um jeito educado de fazer isso,
então vou só…

Agora eu estou muito cansada — um turno de doze horas por si só
faz isso com você mesmo sem toda a conspiração e as decisões de mudar de
vida —, então talvez seja por isso que estou demorando para absorver com
o que é que Noah está tendo tanto problema. Suas mãos fazem a parte de
cima dos meus braços parecerem uns galhinhos quando seus dedos grossos
se fecham em torno deles, erguendo a cabeça mais uma vez para garantir que
ninguém está olhando.

— Noah, o que você está…?

Admito que já faz… *um tempo* que não tenho toda essa intimidade com
um homem — sejam eles humanos ou não —, então tenho certeza de que
esse é outro motivo que contribui para minha confusão quando Noah começa
se achegar até mim.

— Desculpa — ele diz, calmo, ainda parecendo sofrido. — Não vai ser
muito potente agora, não até que eu pare com os inibidores. — Ele já parece
chateado com a ideia de ter que parar de tomá-los, mas imagino que vá surgir
a questão de por que ele ainda precisaria deles agora que a gente está *assumido*. — Mas, por enquanto, vai ter que servir.

Então cai a ficha de qual é sua intenção, e de repente estou bem mais
desperta do que quando saí.

— Ah, você não precisa…

Não chego a terminar o que estava dizendo, visto que Noah está totalmente em modo automático agora, já se inclinando para me puxar para junto
de seu grande corpo para um abraço muito estranho e constrangedor que
me espreme contra ele. Reparo de imediato no mesmo cheiro forte de seus
inibidores grudado em suas roupas, enquanto se infiltra nas minhas narinas,
mas por baixo, assim tão de perto… aquele leve aroma de pinha e inverno,
que é frio e fresco e na verdade bem agradável depois que você o distingue.
Tudo me deixa com a guarda tão baixa que, a princípio, nem tenho tempo
de reagir, enquanto a lã do casaco de Noah quase me sufoca quando ele me
abraça como se fosse a primeira vez que faz isso com alguém na vida. Ele
poderia quebrar minha coluna assim, se tentasse com mais afinco. Sei que a

gente tinha conversado sobre os benefícios de ele deixar seu cheiro no que diz respeito à sua parte do trato, mas não esperava que ele fosse assim tão "direto ao assunto". Acho que esse foi meu primeiro erro.

É Noah Taylor, afinal de contas.

Sei o que é deixar o cheiro porque tenho quase trinta anos e já tive relacionamentos que duraram mais do que uns poucos meses, mas em geral foi algo por que passei por acidente durante o sexo. Sem dúvida não foi algo que fiz de propósito em meio a arbustos do lado de fora do local de trabalho. Além do fato de que a gente pode literalmente se transformar em lobo fora do perímetro da cidade (aprovaram essa lei em 1987, depois que um cara invadiu uma loja quando ficou bêbado demais); os corpos dos lobisomens funcionam um pouco diferente dos dos seres humanos médios. Os cheiros nos afetam, nos marcam e até nos *dominam* às vezes — e portanto inadvertidamente assumem um grande papel na nossa vida. Sobretudo porque um metamorfo tem três vezes mais glândulas odoríferas do que um ser humano normal, cada uma sensível ao toque, e a maior delas fica bem na base do pescoço, só esperando que algum lupino apareça e mescle o cheiro que libera com ela. É praticamente como dar uns amassos até ficar tonta e com o cheiro do perfume do seu namorado, só que o perfume não sai por vários dias, dependendo da potência.

— Noah — murmuro nas roupas dele. — Isso não é…

— Ah. Tá bom. Não vai durar muito. Deixa eu…

Chego a guinchar quando ele enrodilha o corpo em mim para pressionar o pescoço contra o meu, e sinto o frio de sua pele exposta enquanto ele se aconchega ali suavemente, a comichão da barba por fazer, afiada e formigando minha pele, enquanto meu corpo fica tenso em resposta. Meus lábios se abrem enquanto prendo a respiração, meus joelhos de repente têm a mesma propriedade física de uma geleca enquanto Noah fica enrijecido. A glândula no meu pescoço esquenta quando ele me toca, e sinto um calor com uma dormência que entra furtivamente mais fundo até se espalhar pelos meus membros. Ele faz um tipo de som com a garganta como se estivesse tentando limpá-la mas não estivesse conseguindo, e sinto sua respiração quente no meu pescoço por um breve instante antes de ele recuar.

Ele parece confuso, menos constrangido do que antes, mas não menos indisposto, fechando a cara para mim com os lábios bem apertados. Observo seus olhos descerem do meu rosto para a minha garganta antes de por fim captarem os meus olhos, e seus lábios se abrem, fechando-se apenas quando ele finalmente volta a si mesmo.

— Isso deve... — Ele pisca, passando os olhos pela minha garganta de novo. — Isso deve resolver.

Minha voz está estranhamente baixa, mas ainda consigo dizer:

— Raio de uns quinze quilômetros, certo?

— Mais ou menos — ele afirma, parecendo sério.

Vamos ter trabalho para reconhecer uma piada naquele... encontro para almoçar. Primeira coisa. Com certeza. Depois disso. Por que ele está parecendo um tiquinho mais bonito do que um minuto atrás?

— Eu vou cobrar isso de você — digo, me sentindo constrangida agora que percebo que Noah ainda está segurando firme os meus braços. — A gente deveria se afastar dos arbustos.

Noah me solta na mesma hora, e seu olhar me diz que ele também não tinha percebido que ainda estava me tocando, e por fim consegue pigarrear de fato enquanto recua.

— Te vejo amanhã, dra. Car..., quer dizer, Mackenzie.

— Tá certo. — Cruzo os braços sobre o peito, mesmo que seja só para me estabilizar. As porcarias dos meus joelhos estão realmente bambos. Mas o que é que está acontecendo? É uma coisa de alfa? — Te vejo amanhã, Noah.

Seu olhar se demora por um momento antes de ele balançar a cabeça como se estivesse se livrando de um pensamento e assentir um instante antes de me dar as costas. Umas costas que não tornam fácil deixar de reparar em como são largas. E isso não é algo que eu tenha o hábito de fazer. Não ligo para o quanto um cara é *largo*. Então, por que meu subconsciente está mexendo as sobrancelhas sinistramente na minha cabeça por causa da largura de Noah?

Continuo perto dos arbustos enquanto o vejo se afastar em direção à sua Mercedes preta brilhante no estacionamento próximo, deixando-o tomar uma boa distância antes de por fim me permitir respirar de fato. O ar frio nos meus pulmões quando inspiro limpa minha cabeça, mas não apaga o cheiro de Noah que ainda está grudado em mim. Mesmo com o toque medicinal dos inibidores, ele parece forte agora que o experimentei de perto, e nem sequer finjo resistir à vontade de encostar o nariz no ombro para sentir mais. Algo em relação a ele faz minha pele ficar retesada, como se ela fosse pequena demais para me conter — a mesma sensação de correr pela neve de quatro, pulsando por dentro em um breve instante. É uma sensação gostosa, como se tivesse sido patenteada e feita exclusivamente para mim — e só esse pensamento já me faz estremecer.

"Deixa disso, Mackenzie. A gente não acredita nessa besteira de ultra-compatibilidade."

Ainda assim, encosto o nariz no ombro para sentir mais fundo o cheiro persistente de Noah.

"É", eu penso. "Se eu fosse um macho, também não ia querer estar a menos de uns quinze quilômetros disso."

Solto um suspiro, batendo um pé no chão e depois o outro, para fazer a droga dos meus joelhos se lembrarem de quem manda, antes de seguir em direção ao meu carro.

4.

Noah

Por mais cansado que estivesse quando saí do trabalho hoje de manhã, não consigo dormir muito bem. Me reviro constantemente ao longo do dia, minhas cortinas blecaute não ajudam em nada com a minha inquietação. É... estranho, o que tocar na Mackenzie desencadeou em mim, uma reação diferente de tudo que me lembro de já ter experimentado. Mas de novo, passei boa parte da minha vida adulta evitando as pessoas o máximo possível para driblar situações como essa em que me encontro.

Penso que é porque já se passaram anos desde a última vez que toquei alguém com tanta familiaridade; é por isso que meu corpo reagiu daquele jeito quando a abracei. É só isso. Não dá para fingir que não faz... já muito tempo desde que tive intimidade com uma pessoa, e mesmo quando tive, sempre tomei cuidado para não deixar meu cheiro nela. Eu sei o que a potência do meu cheiro pode fazer com uma pessoa, e fiz o que pude para evitar a possibilidade de alguém com quem estivesse saindo começar a se agarrar a mim depois de experimentá-lo. Que é provavelmente a *razão* por fazer tanto tempo que não encosto em uma garota como encostei na Mackenzie. Simplesmente não vale o trabalho, dado o quanto me esforcei para manter o meu status em segredo.

"É", eu penso. "Foi sem dúvida por isso que fiquei tão atordoado ontem." A leveza aerada do cheiro dela que parecia de madressilva foi simplesmente um choque para o meu sistema, só isso.

Ainda que nada disso explique por que porra eu não consiga dormir.

Quando a noite cai, meu telefone tocando do lado da minha cama é o prego no caixão das minhas tentativas de chegar a qualquer coisa próxima de dormir, e eu o pego sem olhar enquanto rolo no travesseiro.

— Alô?

— Noah — uma voz conhecida diz do outro lado da linha. — Como você está?

— Paul — murmuro, cansado.

Paul Ackard é cerca de trinta anos mais velho do que eu e, por mais estranho que pareça, é a pessoa mais próxima que posso chamar de amigo. Ainda mantemos contato com bastante frequência, dada a relação de mentoria que desenvolvemos durante a época em que trabalhei para chegar ao cargo em que estou agora. Droga, foi o Paul que me indicou para o cargo de chefe de departamento quando se aposentou.

Viro o pescoço, tentando me erguer na cama.

— Atualmente exausto.

— Noite difícil?

Rio secamente.

— Você nem imagina.

— Pode ser que sim — responde Paul. — Sei que alguém te entregou.

Fico de queixo caído.

— Como é que você soube disso?

— Eu trabalhei naquele hospital durante vinte e cinco anos, Noah. — Paul ri. — Tenho um bocado de amigos lá.

Solto um suspiro.

— Você não disse nada, disse?

— Claro que não — ele caçoa, parecendo meio ofendido. — Indiquei você para o cargo sem me importar com a sua designação. Por que eu mudaria de lado agora e contaria para o conselho?

— Certo — digo, balançando a cabeça. — Desculpa. Eu sei que você não faria isso. É só que foi uma semana muito maluca.

— Posso imaginar — diz ele gentilmente. — E foi por isso que eu queria ver como você estava.

—Ah, eu… — Fico pensativo, me perguntando se é seguro contar para o Paul da Mackenzie e do nosso… acordo. Eu confio no Paul, confio mesmo, mas com tudo o que aconteceu nas últimas vinte e quatro horas, me pego desconfiado de muitas coisas. — Estou levando. Eles não vão me demitir, pelo menos.

— Isso é bom. — Paul suspira. — Não entendi a história toda. Fiquei preocupado. Você faz alguma ideia de quem pode ter feito isso?

Balanço as pernas em cima da cama, me alongando.

— Não mesmo. Tem tão pouca gente que sabe. Não consigo imaginar quem poderia ter descoberto, com a dosagem de inibidores que venho tomando.

— É verdade — ele concorda. — Fico feliz que você esteja lidando bem com isso… mas, mesmo assim, fico preocupado com essa revelação. Você sabe a confusão que o Dennis aprontou quando você foi promovido em vez dele. Ele ia adorar ter uma coisa dessas contra você. — Ele solta um suspiro de descontentamento. — Não acha que ele tem alguma coisa a ver com isso, acha?

Balanço a cabeça.

— Não entendo como ele poderia estar envolvido. Nunca conversamos fora do trabalho, e ele não tem conexão com nenhuma das pessoas da minha vida que sabem. É um círculo extremamente pequeno.

— Verdade. — Paul fica calado por um instante, pensando. — Ainda assim. Toma cuidado.

Sinto uma pontada de culpa no peito por não contar sobre Mackenzie, mas pelo menos digo a mim mesmo que é para a segurança dela. Isso ajuda, mas só um pouquinho.

— Vou tomar — garanto a ele. — Vai dar tudo certo.

"Pelo menos é o que eu espero."

— Bem, me mantenha informado — ele insiste. — Fico feliz em ajudar do jeito que puder.

— Eu agradeço — digo sinceramente.

— Tenta não ficar estressado com isso. Eles não seriam idiotas de mandar você embora, independentemente do seu status. Você é o cardiologista intervencionista mais brilhante que aquele hospital já teve. Fora eu, claro.

Isso me faz rir.

— É óbvio.

— Nos falamos outra hora, Noah.

— Tá certo — digo a ele. — Nos falamos outra hora.

Eu me sento na beirada da cama por um instante depois de desligar, pestanejando, cansado, e olhando pela janela o sol poente que quase já desapareceu no horizonte. Posso dizer oficialmente que não vai rolar sono nenhum.

Já escureceu há bastante tempo quando decido que um dia como esse merece uma bebida forte, e bebo um copo de uísque junto à lareira da sala de estar enquanto relaxo na minha poltrona preferida. Já se passaram uns cinco minutos desde que recebi uma mensagem de Mackenzie, e fiquei esse tempo todo lendo-a mais de uma vez enquanto tento decidir o que mandar de volta. Também estou tentando lembrar a última vez que enviei uma mensagem para alguém que não tivesse a ver com trabalho ou que não fosse a minha mãe.

> **MACKENZIE:**
>
> Ei, espero que tenha dormido bem! Aqui é a Mack, também conhecida como Mackenzie, também conhecida como dra. Carter. É provável que eu esteja ocupada nos próximos dias se as coisas continuarem no rumo em que estão. Mas você pode sem dúvida me mandar mensagem se aparecer qualquer coisa relacionada ao negócio da parceria e precisar de mim. Estou superdisponível para qualquer questão relacionada à espionagem. Esqueci de dizer que minha aula de ioga costuma ir até o meio-dia aos sábados, mas tem um café que eu adoro perto do estúdio se você quiser me encontrar lá este fim de semana. O endereço é este aqui. Me fala se você pode. Totalmente pronta para nossa primeira sessão de maquinação.

Penso pela décima vez, desde que por algum milagre fiz toda essa farsa dar certo, que eu não poderia ter escolhido uma parceira pior no crime, e tenho a sensação de que Mackenzie Carter vai sem dúvida tornar essa experiência insuportável. Ela está se divertindo demais, isso é certo. Quando eu a vir de novo, tenho que enfatizar mais uma vez como isso pode ser prejudicial para minha carreira se der errado.

"Quando eu a vir de novo."

Tomo devagar um gole do uísque, deixando o telefone cair no meu colo enquanto assisto às chamas dançarem na lareira. Ainda não tenho ideia alguma de quem pode ter me descoberto ou por que denunciariam isso para o conselho; não tenho sequer certeza do que alguém teria a ganhar se eu fosse mandado embora, mas continuo pensando no assunto. Está claro para mim que deve ser uma questão pessoal, disso pelo menos eu tenho certeza, o que não limita as coisas, dado que o consenso geral a meu respeito no hospital é que eu sou intolerável para além do meu trabalho.

Tomo outro gole, maldizendo calado a minha sorte. Seis anos. Seis anos *inteiros* conseguindo manter meu segredo no hospital, só para ver tudo se dissipar com um único e-mail. Mais do que isso, se contar os anos de residência e a faculdade de medicina, quando comecei a me esforçar de verdade para manter isso debaixo dos panos. Absolutamente ridículo.

Suspiro enquanto apanho o telefone, sabendo que essa é minha cama agora, e não tenho outra opção a não ser me deitar nela — uma ideia que por mais estranho que pareça me leva de volta a Mackenzie Carter. Voltei a ler a mensagem dela, agora pela sétima vez, e viro o copo de uísque antes de pousá-lo na mesinha lateral.

> **EU:**
>
> Conheço o lugar. 12h30, pode ser?
> Vai ter tempo o bastante para terminar?

Ela leva muito menos tempo para responder do que eu levei.

> **MACKENZIE:**
> Perfeito. Como você tá? Já está perdendo a cabeça?

Isso me pega de surpresa. Sobretudo porque, assim como meu costume de mandar mensagens, não consigo me lembrar de uma época em que alguém tenha se preocupado comigo de um modo que não estivesse relacionado ao meu trabalho ou à minha mãe.

> **EU:**
> Tô bem. E você?

> **MACKENZIE:**
> Ah, você sabe. Não é como se essa fosse
> a primeira vez que tenho um namorado/parceiro
> de mentira conspirador. Nada de mais.
> Eu sou uma velha profissional.

Aperto os lábios.

> **EU:**
> Certo. Imagino então que seja algo
> positivo eu estar em tão boas mãos
> na minha primeira prevaricação.

> **MACKENZIE:**
> Eu sei que sou médica, mas vou ter que
> insistir para você usar menos palavras
> que eu tenha que procurar no Google.

> **EU:**
> Anotado. Mando uma mensagem amanhã para dar um alô.

> **MACKENZIE:**
> Vou esperar ao lado do telefone, meu amante.

Balanço a cabeça enquanto deixo o telefone cair no meu colo, tapando a boca por absolutamente nenhum motivo, já que estou sozinho em casa.

Até porque Mackenzie não está aqui para me flagrar sorrindo.

O que sinto no peito é novo, isso é certo. Ou pelo menos não me lembro da última vez que experimentei esse sentimento. É um tremular estranho, como se fosse nervosismo, mas pelo quê, não consigo identificar. Estou nervoso com o acordo que fechei, com o que ele vai significar se não conseguirmos levá-lo a cabo? Ou estou nervoso por ver Mackenzie de novo, sabendo que boa parte da minha carreira está em suas mãos?

De qualquer modo, estou de olho na porta enquanto guardo uma mesa no pequeno café. Olho mais uma vez o relógio, reparando na hora, fechando a cara quando me dou conta de que já se passaram cinco minutos do horário combinado para o encontro. Será que ela mudou de ideia? Sei que poderia mandar uma mensagem, mas parte de mim teme que ela de fato tenha mudado de ideia. E então o que vai ser de mim?

Não voltei a vê-la depois que deixei meu cheiro nela do lado de fora do hospital — uma experiência que não vou esquecer tão cedo. Na verdade, tenho me sentido bastante desconfortável desde esse incidente, e porque também parei de tomar meus inibidores na mesma noite, me sentindo agitado de um jeito que não me lembro de já ter me sentido. Saber que provavelmente essa é uma inquietação que vem da nossa parceria estranha tem me acalmado. As mensagens dela ajudaram, ao menos. Cada uma me garantiu que ela não tinha mudado de ideia. Pelo menos ainda não.

Sou salvo da minha preocupação cada vez maior quando a porta de vidro se abre na entrada do café e a sineta toca no alto para indicar que ela chegou e está passando pela porta da frente. Por mais estranho que pareça, *sinto o cheiro* dela antes de reconhecê-la totalmente, e o cheiro dela ainda está grudado em mim tanto quanto eu tinha a intenção de que o meu grudasse nela. Ele não me largou desde aquela manhã nos arbustos, para ser sincero, e agora que ela está por perto, ele é consideravelmente mais potente.

Ainda não estou certo se isso é bom ou ruim.

Ela move os dedos acenando quando me vê sentado a uma mesa de canto nos fundos, e eu retribuo o aceno enquanto ela se desloca no meio das pessoas em direção a mim. Suas tranças grossas estão presas no alto da cabeça em um coque bagunçado, seu rosto está um pouco corado, como se tivesse acabado de terminar o exercício. Ela tira o casaco pesado antes de se sentar do outro lado da mesa, revelando um tecido neon que a cobre do pulso ao pescoço e ao tornozelo, mas é tão justo que deixa pouco para a imaginação.

— Desculpa — ela me diz enquanto se senta. — A aula começou tarde. O instrutor ficou preso no trânsito. — Ela tira uma mecha oleosa da testa e a ajeita atrás da orelha. — Eu deveria ter mandado uma mensagem para te avisar.

— Tudo bem — respondo, visivelmente evitando olhar para sua roupa. É justa demais. Essa é uma roupa de ioga normal? — Não cheguei há muito tempo.

É mentira, mas ela não precisa saber.

— Então... — Ela se apoia nos cotovelos. — Como você tá? Ainda surtando?

— Eu não surtei.

Seus lábios se contorcem.

— Literalmente em todas as suas mensagens parecia que você estava tentando garantir que eu não tinha mudado de ideia.

— Bem... não posso dizer que não estou preocupado que você possa mudar de ideia.

Ela faz um gesto, desconsiderando.

— Para com isso. Eu não vou te largar, prometo. — Então ela se inclina mais para perto, com a cara séria. — Mas e aí, qual é o nosso plano?

Levo um segundo para registrar a pergunta, já que só o fato de ela se inclinar aumenta a potência do seu cheiro, que se condensa entre nós. Como nunca reparei nele antes de tudo isso?

— Nosso plano — respondo, distraído. — Tá.

"O cheiro dela tem um pouco do meu também", penso, indiferente. "Mas acho que essa é a questão."

Ela aperta a barriga com a mão enquanto estica o pescoço, farejando o ar.

— Droga. Estou com fome. Você se importa se eu pedir alguma coisa já?

— Ah, tudo bem. Eu… deixa que eu pago.

Ela me olha de um jeito estranho.

— Não precisa.

— É o mínimo que posso fazer — insisto. — Já que é para a gente estar num encontro.

Suas bochechas coram, mas ligeiramente, e ela arregala um pouco os olhos.

— Ah, é. Acho que é verdade. — Sua expressão volta ao normal e ela recosta na cadeira com um sorriso. — Nunca achei que almoçaria num encontro com o velho e terrível Noah Taylor. Não posso deixar a oportunidade passar.

Fecho a cara.

— Velho?

— É um jeito de falar. Não fica todo irritadinho. — Ela enruga o nariz. — Aliás, quantos anos você tem?

— Trinta e seis.

— Ah, nada mal. Acho que isso põe um ponto-final no meu plano de ficar com um homem drasticamente mais velho por dinheiro — ela diz, de maneira irreverente.

Balanço a cabeça.

— As piadas são parte do acordo ou você pretende abandoná-las em algum momento?

— A ser determinado. Você meio que torna isso mais fácil.

Não estou certo do que ela quer dizer com isso, mas tudo bem.

— O que você quer comer?

— Quero a sopa do dia.

— Você não quer saber do que é?

Ela balança a cabeça.

— Não. É sopa. Eu vou gostar.

— Tá bom. — Deslizo para sair da minha cadeira, desviando o olhar de seu pescoço quando ela ergue os braços acima da cabeça para se alongar. — Mais alguma coisa?

— Eles têm um drinque cor-de-rosa gostoso aqui. Compra um desses pra mim também?

Faço uma careta.

— Drinque cor-de-rosa?

— Só pergunta. Eles vão saber o que é.

Assinto.

— Tá certo.

Pedir a sopa dela é bastante fácil, mas o olhar que a garçonete me lança quando peço o "drinque cor-de-rosa" de Mackenzie — esse eu poderia ter passado sem. Levo tudo para a mesa e coloco diante dela, que parece encantada até notar que não pedi nada para mim.

— Você não vai comer?

Balanço a cabeça.

— Comi em casa.

— Acho que você está ultrapassado em relação ao conceito de encontro.

— Isso é um eufemismo — digo para ela sinceramente.

Ela sorri perto do canudo do drinque.

— Ah, está certo. Esqueci com quem estou falando.

— Desculpa — digo, sem saber por quê, na verdade. — Isso é novo para mim.

— Sei, sei. Está bem. Todos os meus encontros há um bom tempo foram indesejados, então não estou muito melhor. Não se preocupa.

— Eles foram assim tão ruins mesmo a ponto de você concordar com uma coisa dessas? — Ela me olha com uma sobrancelha erguida enquanto tira a tampa da tigela de sopa, então acrescento: — Não que eu esteja reclamando.

— Terríveis — ela diz. — Estou falando de coisas realmente do fundo do poço. Meu último encontro? O cara me perguntou se era verdade que os lupinos tinham uma forma *meio-termo*.

— Não entendi.

— Tipo — ela faz uma careta, ao se lembrar —, ele queria saber se eu conseguia manter as orelhas e o rabo se a gente fosse... sabe...

Levo um segundo para responder.

— Nojento.

Ela ri, sorvendo com cuidado da colher antes de cantarolar satisfeita.

— Carne com cevada. Humm.

Ainda estou curioso para saber qual pode ser sua história, mas tenho a impressão de que ela não quer entrar em detalhes, já que... bem, não quer.

— Então o que eu preciso saber a seu respeito? Me fala os cinco fatos mais importantes sobre o Noah.

— Cinco mais importantes?

— Tenho certeza de que você tem pelo menos cinco.

Fico pensativo e olho para a mesa.

— Sou cardiologista intervencionista faz três anos.

— Tá brincando? — Ela arfa devagar, mas até eu consigo perceber que está sendo jocosa. — Não coisa de médico, bobo. Me conta umas coisas de verdade. Coisas que uma parceira saberia.

Tenho que pensar a respeito. Será que tem mesmo algum fato digno de nota que alguém considere *íntimo*?

— Hum... terminei minha residência de especialização aqui. Com o ex-chefe do departamento, o dr. Ackard. Foi quem me indicou para o cargo dele. A gente ainda é amigo, na verdade.

— Isso ainda é coisa de médico, Noah. — Ela ri. — Mesmo que o fato de você ter um amigo de verdade seja sem dúvida uma informação ultrassecreta.

Lanço um olhar desamparado. Ela deve perceber meu esforço, porque me dá uma ajuda.

— E quanto aos seus pais? — Ela lambe um pouco de sopa da colher e meus olhos captam o movimento da sua língua, o que me distrai por um instante. — Eles moram aqui?

Assinto, todo idiota.

— Sim. Eles moram na parte nobre da cidade.

— Chique — ela observa. — Eles são mal-humorados igual a você? Ou você é algum tipo de anomalia?

— Eles são... normais. Eu acho. Tranquilos. Gostam de golfe e de brunches. Não tenho muito o que contar nessa área. E os seus?

— Eu perdi meus pais — ela diz casualmente. — Minha avó e o meu avô que me criaram. Desde que eu tinha doze anos.

— Como?

Ela franze a testa.

— Isso não vai cair numa prova nem nada.

— Estou curioso.

E estou, por mais estranho que pareça.

Ela parece desconfiada de me contar, mas depois de um minuto e outra colherada da sopa, ela dá de ombros, cedendo.

— Minha mãe morreu quando eu era pequena. Acidente de carro. Meu pai nunca mais ficou bem depois disso. Eles eram parceiros, sabe? Tipo, um daqueles romances de conto de fadas, tudo isso. — Ela desvia o olhar, seus olhos ficam distantes. — Quando ela morreu... ele simplesmente desmoronou.

— Aconteceu alguma coisa com ele?

Ela para por um instante, apoiando a colher na tigela enquanto entreabre os lábios.

— Acho que eu o fazia se lembrar dela. Acho que ficou difícil demais olhar para mim. Provavelmente por isso que ele foi embora.

Não sei muito bem como processar, sinto uma forte pontada de compaixão no peito, mas não sei o que fazer com ela ou como começar a expressá-la.

— Eu... sinto muito mesmo.

— Não precisa. — Ela faz um gesto desconsiderando, voltando a atenção para a comida. — Ficou para trás.

— Ainda assim. Deve ter sido difícil passar por isso sendo criança.

Mackenzie dá de ombros.

— Eu mal me lembro deles agora. Isso só me mostra como essa coisa de parceiros é superestimada. Vou continuar sendo uma aficionada de toda "parceria de mentira".

— Você disse mesmo que era uma velha profissional — lembro, categórico.

— Exato — ela responde, com um sorrisinho. Mackenzie balança a colher para mim mais uma vez. — Sério. Não é grande coisa. Meus avós são ótimos. Exceto por toda aquela bobagem dos encontros às cegas. Mas isso é tudo coisa da minha avó. Ela acha que preciso "me estabelecer" para ser feliz ou algo assim. — Ela limpa a colher novamente com a boca, seus olhos examinando meu rosto, e de novo não posso fingir que deixei de ver sua língua correndo no plástico. — Minha avó vai ficar nas nuvens por sua causa.

— Parece bastante pressão — murmuro.

— Não. Você é médico. Você é metamorfo. Ela já está planejando o nosso casamento, e ela nem te conheceu.

— De novo, bastante pressão.

— Não se preocupe. — Ela ri. — Quando você sair correndo para Albuquerque, vou fazer questão de falar mal de você.

— Ótimo.

Ela termina a sopa, fazendo um barulho de satisfação antes de pousar a colher de plástico dentro da tigela e afastá-la.

— Estava ótima. Obrigada.

— Sopa me parece um pagamento bem barato pelo favor que você está fazendo para mim.

— É um adiantamento — ela diz, séria. — Pode esperar exigências bem maiores daqui para a frente.

Minha boca se contorce.

— É claro.

— Ah, meu Deus, você quase sorriu agorinha?

— De jeito nenhum.

— Nossa, que bom. Fiquei com medo de que você pudesse se machucar.

— A sua pelagem é da mesma cor do seu cabelo?

Mackenzie parece tão surpresa ao ouvir a pergunta quanto eu por tê-la feito de repente. Não tenho nem certeza de por que a fiz, mas estou curioso desde que ela entrou aqui.

Ela pisca.

— Oi?

— Desculpa. É só… isso é algo que eu saberia, não é?

— Ah. É. Eu acho. — Ela balança a cabeça, distraída. — É, sim. Da mesma cor. Esse foi seu jeito de perguntar se essa é a cor natural do meu cabelo?

— Eu… não! Só estava curioso. É bonita a cor.

E é, de verdade. Com o sol entrando pelas grandes janelas do café, o tom de trigo de seu cabelo parece captar a luz de um jeito que o faz ficar quase dourado. Mesmo enquanto penso essas coisas, me flagro me perguntando de onde essa linha de pensamentos está saindo.

Ela saca o telefone, o que me distrai desse rumo de ideias, me concentrando na tela enquanto ela me ignora para digitar alguma coisa.

— Desculpa — ela diz. — Não queria deixar seu primeiro elogio passar em branco. Quem sabe quando você vai me fazer outro?

— Você está determinada a não tornar isso fácil, não é?

Ela dá de ombros, sorrindo e guardando o telefone.

— E como isso seria divertido?

— Humm.

— Mas você não terminou de me falar os cinco fatos sobre você.

— Ainda estou tentando pensar em todos, para ser sincero.

— Qual é a sua comida favorita?

Tenho que pensar a respeito.

— Carne?

— Como você gosta?

— Malpassada.

Ela enruga novamente o nariz, apesar do meu esforço para responder.

— Credo. Você tem que dar uma tão de lobo assim?

— Fica mais gostosa. — Cruzo os braços. — Qual é a sua?

— Sopa — ela me informa sem nenhuma hesitação.

— Alguma em particular?

— Não. — Ela dá de ombros. — Se estiver em forma de sopa, vou comer.

— Inte... ressante.

Ela me olha com curiosidade.

— E a *sua* pelagem é da mesma cor do seu cabelo?

— Eu... talvez um pouco mais escura? Já faz tempo que me transformei. Os inibidores previnem a necessidade de fazer isso.

— É assim que você acaba atacando pessoas que estão fazendo caminhada — ela retruca.

Reviro os olhos.

— Até parece. Quando foi a última vez que *você* se transformou?

Ela enruga o nariz, o que atrai meu olhar.

— Hum. Não desde meu último cio. Fui para um daqueles spas específicos para isso fora da cidade. Eles têm muita mata em volta.

Não tinha me ocorrido as implicações da minha pergunta — porque é claro que ela se transformava durante o cio. Os picos hormonais tornam incrivelmente desconfortável não o fazer. Eu queria que isso tivesse passado pela minha cabeça *antes* de eu abrir a boca. Agora estou involuntariamente pensando no cio da Mackenzie. O que não é *nadinha* apropriado.

— Você parou de tomar os seus inibidores, aliás?

— Parei. — Isso também não é algo que me deixe particularmente feliz. — Já faz uns dias.

— Quanto tempo você acha que vai levar para eles saírem de vez do seu organismo?

Não digo a ela que eles já estão bem fora, se a potência do seu cheiro servir como uma indicação.

— Não sei exatamente, para ser sincero. Não fico sem tomar desde a adolescência.

— Por quê?

A expressão dela é indecifrável, mas suas narinas se dilatam um pouco quando ela inspira.

— Só estou curiosa.

— O ouro vai ser entregue então — resmungo. — Todo mundo no hospital vai saber.

A boca da Mackenzie se abre em um sorrisinho.

— Vão ter ainda mais medo de você do que já tinham.

— Que bom que você achou a ideia tão divertida.

— Estou tentando decidir que rumores posso espalhar a seu respeito. Você prefere que as pessoas pensem que você já tocou baixo numa banda de heavy metal só de metamorfos ou que você é integrante de uma gangue secreta de motoqueiros alfas?

— Tem uma terceira opção que envolva eu ser cardiologista intervencionista e só?

Ela chupa uma framboesa.

— Você não tem senso de humor.

— A gente vai mesmo conseguir fazer isso dar certo?

Mackenzie deve reparar na minha incerteza, porque seu senso de humor se dissipa e ela assume uma expressão mais séria.

— Não vou estragar as coisas, prometo.

Eu me lembro da nossa conversa depois de termos falado com o conselho; ela tinha prometido alguma coisa parecida então, apesar da tamanha facilidade com que o conselho engoliu nosso truque. Quase como se estivessem desesperados para não serem colocados na posição de lidar com a alternativa. As promessas dela são desnecessárias, acho, já que ela poderia ter me mandado ir pastar em vez de concordar em me ajudar para começo de conversa, mas não posso mentir e dizer que toda sua dedicação não me deixa à vontade.

— Tá bem — digo, acreditando na sua palavra. — Quando é que devo me preparar para me apresentar para a sua avó?

— Ela quer que eu leve você para jantar logo — diz Mackenzie, com uma careta. — Ela não está perdendo tempo. Acho que consigo segurá-la por outra semana mais ou menos, no mínimo. Com sorte isso vai dar um pouco mais de tempo para a gente se preparar.

Eu não digo a ela que tenho quase certeza de que todo o tempo do mundo não ia ser suficiente para nos preparar para essa situação ridícula.

— Você trabalha amanhã?

Ela confirma.

— Escala do dia. E você?

— Tenho duas consultas de manhã e uma ponte de safena às três.

Ela morde o lábio.

— Quanto tempo você acha que vai levar para o resto do pessoal ficar sabendo da gente?

Ela não parece necessariamente preocupada ao perguntar, mas dá para dizer que, por trás das piadas e gracejos, Mackenzie está pelo menos pensando no que essa mentira vai significar na nossa vida no hospital. Já consigo imaginar o boato, uma médica do pronto-socorro que mal terminou a residência sendo a parceira secreta do maior babaca do Denver General (sim, estou a par da minha reputação), a fofoca mais quente que já circulou por lá.

Vai ser um dia de trabalho interessante, com certeza. Já consigo sentir minha existência tranquila escorrendo por entre os dedos.

Solto uma risada, mesmo que seca, balançando a cabeça.

— Pode confiar — digo a ela. — Eles já estão sabendo.

5.

Mackenzie

Tenho que admitir que uma parte de mim acreditava de verdade que essa coisa entre mim e Noah não seria nada de mais. Meus últimos turnos foram tão cheios que não tive tempo de erguer o rosto e reparar que os meus colegas de trabalho estavam com um comportamento suspeito. É claro, presumi que a notícia iria se espalhar, mas acho que não me preparei de verdade para como *todo mundo* literalmente ia achar isso interessante. Acho que subestimei como é raro esse lugar ser estocado com boas fofocas. É como se a nossa história fosse sangue na água.

Consigo ver isso agora nos olhares furtivos me seguindo pelo corredor, ouvir nos sussurros que parecem parar logo que entro numa sala. Droga! Uma enfermeira que eu não conhecia me abordou na salinha de intervalo só uma hora depois do início do meu turno para me perguntar se eu estava *mesmo* saindo com o Noah Taylor. Não consegui entender exatamente se ela estava com inveja de mim ou com medo de eu estar sendo feita de refém. Para ser justa, ambos os cenários estão inteiramente dentro do campo do possível. Quer dizer, Noah pode ser rude, mas ele também é sem dúvida um baita de um gostoso.

Na hora do almoço, já estou considerando levar minha comida para uma cabine do banheiro para dar um tempo de tudo, mas me dou conta de que a melhor maneira de dispersar logo a curiosidade é encará-la de frente como se fosse a coisa mais normal do mundo. Parker fugiu do meu convite para comer comigo no refeitório do hospital, alegando que tinha acontecido um problema no servidor que ele precisava resolver, mas suspeito que esteja me castigando pelo que considera uma má decisão. Ele às vezes gosta de fingir que é a minha mãe.

Logo descubro que não vou precisar procurar alguém para almoçar, já que subestimei o número de pessoas que gostariam de me interrogar sobre meu novo status de relacionamento. Ao que parece, a fofoca é um incentivo abundante para interações sociais. Mal tenho tempo de tirar a colher de plástico da embalagem e abrir o suco de maçã quando um rosto conhecido brota no assento do outro lado da mesa.

— Você tem que me contar tudo.

Tomo um gole do suco para ganhar um instante para formular uma resposta, reparando em como a minha amiga Priya parece animada. Considero isso um mau sinal. Não posso me esquecer de que não devo contar a verdade para ninguém, nem que essa pessoa seja alguém de quem gosto. Noah ficaria puto se soubesse que contei para Parker.

Finjo ignorância.

— Oi?

— Nem se atreva. — Priya revira os olhos, jogando o cabelo comprido e escuro por sobre o ombro. — Como é que você pôde não me contar?

— Eu... — Troco de posição na cadeira. Não sou a melhor mentirosa do mundo. Deveria ter levado isso em consideração antes de entrar de cabeça tão prontamente nesse combinado. — Sabe, eu e o Noah decidimos antes de eu começar aqui que a gente não ia...

— Quer dizer, eu entendo. — Priya bufa. — A Jessica da radiologia me disse — eu não conheço a Jessica da radiologia, e já estou me perguntando o que faz dela uma autoridade sobre o meu relacionamento de mentira — que você não queria, tipo, cobrir a sua reputação com a dele ou algo assim. Respeito totalmente isso e tudo mais, mas não consigo acreditar que perdi um ano inteiro de fofocas. Como é que é?

Ergo a sobrancelha.

— Como é que é o quê?

— Nem vem — Priya retruca. — Como é ficar com um *alfa*?

— Ah. — Tá. É para isso ser uma experiência única. Acho que faria sentido que outros lupinos ficassem curiosos a respeito disso. Dou uma resposta casual. — Sinceramente não é nada diferente de qualquer outro metamorfo. A mecânica é toda a mesma.

— Até parece — ela zomba. — É tão raro uma ômega e um alfa ficarem. Deve ser alucinante, não é?

Ah. Tá.

De repente tenho dúvidas sobre a minha decisão de ter contado a Priya o que sou.

— Bem, eu… — Tento pensar em algo que possa acalmar a curiosidade dela. — É sem dúvida o melhor que já tive na vida.

Sinceramente, é quase injusto eu ter que mentir sobre isso sem nunca ter tido a chance de experimentar por mim mesma.

— Mas, quer dizer… — Priya olha ao redor antes de baixar a voz, como se tivesse medo de ser ouvida. — É verdade que eles têm… sabe? Certo? Eles têm?

Ela me deixou completamente perdida.

— O que você quer dizer?

— Você sabe… — Outro olhar furtivo ao nosso redor, e ela se inclina mais. — Um *nó*.

Ah. *Ah*. Uau. Isso não é algo que eu tenha considerado efetivamente ainda. A mecânica da… parte baixa de Noah. O negócio do nó estava no fim da lista de coisas que eu queria perguntar para ele no nosso almoço de ontem.

— Ah, hum. — Dá para sentir o calor nas pontas das minhas orelhas e nas minhas bochechas. — Isso… bem.

— Ah, meu Deus, você está ficando vermelha. Você tem que me dizer como é. Dói? Você teve que se acostumar? Quanto tempo costuma durar depois que acontece? Vocês, tipo, ficam grudados por uma hora ou algo assim?

Eu não estava preparada para a parte sobre nós no teste sobre o parceiro de mentira.

— Ah, é... ótimo — digo a ela, imaginando que o mínimo que posso fazer é comprovar sua fantasia. — Outra vida, de verdade. Depois da coisa do nó, você... não vai querer... não.

Priya dispara uma gargalhada, chamando a atenção de um ginecologista de mais idade sentado ali perto, que reconheço das minhas rondas. Eu o incentivo mentalmente a voltar para sua salada de atum, sabendo que até alguém da área dele provavelmente está tão despreparado para essa conversa quanto eu.

— *Shh.* — Eu me inclino, conspiradora. — Estou brincando. Não é lá grande coisa.

— Sei. — Priya bufa. — Meu Deus. Deve ser tão bom ter alguém com quem passar o cio. — Ela parece quase melancólica. — Esses aplicativos de conexão de cio são uma porra de um pesadelo.

Não posso dizer a ela que não saberia o que dizer em nenhuma das duas frentes. Eu não deixaria de jeito nenhum os incisivos de alguém chegarem perto de mim quando eu estivesse no meu cio.

— Não consigo nem imaginar como é ficar com o Noah — ela prossegue, por sorte mudando de assunto. — Ele fecha a cara enquanto transa?

Agora é a minha vez de rir, porque consigo de fato imaginá-la, por mais estranho que pareça.

— É uma careta sexy.

Sinto que eu não devia pensar em sexo com o Noah, porque é como cruzar uma barreira imaginária, mas não consigo evitar. Uma garota só consegue falar sobre nós por um tempo antes que imagens mentais injustificadas comecem a brotar. Quer dizer, o Noah não é... nada mau. Ele é grande também. Se sorrisse uma vez ou outra, aposto que se sairia bem nesse departamento.

É perfeitamente natural imaginar isso, eu acho. Sobretudo porque estou sentada aqui tendo que falar sobre a minha suposta *experiência* com a coisa; não tenho certeza como a suposta compatibilidade entre um alfa e uma ômega ainda não tinha me ocorrido. Eu sei por causa do curso de medicina que um alfa não consegue nem dar um nó direito com qualquer uma *a não ser* com uma ômega — o que me faz pensar se o próprio Noah já teve essa experiência. Toda essa linha de raciocínio me faz fechar as coxas com um pouco mais de força. Fora do meu controle, surge um formigamento estranho entre as pernas enquanto meus batimentos cardíacos aceleram um pouco.

— Mas ele não deve ser tão ruim — Priya aponta, pescando a minha mente da sarjeta. — Não se você é parceira dele. Certo?

Levo isso em consideração, pelo menos para me salvar da linha de raciocínio que está me tirando do sério. Eu definitivamente não preciso ficar cheia de tesão no refeitório de um hospital por causa de um homem com quem estou *fingindo* namorar. Uma semana atrás, a pergunta dela teria sido fácil de responder, mas agora que passei um tempinho com Noah, não estou tão certa. Criei uma impressão dele na minha cabeça, assim como todo mundo que já trombou com ele, tenho certeza, mas agora estou me perguntando se muitas das coisas que ouvi sobre Noah foram *absurdamente exageradas*, como ele diria.

— Ele não é tão mau quanto quer que você pense — digo, acreditando nisso, por mais estranho que pareça. — Ele só é intenso.

— O eufemismo do ano — zomba Priya. — Estou morrendo para saber como vocês se conheceram.

Ah, não. A gente não chegou a combinar isso. Por que a gente não chegou a combinar isso? É a primeira coisa que as pessoas perguntam. A gente é mesmo péssimo nessa coisa de encontros.

— Ah. Bem. É uma história engraçada, na verdade. — Pode ser uma história *hilária*, já que eu nem tenho certeza do que estou prestes a dizer. — O que aconteceu foi que… sabe…

O celular da Priya começa a tocar e ela me lança um olhar cheio de desculpas.

— Segura um minuto.

Vejo o tom dela passar de ansioso para urgente, dizendo a alguém do outro lado da linha que vai chegar "agorinha" depois de menos de um minuto de conversa. Meu cérebro zumbindo faz um agradecimento silencioso.

— Desculpa — ela suspira. — Estão precisando de mim no terceiro andar. — Ela para um instante antes de ir, me olhando com expectativa. — Vocês dois vão na festa de aposentadoria da Betty esse fim de semana, certo?

— Dois?

— Você e o Noah!

— Ah! — Já posso prever o olhar de desgosto de Noah. — Na verdade, eu ainda não falei com ele. Deixei passar totalmente.

— Bem, corre e vai perguntar para ele. Você *tem* que levar o seu maridinho de cara feia. Tenho uma aposta com a minha técnica que ele vira morcego à noite.

Reviro os olhos.

— Pode deixar que vou ver como está a agenda dele.

— Perfeito — diz. Ela aponta para mim com os olhos apertados enquanto outro pensamento parece passar pela sua cabeça. — Mas eu ainda quero saber dessa história na próxima vez que te vir.

— Claro — digo a ela. — Pode deixar.

Ela manda um beijo na minha direção.

— Até já!

Solto uma lufada de ar pela boca quando ela vai embora, grata pela bala de que acabei de desviar. Mas como é que eu e Noah não chegamos a inventar uma história sobre "como a gente se conheceu"? É praticamente a base de qualquer relacionamento.

Então, mais uma vez, tento imaginar um cenário em que eu e Noah teríamos nos conhecido organicamente fora do trabalho e depois também nos apaixonado organicamente a ponto de eu deixá-lo me morder e de eu passar o resto da minha vida com ele — e estou tendo um branco. Portanto, faz sentido que a gente tenha esquecido esse detalhezinho.

Ainda que, graças a Priya, eu sem dúvida não esteja tendo muita dificuldade em imaginar a gente se conhecendo fora do trabalho e indo para a cama juntos. Mais uma vez não é uma linha de raciocínio segura.

Balanço a cabeça enquanto finalmente consigo dar a devida atenção à minha sopa (brócolis com cheddar dessa vez), me lembrando de acrescentar uma nota de "conhecer de jeito fofo" à lista de coisas que eu e Noah precisamos inventar.

Se é que isso é possível.

Quase no final da minha escala, depois de aguentar mais algumas horas de sussurros e encaradas e perguntas diretas de gente com quem eu mal conversei na vida, decido procurar o meu cúmplice e ver como foi o dia dele. Preciso saber o quanto seu humor está soturno antes de lançar um convite para uma festa cedo demais.

Não voltei ao escritório de Noah desde a primeiríssima vez que o conheci e fiz o que podia para evitá-lo antes de tudo isso acontecer, mas é bem fácil encontrá-lo no seu andar. A placa com seu nome do lado de fora da porta é brilhante, simples e profissional, o que me lembra ele mesmo. Ergo o punho para bater de leve na madeira e ouço sua voz grave me dizer para entrar enquanto giro a maçaneta e abro a porta.

Noah está sentado à sua mesa quando entro, recostado na cadeira com o cenho franzido e os dedos entrelaçados na barriga. Ele parece surpreso de me ver, e sua expressão muda diligentemente quando apareço lançando para ele um sorriso constrangedor ao abrir a porta por completo e entrar na sala.

— Ei. Sou eu, a sua dita…

Fecho a boca quando a porta se abre mais e revela que Noah não está sozinho, um metamorfo macho mais velho que reconheço mas cujo nome não consigo lembrar está de pé do outro lado da mesa. Pelo menos, sei que ele trabalha nesse andar com Noah. Seu cabelo já começou a ficar grisalho em volta das orelhas, me dando a impressão de que ele deve ser no mínimo uns dez anos mais velho do que eu e talvez até do que Noah, sua pele tem um tom de bronzeado não natural que alguém como ele só adquiriria gastando muito do tempo livre numa máquina de bronzeamento artificial, considerando o lugar onde vivemos. Isso o faz parecer… curtido, para ser sincera. Acho que nunca tinha reparado, essa é a primeira vez que o vejo de perto. Eu me maldigo mentalmente por quase acabar com a nossa fachada.

— Ah — falo, constrangida, quando me recomponho lançando um olhar receoso para Noah. — Desculpa. Eu não sabia que você estava numa reunião.

O homem mais velho sorri, fazendo um gesto que dispensa minhas desculpas.

— Está tudo certo. Só passei para conversar com o seu parceiro sobre um paciente com quem estou tendo dificuldades. Aliás, parabéns. O departamento inteiro está em polvorosa porque o nosso gênio residente aparentemente está indisponível há mais de um ano. Não sei como ele manteve isso em segredo esse tempo todo.

— Ah, é. — Rio nervosa, oscilando de um pé para o outro enquanto meus olhos disparam do olhar de Noah, duro, de volta para o homem cujo sorriso parece de alguma forma esquisito. — Bem, você conhece o Noah… ele é um dos estoicos.

— Certo — o homem dá uma risadinha. Ele se aproxima e estende a mão. — Sou o Dennis, a propósito. Dennis Martin. Acho que a gente ainda não se conhece oficialmente.

— Ah, certo. Você é cardiologista também, não é?

— Isso — Dennis diz com aquele mesmo sorriso que está começando a me deixar apavorada. Parece forçado. — Nem de longe tão importante quanto seu parceiro aqui. Só uma das abelhas operárias.

Não tenho certeza do que responder a isso. Olho para Noah e o vejo revirar os olhos para fora do campo de visão de Dennis.

— Você deve estar tão orgulhosa de estar com um chefe de departamento — Dennis continua. — Mas dá pra entender completamente por que você quis manter isso em segredo. Querer fazer seu próprio nome por conta própria é muito admirável.

— Pois é, bem… — Dou de ombros, evasiva. — A gente tentou o melhor que pôde, pelo menos. Você sabe como a fofoca corre.

Dennis estreita os olhos e abre um sorriso, enquanto balança a cabeça.

— Certo. — Ele volta a atenção para Noah então, parecendo ter dado a conversa por encerrada. — Falo com você mais tarde sobre o prontuário do paciente. Vê o que acha.

— Está ótimo — Noah diz, categórico. — Mando um e-mail para você depois de ler.

— Perfeito. — Dennis sorri para mim novamente. — Prazer em conhecê-la, dra. Carter.

— Só Mack está bem — respondo por costume.

— Mack — ele repete. — Um bom dia para você.

Observo Dennis passar por mim para nos deixar sozinhos e espero que ele feche a porta atrás de si antes de erguer uma sobrancelha para Noah.

— Ele parece divertido pra caramba, hein.

— É um pé no saco — Noah resmunga. — Ele ainda acha que tinha que ter ficado com o cargo de chefe de departamento por ser mais velho, mas é puxa-saco demais para ser completamente rude comigo. Então tenho que aturar essas falsas delicadezas, ainda que ele passe a maior parte do tempo falando mal de mim para quem quiser ouvir.

— Credo. — Mostro a língua. — Parece um grande de um amargurado para mim. — Noah contorce a boca, e foi o mais perto que ele chegou de um sorriso desde que a gente deu início ao nosso pequeno acordo.

— É isso que ele é. — Ele balança a cabeça. — Você precisa de alguma coisa?

— Preciso. — Atravesso a sala e desabo na cadeira em frente à sua mesa, enfiando uma perna embaixo da coxa para ficar confortável. — Mas eu também queria ver se o seu dia foi tão maluco quanto o meu.

Noah franze as sobrancelhas.

— Maluco?

— Pelo menos umas dez pessoas me perguntaram sobre você, sério. Com metade delas eu mal falei antes na vida. Não teve nada disso com você?

Noah parece surpreso.

— Na verdade, não. Foi tudo normal.

— Aff. — Balanço a cabeça. — Provavelmente porque estão com medo demais para te perguntar. Acho que eu é que vou ter que aguentar o fardo da fofoca.

Noah parece compadecido.

— Desculpa por isso.

— Tudo bem — digo a ele. — Até agora, tem sido engraçado na maior parte do tempo. Tenho certeza de que pelo menos três das pessoas com quem falei hoje insinuaram que você tinha algum tipo de poder de controle mental alfa e estavam com medo de que eu pudesse estar sendo feita de refém.

— Acho que no que diz respeito às razões pelas quais você se comprometeu comigo, essa aí é completamente absurda.

— Ei, não fica tão desanimado. Tenho quase certeza de que pelo menos quatro outras pessoas estavam com ciúmes. Só pra você saber, tem opções por aí quando a gente terminar de mentira.

Ele faz uma careta.

— Eu passo, obrigado.

— Como quiser.

— Desculpa — ele diz de novo, parecendo genuinamente preocupado. — Por você ter que lidar com isso.

Eu desconsidero com um gesto.

— Tudo bem. Eu sou crescidinha. É irritante, mas pelo menos é divertido. — Dou um sorriso malicioso. — Você vai ter que lidar com coisas piores quando conhecer a minha avó. Eu te garanto que ela vai ser dez vezes mais insuportável do que qualquer pessoa que trabalha neste hospital jamais poderia esperar ser. Vou fazer disso a sua penitência.

— Não vejo a hora — Noah diz secamente.

— Tenho certeza de que vai ser mais cedo do que você espera — resmungo. — A minha avó não vai dormir até que tenha te alimentado e confirmado que você é de verdade.

— É mesmo uma novidade tão grande você encontrar sua cara-metade? Ergo a sobrancelha.

— Você está tentando me tirar?

— Não, não. — Ele parece genuinamente arrependido. — Só quis dizer… — Ele esfrega o pescoço, e isso solta uma onda do seu cheiro, que parece mais forte do que estava alguns dias atrás. Imagino que o corpo dele esteja livre de qualquer efeito duradouro dos inibidores. — Só acho surpreendente que você precise da ajuda da sua avó nesse ramo para começo de conversa.

Opa. Noah Taylor está mesmo dizendo que sou atraente? Isso não estava na minha cartela de bingo da parceria de mentira.

— Só não está na minha lista de prioridades — digo com sinceridade. — Os homens são complicados. E os metamorfos mais ainda.

Noah me lança um gesto de comiseração, quase como se estivesse se desculpando silenciosamente por seu gênero. Não falo que ele não sabe nem a metade da história; o meu status de ômega quer dizer que ter encontros é uma dor de cabeça mesmo *sem* a "ajuda" da minha avó. É sério. No instante em que descobrem o que sou, não tem mais nada além de conversa de reprodução e de bebês. É engraçado, as pessoas tendem a *evitar* os alfas como Noah, mas elas procuram pessoas como eu por causa de algum estereótipo absurdo sobre sermos hipersexuais ou algo do tipo. Acho que de certo modo nós dois temos nossos inconvenientes naquilo que somos. O que, por coincidência, me lembra que ainda não contei para Noah sobre a minha designação. Ele não parece ser do tipo que vai começar a uivar para a lua por minha causa, então talvez seja estranho continuar sem mencionar isso.

Ainda que eu não possa dizer que não esteja curiosa agora. Depois de encontrar com Priya no almoço, tem sido difícil não levar em consideração os detalhes mais sutis da anatomia de alfa de Noah. Não posso simplesmente perguntar, posso? Não é legal. Quantos dias deve ter um namoro de mentira antes de poder perguntar sobre a estrutura do pau do seu namorado de mentira? Ainda mais importante, por que a ideia do pau do dito namorado me faz formigar por dentro?

— Fora isso, como foi o seu dia?

A pergunta dele me distrai, e isso provavelmente é uma coisa boa.

— O meu dia?

— É, eu... acho que estou perguntando como é que você está em geral. Ia odiar pensar que está passando perrengues por minha causa.

Agora ele está preocupado comigo. Outra casa inesperada na minha cartela de bingo.

— Ah. Bem. Estou? Deu tudo certo. Tive que acertar um braço quebrado de uma mulher com menos sete de tolerância à dor, então foi bacana. Mesmo com anestesia, ela agiu como se eu a estivesse matando. Me surpreende que você não a tenha ouvido urrar aqui de cima.

Noah ergue o canto da boca, tão sutilmente que quase não dá para perceber.

— Parece bem bacana.

— É melhor você tomar cuidado — digo para ele, séria. — Se as pessoas te pegarem sorrindo desse jeito, vai prejudicar toda a energia "monstro ameaçador e carrancudo" que você trabalhou tanto para ter.

Ele revira os olhos.

— Devidamente anotado.

— Mas eu estava pensando... Como está a sua agenda nesse fim de semana?

— Esse fim de semana?

— É… Olha, eu passei aqui na verdade para perguntar sobre a festa de aposentadoria da Betty na sexta-feira à noite.

Ele tomba a cabeça de lado.

— Betty?

— Uma das enfermeiras da obstetrícia. Ela vai se aposentar. Trabalha aqui desde sempre. Fez o parto do Tim Allen.

— Tim Allen?

— Ele nasceu aqui.

— Jura?

— Cara. A gente tem uma *única* pessoa famosa. Bem, a não ser que você considere o Dog the Bounty Hunter. O que eu considero. Como é que você não sabia disso?

— Acho que conhecimentos gerais sobre Denver não são o meu forte.

— Um gênio residente, mas que não conhece o Tim Allen — resmungo. — Vai ser a primeira história que a Betty vai te contar.

— Não tenho certeza se conheço de fato a Betty.

— Bem, pelo menos a gente sabe que ela não é uma das enfermeiras que você mutilou.

Ele revira os olhos.

— Que hilário.

— Sei que é provável que não seja a sua praia, mas sabe, como a gente está de "parceiros" e tudo mais… achei que seria estranho se a gente não fosse juntos.

— E você está decidida a ir, pelo que entendi.

— Eu tendo a tornar a socialização um hábito — digo a ele com since-ridade. — Eu sei. É um hábito péssimo.

Para minha surpresa, Noah volta a sorrir. Bem, um meio-sorriso. É mais como um ligeiro subir dos lábios, mas estou aprendendo que isso é mais ou menos o melhor que dá para esperar.

— Péssimo — ele repete.

— Só que eu não quero te obrigar, se isso for um pesadelo total para você. Posso inventar que você está ocupado ou algo assim.

— Não, eu… — Ele fica pensativo. — Eu posso ir.

Ergo as sobrancelhas.

— Mesmo?

— Você não queria que eu fosse?

— Não, não é isso. — Balanço a cabeça. — Acho que só presumi que você não ia querer de jeito nenhum.

— Como você disse — ele argumenta —, tenho certeza de que as pessoas estão esperando isso.

— Certo. — Não sei dizer por quê, mas por alguma razão a resposta dele me faz sentir uma espécie de prima distante da irritação, mas a sensação vai embora tão rápido quanto surge. — Acho que temos um encontro marcado então.

Agora é ele quem parece surpreso.

— Brincadeirinha — logo corrijo.

Ele balança a cabeça devagar.

— Certo.

— Mas só para ser clara, literalmente todo mundo vai ficar interrogando a gente.

— Você acha mesmo?

— Ah, a gente é a fofoca número um. A minha amiga Priya está praticamente com a boca espumando.

Ele faz uma careta.

— Tenho que ficar preocupado?

— Acho que a gente consegue lidar com isso — garanto a ele. — Só que a gente vai ter que fingir que é um casal delirantemente feliz, tá?

— Tá — ele confirma.

— Ah. A gente também vai precisar pensar numa história sobre como a gente se conheceu.

— Como a gente se conheceu?

Ele ainda está de cara fechada, como se estivesse tentando descobrir alguma coisa. Ou vai ver que é só a cara dele. Na verdade, é bem plausível.

— Ao que parece, é um tema polêmico que não para de surgir. Dei um jeito de driblar a pergunta hoje, mas Priya não é do tipo que deixa as coisas passarem.

— Precisa ser sensacional demais?

— Depende — eu digo, séria. — Até que ponto você é contrário à ideia de ter me escrito poemas supermelosos?

A expressão dele não é nem um pouco de diversão.

— Tá bem, tá bem. — Rio. — Pode ser uma coisa simples. Quer dizer, a gente pode se ater na maior parte aos fatos, na verdade. A gente se conheceu no trabalho. A gente pode até se ater à simples verdade para começo de conversa. Que a gente se conheceu quando fui na sua sala para tirar uma dúvida sobre uma consulta. Então a gente começa a acrescentar umas partezinhas nebulosas sobre se dar bem e se apaixonar e essas coisas.

— Estou surpreso de você se lembrar como a gente se conheceu — diz ele.

— Você me perguntou por que uma residente estava indo até você com uma consulta.

— Perguntei?

— Não é algo que se esquece alguém dizendo que você "mal parece ter idade o bastante para fazer uma sutura" — respondo, me surpreendendo com uma risada.

— Uau. — Ele balança a cabeça. — Eu sou mesmo um idiota, não é?

— Eu costumava achar isso, mas... — Por mais estranho que pareça, ainda estou sorrindo. — Estou começando a achar que é só parte do seu charme.

— Charme — ele repete.

— Eu também estou surpresa — provoco.

O sorrisinho dele ainda é ligeiro, como na maioria das vezes que ele me agracia com um sorriso, mas está começando de verdade a me agradar. Para ser sincera, meio que funciona para ele. Gosto de como cada sorriso ou risada de Noah parece conquistado. Eu me pergunto distraída se existe a possibilidade de eu ser a primeira pessoa com quem ele trabalha a vê-lo sorrir. É uma ideia ligeiramente interessante.

— De qualquer forma, não quero te atrasar. Só queria dar uma passada e ver o que você achava da festa.

— Vou fazer de tudo para não te envergonhar — ele brinca.

Eu rio de novo, sabendo que é bem provável que ele só esteja meio brincando.

— Legal. Então acho que vou deixar…

— Meu cheiro sumiu — ele diz de repente.

Fico imóvel, com a mão no braço da cadeira congelada numa posição entre em pé e sentada.

— Oi?

Ele pisca, parecendo tão surpreso com seu acesso repentino quanto eu.

— Desculpa. Eu só… já não consigo mais sentir tanto o cheiro. Mal consigo.

— Ah. — Era sobre isso que ele estava matutando? Encosto o nariz no meu jaleco, sentindo. — Acho que você tem razão. Nem tinha reparado.

— Eu deveria… quer dizer, não faria sentido ele sumir se a gente supostamente estivesse morando juntos e dormindo na mesma cama.

Por que é que isso me faz ficar vermelha? Ele não falou nada sobre sexo, só sobre dormir no mesmo colchão. Não tem por que ficar confusa. Eu culpo Priya e toda aquela sua conversa sobre os nós. Já que aparentemente agora o meu cérebro vai direto de Noah para cama e para nós quando tem chance.

— É… faz sentido.

Noah coça a nuca, parecendo indisposto, e por fim pigarreia enquanto se levanta da cadeira.

— Tá. Então eu vou só…

Não me lembro de ter ficado em pé e me dou conta de que minha pulsação acelerou algumas dezenas de batidas na expectativa. Concluo que isso não passa de uma reação biológica, alguma besteira hormonal qualquer sobre a qual não tenho controle. Tenho que me lembrar que se trata de negócios, simplesmente algo necessário que a gente tem que fazer para seguir com a nossa manobra.

— Tá — digo baixinho. — É, você pode.

Dou a volta na mesa para tentar encontrar com ele no meio do caminho, para acabar logo com a coisa.

"É só a droga de um abraço", penso. "Para de agir como uma colegialzinha."

Posso ver Noah pelejando, o constrangimento da coisa toda, e tento aliviar a tensão abrindo os braços e lançando o que espero ser um sorriso encorajador.

— Manda ver, acho.

— Tá. — É, ele ainda parece sério demais para o meu gosto. Torna a coisa mais estranha. — Vou só...

Ele estende a mão como se estivesse chegando perto de um filhote de cervo, as mãos cuidadosas em relação às partes que tateia, enquanto sua grande estrutura invade meu espaço pessoal. Sinto primeiro seus dedos na minha cintura, seus polegares correndo pelo bolso da frente do meu uniforme enquanto as palmas fazem uma leve pressão nas minhas laterais, e a sensação de suas mãos se fechando para encontrar a parte baixa das minhas costas me faz arfar. Espero que ele não tenha ouvido.

— Desculpa — ele sussurra de novo. — Vou ser rápido.

Acho que assinto, mas ele está perto demais para ficar confortável agora, e seu cheiro embaça meus sentidos enquanto ele me puxa para perto. Fecho os olhos quando meu rosto encosta no seu peito, e o botão do seu jaleco me espeta de leve enquanto sinto seu rosto pressionando meu cabelo. A princípio, acho que estou imaginando o jeito como uma de suas mãos parece subir um pouco mais na minha coluna, mas quando sinto uma pressão entre as omoplatas, como se estivesse tentando me puxar mais para perto, tenho que reavaliar essa aferição.

Percebo que estou esperando, suspensa num estado de vontade de prender a respiração e respirar fundo, enquanto aguardo sua pele tocar a minha e deixar uma porção de si. Sinto isso quando ele roça o nariz primeiro, o som fraco da inalação enquanto a ponta corre pelo meu pescoço, e eu engulo em seco com meus dedos inconscientemente se fechando no tecido do seu jaleco para me estabilizar. O que é necessário, uma vez que meus joelhos estão fazendo aquela coisa idiota de novo de virar gelatina.

Ele se barbeou desde a última vez que fez isso, a bochecha está macia quando a pressiona quente no meu pescoço, e eu podia estar imaginando o jeito como ele treme tão de leve, mas acho que não estou. Há um som em seu peito, como um lamento, só que mais suave quando sua garganta desliza pela minha, e de novo acontece aquele formigamento por toda parte que deixa minha pele arrepiada em resposta. É ao mesmo tempo agradável e desconfortável, como uma comichão que precisa ser coçada, mas que não consigo alcançar.

"São só os seus hormônios", digo a mim mesma. "Não quer dizer nada."

Então, por que é que estou respirando com tanta dificuldade quando ele recua? E mais, por que é que *ele* também está?

Não ajuda em nada o fato de seu cheiro parecer mais forte agora, e devo presumir que isso tem algo a ver com a suspensão dos inibidores — mas a potência quase faz a sala rodar enquanto me agarro a ele. Sinto um calor na barriga e no peito que parece pulsar, e quando tento engolir, sinto a garganta seca. Fecho os olhos, pensando que pode me ajudar a me controlar, mas isso só faz todos os meus *outros* sentidos despertarem ainda mais. Há um impulso que é volátil mas forte, que me faz fantasiar em virar o rosto para beijá-lo. O que sei que é ridículo. Para não dizer insensato.

Então, por que de repente estou me perguntando como é o gosto dele?

— Desculpa — ele repete. A distância repentina quando se afasta é quase um choque para o meu sistema, e reparo que seus olhos azuis estão mais escuros do que pouco tempo antes. — Eu não queria… — Ele aperta os lábios enquanto pigarreia. — Desculpa.

Eu engulo, mas ainda é difícil.

— Você não para de dizer isso. — Minha voz parece toda errada. — É só parte do plano, certo?

— Certo — ele responde tranquilamente, com a mandíbula tensa como se estivesse rangendo os dentes. — Só parte do plano.

Viro o rosto só para não ter mais de olhar para ele, e encosto o nariz no meu ombro.

— Eu acho… que vai bastar.

— É. — Consigo vê-lo assentindo de canto de olho, devagar, como se estivesse entorpecido. — Isso deve, hum, bastar.

Não tenho certeza de quando percebemos que suas mãos ainda estão descansando de leve na minha cintura, onde se assentaram depois que ele se afastou de mim. Noah logo as retira como se estivesse constrangido, desviando os olhos. Por mais estranho que pareça, quase fico decepcionada quando ele para de me tocar.

— Tá… bem. Acho que vou pensar sobre essa história.

— Ah. — A história de nosso começo de mentira é curiosamente a última coisa que me vem à mente no momento. — Sim. Com certeza te mando uma mensagem depois.

Ele assente com firmeza outra vez.

— Claro.

Seu cheiro tem que ser tão gostoso? Fica difícil pensar. Só pode ser os genes alfa dele. Não admira que Noah fosse tão regrado com os inibidores. Se ele andasse por aí com esse cheiro, outros metamorofos ou ficariam apavorados ou se jogariam em cima dele.

Dou um passo para o lado, tomando uma distância necessária entre nós.

— É melhor eu me apressar e ir embora — digo, rindo, nervosa. — Se as pessoas me pegarem com tanto do seu cheiro, vão pensar que a gente está se pegando na sua sala.

Noah faz uma cara esquisita que faz eu me arrepender da piada, mas ela vai embora tão rápido quanto aparece.

— Tenha uma boa noite, Mackenzie — ele me diz, com a voz mais grossa do que um minuto antes.

— Você também. — Tento sorrir. — Te vejo amanhã.

Fujo antes de ter a chance de fazer algo idiota, com uma boa quantidade de ideias provenientes dos hormônios correndo pelo meu cérebro que não são só ridículas, mas também completamente indevidas. O ar do lado de fora da sala de Noah é consideravelmente menos... *Noah*, e respirá-lo proporciona um pouquinho de clareza longe dos impulsos que seu cheiro traz, o que sei que não tem nada a ver com a gente e tem tudo a ver com a biologia.

"São só os seus hormônios."

Repito isso para mim mesma pelo menos uma dúzia de vezes enquanto sigo para o meu carro, mas isso não me faz pensar menos na questão.

6.

Noah

Não vou dizer que ando estressado por causa de hoje à noite, mas com certeza não estou nem remotamente animado. Mackenzie me informou ao chegar na minha sala no início dessa semana que a reuniãozinha a que vamos vai ser em um *bar*, um lugar em que não boto o pé desde os vinte anos. Eu não estaria tão disposto a acompanhá-la se tivesse ficado sabendo disso antes.

Verifico meu relógio enquanto olho as portas duplas que levam para fora do saguão principal do hospital; Mackenzie me mandou uma mensagem dez minutos atrás dizendo que estava trocando de roupa e que desceria logo em seguida — e, como um belo idiota, estou encostado no meu carro no estacionamento a esperando como se estivéssemos prestes a ir ao baile de formatura ou algo assim. Eu sei que se lhe dissesse que esse é meu primeiro encontro de verdade em quase um ano, ela provavelmente teria todo um leque de provocações a fazer.

Não que isso seja um encontro, corrijo na minha mente.

Se bem que não posso fingir que a ideia de um encontro com Mackenzie, de mentira ou não, sem dúvida teve um pequeno papel no meu nervosismo essa semana. Sobretudo depois daquele momento estranho na minha sala, na última vez em que a encontrei.

Não sei o que me deu para impor a necessidade de deixar meu cheiro nela de novo; eu me lembro dela falando como se estivesse prestes a ir embora, mas o tempo todo que seus lábios se moviam, parecia que eu só conseguia me concentrar na doçura do seu cheiro e em quão pouco do meu parecia ter sobrado para se misturar a ele. Por um breve instante, fiquei profundamente desconfortável com a ideia de mandá-la de volta ao mundo sem deixar minha marca de novo. O que, por sua vez, me deixa bastante desconfortável por inúmeras outras razões.

Faz muitos anos desde que fiquei sem inibidores, tanto tempo que as emoções e os impulsos estranhos que a falta deles acarreta parecem desconhecidos. Faz só um punhado de dias que parei de tomá-los, e isso por si só basta para me deixar preocupado com o quão pior esses efeitos colaterais de comportamento podem ficar e me afetar à medida que o tempo for passando sem a minha dose diária. Alguma coisa em tocar Mackenzie trouxe à tona a ânsia de tocá-la *mais*, e minha cabeça está atormentada desde então pela única vez na minha vida adulta em que quis tanto tocar uma mulher, mesmo que a vontade tivesse sido passageira. Provavelmente foi melhor que ambos tenhamos ficado muito ocupados esta semana para conversarmos apenas por mensagens — ainda que uma parte de mim tenha ficado ligeiramente apreensiva em relação à distância. Presumo que seja algum instinto alfa estranho com o qual nunca tive que lidar antes.

Uma coisa é certa, vou ter que manejar melhor as coisas se quisermos seguir em frente com esse acordo.

Fecho mais a jaqueta quando sopra uma lufada de ar frio e dou uma olhada na hora no meu telefone mais uma vez. Mas o que é que ela está vestindo, afinal de contas? Será que poderia mesmo ser um vestido de baile? Eu devia ter esperado no carro como uma pessoa normal. Provavelmente é idiota achar que isso é de algum modo mais cavalheiresco.

Estou prestes a jogar tudo para o alto quando reparo nas portas de vidro se abrindo do outro lado do estacionamento e avisto um cabelo loiro-escuro desgrenhado e conhecido, com Mackenzie na ponta dos pés procurando meu carro. Ela não me nota de imediato, ainda que eu esteja bastante perto, o que quer dizer que tenho uns bons trinta segundos mais ou menos para lidar com a estranha hesitação que ela me provoca com o que *vestiu*.

Os jeans pretos colados abraçam cada parte de seu corpo até as botas de couro que chegam logo abaixo dos joelhos, e seu suéter vermelho, também justo debaixo do casaco preto de botões duplos, se agarra a ela de modo semelhante, o que torna muito difícil para uma pessoa olhar para qualquer outra coisa que não seja ela. Ou pelo menos esse é exatamente o efeito que a coisa toda está provocando em *mim* agora.

Ela sorri quando por fim me encontra, acenando enquanto começa a vir na minha direção. Quanto mais perto chega, mais sou capaz de estimar o tamanho exato do decote do seu suéter, assim como até onde vai a corrente preta pendurada no pescoço que desaparece entre os seios, para onde me recuso a deixar meus olhos descerem.

— Ei — ela diz, se aproximando e me olhando de cima a baixo. Ela solta um *uhh* por causa da minha calça jeans escura e da minha camisa azul de botão sob a jaqueta, chegando até mesmo a estender a mão para mexer na lapela, parecendo impressionada. — Olha só para você! Você se arruma direitinho, dr. Taylor.

Estou com um nó apertando os pensamentos, obrigando meu olhar a continuar bem seguro em seu rosto enquanto pigarreio.

— Você também.

— Opa, obrigada — ela diz, piscando brincalhona várias vezes. — Você está pronto?

— O mais pronto possível — murmuro em resposta, me virando para abrir a porta para ela.

Só fecho quando ela está bem acomodada, e logo dou a volta no carro para me sentar no banco do motorista. Ela acabou de colocar o cinto de segurança quando começo a fazer a mesma coisa, e ao terminar reparo no sorriso contente no seu rosto, erguendo a sobrancelha para ela com um olhar interrogativo.

— Em uma escala de um a dez, quanto você vai odiar essa festa? — ela diz.

Dou uma bufadinha ao ligar o carro, balançando a cabeça enquanto dou a ré para sair da vaga do estacionamento.

— Sem dúvida onze — resmungo.

Suas risadinhas só param quando chegamos à rua.

Não estou certo do que é mais estranho, eu num bar ou eu num bar com colegas de trabalho. Acontece um silêncio breve, mas notável, que se assenta entre eles quando eu e Mackenzie cruzamos a porta de madeira envelhecida, e o canto dos fundos do bar onde todo mundo está reunido faz cri-cri por pelo menos cinco segundos antes de a conversa recomeçar. Mackenzie acena na mesma hora para alguém que não conheço, uma mulher bonita com cabelo escuro e um sorriso brilhante que parece, bem… satisfeita, na verdade.

— Mack! Vem cá!

Ela se vira para mim antes de seguir em frente, apertando minha mão para incentivar.

— Irremediavelmente apaixonados, tá?

— Tá — respondo, superconcentrado no calor de seus dedos. — Delirantemente felizes.

Mackenzie dá um sorrisinho antes de me puxar por entre o bando de frequentadores do bar rumo ao grupo perto dos fundos, e a mesma mulher, que presumo ser uma amiga dela, abre espaço na mesma hora para nós dois na mesa redonda onde ela e alguns outros se acomodaram.

— Vamos lá — a mulher incentiva os outros sentados ao redor da mesa. — Cheguem para o lado. — Ela volta sua atenção para Mackenzie enquanto nos sentamos no reservado. — Graças a Deus que você veio. O Conner está aqui.

Mackenzie enruga o nariz.

— Credo. Ele ainda está tentando arranjar o seu número?

— Literalmente, toda vez que ele me chama lá na ortopedia. Sabe quantos pacientes idosos tem em Denver que precisam de prótese de quadril? Porque eu sei essa maldita quantidade.

— Eu, hein. — O nariz de Mackenzie ainda está enrugado de desagrado. É só neste exato instante que percebo que ainda a estou encarando enquanto ela faz isso. Ainda bem que ela parece se lembrar de mim nessa hora, me arrancando da estupefação. — Ah. Desculpa. Priya, este é…

— Ah, eu sei quem ele é — a mulher, ou *Priya*, diz. — A gente já trabalhou muito junto.

Sinto o pânico me dominando.

— Trabalhou?

— Priya Mehta. — Ela ri. — Sou a anestesista do plantão. Sou sempre eu quem nocauteia os seus pacientes.

— Ah. — O pânico se transforma num ligeiro constrangimento. — Desculpa, às vezes eu...

Priya faz um gesto de "deixa para lá".

— Para ser sincera, acabaria com toda a minha ilusão sobre você se tivesse me reconhecido.

Não faço ideia do que pensar disso, mas ela está sorrindo, então deve ser um bom sinal.

Priya aponta para as outras pessoas na mesa, apresentando cada uma.

— Este é o Matías Hernandez — ela aponta para o homem grande e moreno à sua esquerda. — Ele é endocrinologista. E esta é Jamie, esposa dele. — A mulher mignonne de cabelos ruivos e sardas junto de Matías me abre um pequeno sorriso com um aceno. — Ela é uma das técnicas de radiologia que trabalham comigo. Ah, e aquele velhinho ali é o...

— Paul?

— Noah — diz Paul, e seu bigode grisalho sobe num sorriso. — Nunca imaginei que veria você num evento desses.

— Estou... — Sinto o braço da Mackenzie se enroscar no meu de repente, e quando a olho, ela me dá um sorriso encorajador. Lembro a mim mesmo que o toque é necessário, só parte do ardil. — Bem. — Estampo um sorriso no rosto, lembrando da minha pessoa. — Aconteceram, hum, umas coisas desde que você foi embora.

Paul dá uma risadinha.

— Não diga. A mesa inteira está falando disso desde que cheguei.

Olho para os demais na mesa e me deparo com todos desviando o olhar para outro lugar de uma hora para outra. Praticamente confirmando o que Paul acabou de dizer.

Mackenzie se inclina para empurrar Priya com o ombro.

— Que feio.

— Bem! — Priya levanta as mãos. — Vocês soltaram, tipo, a maior bomba que aquele hospital já ouviu. A nossa Mackenzie? Com o Nosferatu da Cardiologia?

— Muito obrigado — digo, impassível.

Priya parece pesarosa pelo menos.

— Desculpa.

— Ela já tomou uns drinques — Jamie, a que ela mencionou ser sua técnica, interrompe. — Você vai ter que perdoar.

— Acho que vou precisar de mais uns — diz seu marido, Matías.

— Não acho que a gente, hum... imaginou que isso abalaria tanto as coisas — sugiro.

— Acho que não levamos em consideração o quanto nossos colegas de trabalho — Mackenzie lança um olhar para Priya que penso ser de falsa irritação — eram *enxeridos*.

— Ela nem me contou como vocês se conheceram — Priya faz um beicinho. — Não é maldade isso, Noah? Era para a gente ser amigas.

— Foi você que saiu correndo na hora do almoço e me deixou sozinha — argumenta Mackenzie.

— *E* eu disse que queria saber dessa história na próxima vez em que a gente se visse — acusa Priya. — Vai! Contem pra gente. Noah? Foi amor à primeira vista?

— Eu... — Olho para Mackenzie atrás de ajuda e dá para ver pela sua expressão que ela percebe que estou me esforçando. Tínhamos combinado de manter as coisas simples, mas de repente fico com medo de estragar tudo. — Bem, eu...

— A gente se conheceu no trabalho — solta Mackenzie, me salvando. — Óbvio.

— Isso — acrescento, concordando com a cabeça enquanto me recomponho. — A Mackenzie tinha... ido na minha sala fazer uma consulta sobre um paciente que estava com um IM agudo.

Jamie franze o cenho.

— IM?

— Infarto do miocárdio — todos os outros na mesa dizem ao mesmo tempo.

Jamie revira os olhos, murmurando algo como "*Médicos*".

— Mas *então* — Mackenzie segue em frente, me ajudando —, eu já tinha ouvido todas as histórias sobre o Noah Taylor, como vocês podem imaginar.

A gente não tinha discutido isso.

— Que histórias?

— Ah, meu Deus. Pode escolher. — Ela aponta para Priya. — Como era aquela sobre o Noah ter mandado todo mundo sair do elevador porque queria ir sozinho?

— Ele estava com problemas *mecânicos* — bufo. — Só os incentivei a ir pelas escadas.

Priya estala a língua.

— Mas você foi de elevador?

— Espera — Mackenzie ri. — Eu posso apostar que ele estava tentando ser pontual para alguma coisa.

Faço uma careta.

— Eu tinha uma reunião às dez.

— Sabia. — Mackenzie ri mais ainda e eu reparo que o braço que ainda está enroscado no meu me aperta com mais força. Não dá para dizer que não gosto. — Só você correria o risco de despencar até a morte para chegar em uma reunião na hora certa.

— Nem tenho certeza se quero saber das outras lorotas que contaram a meu respeito — resmungo.

— Tem sempre aquela da enfermeira que você fez chorar — diz Jamie.

Eu suspiro.

— Aquilo foi...

— ... *absurdamente* exagerado — Mackenzie completa com uma risada.

Sinto meus lábios estremecerem ao vê-la contente, mesmo quando estou fazendo de tudo para parecer austero, balançando a cabeça para ela.

— Uau — Matías se admira. — Eu pensava em vocês como um casal meio suspeito, mas vocês dois sem dúvida estão apaixonados.

A risada de Mackenzie titubeia apenas por um instante, e fico tenso junto dela quando sinto uma rajada de sua fragrância parecida com madressilva comichando minhas narinas. Engulo em seco quando ela parece se recompor segundos depois, seu cheiro se dispersando quando deita a cabeça no meu ombro.

— Irremediavelmente apaixonados — ela cantarola.

Ainda estou olhando para ela quando murmuro:

— Delirantemente felizes.

— Tá certo — Priya geme, mostrando a língua. — Concluí que sou solteira demais e que estou sem dúvida sóbria demais ainda para ser agredida por vocês dois e essa felicidade toda. Vou simplesmente presumir que vocês se apaixonaram na mesma hora e viveram felizes para sempre pós-infarto do miocárdio.

— Como as pessoas fazem — Mackenzie diz, séria. Ela cutuca Priya mais uma vez. — E o Conner sempre está aí.

Priya aponta para ela com os olhos furiosos.

— Chega. É sua vez de cuidar dos refis. Vamos.

— Tá bem, tá bem — Mackenzie ri. — Estou precisando de uma bebida, de qualquer jeito.

Escorrego para fora do reservado para deixá-las sair, me demorando quando Matías e Jamie as seguem.

— Vou fazer ele dançar comigo — Jamie explica ao passarem.

Mackenzie fica para trás enquanto os outros seguem rumo ao bar. Ela segura minha mão me olhando com preocupação.

— Tudo bem você ficar por aqui sozinho um pouco?

— Tudo bem — garanto. Percebo que ela ainda está com medo de me deixar sozinho, então acrescento: — Vai lá se divertir.

Ela me abre um sorriso, dando uma apertadinha nos meus dedos enquanto uma sensação parecida surge no meu peito. Olho para ela mais tempo do que o necessário, por algum motivo querendo garantir que vai passar tranquila pela multidão, e só consigo relaxar quando vejo ela e Priya rindo de alguma coisa no balcão comprido de madeira e tentando chamar a atenção do barman.

— Então — Paul diz enquanto volto a me acomodar na cabine. — Com uma parceira, hein?

Estendo a mão para esfregar a nuca.

— É, isso tem sido… interessante.

— Engraçado como você nunca mencionou isso — diz ele com um toque divertido na voz, e rugas se formam na pele morena em torno dos olhos. — Considerando que eu provavelmente sou a única pessoa do trabalho com quem você mantém um contato frequente.

— Desculpa — eu digo. — A gente não... É complicado.

— Isso não teria nada a ver com a descoberta do seu status de alfa, teria?

— É... — Eu me esforço para conseguir qualquer coisa remotamente próxima de uma boa desculpa, mas não consigo. — É óbvio?

— Não para o observador comum — Paul ri. — Mas eu te conheço.

— Tem sido uma baita confusão, Paul — suspiro.

— Eu imagino — ele diz. — Então qual é o papel da dra. Carter nisso tudo?

— Ela está... — viro o rosto, pressionando os lábios enquanto vejo a cabeça dela tombar para trás com alegria por algo que Priya acabou de dizer. — Ela está me ajudando.

— Pelo que Priya me contou — Paul observa —, a dra. Carter é uma espécie de santa.

— Ela é — murmuro em resposta, ainda olhando para minha parceira de mentira rindo.

Paul alcança o copo à sua frente e, quando por fim tiro minha atenção de Mackenzie, me dou conta de que ele está sorrindo enquanto toma um gole, com os olhos escuros brilhando.

— Vocês são bem convincentes. Vendo vocês dois juntos, ninguém suspeitaria que não são um par.

— Ah, a gente só... — Franzo a testa voltado para a mesa. — Sinceramente, estou surpreso que ela tenha concordado. Não faz sentido de nenhum ponto de vista ela fazer isso.

Essa parte é sem dúvida verdade, e é algo que está o tempo todo na minha cabeça. Mesmo com o raciocínio dela de que a estou mantendo longe de mais uma série de péssimos encontros... essa coisa que estamos fazendo é muito trabalhosa e dá a impressão de que eu tenho muito mais a me beneficiar com a situação.

— Bem, você mesmo disse que ela é uma santa — diz Paul.

Eu assinto.

— Disse.

Reparo que ele está sorrindo mais uma vez, quase como se tivesse um segredo, e com um balançar sutil da cabeça volta a prestar atenção no copo.

— Estou ansioso para ver no que isso vai dar.

— Com sorte, em algo que não seja um desastre — solto.

— Só toma cuidado — Paul me avisa de novo. — Você é inteligente demais para deixar isso te arruinar. Seria um desperdício em todos os sentidos.

— Vou tomar — digo a ele. — Pelo menos... não ia querer comprometer a carreira da Mackenzie. Não ia conseguir viver se a arrastasse para a lama comigo. — Pego Paul me olhando com aquele sorriso estranho de novo e ergo uma sobrancelha para ele. — O que foi?

— Nada, nada — ele ri. — É como eu te disse, estou ansioso para ver no que isso vai dar.

Não estou muito certo do que ele quer dizer, e concluo que perguntar só vai me render mais olhares maliciosos.

— Noah!

Minha cabeça se volta para o lado ao ouvir a voz da Mackenzie, e a flagro cortando a multidão de novo. Percebo que suas bochechas estão ligeiramente mais coradas do que quando saiu. Ela pede desculpas silenciosas para Paul antes de se inclinar e sussurrar no meu ouvido, e um arrepio imperceptível (ou pelo menos eu espero que seja) percorre meu corpo quando sinto seu hálito.

— O Dennis está aqui — ela sussurra. — Ele estava perguntando para uma pessoa no bar se tinham visto a gente. — Dá para sentir o cheiro frutado da bebida que ela deve ter virado antes de voltar. — Só me segue. — Antes que eu sequer tenha tempo de ficar confuso, ela segura a minha mão, me arrancando de onde estou sentado. — Vem dançar comigo! — Devo ter feito uma careta, porque ela dá uma risada. — Ah, vamos. Dança comigo, seu ranzinza.

Estou momentaneamente distraído com o calor da palma de sua mão, e ainda mais com seu sorriso convidativo. Como se ela quisesse dançar *de verdade* comigo. Fica difícil dizer qualquer coisa.

— Está bem. — Deslizo para sair do reservado, lançando um olhar de desculpas para Paul. — Foi mal.

— Vai, vai — ele insiste. — Vai dançar com a sua parceira.

O sorriso dele é tão maroto quanto nos últimos cinco minutos, mas não tenho tempo para ficar desconfortável com Mackenzie me puxando pela pista. Quando somos cercados pelo enxame de pessoas na pista, ela me puxa para mais perto, pegando minhas mãos e colocando-as na sua cintura antes de pendurar as dela atrás da minha nuca.

— Imaginei que ele não ia te encher se você estivesse dançando comigo — ela explica.

— Ah. — Assinto e me viro para dar uma olhada na multidão e ver se consigo avistá-lo. — Boa ideia.

— Dois coelhos — ela cantarola.

Ergo uma sobrancelha.

— Qual é o outro coelho?

— Quando vou poder dizer de novo que dancei com a *Porra do Noah Taylor*?

— Essa é uma abordagem interessante — rio.

— Meu amigo Parker te chama assim — ela confessa. — A *Porra do Noah Taylor*. Você é mesmo um tipo esquisito de celebridade no trabalho.

— Nunca tive essa intenção — digo a ela.

Por mais estranho que pareça, seu sorriso fica ainda mais largo.

— Estou começando a entender isso. É só parte do seu charme.

De novo. Ainda não consigo me acostumar com a ideia de se referirem a mim com a palavra *charme*.

— Quanto você bebeu?

Ela franze o nariz. Eu sem dúvida concluí que é um gesto cativante.

— Só um cosmopolitan. — Ela repara na minha hesitação, revirando os olhos. — E uns shots.

— Vamos garantir que você segure a onda no resto da noite — rio. — Não quero que você passe mal.

Ela dá uma piscadela para mim.

— Tudo bem. Meu alfa está aqui, certo?

Aquele mesmo arrepio corre pela minha coluna. É só uma frase, uma frase simples que... Então por que é que eu fico tão tenso de repente? Não ajuda em nada que o cheiro dela esteja um pouco mais denso agora; estou presumindo que podemos botar a culpa disso no álcool.

— Tá — murmuro de volta, tentando manter minha expressão indiferente.

Continuamos balançando ao som da música lenta que está tocando nos alto-falantes, e a certa altura a cabeça dela pende um pouco, de modo que sua bochecha encosta no meu peito.

— Você tem um cheiro gostoso — ela suspira. — Sabia?

"Que perigo", penso. Provavelmente deveria pôr um fim nessa dança.

— Não posso dizer que sabia — consigo soltar.

Ela encosta o nariz na minha camisa de novo, inspirando.

— Bem, você tem.

— Obrigado — respondo, e minha voz fica mais tensa do que há um instante. — Hum… você também tem.

Ela ergue o queixo para me abrir um sorriso meio devaneador.

— Tenho?

Engulo em seco. Isso parece um *grande* perigo. Sobretudo considerando que eu de repente tenho ideias intensas e ultrajantes sobre qual seria a sensação da boca de Mackenzie. Não consigo nem precisar de onde os pensamentos vêm. Então, mais uma vez, não consigo processar nada exceto seu sorriso. Parece impossível o modo como ela mexe comigo cada vez mais. Mais do que qualquer outra pessoa já mexeu. Disso tenho certeza. Será *mesmo* só porque fiquei tanto tempo sem parar de tomar meus inibidores?

— Tem — rilho, forçando meu olhar para o alto, por sobre sua cabeça, só para poder desanuviar meus pensamentos. — Onde você viu o Dennis?

— Ah. — Ela vira a cabeça, esticando o pescoço. — Ele estava lá com a Betty.

— Eu ainda não sei quem é a Betty.

Mackenzie ri.

— É tão engraçado como todo mundo te conhece, mas você não conhece ninguém.

— Eu… não tenho o costume de fazer amigos.

— Isso está claro — ela brinca. — Mas… a gente é amigo. Não é?

— Eu… — Não consigo evitar. Volto a dar uma espiada nela, e desse ângulo do alto tenho uma visão clara do decote em V do suéter, onde o volume suave dos seus seios sobe e desce a cada respiração. Tenho que me segurar para não olhar, me sentindo uma espécie de animal adolescente. — Sim. A gente é amigo.

Aquele mesmo sorriso que me faz ficar com o peito apertado.

— Mas que honra.

A música acaba, e o silêncio parece colocar algum juízo na minha cabeça. Pigarreio enquanto solto a cintura dela (mesmo que meus dedos pareçam que vão gritar em protesto), fingindo perscrutar a multidão enquanto começa a tocar uma música mais animada.

— Você quer outra bebida? Com certeza vou precisar de uma ou cinco para dançar esse tipo de música.

— Vou esperar um pouquinho — diz ela. — Aquele último shot bateu, eu acho.

— Acho que é uma boa ideia — matuto. — Encontro você lá na mesa.

Então ela me olha com curiosidade, examinando minha expressão com um ar de sagacidade… mas não consigo de jeito nenhum ter a mínima ideia do que ela está pensando. Ela dá uma balançada na cabeça, como que para afastar seus próprios pensamentos, abrindo um sorriso que parece mais ensaiado do que o que abriu enquanto dançávamos.

— Claro. Se o Dennis te incomodar, dá um grito. Acabo com ele com certeza.

— Perfeito — rio. — Estou me sentindo muito mais seguro agora.

Ela acena para mim por sobre o ombro enquanto serpeia de volta à nossa mesa, e eu respiro fundo o ar menos condensado com seu cheiro depois que ela saiu. Assim fica um pouco mais fácil pensar.

Eu preciso mesmo de uma bebida.

Muita coisa acontece em uma hora.

Eu tomo sim aquela bebida, e acabar com ela faz maravilhas com o meu nervosismo e com a tensão por estar em um lugar tão lotado. A certa altura, Priya anuncia em alto e bom som que concluiu que sou bom o bastante para Mackenzie — o que faz a mesa inteira cair na gargalhada. Conheço Betty, e ela me conta *sim* que fez o parto de Tim Allen. Também me diz que é melhor eu não machucar Mackenzie e, para uma mulher de setenta e tantos anos, ela parece bastante intimidadora. Paul diz boa-noite e segue para casa depois de me lançar outro sorriso maroto e um olhar astuto, e não posso fingir que não estou com um pouco inveja dele indo embora. Embora, tenho que admitir... até que me diverti essa noite. Mackenzie se certificou disso.

Minha parceira de mentira em questão tem sido consideravelmente menos melosa do que na pista de dança, e só posso imaginar que isso se deve ao fato de ela ter ficado um pouco mais sóbria depois da rodada de shots. Ela ainda está me tocando de um jeito íntimo, seu braço ainda enroscado no meu sempre que não o está usando para tomar um gole da bebida ou para contar uma história cheia de expressão — mas eu não vi mais o sorriso doce ou o olhar cheio de devaneio desde que aquela música acabou. Mackenzie definitivamente não voltou a afundar no meu abraço. O que suponho que uma versão mais racional de mim mesmo ficaria aliviada. Com bebida ou sem, não é uma boa ideia ficarmos íntimos demais um do outro além do que é esperado de nós.

Ainda que a cada inspiração eu sinta mais de seu perfume doce que periga me deixar louco.

Essa noite foi a coisa mais próxima de um encontro que tive em já não sei quanto tempo, e ainda que seja inteiramente de mentira e apenas uma encenação, para ser sincero é meio... gostoso. Passar um tempo com outras pessoas. Fiquei tanto tempo isolado dos outros para manter meu segredo que tinha esquecido como a experiência de socialização pode ser prazerosa quando a oportunidade aparece.

Mas pode muito bem ser a companhia com quem estou.

— Tudo bem por aí?

Olho para Mackenzie, que está se inclinando na minha direção toda conspiratória, com a voz baixa, de modo que só eu possa ouvi-la, enquanto Priya conta uma piada horrível para um oftalmologista com quem ela voltou para a mesa.

— Tudo bem — digo. — Até que estou me divertindo decentemente.

— Uau — Mackenzie ri devagar. — Noah Taylor *até que está se divertindo decentemente*. Alguém chame os bombeiros.

— Engraçadinha. — Aperto meus lábios. — Suponho que socializar não seja tão péssimo quanto imaginei de início.

Ela solta um falso arquejo.

— Ah, meu Deus. Na próxima semana vou ter que te arrastar para fora de uma rave ou algo assim.

— Eu não apostaria nisso — digo, me encolhendo.

Ela sorri para mim, não aquele sorriso convidativo de antes que tinha feito eu sentir um nó na barriga, mas ainda assim um espetáculo suave e doce que mostra que ela está contente de verdade por ouvir isso.

— Estou feliz que você esteja se divertindo. Não faz bem ficar fechado em si mesmo como você fica.

— Esse é o seu diagnóstico profissional?

Seu rosto se abre num sorriso total, que exibe seus dentes. Os nós na barriga voltaram.

— É, sim. Não tem necessidade de ir atrás de uma segunda opinião.

— Vocês estão me deixando com engulho — Priya geme do outro lado da mesa, quebrando nossa conversa tranquila. — Eu gostava mais quando você era ranzinza — ela acrescenta, apontando acusatória para mim. — Pelo menos naquela época eu não tinha tanta inveja.

Eu rio baixinho.

— Pode confiar. Não tem necessidade de ficar com inveja. Quer dizer. — Dou uma olhadela para a Mackenzie. — Não da Mackenzie, pelo menos. Quem sabe de mim.

Mackenzie abre a boca ao ouvir o elogio, mas Priya responde:

— Afe. Casais.

Mas é claro, como nada em relação a essa situação foi fácil, a noite não pode apenas terminar numa boa toada. Pelo canto do olho, reparo nele se aproximando, e meu corpo logo fica tenso enquanto meu sorriso se dispersa. Nunca tinha de fato sentido totalmente o cheiro de Dennis; tive a sorte de não o perceber enquanto tomava os inibidores, mas sentir uma baforada dele agora me faz enrugar o nariz, atacado pelo cheiro do que parece de uma colônia barata.

— Noah! — A voz dele é alta, passando por cima da conversa das pessoas à nossa volta, e todos na mesa se viram para olhá-lo quando ele se aproxima. — Não acredito que você realmente veio. Não achei que fosse o seu tipo de coisa.

— Pois é. — Permaneço com a expressão impassível. — Agora que já sabem nosso segredo, não parecia certo deixar minha parceira vir sozinha.

— É claro — Dennis diz com um sorriso que parece dissimulado. — Mackenzie. Que bom ver você de novo. — Ele a olha de cima a baixo. — Você está fantástica.

Meus punhos se fecham debaixo da mesa enquanto ele olha para ela, e só um instante depois sinto a mão suave de Mackenzie deslizar em cima da minha, me acalmando.

— Obrigada — ela diz brandamente.

— É mesmo muito bom ver vocês juntos — ele golfa. — Eu sei que todo mundo ficou preocupado quando o boato sobre o Noah começou. Que sorte que ele tinha você na manga, não é mesmo?

Não sei dizer por que estou prestes a tremer de raiva — alguma coisa no Dennis sempre me tira do sério —, mas sem a rede de segurança dos meus inibidores, consigo sentir o desejo de golpeá-lo muito mais forte do que antes. Felizmente, a mão de Mackenzie dá um apertão na minha, e algo em seu toque me impede de sucumbir.

— Nós dois temos muita sorte — ela diz, mantendo os olhos firmes nos dele. — Pareceu besteira me preocupar com o que os outros poderiam pensar de mim quando o trabalho do meu parceiro estava em jogo.

— Certo — Dennis diz, ainda com aquele mesmo sorriso viscoso aberto. — Muita sorte. Nós teríamos odiado perder nosso melhor cardiologista.

A mesa então fica em silêncio, o resto do nosso grupo um tanto desconfortável enquanto estou fervendo em silêncio, e só quando Mackenzie pigarreia é que algum de nós se mexe.

— Sim, pois é. — Mackenzie nunca solta a minha mão. — Talvez a gente devesse ir. Certo, Noah? Você tem um turno bem cedo amanhã.

Eu me pergunto por um instante como ela sabe disso, mas estou distraído demais em *não* arrancar aquele sorriso da cara do Dennis para pensar nisso.

— É — concordo, firme. — Um turno bem cedo.

— Ah, é claro — diz Dennis. — Não quero prender vocês. Sei como o trabalho é importante para os dois. — Outro sorriso grosseiro. — Tenham uma boa-noite.

Ninguém fala até que Dennis esteja longe o bastante para não ouvir, e então há uma forte rajada de ar quando Priya solta um suspiro.

— Nossa. Esse cara é um idiota.

Mackenzie vira o rosto.

— Você percebeu isso?

— Ah, percebi — ela responde. — Ele não gosta *nada* do Noah.

— Talvez seja melhor a gente ir embora daqui — Mackenzie me diz. — Antes que você quebre alguma coisa.

Abro os punhos, sem perceber que os estava travando, e pisco algumas vezes enquanto volto a mim.

— Desculpa, eu... — Aperto os lábios. — Eu só... Ele me tira do sério.

— A Jessica, da radiologia, me disse que uma vez ele ofereceu uma carona para ela do trabalho para casa e que fez questão de informar que tipo de carro ele dirige — Priya diz.

— Maldita Jessica — Mackenzie murmura antes de voltar a me dar atenção. — É sério. A gente pode ir, se você quiser.

Dou de ombros.

— Se você tem certeza de que já quer ir.

— Sim, por mim tudo bem. — Ela se volta para Priya enquanto começa a me empurrar devagar para fora do reservado. — Não deixa o Conner te levar para casa. Eu não vou estar *nessa* festa de casamento.

— Problema nenhum aí — garante Priya.

Mesmo de pé, percebo que Mackenzie não largou minha mão. Na verdade, ela mantém uma pressão ao se despedir, enquanto Priya me faz uma última ameaça amigável quanto ao bem-estar de Mackenzie, e durante todo o tempo em que ela me puxa em meio à multidão rumo à saída do bar. Penso que ela ainda pode estar preocupada com meu nervosismo. Que droga, ela provavelmente consegue sentir o cheiro em mim, eu apostaria, e eu *podia* lhe dizer que estou bem agora, que ela não precisa continuar me segurando.

Em vez disso, deixo Mackenzie segurar a minha mão o caminho todo até o estacionamento.

O percurso de volta até sua casa é relativamente tranquilo, pelo menos a princípio. Mackenzie fica em silêncio nos primeiros quarteirões, e parece que eu não consigo pensar em nada para dizer. Ela parou de encostar em mim quando entramos no carro, porque não havia mais nenhum motivo legítimo para que continuasse fazendo isso e, por alguma razão, fico inquieto. Ela só abre a boca quando estamos quase na metade do caminho e, a essa altura, estou desconfortável, como se fosse sair do corpo.

— Então... como um todo, eu diria que esse não foi o pior encontro de mentira que já tive na vida.

Isso me arranca uma risada silenciosa, aliviando um pouco a tensão que sinto por dentro.

— Você já teve mais de um?

— Ah, um monte — ela diz, séria. — Eu te falei que era profissional.

Meus lábios ainda estão arqueados.

— Como eu poderia esquecer?

— Você está bem? Dava para ver que o Dennis estava te irritando de verdade.

Balanço a cabeça.

— Não sei o que há com esse cara. Isso não costumava me incomodar tanto como nos últimos tempos. Provavelmente é um efeito colateral da suspensão dos inibidores.

— É. Isso é estranho. É como se eu pudesse sentir seu cheiro assim que ele apareceu. Quase como se conseguisse dizer que o seu humor mudou. Foi mais claro de alguma forma. Eu nunca fui de fato capaz de captar coisas assim tanto quanto esta noite.

— Isso é... interessante — reparo, sendo sincero. — Eu me pergunto por quê.

Ela fica calada por um segundo antes de me lançar de um modo impertinente:

— Deve ser uma coisa de alfa.

— Deve ser.

Silêncio de novo, e com ele vem a mesma inquietação. Não é de forma nenhuma típico de mim; costumo ficar feliz por ser deixado tranquilo. Só que agora... estou odiando de verdade.

Mackenzie me salva mais uma vez.

— Foi superdesconfortável para você? Sentir o cheiro de toda aquela gente? Eu sei que você não está acostumado, já que ficou tomando inibidores por tanto tempo.

— Não, eu... — A pergunta me pega de surpresa, sobretudo por causa da minha resposta. É algo que não tinha me ocorrido até ela perguntar. — Para ser sincero, só consegui sentir o... seu cheiro, na maior parte do tempo.

Ela vira a cabeça para me encarar, e quando olho para a direita percebo a surpresa em seu rosto. A boca de Mackenzie se abre só para voltar a se fechar, como se estivesse pensando, e ela tem aquele mesmo olhar contemplativo que me lançou na pista de dança, como se estivesse tentando entender alguma coisa.

— Isso é... hum. Por que será?

— Não tenho certeza. — Eu a espio de novo. — Deve ser outra coisa de alfa.

— Sei. — Ela balança a cabeça languidamente, mas dá para dizer que ainda está pensando. — É claro.

Por que isso é tão *constrangedor*? Talvez tenha sido uma má ideia ter ido com ela. É como se eu estivesse entrado num território inexplorado.

Tem uma questão que me incomoda, uma questão surpreendente que nunca teria me incomodado antes de tudo isso. Penso em não perguntar, mas no final das contas parece que meu cérebro se recusa a me deixar fazer isso.

— Você... se divertiu?

— Sim — ela diz depois de um instante. Então ri. — Você rende um encontro de mentira ótimo.

— Isso é sem dúvida uma surpresa.

— Provavelmente porque você ficou bom demais naquela história toda de "o médico Taylor e o monstro".

Levo isso em consideração. Tenho feito o possível para evitar qualquer relacionamento fora do trabalho desde que estou aqui. Sinceramente, é provável que Paul seja a coisa mais próxima de um amigo que eu tenho, e ele descobriu a meu respeito por acidente.

— Tenho estado tão concentrado em manter meu segredo... não sei. Consigo entender como posso ter me comportado.

— Bem, quem sabe acabe por ser uma coisa boa alguém ter te entregado?

— O que você quer dizer?

— Só estou querendo dizer que deve ser bom não precisar mais fingir, não é?

Fico pensativo.

— Acho que é, dá um certo alívio.

— E quando você chegar em Albuquerque, vai poder aproveitar todas as coisas legais que estou te ensinando para fazer amigos de verdade. Acho que até lá vamos ter conseguido reduzir a carranca a um mínimo, sem dúvida.

O lembrete de que estou indo embora é de cortar o clima, e não consigo bem entender por quê. Nada mudou desde a última semana, então ouvir sobre os planos que eu tinha desde o início não deveria fazer eu me sentir tão estranho.

— Certo — eu digo, leve. — Tenho absoluta fé em suas habilidades.

— É bem aqui — diz Mackenzie, apontando para o prédio adiante. — Pega a próxima à direita.

Vou freando o carro para virar e paro em frente à porta do prédio dela, estacionando o carro. Ela tira o cinto devagar e continua no banco por um instante.

— Sobre mais cedo… — Ela fica um pouco impaciente. — Quando a gente estava dançando. Espero não ter deixado você desconfortável. Provavelmente eu não devia ter tomado aquele segundo shot.

Ah. *Ah.* Ela esteve o tempo todo preocupada com isso?

— Não, não — garanto a ela. — Você não deixou. Está tudo bem.

— Espero que não ache que eu estava, tipo, dando em cima de você. Não quero que se preocupe com a possibilidade de eu passar dos limites ou algo assim.

— Não, eu… — Provavelmente seria uma ideia péssima deixar Mackenzie saber que estou tendo dificuldades, certo? É óbvio que ela está desconfortável com toda essa ideia. — Está tudo bem mesmo. Pode colocar a culpa no álcool.

— O álcool — ela repete, balançando a cabeça. — Certo. Pois é. Então estamos resolvidos?

— Estamos resolvidos — insisto. — Tenho certeza de que não vai ser a última vez que as coisas vão ficar esquisitas. A gente está num acordo estranho. Não existem referências de verdade aqui.

— Tá. Ufa. — Ela passa as costas da mão na testa como galhofa, dando uma espiadinha. — Que bom que está resolvido. Acho que vejo você amanhã, certo?

— Claro. — O que me lembra... — Como é que você sabia que eu ia trabalhar amanhã?

—Ah. O meu amigo Parker é o cara da TI. Ele imprimiu para mim uma cópia da sua escala. — Ela parece em pânico por um segundo. — É esquisito? Só achei que se alguém me perguntasse se você estava trabalhando ou alguma coisa, talvez eu devesse saber. Agora estou pensando que pode ser apavorante. Merda.

— Não, está tudo bem. De verdade. Fiquei surpreso por você saber. Mas faz total sentido. — Dá para dizer que ela ainda está se sentindo esquisita com isso, então acrescento: — Talvez você devesse me dar uma cópia da sua também. Só para garantir.

— Tá. — Mackenzie balança a cabeça ardentemente, parecendo aliviada. — Sim. Te dou. — Ela por fim me abre outro sorriso, e estou começando a achar que meu corpo está desenvolvendo algum tipo de reação instintiva a isso. — Vejo você amanhã. Boa noite!

— Pra você também — murmuro, vendo-a abrir a porta para sair.

Ela me dá um aceninho antes de entrar no prédio, e eu não sigo até ela sumir de vista. Sua expressão preocupada com a ideia de ter passado dos limites fica na minha cabeça — por razões que não consigo explicar. Era para ser bom o fato de Mackenzie estar se preocupando com isso, e devia ser um *alívio* ela querer se certificar de que eu sabia que ela não estava dando em cima de mim de propósito. Então por que é que me sinto tão péssimo agora?

Ao longo de todo o caminho até minha casa, não consigo chegar a uma boa resposta.

7.

Mackenzie

O FIM DE SEMANA ACABA sendo desastroso no trabalho e, depois da noite no bar, não vejo Noah por três dias. Não consigo fingir que esse respiro não é *um pouco* bem-vindo depois daquele momento constrangedor na festa.

Acho que eu esperava que seria menos fácil. Estar num encontro com Noah. Um encontro *de mentira*, lembro a mim mesma. Tive que me lembrar muitas vezes disso nesse fim de semana, porque ficou esquisito demais depois do meu momento de pileque na pista de dança. Mas o cheiro dele estava *tão* gostoso, e com a coragem líquida que estava circulando dentro de mim, foi mais fácil do que deveria esquecer que tudo era de mentira.

Culpo a falta de bons encontros *de verdade* nos últimos tempos pelo meu deslize. Deve ser isso. Pelo menos Noah foi cortês com a coisa toda. Ainda que... eu não possa fingir que parte de mim tenha ficado meio injuriada por ele ter desprezado isso. Boto a culpa nos hormônios. Quem sabe se a minha avó não estivesse o tempo todo tentando me arranjar com o Senhor Por Nada Nesse Mundo, eu poderia ter sido capaz de encontrar alguém *de fato* bom para levar para casa e acabar com toda essa confusão em mim.

Falando na minha avó...

Sei que é ela mesmo antes de olhar o identificador de chamadas, e reviro os olhos enquanto saco o telefone do bolso para atender. É a oitava vez que ela me liga em três dias, e em cada uma delas ouvi a mesma pergunta: "Quando é que você vai trazer seu namorado para jantar?".

Saio do refeitório e fecho os olhos enquanto seguro um suspiro.

— A escala do Noah é mais maluca que a minha, vó. Nenhum de nós tem muitas noites livres.

— Ah, com certeza você consegue dar uma fugidinha uma noite dessas para jantar com sua pobre avó. — Ela faz beicinho. — Você não me vê há um tempão.

O corredor felizmente está vazio agora, e estou grata por não ter ninguém por perto para me ouvir.

— Eu fui aí na semana passada.

— E agora você está namorando uma pessoa e nem me contou.

— Eu te contei, é recente. Não é minha culpa que...

— Além do mais, é importante que os casais encontrem tempo um para o outro fora do trabalho — minha avó ressalta. — Vocês não podem se ver *só* no hospital. Eu sei como você é.

— A gente arranja sim tempo fora do trabalho — protesto. — A gente foi num bar na sexta-feira.

— Num bar — minha avó bufa. — Não dá para passar tempo de qualidade num bar.

Há uma faísca de lembrança que envolve o corpo de Noah encostado no meu enquanto o cheiro dele me deixava com vertigem — e penso comigo mesma que poderia ter um argumento válido contra isso. Fico calada, já que provavelmente isso só faria ela escolher arranjos de flores e salões de festa. Além do mais, ainda me sinto meio estranha quando me lembro de ter tocado no Noah tão casualmente como fiz naquela noite.

— Eu simplesmente não tenho muitos anos de sobra, sabia? — Ela suspira. Com muito drama, devo acrescentar. — Sempre esperei te ver estabilizada e feliz antes de bater as botas.

— Nós duas sabemos que é provável que você viva mais do que eu.

— Não se a minha neta continuar me machucando assim.

— Tá bom! — Balanço a cabeça, vendo os números dos andares mudarem de três para dois e desejando que o elevador vá mais rápido. — Certo. Vou perguntar quando ele estará livre.

— Ah, que maravilha. Vou fazer minha carne de forno. Ou frango é melhor? Talvez eu possa...

— Acho que não importa o que você vai cozinhar — garanto, batendo o pé, impaciente. — Não precisa fazer nada especial.

Isso vai ser um desastre. Eu esperava ir contando para Noah tudo que Moira Carter é, mas parece que não é uma opção, já que ela aparentemente vai me acossar até o altar. Estou começando a me questionar se essa história é mesmo melhor do que todos os encontros às cegas.

Tenho um pensamento aleatório sobre modelos de trens, e essa lembrança logo resolve a questão.

— É claro que eu preciso! Ele pode ser meu futuro genro...

— *Vó.*

— ... e as primeiras impressões são muito importantes.

Viro em um corredor, mal prestando atenção para onde estou indo.

— Tenho certeza de que Noah vai te achar perfeita e maravilhosa, desde que você não insista em agir como uma louca de...

Esqueço o que estava dizendo quando uma silhueta familiar entra no meu campo de visão — e sou atraída pela pessoa que está parada no corredor do lado de fora do pronto-socorro.

— Noah?

Ele parece esgotado, de braços cruzados e com a boca retesada enquanto ergue o olhar do chão para mim, com a cara fechada.

Consigo ouvir a voz da minha avó ao longe, e meu corpo tem uma reação esquisita ao vê-lo depois de tantos dias. É como se de repente eu tivesse esquecido como me mexer. Ele tinha um cheiro tão gostoso assim três dias atrás ou é só porque já faz tanto tempo que não fico perto dele que isso faz seu cheiro parecer ainda mais delicioso?

— Eu tenho que ir, vó — digo a ela sem pensar. — Muita coisa para fazer. Logo te aviso.

Nem estou certa se ela me ouviu desligar, ainda resmungando sobre o cardápio de um jantar que ainda não foi confirmado.

Continuo simplesmente parada ali.

— O que você está fazendo aqui embaixo?

— Eu estava... — Ele me olha de cima a baixo, seus olhos se voltando para a direção de que acabei de chegar. — Você estava almoçando?

— Estava. Lá no refeitório.

— Ah.

— Você estava me procurando?

— Eu... — Ele oscila de um pé para o outro, quase como se estivesse desconfortável. — Estava. Talvez devesse ter mandado uma mensagem antes.

— Não, tudo bem. Quer dizer, teria poupado a sua viagem se você tivesse mandado, mas está tudo bem.

— Certo. — Ele assente para o chão, ainda franzindo o cenho. — Bom. Tudo bem.

A expressão em seu rosto ainda é de quase preocupação, e eu rechaço a distração do seu cheiro enquanto estendo a mão para apertar seu braço, mostrando apreensão.

— Você está bem?

A sobrancelha dele se ergue e ele volta a olhar para mim.

— Bem?

— Sim, quer dizer... Você não costuma vir no meu andar. E além do mais, parece superestressado. Aconteceu alguma coisa? Porque eu posso...

— Não, Mackenzie — ele interrompe. Noah desce a mão pelo rosto, enquanto seus olhos percorrem o corredor. — Não é nada que...

— Merda. — Sigo seu olhar, percebendo que uma enfermeira está virando o corredor folheando uma prancheta. — Certo. A gente não devia falar sobre isso aqui.

— Mackenzie, eu não acho...

Já estou olhando em volta e procurando um lugar onde a gente possa conversar, pois, infelizmente, ainda não estou alto o bastante na hierarquia para ter minha própria sala.

— Deixa só... — Avisto um depósito de materiais no fim do corredor, agarro o braço dele com um pouco mais de força e o arrasto comigo. — Vem aqui.

Ele ainda está meio protestando quando o puxo mais uns três metros e o empurro para dentro do espaço abarrotado, acendendo a luz e dando uma espiada no corredor para me certificar de que ninguém reparou na gente antes de fechar a porta.

— Tá — eu digo, me virando para olhá-lo. — Foi mal. Mas você provavelmente não queria que alguém te ouvisse.

— Não... Não tem nada realmente para... Merda. — Ele solta um suspiro, parecendo mais estressado do que um minuto atrás. — Eu deveria mesmo ter mandado uma mensagem para você.

— Qual é o problema? Só me diz.

— Não tem nenhum... problema — ele consegue dizer, sem de fato olhar para mim. — Eu só... — Noah suspira, parecendo quase constrangido. — Eu só não vejo você faz uns dias.

Tombo a cabeça de lado, sem entender direito.

— E?

— Eu só... — Juro, se eu não estivesse falando com Noah Taylor, poderia pensar que ele está corando. — Eu deixei meu cheiro em você há três dias. — Ele diz as palavras muito baixo, quase como se fosse difícil. — Estava começando a temer que as pessoas pudessem notar.

— Ah.

No início, tem uma pequena parte de mim que se envaidece com essa informação. Algum hormônio ômega distante que dá um pequeno salto acrobático enquanto desfila pela minha corrente sanguínea. Então me lembro do que nós somos e me sinto boba.

— Faz sentido — digo quase rápido demais. — Desculpa. As coisas andam muito corridas. Nem passou pela minha cabeça que as pessoas suspeitariam.

— Suspeitariam — ele repete com firmeza, os olhos fixos no meu rosto agora. — Tá. Não se desculpa. Está corrido lá em cima também.

— Mesmo assim. — Arrasto os pés, me sentindo estranha em relação à coisa toda. O que não faz nenhum sentido. Com certeza não posso ficar *decepcionada* por ele só ter vindo atrás de mim para fazer uma manutenção na nossa farsa. Afinal de contas, essa é a razão por estarmos conversando agora. — Uau — eu rio. — Deve ter parecido estranho eu ter puxado você para dentro do depósito.

— Tudo bem — ele me garante. — Imagino... — Ele olha ao redor para as prateleiras lotadas dos dois lados. — Imagino que este lugar seja tão bom quanto qualquer outro.

Minha frequência cardíaca fica um pouco mais rápida. Já comecei a antecipar a coisa? Isso é normal, não é? Dada a situação?

Droga de hormônios.

— Não entro no depósito com um cara desde o primeiro ano da faculdade — digo com uma risadinha nervosa.

Percebo as narinas de Noah se alargarem ligeiramente, um lampejo de severidade em seus olhos, mas desaparece tão logo quanto surge.

— Vou ser rápido — ele me diz baixinho.

— Tá — eu meio que sussurro de volta.

Comecei a me acostumar com essa parte, no sentido de que nunca me acostumei *de fato* — prendo a respiração enquanto Noah vence a distância entre nós até que minhas costas fiquem pressionadas contra a porta do armário. Ele pousa a mão em algum lugar perto da minha cabeça, como se estivesse se firmando, e então a outra vai parar na minha cintura para fazer a mesma coisa, imagino. A essa altura eu fechei os olhos, então não consigo ter certeza.

— Você não está nem um pouco com o meu cheiro — ele diz com uma inspiração calma, num tom quase irritado.

Ele está preocupado com o que as pessoas podem dizer se ele não tivesse vindo agora?

— Desculpa — solto novamente.

Ouço outra inspiração profunda.

— Não precisa.

Fico tensa com a expectativa quando sinto a pele deslizar junto da minha, aquela primeira pressão de sua bochecha em algum lugar debaixo da minha mandíbula me fazendo estremecer. É difícil explicar a sensação quando ele faz isso — é como ser tocada em todas as partes ao mesmo tempo, quando seu cheiro se combina com o meu. Existe definitivamente um motivo pelo qual você não costuma fazer isso com alguém com quem está indo para a cama *de verdade*.

Meus dedos se estendem para agarrar a lapela do seu jaleco branco por instinto; nem me dou conta de que fiz isso até que o tecido esteja torcido no meu punho. Eu até *tombo* a cabeça de lado para que ele tenha um melhor acesso, suspirando baixinho quando sua garganta desliza junto da minha. Meus dedos dos pés se contorcem nos sapatos, e penso languidamente que esses pequenos episódios parecem ficar cada vez mais vertiginosos à medida que damos seguimento à coisa.

Mal estou respirando quando ele começa a recuar. Tem até aquela mesma partezinha de mim que está protestando em silêncio, querendo que eu o puxe mais para perto — mas só quando ele vira de leve a cabeça, seus lábios mal roçando um lugar sensível no meu pescoço, no que eu acho ser um acidente, é que meus joelhos cedem um pouco.

Noah me segura, coloca os braços debaixo dos meus para me manter de pé, e quando seus olhos encontram os meus, eles têm uma selvageria que parece incomum nele.

— Desculpa — ele consegue dizer aos poucos. — Eu não quis... — Ele engole em seco, atraindo meus olhos para o movimento da sua garganta. Parece um pouco custoso para ele. — Eu...

Não tenho certeza do que Noah está tentando dizer e, sinceramente, não tenho certeza nem se *ele* sabe. Seus olhos viajam descendo para minha boca, encarando meus lábios como se fossem um quebra-cabeça que ele estivesse tentando montar. Não consigo entender de verdade o que estou sentindo nesse momento; quero sim que Noah me beije, ou isso é também resultado de alguma causalidade ridícula impulsionada por hormônios?

Para ser justa, a boca dele parece ser... incrivelmente macia.

Acho que estou prestes a fazer algo muito idiota, e tenho certeza de que Noah está prestes a me deixar fazer, levando em conta o jeito como ele começou a se inclinar um pouco para a frente, e o depósito inteiro cheira a ele, e está difícil pensar, e eu só...

A gente se separa num tranco quando a porta se abre de repente atrás de nós, e eu não consigo imaginar o tipo de vista que devemos formar para o zelador de idade que está sempre pelos corredores. A luz forte das lâmpadas fluorescentes inunda o depósito quando a porta se abre de vez, e tanto Noah quanto eu parecemos estar nos esforçando para encontrar um bom motivo para estarmos trancados em um almoxarifado que provavelmente cheira como se estivéssemos dando uns pegas — se não coisa pior.

— Kevin — gaguejo, fazendo de tudo para endireitar o corpo, mesmo que meus joelhos ainda estejam meio bambos. — Não é o que parece.

As bochechas enrugadas de Kevin se afundam ainda mais com seu sorriso maroto, enquanto ele ergue as mãos e desvia o olhar.

— Eu não vi nada.

— Não, espera — eu tento de novo. — A gente não...

Kevin fecha a porta para nos deixar onde nos achou, e sinto as bochechas arderem de vergonha, como se eu fosse uma adolescente cheia de tesão que acabou de ser flagrada na escola. Solto um suspiro enquanto me encosto em uma das prateleiras, lançando um braço sobre o rosto.

— Tinha que ser o Kevin — bufo. — Ele é um velho danado de fofoqueiro.

Noah ainda parece atônito quando dou uma espiada nele, com a boca meio aberta, em choque, enquanto se esforça para formar as palavras.

— Desculpa — ele tateia. — Eu nunca quis...

Dispenso a ideia com um aceno.

— Tá tudo bem, tá tudo bem. — Ignoro o modo como meu coração ainda está acelerado. — Quer dizer, os boatos só vão reforçar a nossa história, acho.

Noah fica calado por um segundo, piscando para mim como se ainda estivesse processando o que acabou de acontecer.

— Certo — ele por fim concorda. — É claro.

— Vou trazer rosquinhas para ele amanhã — digo com um suspiro. — Isso deve comprar um pouco de discrição.

— Tá — Noah diz naquele mesmo tom engessado.

Ele parece preocupado. Será que está pensando em como quase passamos dos limites agora? Está arrependido?

Merda. *Eu* estou?

Tento rir da situação.

— Essa coisa toda de cheiro é uma loucura, não é?

— Cada vez mais — ele diz direto, ainda me olhando com um pouco de intensidade demais para se sentir confortável.

— Pelo menos estou cheirando a você de novo — lanço.

Ele me surpreende se aproximando, meu corpo enrijece quando ele se inclina para fungar junto do meu pescoço.

— É — ele murmura. — Agora sim.

— É melhor você... — Engulo com dificuldade, e minha garganta de repente seca. — É melhor você sair primeiro — digo. — Garante que a barra está limpa.

— Tá — ele responde suavemente. — Te vejo mais tarde?

Concordo com a cabeça, meus lábios pressionados enquanto luto contra a vontade de cheirá-lo de novo, com medo do que isso pode fazer comigo.

— Sim. A gente se vê.

Não me mexo enquanto ele sai com cuidado e me deixa sozinha no depósito, e não ouso nem respirar até ouvir a porta se fechar discretamente atrás dele. O aroma denso do seu cheiro se agarra ao ar e meus joelhos continuam bambos.

Demoro pelo menos três minutos para me recompor e sair do depósito, e mais cinco para me lembrar de que nem lhe perguntei sobre o jantar com a minha avó. Mas só preciso de um segundo para decidir que sem dúvida não vou encontrar com ele agora de novo. Parece um perigo para a minha saúde nesse momento.

Vou me contentar com uma mensagem para ele mais tarde.

É difícil seguir com o restante do meu turno. Não só porque tive que colocar o quadril de uma senhora de idade no lugar depois de ela ter tropeçado no gato (nunca ouvi uma mulher xingar tanto um felino quanto nesta tarde), mas também porque desde que eu e Noah saímos daquele depósito parece que não consigo me acalmar. Minha pele está o tempo todo formigando e minha cabeça parece quase enevoada, como se ela preferisse estar em outro lugar. Ficou incrivelmente difícil manter a concentração. Na última hora do meu turno, enquanto estou fazendo suturas com todo o cuidado no homem adormecido que, ao que parece, desmaia ao ver sangue, fica penosamente evidente que meu comportamento errático desta tarde não passou despercebido.

Liam está me encarando nos últimos quinze minutos enquanto me assiste. Liam Avery é como um amigo para mim no pronto-socorro — ele foi de grande ajuda nos meus primeiros meses aqui. Eu estava uma pilha de nervos depois de sair da residência e me mudar para um lugar novo, e ele sempre estava ali para me ajudar a entender o ritmo das coisas. Desde então, sempre meio que nos demos bem. E o fato de ele ser um dos enfermeiros mais competentes com quem trabalho ajuda.

— Você está meio esquisita — ele diz, por fim, enquanto me entrega uma gaze.

Tento parecer desinteressada, mas até a sensação da expressão no meu rosto parece penosa.

— Estou?

— Está. — Ele acerta a luz do alto para eu enxergar melhor. — Desde que você voltou do almoço.

— Provavelmente só comi alguma coisa estranha — murmuro enquanto desvio os olhos. — Me senti meio mal.

— Ah.

Ele fica calado por um momento, e quando olho para ele, percebo que seu cenho está franzido, mergulhado em pensamentos, como se ele estivesse se esforçando com alguma coisa.

Amarro a sutura, suspirando.

— Bota pra fora logo, Li. Dá pra ver que você quer dizer alguma coisa.

— É só… — Ele parece encabulado, passando a mão no cabelo loiro--escuro. — Você voltou com o cheiro do Noah.

Isso me pega de surpresa.

— O quê?

— Quer dizer, presumo que seja dele. Não vejo o Noah o bastante para ter certeza, mas é definitivamente forte o suficiente para ser de um alfa.

— Ah, eu… — Nem tinha me ocorrido como os outros podiam ser afetados pelos amassos cada vez mais frequentes entre mim e o Noah. É forte assim para todos os outros metamorfos também? — Pois é, eu o vi antes de voltar do almoço.

— Eu só estava com medo de que vocês talvez tivessem brigado.

Enrugo o nariz.

— Por que você acharia isso?

— Não sei. — Ele dá de ombros vagamente. — Quer dizer, todo mundo já ouviu umas histórias sobre o dr. Taylor. Foi meio chocante descobrir que vocês dois eram, sabe… parceiros.

Não consigo precisar por quê, mas a incredulidade óbvia no rosto de Liam desperta alguma coisa dentro de mim. Não é uma chateação completa, mas algo incrivelmente próximo disso.

— A gente não brigou — digo, lacônica. — Foi praticamente o contrário disso, na verdade.

Reparo nas sobrancelhas de Liam disparando para o alto.

— Ah. Merda. Desculpa. Eu não quis ser um idiota. Eu só… — Ele coça a nuca. — Ainda é esquisito. Estou me acostumando com essa coisa.

Acho que faz sentido. No que diz respeito aos meus amigos, a história *é* que eu menti para eles por um ano. Acho que é razoável pensar que eles estariam tendo dificuldade em aceitar a situação, ainda que Priya não tenha parecido ter ficado assim tão surpresa. Por outro lado, de fato converso com Liam quase todos os dias, então talvez seja por isso que ele se comportou daquele jeito esquisito esta semana. Talvez esteja se sentindo desconfortável por eu ter escondido isso dele por tanto tempo.

— Pois é, sobre isso… — Paro o que estou fazendo, cruzando os braços. — Desculpa nunca ter dito nada. Eu sei que deve ser superesquisito descobrir do mesmo jeito que todas as outras pessoas.

— Eu entendo — ele lança. — Acho que é só… É difícil imaginar você com Noah.

Inclino a cabeça.

— É?

— Ele é tão… sério.

O sorriso quase imperceptível de Noah e sua risada discreta por fim dão sinal de vida e, apesar de tudo, percebo meus lábios se arquearem de leve.

— Na verdade, ele não é tão sério quanto gosta de fingir. As pessoas só não são o forte dele.

— Então, você é parceira dele *de verdade*?

Rio.

— Mas o que é que isso quer dizer?

— Sei lá. — Ele ergue as mãos. — A Jessica da radiologia estava falando pra gente na salinha de descanso outro dia que você podia estar em algum tipo de situação de refém.

A porra da *Jessica*.

Reviro os olhos.

— Não estou em situação de refém coisa nenhuma. É tudo perfeitamente consensual, juro.

Não tenho certeza, mas alguma coisa na expressão do rosto de Liam parece quase melancólica. Ele está preocupado comigo de verdade?

— Eu juro — acrescento, procurando tranquilizá-lo. — Estou bem mesmo. Ótima, até. Vivendo o sonho e tudo mais, sabe.

— Tá — ele diz com um sorriso que não contagia seus olhos. — Bom, estou feliz por saber disso, pelo menos.

— É sério, não precisa se preocupar comigo — digo, empurrando o braço dele de brincadeira. — Posso tomar conta de mim mesma.

— É — Liam assente, parecendo um pouco mais ele mesmo. — É, você está certa. Desculpa. Só estava preocupado, sabe.

— Tudo bem. — Dispenso a ideia com um gesto, limpando um restinho de sangue da minha linha de pontos, agora perfeita. — Você pode compensar conferindo os sinais vitais da sra. Kowalski. Ela está no quarto 408.

Ele suspira.

— Não acredito que ela está aqui de novo.

— De novo, com certeza — rio. — Ela tem uma "tosse" que a deixou preocupada.

— A gente precisa prescrever uma amiga para aquela mulher tratar a hipocondria dela.

— Sabe — digo, séria —, eu acho que ela não para de voltar porque gosta de você.

— E você deve ser a encarnação do mal — ele bufa.

Fecho o punho, exceto o dedo mindinho, levando a unha até o canto da boca e erguendo a sobrancelha.

— Dr. *Evil*.

— Sua nerd — Liam se diverte. — Tá bem, tá bem. Vou cuidar disso.

Meu sorriso vacila quando ele junta a gaze usada para jogar fora ao sair, e mordo o interior do meu lábio pensando na conversa que acabamos de ter. Encosto veladamente o nariz no ombro e, não há dúvida, uma onda de Noah invade os meus sentidos, me deixando com vertigens de novo.

— Ei, Li — eu o chamo.

Ele se vira, me olhando curioso.

— Oi?

— É mesmo tão perceptível assim? Que eu estava com o Noah?

Ele franze a testa.

— Tenho plena certeza de que qualquer metamorfo seria capaz de sentir o seu cheiro a um quilômetro.

Ainda fico pensando nisso muito tempo depois de Liam ter ido embora; é óbvio que eu estava *ciente* de que seria perceptível o que a gente vem fazendo — quer dizer, essa é toda a *questão*, afinal de contas —, acho que só não tinha pensado direito nisso antes. Sinto minhas bochechas se esquentarem quando me ocorre que *todo mundo* com quem trabalho provavelmente vem comentando a minha suposta vida sexual com Noah Taylor, e para ser sincera não consigo decidir o que está me fazendo corar mais: a ideia de pessoas comentando isso ou só a *ideia* disso de verdade.

Essa linha de raciocínio não pode fazer bem para a minha saúde; só a breve fantasia de como Noah pode soar na minha cama faz eu me sentir quente demais — e eu de fato estendo a mão para dar dois tapinhas de leve nas bochechas para sair dessa. Essa é *sem dúvida* uma linha de raciocínio perigosa. E deve ser enterrada, acho. Suspiro, voltando ao trabalho, desejando que meus pensamentos fiquem em um território relativamente seguro.

Eu ainda estou plenamente consciente de que preciso convidar Noah para jantar. Jantar com a minha avó — que vai sentir o cheiro de Noah em mim toda e que provavelmente vai chegar às mesmas conclusões que todos os meus colegas de trabalho. Conclusões essas que envolvem eu passar uma quantidade considerável de tempo debaixo do belo fortão alfa que é provavelmente a pessoa mais gostosa com quem já tive um encontro — de mentira ou não.

Droga.

Noah

Uma semana atrás, o jantar com a avó da Mackenzie era pouco mais que uma dor de cabeça em potencial. Só uma coisa pela qual presumi que teria que passar.

Agora a ideia é assustadora.

Nas ultimas quarenta e oito horas, tenho tentado entender o que aconteceu naquele depósito de materiais, mas nada ficou mais claro até a hora de buscar Mackenzie para jantar. Não tenho certeza sobre o que foi aquele incidente, mas de uma coisa estou absolutamente certo.

Eu quase beijei a Mackenzie.

É irracional e sem dúvida insensato, mas, por um único momento, não havia nenhum outro pensamento na minha mente além da necessidade gritante de sentir a boca de Mackenzie na minha. Alguma coisa em relação ao seu cheiro me atinge como uma droga; não só tenho mais e mais ânsia após cada exposição, como parece que perco toda a razão quando sinto o cheiro dela.

Eu tinha pensado que o respiro que tivemos entre aquele momento esquisito na minha sala e agora seria tempo o bastante para me recompor, mas ficar preso num espaço tão pequeno com seu aroma doce se condensando ao meu redor traz de volta os mesmos impulsos estranhos que me tomaram quando deixei meu cheiro nela no dia anterior.

Será mesmo que isso acontece só porque abri mão dos inibidores? Quer dizer, já que *não tenho* inteiramente uma parceira como nós levamos o hospital a acreditar, faria sentido eu ficar distraído com muitos cheiros conflitantes no hospital, já que existe um bom número de metamorfos fêmeas que trabalham no meu andar, para não falar no prédio todo.

Então por que é só Mackenzie que parece me perturbar assim?

— ... você está me ouvindo?

Pisco, me lembrando onde estou, segurando o volante um pouco mais firme e dando uma olhada no banco do passageiro, onde Mackenzie está me observando de um jeito estranho. Ela está com o cabelo solto, a massa volumosa descendo sobre um ombro enquanto ela tomba a cabeça de lado para mim. Está usando um vestido de manga comprida um pouquinho justo, mas felizmente nem de longe tanto quanto as roupas de ioga — não que isso tenha me impedido de querer olhar. Eu definitivamente tentei manter os olhos só no caminho desde que ela entrou no carro.

— Desculpa — murmuro. — Só estou nervoso.

— É sério, não precisa — ela ri. — Não consigo nem começar a explicar como você é um partidão aos olhos de Moira Carter. Você poderia fazer parte *de verdade* de uma gangue secreta de motoqueiros alfas, e ela ia te dizer que acha isso absolutamente encantador.

— Parece que sua avó está mais preocupada com que você sossegue o facho do que com qualquer preferência quanto à pessoa com quem você vai fazer isso.

Mackenzie ainda está sorrindo apesar da minha preocupação.

— Não é bem assim. Acho que ela tem medo de me deixar sozinha. Eu estava meio mal quando cheguei para ficar com eles. Quer dizer, nada além da típica depressão hormonal pré-adolescente que me deixou meio que muda por uns meses, mas... não sei. Até agora que sou adulta, ela nunca para de se preocupar comigo.

— Ela quer ter certeza de que vão cuidar bem de você — concluo.

— Hum. — Mackenzie faz um som divertido. — Ela ainda não se acostumou com a ideia inovadora de que posso cuidar de mim mesma.

— Se é que exista alguém que pode — murmuro.

Não a vejo sorrir, mas dá para sentir, acho.

— Mas que bom que estou levando para casa um belo de um alfa para garantir que o meu covil vai estar bem e protegido para poder lhe dar lindos filhotes enquanto ele vai atrás de comida.

— Para a sua avó, o desfecho ideal, eu presumo.

— Sim. Tanto faz. Eu sei que ela tem boas intenções.

— Vou me certificar de convencê-la de que você vai ter um belo covil. Só as melhores carcaças de frango para a minha parceira.

Mackenzie dá uma risada.

— Ai, meu Deus. Você fez uma piada! Foi a sua primeira? Tem certeza de que você está passando bem?

— Sempre agradável, você.

— Desculpa, desculpa. É que foi divertido.

Eu me animo ao fazer a próxima curva.

— O quê?

— Ver esse lado do dr. Taylor.

— Ah. — Sinto uma comichão estranha no peito, mas pode ser só o cheiro dela, que ainda ameaça me sufocar. — Bem, eu tenho praticado como não ser tão, hum…

— Tenso? Assustador?

— Claro — concordo, revirando os olhos. — Para a sua avó.

Mackenzie ergue o corpo no banco, olhando pela janela e apontando a casa seguinte.

— Bem, vamos esperar que tenha dado resultado. É aqui.

Vou freando o carro para não perder a entrada, observando a casa perfeitamente normal de tijolos vermelhos. É provável que não seja tão formidável quanto parece.

— Ah, droga — diz ela.

A boca de Mackenzie se contorce virando uma carranca, e ela fica incomodada enquanto me olha com cuidado. Eu a pego encostando o nariz no ombro, e então seus olhos encontram os meus, preocupados.

— Sumiu.

Não posso nem fingir que não entendi na mesma hora o que ela quis dizer. Afinal de contas, percebi assim que ela entrou no carro. Engulo em seco com dificuldade.

— Eu sei.

Dá para dizer que ela está se lembrando da última vez que deixei meu cheiro nela; ela esfrega os lábios um no outro e os cílios tremem. E só isso basta para que fique um pouco mais difícil para mim respirar.

— Acho que você devia fazer aquela coisa — ela diz, aérea.

— Aquela coisa — repito.

— Você sabe… — Ela enruga o nariz enquanto tira o cinto de segurança. — Aquela *coisa*.

Algo corre debaixo do meu colarinho, um calor que formiga se arrastando para o peito enquanto minha garganta fica apertada. Está virando uma sensação familiar, esse calor esquisito que me aflige sempre que deixo meu cheiro nela — tornando-se um problema cada vez maior conforme mais tempo fico sem os inibidores. Não consigo me lembrar de uma única vez na vida em que tenha sido tão desconfortável assim ficar perto de uma mulher da minha espécie.

— Tá — dou um jeito de dizer com firmeza. — Aquela coisa. — Engulo, dando uma olhada para a entrada. — Eu só…?

— Eu posso… — Ela se mexe desajeitada no banco do passageiro, levantando as pernas para conseguir se inclinar sobre o painel. — Assim?

Assim só a deixa mais próxima, e minha língua de repente parece grossa demais à medida que sua fragrância doce invade meus sentidos.

— Certo. Isso deve… — Estendo a mão para tirar o meu cinto de segurança. — Apenas… não se mexa.

Para ser sincero, não estou certo se digo isso para o bem dela ou para o meu.

Coloco a mão na nuca de Mackenzie, notando de novo como o seu cabelo é macio. Ele desliza suave sobre os nós dos meus dedos enquanto a palma da minha mão pousa logo abaixo da linha do cabelo, trazendo-a para mais perto. Tenho que fechar os olhos para essa parte, entoando um mantra silencioso sobre como isso é só um meio para atingir um fim — e nada disso ajuda no modo como minha pele formiga quando encosto o rosto em seu pescoço.

É algo necessário — minha bochecha encostada na pele macia do seu pescoço —, mas seu tremor em reação a isso me faz apertar os olhos com mais força, cerrando um pouco mais a mandíbula. Viro o rosto para roçar o pescoço dela no meu, combinando nossos cheiros em um único aroma florescente que se condensa no pequeno espaço do carro. Consigo ouvir a respiração dela acelerar e sentir seu corpo enrijecer em todos os lugares em que ela está encostando em mim, e por um breve instante sinto uma ânsia bizarra de puxá-la o mais para junto de mim que posso, me enterrar naquele cheiro e sentir seu gosto.

O que é absolutamente insano, e é essa constatação que me faz recuar apressado.

— Isso deve… — Será que ela consegue ouvir como meu coração está batendo rápido? — Isso deve ser suficiente, acho.

Com as bochechas coradas, ela assente devagar, se virando para sentir o cheiro em seu ombro de novo. Há uma parte de mim que protesta quando ela se afasta para se encostar no seu lado do carro, e eu calo esse desejo enquanto Mackenzie assente com mais confiança.

— Isso sem dúvida vai funcionar — diz ela, com a voz mais rouca do que um momento antes.

— Me lembra… — Sinceramente, eu só preciso pensar em outra coisa. — Me lembra quais são os parâmetros.

Os olhos dela estão com as pálpebras pesadas, quase como se estivesse saciada. Não devia ser atraente.

— Parâmetros?

— O que sua avó sabe sobre a gente?

— Ah. — Ela balança a cabeça, atordoada. — Claro. Nosso famigerado romance?

— Sim — respondo. — Isso.

— Estamos namorando só há um mês — ela me diz, ficando um pouco mais centrada. — Você me convidou para tomar um café na salinha de descanso, porque ficou cativado pela minha beleza e pelos meus charmes femininos. — Ela percebe minha sobrancelha se erguendo. — Eu tenho muito charme feminino, muito obrigada.

— Claramente — respondo com apenas uma pitadinha de divertimento.

Humor é bom. Humor faz eu sentir menos vontade de beijá-la.

— A gente tem alguns encontros por semana desde então — ela continua, me ignorando. — Eu ainda não conheci os seus pais, mas você acha que sou o suprassumo.

— Oi?

— Os peitos?

Franzo o cenho para ela, e Mackenzie ri, dispersando ainda mais a tensão, felizmente.

— Você acha que eu sou ótima — ela esclarece. — Sou do balacobaco. A gente está delirantemente feliz. Você nunca viu um modelo de trem na vida.

— O que isso tem a ver com qualquer coisa?

Ela balança a cabeça.

— Deixa para lá. Você está pronto?

— Eu... — Dou outra olhada na casa de aparência tão inocente na frente da qual estamos estacionados. Nada nela sugere que tenha alguma coisa com que eu precise me preocupar no interior. — O mais pronto possível.

— Bom. — Ela me dá um aceno encorajador. — Só se lembre: seja lá o que você fizer, você não quer ver *de jeito nenhum* o caderno do casamento.

— O quê?

— Só confia em mim.

Ela sai do carro antes que eu possa conseguir mais detalhes sobre esse estranho aviso, e me dou conta quando a porta se fecha que ela está esperando que eu vá atrás dela.

"É só uma casa normal com pessoas normais", lembro a mim mesmo. "Não tem nada com que se preocupar."

Mesmo com todas as minhas convicções, por algum motivo ainda sinto um pavor de entrar.

Moira Carter é um pesadelo encantador. Essa é mesmo a única maneira que posso descrevê-la.

Ela é barulhenta, teimosa, afetuosa, engraçada e, sobretudo, absolutamente obcecada pelo bem-estar de Mackenzie. Não que eu possa chamar isso de defeito, de forma alguma. Duvido que qualquer um dissesse que se importar demais seja um aspecto negativo de uma pessoa. Sobrevivi a um abraço intenso e a uma acolhida calorosa dessa mulher pequena e grisalha que ri alto demais e fala demais, tudo nela é o exato oposto das reuniões de família a que estou acostumado. Não consigo decidir o que pensar disso, sinceramente, mas não diria que não gosto.

— Mas então — Moira está falando do outro lado da mesa enquanto me passa uma tigela de ervilhas. — Há quanto tempo você está de olho na minha Mackenzie?

Eu me ocupo em colocar mais ervilhas do que já comi em toda a vida no meu prato, só para me dar um momento para pensar.

—Ah, eu... bem. A senhora sabe. A Mackenzie é... difícil de ignorar.

Moira sorri.

— Porque ela é linda demais, certo?

— *Vó* — Mackenzie repreende. — Por favor?

— Shh — Moira cacareja. — Você sabe quanto tempo faz desde a última vez que você trouxe alguém para a gente conhecer? — Ela dá um tapinha no braço do marido, parecendo desagradada. — Quanto tempo, Phil? Um ano? Talvez mais?

O equivalente mais tranquilo de Moira e avô de Mackenzie — um homem de tamanho médio, na casa dos setenta e tantos anos, que parece contente em deixar a esposa falar a maior parte do tempo — balança a cabeça, distraído, levando um bocado de assado à boca.

— Já faz um tempo — Phil responde asperamente.

— Viu? — Moira reprova. — Você não pode simplesmente trazer alguém como o Noah para casa e não esperar que eu fique empolgada. Quer dizer, meu Deus. Nunca conheci um alfa. Você já, Phil?

Phil dá de ombros, espalhando seu purê de batatas.

— Conheci um camarada na oficina mecânica uma vez. Um cara grandalhão. Era capaz de tirar um pneu em vinte segundos. Era uma coisa danada.

— Mas o Noah é *médico* — solta Moira. — Que par vocês dois formam!

Quase consigo me sentir corando, com Moira me elogiando por ser apenas... *eu mesmo* desde que nos sentamos para jantar.

— Ah, bem... — Passo o garfo pelas minhas ervilhas distraidamente. — É... muito bom estar com alguém com tanto conhecimento no ramo.

Pelo canto do olho, reparo em Mackenzie sorrindo. Algo me diz que parte dela está se fartando com meu desconforto. Consigo sentir um monte de provocações se empilhando nela, às quais ela me submeterá mais tarde.

— Sem falar na sorte de vocês dois encontrarem um ao outro — continua Moira, fatiando o assado. — Quer dizer, quais são as chances?

Meu cenho se franze, parando no meio da mordida.

— O que a senhora quer dizer?

— Ah! — Mackenzie explode de repente. — Aliás, vó. Esqueci de te contar! O Parker está saindo com outra pessoa.

— Aquele menino — Moira bufa. — Ele nunca me conta nada. Alguém do trabalho?

— Não, não — Mackenzie diz. — Uma pessoa que ele conheceu na hot yoga.

Moira parece perplexa.

— Mas o que é que é isso?

— É só... ioga, mas no calor. Eles aumentam muito a temperatura para você suar mais.

— É isso que você faz?

Mackenzie assente, dando uma grande mordida na batata.

— Hum. — Ela mastiga a mordida enorme. — Você sua como uma prostituta na igreja, mas é um exercício muito bom.

— *Olha a boca*, Mackenzie — Moira repreende.

Por mais estranho que pareça, mal reparo em suas palavras, muito afundado em uma linha de raciocínio que envolve Mackenzie contorcida e suada num tapete de ioga.

"Mas o que tem de errado comigo?"

— Bem, de qualquer forma — Moira continua —, que bom para ele. Ele é um menino tão bom, o Parker.

— Vó, ele está com quase trinta anos. Não sei se você pode continuar se referindo a ele como um "menino bom".

— Ah, quietinha.

Rechaço qualquer pensamento persistente de Mackenzie com roupa de ioga justa demais, suando num estúdio qualquer, atribuindo-o à proximidade e à ânsia invasiva que me toma nos últimos tempos de beijá-la toda vez que ela está a menos de um metro de mim.

— A Mackenzie me contou que o hospital está em polvorosa por causa da sua designação?

Pressiono os lábios, não de todo confortável com o fato de muitas pessoas saberem desse fato em particular, mas imagino que não possa culpar Mackenzie por dividir isso com uma pessoa tão próxima dela. Afinal de contas, está *salvando a minha pele*, como ela diria.

— Só um pouco — digo a ela, minimizando. — Espero que isso se resolva logo.

— Da minha parte, um monte de besteira, se você quer saber — Moira bufa. — Quero dizer, minha nossa, a gente julgando as pessoas com base na identidade nessa época! Até parece que você tem culpa de como nasce. Quer dizer, isso nunca foi um problema para a Mackenzie. Você não os vê cochichando sobre ela ser uma ômega.

Eu congelo, e quase deixo o garfo cair. Alguma coisa na palavra que parece ficar ressoando no ar muito tempo depois de Moira tê-la dito faz com que todos os músculos do meu corpo fiquem rígidos. Volto o rosto para me deparar com o olhar de Mackenzie, encontrando um pedido de desculpas nos seus olhos. Eu me dou conta de que isso é provavelmente algo que já deveria saber — então logo disfarço minha surpresa, mesmo com o entoar de *ômega ômega ômega* repercutindo no meu rombencéfalo como uma espécie de grito de homem das cavernas que é tão irritante quanto inevitável.

— É claro — digo com firmeza, esperando soar mais calmo do que me sinto. — Menos estigmas, imagino. Você nunca ouve histórias de terror sobre ômegas atacando pessoas fazendo caminhadas.

"Mas tem muitas outras histórias", alguma parte carnal do meu cérebro sussurra, uma voz que sei que não pertence à razão mas sim à minha porção mais primordial.

— É quase como o destino vocês terem esbarrado um no outro — diz Moira, contente. — Não tem outro jeito de explicar uma coisa tão rara!

— É — digo com um sorriso engessado. — Destino.

Sinto o roçar dos dedos de Mackenzie no meu joelho, debaixo da mesa, e consigo ver a preocupação em seus olhos quando encontram os meus, quase como se ela temesse que eu estivesse com raiva. O que não estou, por mais estranho que pareça. É claro, teria sido bom saber antes de me ver sentado em frente à avó da minha namorada de mentira, que me disse que a minha namorada de mentira é o equivalente biológico de tudo o que eu sou; quem sabe eu pudesse ter passado para um inibidor menos potente, em vez de abrir mão deles de vez, se soubesse que estar perto de Mackenzie sem inibição poderia lentamente me fazer perder a cabeça. Pelo menos as coisas esquisitas por que tenho passado têm uma explicação plausível, para dizer o mínimo.

Mas, sobretudo, estou achando difícil ficar com raiva em relação a qualquer uma dessas coisas quando o alfa que vive em mim já está devaneando com coisas impossíveis e primitivas que provavelmente fariam Mackenzie me dar um soco. Droga, estou considerando dar um em mim mesmo só para me fazer voltar um pouco à realidade.

Mantenho minha expressão uniforme durante o resto do jantar — sorrindo quando é necessário e respondendo o mais calmamente possível — ao mesmo tempo que sinto *alguma coisa* na minha barriga fervendo e crescendo lentamente e que implora para ser resolvida.

Por mais estranho que pareça, os dedos de Mackenzie continuam pousados de leve no meu joelho durante o restante do jantar.

— Agora, vocês dois, abram espaço para a sobremesa — Moira grita da cozinha. — Depois da torta, vou poder te mostrar o meu caderno!

Mackenzie geme enquanto conduz minha figura ainda tensa da cozinha para a sala de estar até as portas do terraço, que dão para um deque de madeira que se liga ao quintal. Ela me arrasta para o espaço escuro iluminado apenas pelo luar que se derrama sobre o gramado, descendo os degraus que levam para longe do deque.

— Escuta — ela começa. — Não fica bravo.

— Bravo — repito.

— Eu sei que devia ter dito alguma coisa antes — ela diz apressada. — Não é que eu estivesse *escondendo* isso de você, exatamente, é só...

Estou genuinamente curioso para saber o raciocínio por trás do fato de ela ter escondido algo tão importante de mim, então só continuo olhando para ela com expectativa em vez de responder.

Mackenzie suspira.

— Olha, eu sei de todas as histórias idiotas sobre alfas e ômegas e *pares destinados* e toda essa bobagem, e só não queria que você perdesse a cabeça de vez comigo se descobrisse. A gente tem uma coisa boa acontecendo aqui. Não quero que isso mude.

— Você se dá conta de que, ao não me contar, estava colocando nós dois em risco de dar um passo em falso a ponto de a gente não poder voltar atrás?

— Não me diz que você acredita que toda aquela bobajada sobre a gente afetar mais um ao outro é verdade — ela zomba. — É um disparate.

— É? — Engulo com dificuldade. — Já faz um bom tempo que parei de usar os inibidores, mas não me lembro de em algum momento ter sido tão... afetado pela proximidade de alguém.

Isso a pega de surpresa. Quase tanto quanto a mim mesmo por dizê-lo.

— Você se sente... afetado por mim?

— Só quero dizer que é... difícil. Deixar meu cheiro em você. Mais do que antes. Sabendo o que sei agora, imagino que só vai ficar pior com o passar do tempo.

— Ah.

— Você não percebeu mesmo?

Ela enruga o nariz. Eu concluí que isso não é irritante.

— Quer dizer... — Ela estende a mão para esfregar o pescoço. Isso faz o cheiro dela aflorar no ar. É extremamente inquietante. — Achei que fosse... não sei. Você já é bastante, Noah. Acho que imaginei que era tudo da sua parte.

— Eu sou bastante — repito estupidamente, sem estar muito certo do que ela quis dizer.

— Só quero dizer... você já cheirava bem *antes* de abrir mão dos inibidores. Eu só achei que você era... bastante.

Ela solta a frase novamente como se fizesse absoluto sentido, mas ainda não tenho certeza se faz.

— Então, o que a gente faz em relação a isso?

Ela fica calada por um bom tempo, seus olhos calculando enquanto ela considera. É uma reminiscência do olhar que ela me lançou na pista de dança do bar — como se estivesse tentando montar algum quebra-cabeça na mente. Dá para perceber quando ela toma uma decisão, me deixando confuso quando na verdade *sorri*.

— Por que a gente tem que fazer alguma coisa a respeito?

— Oi? — Faço um som exasperado. — Mackenzie. Eu não posso continuar perto de você sem tomar algum tipo de inibidor.

— Por que não?

— Você *sabe* por quê — bufo. — No fim das contas, estar perto um do outro vai fazer a gente perder a cabeça. A gente não vai conseguir interagir de forma alguma sem sentir a necessidade de... — Reparo em como seus olhos se arregalam e pigarreio. — É uma ideia terrível. — Estendo a mão para apertar a ponte do meu nariz, suspirando. — Talvez a coisa toda tenha sido.

— O quê? — Seu tom passa para o desespero. — É sério que não é tão importante quanto você está fazendo parecer, Noah.

— Você está sendo inconsequente — eu a acuso. — Estou pensando em você. Nunca ia querer te colocar numa posição em que você pudesse se arrepender.

— Já sou crescidinha, Noah — ela se queixa, cruzando os braços enquanto volta o olhar para o chão. — Eu sei o que consigo aguentar.

Sinto minha frustração aumentar, e a petulância dela só piora a situação.

— Acho que *eu* não consigo aguentar isso, Mackenzie.

Ela me espia com uma expressão confusa, enquanto a luz da lua pinta um lado do seu rosto, fazendo o âmbar dos olhos parecer brilhar.

— Como assim?

— Está ficando... *muito* difícil — admito calmamente. — Deixar meu cheiro em você. E não ser afetado por isso.

A boca de Mackenzie se abre e depois volta a se fechar devagar.

— Ah.

— E é por isso que eu não acho uma boa ideia...

— Mackenzie? Noah? — Soa a voz de Moira do interior da casa, nos surpreendendo. — Estou com o caderno. Eu ia adorar mostrar para o Noah algumas das minhas ideias.

— Ah, meu Deus — Mackenzie geme. — Não, a porra do caderno de casamento.

— Qual *é* a desse caderno?

— Ela está saindo — diz Mackenzie com a voz em pânico. — Meu Deus. Ela está com essa droga desse caderno em que planejou o meu casamento *inteiro*, Noah.

— Você está de brincadeira.

— Mackenzie? — A voz de Moira fica mais próxima. Dá para dizer pela ligeira fresta na porta do terraço que ela entrou na sala de estar. — Você está aí fora?

— Você tem que me beijar — Mackenzie diz de repente.

Fico confuso.

— Oi?

— Me beija — ela reitera. — Agora mesmo. Isso vai fazer ela deixar a gente em paz.

— Não acho que seja uma boa ideia, eu...

— Se você não me beijar, ela vai fazer a gente folhear aquele caderno a noite *inteira*.

Meus olhos se voltam para a porta do terraço, onde uma sombra de Moira está se aproximando do vidro.

— Eu não quero que você tenha que...

— Só cala a boca e me *beija*.

Sinto suas mãos no meu colarinho logo antes de ela me puxar até sua boca — seus lábios batendo nos meus momentos antes de eu ouvir o rangido da porta de vidro deslizando no trilho atrás de mim. Escuto um *ah* ao longe seguido de uma risadinha leve, mas mesmo quando a porta se fecha discretamente, isso parece algo distante, porque de repente... tudo em que consigo me concentrar é na boca de Mackenzie.

Estou de todo consciente das ocorrências biológicas que decorrem do fato de estar tão íntimo de uma lupina — mas os lábios de Mackenzie nos meus dão uma sensação muito menos previsível do que eu esperava até agora.

O formato suave deles se mescla nos meus enquanto seus dedos agarram o colarinho da minha camisa e, para além de qualquer razão, consigo sentir a língua dela deslizando levemente sobre o meu lábio inferior, o que me faz gemer de um jeito que parece longe de ser fingimento.

Não consigo entender o que me leva a abrir a boca, assim como não consigo supor por que a língua dela se enrosca na minha, mas quando seu sabor explode ali, me deixando com vertigem, não consigo de fato contemplar nada além do jeito como a minha mão se encaixa em suas costas quando encontra um lugar para pousar ali. Será que ela ao menos tem noção do que está fazendo?

Porra, será que *eu* tenho?

Alguma coisa lá no fundo me diz que eu deveria colocar um ponto-final nisso, que deveria me afastar dela antes que as coisas fiquem complicadas — mas essa voz é visceralmente abafada pelo som suave que vem da garganta de Mackenzie, um som que me faz só conseguir engolir em seco enquanto meus dedos seguem para seu cabelo. Sou uma mistura de cheiro e toque e sensação enquanto o corpo dela se cola mais ao meu, e tenho plena consciência de como estou ficando duro junto de sua barriga — parece que eu simplesmente não consigo fazer nada a respeito.

Não sei dizer quantos segundos levo para recuar — para me desvencilhar do seu corpo macio e da sua boca ainda mais macia —, mas quando por fim consigo, vejo que a respiração dela está tão irregular quanto a minha, e seus lábios tão vermelhos e intumescidos quanto os meus com certeza devem estar.

Seus cílios tremem atordoados enquanto a ponta da língua desliza no lábio inferior, e eu sinto uma necessidade carnal de ter aquela mesma língua de volta na minha boca, para beijá-la até o sol nascer, quem sabe. Não tenho certeza.

Tomo muito cuidado enquanto recuo — tentando estabilizar minha respiração, mesmo quando todos os meus sentidos urram para que eu me aproxime dela.

— É isso… — pigarreio, e minha voz soa totalmente errada. — É isso que eu quero dizer — aviso rispidamente. — Não vamos conseguir controlar coisas como essa se a gente continuar assim.

Mackenzie ainda está olhando para mim, seus olhos correndo pelo meu rosto de um jeito lânguido mas calculado, como se estivesse examinando as peças de um quebra-cabeça. Observo sua língua passar de novo pelo lábio e tenho plena certeza de que se ela fizer isso mais uma vez, eu vou enlouquecer.

— Fala alguma coisa — insisto. — Me ajuda a resolver isso. Eu poderia voltar a tomar os meus inibidores, ou quem sabe… A gente devesse colocar um ponto-final nessa coisa toda…

— E se a gente simplesmente… fizesse?

Congelo, encarando-a. Com certeza ela disse algo diferente do que ouvi.

— Oi?

— A gente poderia só… experimentar — ela continua. — Ver qual é a desse burburinho todo.

— Você não pode estar falando sério — digo, incrédulo.

— Por que não? — Seus olhos parecem menos vidrados agora, mais penetrantes, como se ela estivesse realmente pensando a respeito. — Quer dizer, não precisa ser grande coisa — ela argumenta. — A gente já está fingindo que está junto. Por que não aproveitar um pouco?

— Consigo pensar numa dúzia de razões pelas quais isso é uma má ideia.

— Consigo pensar numa razão pela qual minha ideia é muito boa — ela rebate, acenando com a cabeça para a minha calça ainda justa. — Quer dizer, não parece que você se opõe *demais* à ideia.

Pressiono a palma da mão na dianteira rija do meu jeans escuro, me arrependendo imediatamente das minhas ações quando isso faz o traidor do meu pau latejar. Sibilo entredentes, fechando os olhos.

— Mackenzie…

— É sério, qual é o problema? Parece que nenhum de nós teve muita sorte no ramo de namoro nos últimos tempos. Quer dizer, se a gente tivesse tido, não estaria nessa situação para começo de conversa. Além do mais, você vai embora logo! Parece uma situação positiva para todo mundo.

— Parece uma maneira ótima de tornar as coisas complicadas.

— Eu não vou ficar toda com amor de pica por você — ela bufa, seguindo em frente antes mesmo de eu ter a chance de processar a frase. — É só sexo. A gente não precisa fazer um fuzuê por causa disso.

Eu a encaro, boquiaberto. Essa reviravolta não é em nada parecida com o que eu esperava quando ela entrou no meu carro há algumas horas. Posso dizer sinceramente que nunca recebi uma proposta para transar como uma espécie de acordo de negócios. A coisa toda é... bizarra.

Mas não o bastante para que seja fácil recusá-la.

Eu estava falando sério quando disse que tinha uma dúzia de razões pelas quais isso é uma má ideia — então por que é que eu ainda não disse não de uma vez por todas? Por que estou aqui parado levando em conta o que ela está dizendo, tentando fazer parecer razoável na minha cabeça? São só os hormônios ou é... alguma outra coisa?

— A sobremesa está servida — ouço Moira gritar do outro lado da porta do terraço, o que me faz estremecer quando percebo que ainda estou de pau duro no deque da avó de Mackenzie. Escuto outra risadinha suave. — Assim que vocês dois tiverem terminado.

Fecho os olhos de vergonha. Acho que não agi assim nem quando era adolescente. Respiro fundo para me estabilizar e, quando os abro de novo, tenho um sobressalto ao ver Mackenzie bem do meu lado, com a mão estendida para apertar delicadamente meu ombro enquanto ergue o olhar para mim na penumbra.

— A gente conversa sobre isso depois — ela diz, com a voz baixa e os olhos cheios de promessas. Seus dedos descem pelo meu bíceps para seguir uma das linhas da manga da camisa, e a rajada repentina do seu cheiro quase me derruba. — Só... pensa a respeito. Tá?

Tenho que ficar do lado de fora por mais alguns segundos antes de conseguir que a parte mais traiçoeira de mim se assente — enquanto a proposta selvagem de Mackenzie roda na minha cabeça com todas as razões por que eu deveria recusá-la.

E eu vou. Recusá-la. Sem dúvida vou. É uma ideia terrível. Terrível mesmo. Tem um milhão de coisas que podem dar errado. E eu *vou* recusá-la.

Pelo menos... é isso que estou dizendo a mim mesmo.

9.

Mackenzie

Noah não falou uma palavra desde que saímos da casa da minha avó, e eu não consigo saber se é porque ele está constrangido com a minha proposta ou porque a está de fato considerando. Na minha cabeça, era uma coisa perfeitamente razoável e lógica de se propor — ou pelo menos assim tinha parecido no fim daquele beijo. Porque foi... um beijão *e tanto*.

Eu não sou idiota. Sei que muito do que senti no deque da minha avó foram só os hormônios e a biologia e a compatibilidade — mas isso não muda o fato de que foi *muito* bom. O beijo de Noah foi bruto e confuso e meio desesperado (mas isso pode ter sido da minha parte, como saber?), ainda assim nem uma única vez na vida fiquei tão excitada só com um beijo, e isso me faz pensar como todo o *resto* deve ser com Noah Taylor. Além do mais, estou sinceramente cansando um pouco de ficar animadinha em salas e depósitos e ter que deixar isso para lá sem uma boa razão.

Quer dizer, quando é que a gente vai ter uma chance como essa de novo? Se a biologia vai ditar o quanto a gente pode ser compatível juntos na cama, por que não desfrutar dos benefícios? Afinal, a gente é médico de profissão. Pode ser como... um tipo de experimento. Além do mais, eu não costumo ter muita sorte no ramo fálico, já que todos os meus encontros nos últimos meses foram um desastre total.

Ele ainda está calado quando paramos no meu prédio, e eu continuo no banco do passageiro por um segundo a mais enquanto tento pensar no que devo fazer. Nunca tive que *convencer* ninguém a ir para a cama comigo, e não tenho nem certeza se deveria. Isso seria me rebaixar de alguma forma? Ou fico mais empoderada ao tentar segurar o touro pelos chifres, por assim dizer? Honestamente, estou com tesão demais para ligar.

— Quer subir para tomar alguma coisa?

Pronto. Simples. Fácil. Apenas ligeiramente sugestivo.

Noah franze o cenho. É realmente uma careta sexy, já decidi.

— Você está me convidando para uma bebida ou outra coisa?

— Os dois? Quem sabe?

— Mackenzie... — Ele tira as mãos do volante para apertar a ponte do nariz. — Eu realmente não tenho certeza se isso é uma boa ideia.

— Por que não?

— Porque a gente tem um acordo, e sexo não era parte do acordo. Isso pode deixar as coisas muito complicadas.

— Pense nisso como um benefício. — Estalo os dedos. — Ah! Um adendo! Os contratos têm isso o tempo todo.

— Não estou certo se algum contrato já teve um adendo sexual.

— O nosso poderia ter — arrisco.

Ele olha para mim com uma expressão esquisita, franzindo a testa.

— Ainda estou confuso sobre por que você iria *querer* fazer isso.

— O que você quer dizer?

— Quero dizer, bem. Você é... e eu sou... — Ele suspira. — Só acho que você poderia com muita facilidade encontrar outra pessoa que fosse muito menos... — Ele balança a mão como se buscasse uma palavra, respirando fundo quando decide: — Eu.

— E o que tem de errado com você? Você é alto e bonito... — Noah parece chocado ao ouvir isso. — Quando você não está de cara fechada, é claro. Ou, para dizer a verdade, às vezes até quando você está... Estou meio que começando a gostar disso. Além do mais, você é grandalhão. Não vejo mesmo nenhuma desvantagem para mim.

— Puxa, valeu.

— Além disso, você é o primeiro alfa que conheço. Tipo, na vida. Com essas probabilidades, vou estar na casa dos cinquenta até conhecer outro. Posso estar na pós-menopausa até lá. E eu iria sequer aproveitar?

— Então isso é uma coisa com alfas?

— Eu estaria mentindo se dissesse que não é uma coisa com alfas — digo com sinceridade. — Mas também, cara fechada à parte, você é a pessoa mais normal com quem eu saí o ano inteiro, de mentira ou não. Vou ficar com síndrome do túnel do carpo se não der um descanso para as pobres das minhas mãos.

Os olhos de Noah se arregalam.

— Isso é muito... direto.

Raciocino que não é uma boa ideia fazer uma brincadeira direta agora. Provavelmente vai assustá-lo.

— Qual é, é óbvio que a gente é compatível. Quer dizer, você a contragosto acha minhas piadas engraçadas, e eu descobri que a sua rabugice perpétua é meio fofa. É como se alguém tivesse deixado cair uma cesta de presentes sexuais no nosso colo. Seria falta de educação não a abrir.

— Não sei se tenho mais problemas com a "cesta de presentes sexuais" ou com você me chamando de fofo.

— Eu disse que a sua *rabugice* era fofa. Meio fofa. — Dá para dizer que ele ainda está hesitante. — Quer dizer, você não está curioso? Não quer ver o que tem nesse burburinho todo?

— Eu... — Ele ainda parece inseguro. Como se houvesse uma chance de que tudo isso fosse uma cilada. — Eu não quero tirar vantagem de você.

— Ah, me poupe — rio. — Eu te prometo, Noah. Não estou vendo coisa demais em nada disso. Você pode ir no meu apartamento e transar comigo e nada vai mudar. Palavra de honra.

— E você tem... certeza de que quer?

— Tá. Isso está começando a dar a entender que estou beirando o desespero, então vou perguntar mais uma vez se você quer subir para tomar alguma coisa e, se você disser não, vamos esquecer que isso aconteceu. Mas se você disser *sim*... Já chega de se preocupar com as minhas sensibilidades delicadas. Eu sou uma mulher adulta, Noah, e sei o que quero.

A mudança em Noah é sutil, tanto que quase não dá para notar, mas agora seus ombros estão menos tensos, os olhos, menos incertos. Tomo isso como um bom sinal.

— Então, Noah... — Começo de novo, cuidadosamente, enquanto abro um sorriso doce. — Você quer subir para tomar alguma coisa?

Ele ainda está agindo como se pudesse sair em disparada a qualquer segundo. Como se estivesse argumentando consigo mesmo sobre todas as razões pelas quais não deveria estar aqui. Está sentado todo rígido no meu sofá como uma daquelas estátuas de bronze em bancos de parque — franzindo o cenho para o meu tapete de um jeito que me permite saber que está totalmente perdido em pensamentos.

Eu o examino do balcão da cozinha enquanto sirvo uma taça de vinho para ele, me permitindo observá-lo. Ele é mesmo... um negócio. Agora que estou avaliando de verdade... Sinceramente, não sei como não reparei nele direito antes de tudo isso, independentemente da sua atitude amarga da época, a qual, eu realmente comecei a me dar conta, é só uma estranha parte do seu charme. O cabelo escuro começou a cachear nas têmporas, resultado dos dedos que ele passa nervoso tantas vezes, e sua boca carnuda está apertada em um formato quase de beicinho, de tanto que ele está pensando. Quando pego nossas taças para me juntar a ele no sofá, reparo em como seus antebraços são largos, totalmente à vista com as mangas da camisa arregaçadas. Apenas olhar para eles traz à tona lembranças de estar enroscada neles há poucas horas, o que me faz pressionar uma coxa contra a outra.

"Agarre o touro pelos chifres, Mack."

Entrego a taça e ele parece quase surpreso ao vê-la, depois se dá conta de que estou sentada do outro lado do sofá.

— Então você realmente estava falando de uma bebida?

— Parece que você está precisando de uma. Está com uma cara de quem está prestes a pular da janela. — Dou uma risadinha enquanto tomo um gole da minha taça. — Se eu não soubesse que a culpa é do nervosismo, poderia me ofender.

Ele parece confuso, a mão parando pouco antes de a taça chegar aos lábios.

— Ofender?

— Bem... — Rodo o rioja tinto enquanto desvio os olhos, espiando minha taça de vinho. — Eu nunca tive que convencer alguém a ir para a cama comigo. Não é exatamente ótimo para o meu ego.

— Não é... — Ele faz um som de insatisfação, tomando um gole repentino da taça e engolindo com vigor antes de balançar a cabeça. — Não é porque eu não quero.

Eu me viro mais de lado para encará-lo, me apoiando no cotovelo, pousando-o no encosto do sofá.

— Era capaz de ter me enganado.

—Acho que nós dois sabemos pelo estado em que você me deixou naquele deque que eu quero muito — diz Noah mais discretamente. Ele bebe outro gole, talvez para tomar coragem. — Eu fico preocupado.

Franzo a testa.

— Preocupado?

— Eu sei que você é adulta, sei disso, mas... nenhum de nós entende totalmente as implicações do que a gente está fazendo. A gente nunca experimentou... uma coisa dessas.

Fico boquiaberta.

— Então você nunca...?

— Não. — Ele balança a cabeça. — Nunca conheci ninguém como você.

Deixo essa informação assentar, considerando todas as coisas que ela acarreta enquanto tomo um gole maior da minha taça. Tudo o que ele está dizendo faz sentido, e tem uma parte de mim que se pergunta se estou sendo imprudente. Ninguém nunca me acusou de ser excessivamente cuidadosa na minha vida, disso eu tenho certeza, mas mesmo assim... não consigo me convencer a mudar de ideia. Não depois do prazer por todas as partes do meu corpo que senti só de *beijá-lo*. Uma garota só consegue aguentar até certo ponto, de fato.

— Seu apartamento é legal — Noah diz, no que imagino ser uma tentativa de quebrar o silêncio. — Aconchegante.

— Você quer dizer pequeno — rio.

Ele dá uma olhada na minha quitinete, os olhos passeando da cozinha atrás do sofá para a cama que fica em uma plataforma à nossa esquerda.

— Não, não, eu só quis dizer...

— Está tudo bem — garanto. — Nunca gostei de casas grandes. — Olho séria para a minha taça. — Espaço demais.

— Qual é o problema com espaço?

Uma melancolia familiar se assenta lá no fundo, um breve vislumbre do rosto do meu pai saindo de casa pela última vez lampejando em meus pensamentos. Logo o rechaço tomando outro gole de vinho.

— Só me sinto sozinha, acho.

— Ah.

Mais silêncio. Noah não está olhando para mim, os olhos estão fixos mais uma vez no meu tapete enquanto segura a taça junto do peito como uma espécie de cobertor de segurança minúsculo. Minha taça está quase vazia, me dou conta, e o calor que o vinho deixa na minha barriga está me dando a mesma coragem de que Noah pode estar atrás.

— Então, se você nunca esteve com uma ômega — tateio com cuidado, observando sua mandíbula ficar tensa —, quer dizer que você nunca deu nó em ninguém?

Os nós de seus dedos ficam brancos contra a taça de vinho que ele segura e, por um momento, acho que quase poderia quebrá-la de tanto que aperta. É sutil o modo como ele muda, mas com essa única pergunta consigo sentir como sua respiração ficou ligeiramente mais acelerada, irregular. Isso faz meu coração bater um pouco mais rápido e deslancha um formigamento entre minhas pernas.

E o *cheiro* dele.

Poderia muito bem ser cera derretida, pelo jeito como está preenchendo a sala.

— Não — ele diz baixinho, com a voz quase rouca. — Não dei.

Termino minha taça com uma virada rápida — estendendo a mão para pousá-la na mesa de centro enquanto chego perto dele devagar. Posso sentir o calor dele quando meu corpo se encosta na sua lateral, posso sentir o ligeiro tremor na sua pele quando meus dedos roçam seu antebraço. Isso faz eu me sentir estranhamente poderosa, saber que sou capaz de fazer esse grande alfa tremer desse jeito. Arranco a taça da mão dele para colocá-la junto da minha, pondo minha mão no seu peito para brincar com um botão, minha boca a centímetros de sua mandíbula.

— E você gostaria de fazer isso?

De perto consigo ver os salpicados sutis de verde escondidos no azul--claro de sua íris, descoberta que dura pouco devido ao modo como suas pupilas não param de dilatar, a um ponto em que seus olhos quase parecem ser pretos. Seu coração está batendo tão forte que consigo sentir nos meus dedos e, a essa altura, seu ritmo é mais do que compatível com o meu.

Gosto do jeito como ele prende a respiração quando me inclino em sua direção, do jeito como sua mão vai parar na minha cintura como que por instinto (e bem, acho que é mesmo, se eu parasse de fato para pensar nisso) quando me posiciono de modo que meus joelhos apertam as laterais de seus quadris, montando em seu colo. Já consigo sentir a pressão de *alguma coisa* dura junto do meu cerne quando me sento ali, e descubro que gosto disso também.

— Mackenzie — ele diz, rouco, a voz parecendo ter diminuído uma oitava. — Você tem certeza de que quer…?

Apanho o resto de sua frase nos meus lábios, beijando-o delicadamente enquanto suas tentativas contínuas de ser cavalheiresco se desvanecem num gemido suave. Ele fala mesmo demais para alguém cuja forma preferencial de comunicação até então parecia ser fechar a cara. Em qualquer outro dia, eu comemoraria o fato de um homem ser tão decente — mas já faz pelo menos um ano desde que passei da segunda fase, e agora estou querendo que Noah seja completamente *indecente*.

Suas unhas raspam um pouco quando fincam nos meus quadris lisos, uma leve ferroada que consigo sentir através do tecido do meu vestido. Seus lábios se abrem quando eu os insto com a língua, e o gosto dele quando beijo com mais vigor pode ser mais vertiginoso do que toda uma garrafa do vinho esquecido na bancada da cozinha.

Não é minha intenção me esfregar nele; meu corpo parece ter algum tipo de necessidade inconsciente de estar mais próximo, mas a sensação do seu pau me pressionando, duro e quente, parece desarmá-lo. Sinto seus dedos no meu cabelo, segurando-o firme de modo que possa me puxar para perto, e então sinto o formato de uma mãozona na minha bunda que me agarra de um jeito que não tem nada de decente.

"É", eu penso. "É isso que eu quero."

Não tenho certeza se ele percebe de fato que estou desabotoando sua camisa; acho que também teria dificuldade em ficar muito consciente do entorno se estivesse beijando alguém insanamente como ele está — mas quando meus dedos correm por seu peito nu e apertam mais seus ombros, eu o sinto estremecer encostado em mim, com um som penoso na sua garganta.

— Cama — ele rilha, com a boca mal desgrudando da minha.

Não é muito uma pergunta, mas o significado é bastante claro.

— Sim.

— Camisinha — ele grunhe. — Eu não...

— DIU — respondo, sem fôlego. — E, droga, é capaz de você conhecer a minha ginecologista. Ela trabalha no segundo andar. Então, desde que você seja negativo, a gente pode...

Dou um grito de surpresa quando ele me ergue do sofá num movimento tranquilo, as mãos segurando a parte de trás das minhas coxas enquanto me leva para a cama.

"Acho que isso responde a questão."

Minhas costas batem no colchão quando ele praticamente me joga no meio da cama — não se vê em lugar algum a hesitação anterior que Noah demonstrou enquanto ele se arrasta para cima de mim rápido como um raio, como se não aguentasse ficar longe da minha boca, seus lábios gulosos encontrando os meus.

— O seu cheiro — sinto sua respiração bufar na minha bochecha — é *incrível* pra cacete.

Eu gostaria de dizer que ele também tem um cheiro bem bom, mas sua língua na minha garganta me faz esquecer essa vontade totalmente.

— O seu gosto é melhor ainda — ele ruge contra meu pulso, com uma voz nada parecida com ele.

Seus quadris encostam mais em mim, e consigo sentir o pau dele forçando a calça jeans, se esfregando na minha coxa. Já está uma loucura entre minhas pernas, meu corpo parece saber mais sobre o alfa do Noah do que eu mesma, se a umidade for uma indicação. Não consigo me lembrar na verdade de nenhum momento anterior em que tenha ficado tão molhada como estou agora. E eu nem vou levar em conta que, por ser uma ômega, eu costumo ficar ainda mais molhada que qualquer outra garota – humana ou metamorfa. Mas é difícil lembrar de muita coisa para além do jeito que Noah não para de chupar o meu pulso.

— Noah — suspiro, esticando meus quadris em um apelo calado. — Vai doer?

— Não vou te machucar — ele diz em um tom tranquilizador, um sussurro na minha pele. — Você não. — Ele mordisca meu ombro, e consigo sentir seus dedos se enfiando debaixo do meu vestido e correndo pela minha coxa. — Porque você é uma ômega boazinha, não é? — Prendo a respiração quando o sinto botar pressão na minha calcinha, brincando com a fenda molhada sob ela. — Você aguenta, não aguenta?

Sinto um arrepio me perpassar com suas palavras cantaroladas falando com alguma parte de mim que parece quase rígida de desuso. Como se eu nunca a tivesse tocado de fato. Há uma sensação de estiramento dentro de mim, como se acordasse de um longo cochilo — um prazer completo com seus elogios que nunca senti.

E talvez isso seja biologia também, é o mais provável, na verdade... mas agora já estou longe demais para ligar.

— Eu aguento — garanto. — Aguento sim.

Gemo em protesto quando ele se afasta de mim — se erguendo apoiado nas mãos para me encarar com os olhos vidrados. Reparo que agora eles estão azul-escuros, tempestuosos, em nada parecidos com a cor clara de sempre, e os lábios de Noah estão meio abertos enquanto uma respiração ofegante escapa deles.

— Eu não... — Ele cerra a mandíbula. — Não estou me sentindo eu mesmo. — Seus olhos percorrem meu corpo com algo que só pode ser descrito como *apetite*. — Talvez a gente não devesse...

Alguma coisa dentro de mim começa a ganir, um cântico contínuo de *não não não* lá no fundo, enquanto o pânico penetra em mim com a ideia de perder seja lá o que ele está prestes a me dar. De repente, a ideia de Noah não me tocar parece quase *dolorosa*.

— Não para — eu digo, puxando sua camisa com força demais até ouvir os últimos botões que restavam estourarem. — Por favor?

Há um estrondo em seu peito quando minha mão chega à parte da frente da sua calça, apalpando-o através do jeans.

— Mackenzie — ele avisa —, estou tendo dificuldade em ser delicado com você. Eu não... — Ele geme enquanto eu o aperto através da calça. — Eu não sei o que tem de errado comigo. O jeito que você está *cheirando* agora. Está me deixando louco.

Eu me inclino, me apoiando nos cotovelos, erguendo meu rosto até conseguir passar a língua em sua garganta, onde sei que ele é sensível, onde o cheiro dele é forte. — Então seja bruto — sussurro. — Você pode ser bruto comigo. — A palavra está na minha boca, uma palavra que nunca usei antes, mas que de algum modo parece *exatamente* adequada neste momento. Me estico para abrir o botão da calça jeans, puxando-a até conseguir sentir a forma dele através do algodão. — Eu *quero* você, alfa.

— Porra.

Sua boca está na minha pele — lábios e dentes sentindo o gosto de cada centímetro que ele consegue alcançar enquanto ele puxa a bainha do meu vestido. Não tenho certeza se ele vai sobreviver a esta noite, com o jeito como Noah o está torcendo pelo meu corpo acima, mas não consigo chegar a me importar quando sinto o calor das palmas largas de suas mãos na minha pele nua. Levanto os braços para que ele possa arrancar o vestido, rasgando-o, e ele o joga em algum lugar no chão antes de sentar e arrancar a própria camisa para mandá-la também para a pilha.

Cada centímetro de Noah parece ter sido esculpido ou fabricado, meus olhos absorvem gulosamente cada cume e linha dele enquanto o desejo de tocar e sentir o gosto periga me consumir. Percebo que ele mexe no zíper em seguida, e eu enrodilho meu corpo para afastar suas mãos para que eu mesma possa fazer isso. Mesmo através da cueca, o formato dele é atemorizante — o tecido esticado e tensionado com seu comprimento espesso pressionando contra ele. Minhas mãos ainda estão em suas coxas, os dedos fechados no cós do jeans enquanto fico momentaneamente pasma de como ele é *exuberante*.

Ele sempre foi marcante, mesmo quando eu mal o conhecia, mas olhando para ele desse jeito — com os ombros incrivelmente largos, os braços tão grossos e o pau que pode ser prejudicial para a saúde —, agora estou achando difícil de acreditar que ele tenha conseguido esconder o status alfa por tanto tempo. Tudo nele *berra* isso.

Abaixo seu jeans um pouco, até as coxas.

— Você sabia que a gente aprendeu anatomia dos alfas na faculdade de medicina?

— Hum-hum. — Ele pressiona os lábios enquanto me assiste abaixar suas calças. — Sabia.

Deixo minhas unhas rasparem de leve suas coxas grossas quando a calça jeans fica presa em seus joelhos, que estão colados no colchão, o que me permite sentir como ele estremece.

— E você aprendeu sobre mim?

— Eu... — Ele pisca enquanto meus dedos tateiam o cós da cueca boxer. — Eu... a gente aprendeu.

— Então, nós dois sabemos como a coisa funciona. Tecnicamente.

— Mackenzie — ele bufa enquanto abaixo o tecido, a cabeça enrubescida de seu pau aparecendo com a ponta brilhando. — Eu consigo sentir o seu cheiro. Meu Deus, Mackenzie, você está tão *molhada*.

Sua voz está mais longe agora, e minha atenção está voltada apenas para o calor dele na minha mão enquanto eu o livro da cueca. Há pouca curiosidade e *muito* desejo quando vejo o porquê de todo o burburinho — a pele aveludada do seu pau deslizando debaixo da minha mão enquanto acaricio o seu comprimento para chegar à pele ligeiramente mais espessa da base. É só uma insinuação, só um leve presságio do que pode ser, eu acho, mas mesmo desse jeito, ver o nó dele deslancha um novo gotejamento de umidade entre as minhas pernas, como se meu corpo tivesse vontade própria. Como se ele *soubesse* o que Noah pode me oferecer.

E eu quero isso, estou me dando conta mais do que qualquer outra coisa. Eu quero tudo.

Encontro seu olhar quando me inclino para ele, espiando-o por entre os meus cílios quando deixo a ponta da minha língua fazer um movimento rápido sobre a cabeça do seu pau, e a rajada de ar que escapa dele em resposta — como se ele mal conseguisse ficar parado — é o que basta para fazer qualquer um se sentir um pouco hedonista. Giro a minha língua lá, e o gosto dele é de algum modo *melhor* do que o cheiro abrangente que de certa forma ficou mais doce, mais irresistível, e só no que eu consigo pensar quando Noah olha para mim como se não conseguisse decidir o que fazer comigo pelo desejo de me precisar inteira de uma só vez é: "Isso sem dúvida está à altura de todo o burburinho".

Minha provocação dura pouco, seus dedos grossos roçam minha mandíbula e se emaranham em meu cabelo para tombar minha cabeça para trás e me puxar para beijá-lo, enquanto ele desaba para me encontrar. Não consigo dizer de jeito nenhum como é que ele tira meu sutiã — na verdade, acho que pode estar rasgado em duas partes agora, não que eu esteja reclamando —, mas quando já estou pelada debaixo dele, me dou conta de que de alguma forma ele é só calor e músculos rígidos encostados em mim, nem um ponto é deixado para trás entre nós enquanto ele se assenta sobre o meu corpo.

Os quadris de Noah se esfregam em mim como se ele não conseguisse evitar, seus dentes e sua língua ainda sentindo o gosto da minha boca, mais baixo na minha garganta e subindo de novo. Sinto sua respiração na minha orelha quando seu corpo enorme força minhas pernas a se abrirem mais, a voz grave e rouca quando o pau desliza contra a minha parte baixa.

— Me fala de novo — ele insiste, com a mão no meu queixo enquanto a outra segura meu quadril junto da cama, para me conter ou conter a ele, não sei dizer. — Me fala que é isso que você quer.

— Por favor. — Eu me ouço lamentar, com minha voz diferente do que sempre foi. Estou praticamente *implorando*. Eu já implorei antes? Por que eu não *ligo*? — É isso que eu quero. Então você pode só... *ah*.

Mesmo com o fluxo constante de umidade de que eu poderia me envergonhar em qualquer outro momento, sinto um alargamento. Fecho os olhos para me concentrar na fricção deliciosa dele, para poder sentir cada centímetro enquanto ele enfia devagar dentro de mim. Arfo quando sinto a base um pouco mais espessa entrar, deixando ele inteiro enraizado fundo enquanto nós dois lutamos para recuperar o fôlego.

Mesmo com os encontros ruins, o ano cheio e os modelos de trem — não sou avessa a sexo. Sou uma mulher moderna que acha perfeitamente normal ir atrás do que o corpo anseia com quem quer que ela escolha, mas *isso* — eu acho que nunca foi desse jeito. Não é só o prazer, porque tem muito, mas é também a sensação estranha de Noah se *encaixar*. De mais jeitos do que apenas esse. É a estranha sensação de estar preenchida quem sabe pela primeira vez.

E se isso tudo são os hormônios, então eles são hormônios *fortes* pra cacete.

— Mackenzie, eu… — Ele enterra a cabeça na minha garganta enquanto seus quadris se dobram minuciosamente. — Eu poderia gozar assim. *Porra*, como é gostoso dentro de você.

— Você pode se mexer — digo a ele, sem fôlego. — Você pode se mexer? Eu quero… *ah*.

O primeiro deslizar tira meu fôlego, meus dedos dos pés se enroscam quando ele recua, só para investir de novo. Mais uma vez sinto a ligeira resistência que vem de seu nó, e fico dividida entre a preocupação sobre como vai ser quando ele inchar e a total impaciência para que exatamente isso aconteça. Eu *quero* me sentir repleta dele, mais do que qualquer outra coisa que já quis, por razões que não consigo nem começar a entender. Meus joelhos se apertam em seus quadris, me mexendo para que eu consiga aguentar mais.

— Mackenzie. — Ele meio que gane. — Eu não acho… *caralho*. Eu não vou aguentar. É bom demais. Me diz o que fazer. Me diz como fazer você ficar satisfeita.

Quero dizer a ele que já estou me sentindo incrível, mas parece que não consigo me lembrar de como formar as palavras. Baixo seu rosto para junto do meu e o beijo, aproveitando a sensação de sua língua se enroscando na minha enquanto ele mete com um pouco mais de força. Noah apanha meu gemido na língua enquanto enrosco as pernas totalmente em volta de sua cintura — instando-o a continuar. Ele segura minha cintura com a mão enquanto bombeia dentro de mim, cada estocada fazendo seu nó inchar um pouquinho mais, fazendo a coisa ficar muito mais apertada enquanto ele o mete de novo de novo e de novo.

E o meu corpo… o meu corpo parece saber exatamente o que fazer. Essa grossura me toca em lugares que eu não sabia que existiam, golpeando alguma parte de mim que me deixa numa loucura de gemidos embaixo dele.

— Você pode gozar — digo a ele. — Eu quero que você goze.

— Mas... eu preciso...

— Só goza — eu insisto. — Eu quero o seu nó. Quero sentir ele. *Por favor*, Noah.

Meu Deus, acho que nunca quis nada mais do que isso.

— Eu vou... — Sua testa descansa na minha enquanto seus lábios roçam sem rumo minha boca. — Eu não consigo... eu vou...

Alguém grita, e eu sinceramente não sei dizer se é ele ou se sou eu, mas meus olhos se apertam enquanto estrelas explodem na minha vista quando sinto seu corpo tenso, sinto seu pau se contorcer fundo dentro de mim bem quando seu nó começa a inchar e *inchar*. Ele se expande até eu achar que não tem como ficar mais grosso, prendendo-o dentro de mim enquanto ele treme durante o orgasmo. Não posso dizer exatamente o que acabei de sentir, mas foi... definitivamente alguma coisa.

— Você não gozou — ele ofega, parecendo frustrado.

Beijo sua bochecha.

— Sinceramente, mesmo assim estava incrível.

— Você vai gozar — ele rosna, já se mexendo para uma posição mais ereta enquanto me segura pela cintura.

O movimento reboca o nó que está enraizado dentro de mim, me arrancando um arquejo. Tenho que me esticar para agarrar os travesseiros, precisando de qualquer coisa nas mãos para me firmar quando ele ergue a minha bunda para me puxar com vigor contra ele, enquanto minhas pernas caem abertas nas laterais. Ele está mordendo o lábio, concentrado, com gotas de suor brotando na testa, e posso dizer que toda vez que ele se mexe é tão torturante para ele quanto para mim.

Seu polegar desliza no meu clitóris inchado enquanto faíscas dançam sobre a minha pele — minha cabeça tomba para trás e meus lábios se abrem enquanto ele esfrega o volume sensível sob os dedos.

— Noah.

— Você vai gozar pra mim — ele me diz de novo. — Você vai gozar no meu nó. Eu *preciso* que você goze, Mackenzie.

Concordo atordoada enquanto meus dentes mordem meu lábio inferior, ouvindo sons necessitados no ar que suspeito estarem vindo de mim. Seu toque com a abundância dentro de mim é quase demais para aguentar, minha pele parece um fio desencapado enquanto ele gira o dedo no botão-zinho encharcado do meu clitóris de novo e de novo e *de novo*. Já consigo sentir uma pressão crescendo no fundo da minha barriga, os músculos se contraindo e forçando minhas entranhas a apertarem ainda mais o que já é um espaço incrivelmente apertado.

Cada deslizar dos seus dedos me faz ficar mais atada ao redor do nó, e cada estocada faz Noah sibilar entre os dentes. Estou consciente de que ele está só me observando desmoronar debaixo dele, mas considerando tudo o que aconteceu hoje à noite, não consigo chegar a sentir vergonha. Escuto as pequenas súplicas e seus elogios roucos no ar à nossa volta — afirmações murmuradas de *que delícia* e *olha só você* e *assim* que ressoam nos meus ouvidos, mesmo quando ele as diz baixinho.

— Continua — eu imploro. — Bem desse jeito. *Bem aí.*

— Você está ficando mais apertada — ele resmunga. — Porra, eu vou gozar. *De novo.*

— Não para — respiro. — Só continua… *caralho.*

Cada músculo do meu corpo se contrai como se fosse a corda de um arco no instante anterior a eu me dissolver em uma loucura trêmula, minhas coxas tremendo e minhas entranhas tremendo mais ainda quando um grito sem palavras me escapa. Até depois ainda consigo sentir o lento circular do polegar de Noah no meu clitóris sensível demais, e só abro os olhos quando sinto sua mão me abandonar, assistindo enquanto ele leva o mesmo dedo à boca para limpá-lo com a língua, observando seus olhos quase se revirarem quando faz isso.

Abro os braços num convite calado, e não preciso convencer Noah a cair em cima de mim, me puxando para junto de seu peito enquanto minha coxa se acomoda sobre a dele, me sentindo completamente amolecida e saciada, mesmo enquanto seu nó ainda pulsa mais fraco dentro de mim. Nenhum de nós fala a princípio, e o som da nossa respiração paira no ar enquanto ambos tentamos recuperar o fôlego. Seus olhos estão em mim quando por fim o olho — com aquele mesmo olhar selvagem que surgiu quando Noah me beijou no sofá e em todos os momentos seguintes.

— Isso foi… — pigarreio. — Uma coisa.

— Uma coisa — ele repete, atordoado. — É.

A atmosfera parece pesada agora que tudo acabou, e como estou literalmente presa a Noah por um futuro imprevisto, tento aliviar.

— Viu? Adendos sexuais são excelentes.

— Certo — ele diz, ainda parecendo estranho. — E nós estamos... bem?

Ah. É com isso que ele está preocupado. Rio de leve, virando o rosto para beijar sua bochecha.

— Não precisa se preocupar — garanto a ele. — Não vou pedir para você me morder tão cedo.

— Tá bem — ele diz, equilibrado, com a testa ainda franzida. Talvez ele não esteja convencido de que não vou ser sua parceira contra sua vontade. — Certo.

Rio com a ideia, acariciando seu peito com o nariz e sorrindo com o absurdo da coisa. Quer dizer, era apenas sexo, afinal de contas.

— Durma, dr. Taylor — provoco. — Você tem um turno amanhã de manhã.

Sinto um beijo quase imperceptível no meu cabelo, junto com sua concordância silenciosa, e fecho os olhos à medida que a fadiga me invade, embalada pela satisfação nos meus membros e pela pulsação agradável do seu nó ainda dentro de mim, a abundância provocando uma leve sensação de prazer, ainda agora.

Sorrio de novo enquanto bocejo, pensando mais uma vez como é bobo que tanta gente possa perder a cabeça depois de provar uma coisa dessas. É claro, foi estonteante, mas virar seu mundo inteiro de ponta-cabeça por uma bela de uma transa? Absolutamente ridículo.

Sinto o nó pulsar ligeiramente, provocando um arrepio na minha coluna enquanto aperto os olhos, me concentrando em vez disso no *tum-tum* constante do coração de Noah junto do meu ouvido, me esforçando para dormir, para não deixar as coisas ficarem estranhas.

"Ainda assim", penso, distraída, enquanto começo a devanear. "Dá sem dúvida para uma garota se acostumar com isso."

Noah

Levo um instante depois de acordar para me lembrar de onde estou.

Os lençóis são mais vibrantes que os meus — lençóis lilás macios debaixo de um edredom cor de ameixa. Não abro os olhos na mesma hora; os acontecimentos da noite passada e cada instante do que Mackenzie e eu fizemos passam em full HD por trás das minhas pálpebras, e cada preocupação e motivo de hesitação que joguei janela afora quando ela me beijou voltam voando com a clareza que a manhã traz. Apesar da noite inegavelmente incrível que passei, não consigo deixar de me preocupar com como as coisas vão ser complicadas agora.

Abro os olhos devagar, reticente, tateando à esquerda até que minhas mãos cheguem a lençóis frios. Pisco para o teto surpreso por um momento antes de erguer a cabeça e me deparar com a cama vazia. Eu me sento devagar para olhar em torno da quitinete minúscula de Mackenzie, sem ver vestígio algum dela na sala ou na cozinha, me dando conta de que estou sozinho.

"Mas que porra?"

Jogo as pernas para a lateral da cama, e meus pés batem no chão de madeira por um instante enquanto me abaixo para apanhar minha calça e tirar meu telefone esquecido do bolso. Eu ainda tenho uma hora até meu turno começar, o que é tempo de sobra, na verdade, mas não costumo dormir tanto assim. Sinceramente, não consigo lembrar de uma única vez na vida em que tenha dormido tão bem como esta noite, e não posso fingir que minha noite reparadora não foi cem por cento devido à ômega descarada de cuja boca ainda consigo sentir o gosto e cujo corpo quase ainda posso sentir colado em mim.

Por toda a minha vida adulta, pensei muito pouco nas partes mais explícitas da minha constituição biológica — quer dizer, é difícil deixar passar a ideia dos nós quando isso só pode ser feito com alguma equivalente quase mítica. Uma que eu tinha praticamente zero chances de encontrar, de qualquer maneira. Presumi que fosse só uma bobajada hormonal que provavelmente soava muito melhor do que de fato era.

Quer dizer... até Mackenzie Carter vir parar no meu colo. Literalmente. Porra. Eu *ainda* consigo senti-la quando fecho os olhos, ainda escuto os sons suaves que ela fez quando me enterrei dentro dela. Posso dizer sinceramente que não tem *nada* na minha vida que possa se comparar a isso.

E acho que é exatamente esse fato que me deixa tão preocupado.

Não tem chance nenhuma de a gente continuar com o nosso simples acordo depois de uma noite dessas. Da minha parte, parece impossível que a gente possa passar um tempo juntos de novo sem sentir alguma necessidade de sucumbir aos nossos eus mais básicos, agora que nós dois tivemos uma prova, e isso não vai tornar tudo o que a gente está tentando conquistar muito mais difícil? Mal consigo *pensar* agora sem lampejos de uma Mackenzie pelada e macia ofegando debaixo de mim, seu cheiro me assombrando mesmo agora.

Ela com certeza tem que estar num apuro parecido. Deve ser por isso que deu um jeito de desaparecer antes que eu pudesse sequer acordar. Ela deve ter perdido a cabeça, temendo a possibilidade de eu ser tomado por algum absurdo de alfa primitivo, de começar a persegui-la pelos corredores pedindo para ela adotar meu sobrenome ou algo assim. Meu Deus. Ela provavelmente vai jogar tudo para o alto. Vai deletar o meu número e fingir que a gente não se conhece. Ela vai...

— Bom dia — a ômega em questão diz animada do outro lado do quarto, saindo, com uma toalha enrolada na cabeça, por uma porta em que eu não tinha reparado antes. — Pensei que você fosse dormir o dia inteiro. Fiquei me perguntando quantos ataques cardíacos você causaria e teria que estabilizar quando chegasse atrasado pela primeira vez na vida.

— Eu... — Consigo sentir minha boca se abrindo e se fechando como um peixe-dourado. — Bom dia. — Fico todo distraído de novo ao vê-la só de sutiã e calças de uniforme, a pele rosada e fresca do banho e o sorriso animado enquanto vence a distância do que presumo ser o banheiro para se jogar do outro lado da cama. — Você... dormiu bem?

— Como uma pedra — ela ri. — Você é meio que maciozinho debaixo de todos os músculos. E você? Fiquei surpresa de você não roncar. Eu tinha imaginado que roncasse.

Posso sentir minha boca abrir um pouco mais, e sua atitude completamente normal me pega de surpresa. Eu não estava preocupado com tudo ir por água abaixo só um minuto atrás? Mas cá está ela, agindo como se não tivesse acontecido nada.

— Eu dormi bem — digo, assistindo a ela tirar casualmente a toalha da cabeça e começar a pentear os fios molhados que descem tentadores sobre os peitos, os quais ainda quase posso sentir nas minhas mãos e na minha língua. — Muito bem, na verdade.

— Eu te falei. — Ela para o que está fazendo para se arrastar em cima da cama, se erguendo para encostar a boca na minha. — Adendos sexuais são excelentes.

Não sei o que me surpreende mais, sua atitude casual ou o jeito como me derreto em seu beijo mesmo depois de toda a minha preocupação há alguns instantes. Seus dedos deslizam pelo meu maxilar para me manter perto, e um sorriso surge em seus lábios quando ela se afasta para se demorar perto da minha boca.

— Pois é — murmuro. — Excelentes.

Ela me dá outro beijo rápido antes de se afastar de vez.

— É melhor você ir para o chuveiro. Acho que alguém vai desmaiar de verdade se você se atrasar.

Ela sai da cama para pegar a blusa pendurada numa cadeira junto da janela, vestindo-a sem cerimônia antes de me dar uma piscadinha.

— Pelo menos você não vai precisar deixar seu cheiro em mim tão cedo — ela brinca.

Eu a vejo desaparecer de novo no banheiro antes que um secador de cabelo comece a fazer barulho só alguns segundos depois, me sentindo exponencialmente mais confuso do que estava quando acordei. Parece que estava me preocupando por nada.

E por que é que isso é ainda mais preocupante?

~

A minha confusão acaba por tingir o resto do dia, pois me sinto estranho desde a hora em que eu e Mackenzie seguimos caminhos diferentes em seu apartamento. Tentei de tudo para fazer as coisas como sempre, mas além do estado de confusão do meu cérebro no que diz respeito a Mackenzie e ao que fizemos e ao que isso significa, tem também a lembrança vivíssima do *ato* de verdade, que fez seu melhor para se certificar de que eu não conseguisse me concentrar hoje.

Porque a cada momento calmo aparece o eco dos suspiros de Mackenzie, dos seus gemidos suaves, e em cada ocasião que me vejo sozinho lá está a expressão no seu rosto quando avancei dentro dela, esperando para afetar o meu dia, do jeito que ela faria ao meu redor, ameaçando me deixar duro de novo nas circunstâncias mais inadequadas.

É quase injusto como parece fácil para ela lidar com isso. Sobretudo porque fui *eu* quem fez tanto alvoroço sobre complicar as coisas, para começo de conversa.

Estou mandando esses pensamentos emaranhados para longe pelo que deve ser a décima segunda vez desde que cheguei no trabalho hoje de manhã, me obrigando a não varrer os corredores com os olhos *de novo* atrás de uma figura familiar, sabendo que ela não tem razão nenhuma para vir a este andar.

Eu me concentro em vez disso na minha prancheta, que tem o prontuário da consulta pré-operatória que vou realizar, e fico sério quando me dou conta de que é uma das pacientes do Dennis. Não estou exatamente contente por ter mais um motivo para ele vir à minha sala. Ainda assim. Acho que é só trabalho.

A porta já está entreaberta quando localizo o número certo do quarto, e dou uma batidinha de leve antes de entrar e estampar minha melhor tentativa de sorriso.

— Olá. Dona Pereira?

A mulher miúda me abre um sorriso nervoso, me espiando por sobre a armação vermelha dos óculos.

— Sou eu.

— Perfeito. — Enfio o prontuário debaixo do braço e estendo a mão para cumprimentá-la. — Então, estamos com uma obstrução, certo?

Ela balança a cabeça, cerrando mais o xale enquanto franze os lábios.

— É o que me dizem.

Volto a puxar a prancheta, folheando as anotações.

— Está dizendo que o seu eletrocardiograma deu alteração. — Tento o caminho da tranquilização. — Nada muito fora do comum. Com certeza posso deixar você como nova.

Ela ajeita os óculos, me olhando de cima a baixo.

— Você não parece ser mais velho que o meu filho.

— Ah. — Meu sorriso fica mais tenso agora. Com essa parte estou acostumado, na maior parte do tempo. — Escuto muito isso. Juro que já fiz isso mil vezes. A senhora não tem nada com que se preocupar.

— O que exatamente vai ser feito?

— Bem — eu começo —, nós vamos levá-la para fazer um cateterismo cardíaco e injetaremos um corante para ver o que está acontecendo. Quase como um raio X, mas para os vasos. Isso vai me dar uma ideia melhor da gravidade da obstrução para que eu possa avaliar se precisamos colocar alguns *stents* para ajudar no fluxo do sangue até o coração.

— Vou ficar inconsciente para isso, não é?

— Claro — eu lhe garanto. — Você não vai sentir nada. Se a obstrução for suficientemente grave, vamos colocar *stents* para voltar a dilatar os vasos, para que possamos enxaguá-los e fazer o sangue correr normalmente mais uma vez. Apenas pense nisso como um mecânico fazendo uma troca de óleo.

Ela ri.

— Isso soa um pouco menos angustiante.

— Você vai ficar bem — prometo. — Está em boas mãos.

— É o que me dizem — ela diz mais uma vez.

Verifico as anotações novamente.

— Então, se a senhora tiver alguma dúvida, vou ficar feliz em esclarecer. Hoje, vou mandá-la primeiro ao laboratório para fazer uns exames de sangue e, enquanto esperamos os resultados, vamos agendar uma angiografia. Esse é um exame que vai nos dar uma visão melhor da obstrução, e quando tudo estiver pronto já podemos agendar o seu...

Ouço uma batidinha atrás de mim, interrompendo meu discurso, e tento não deixar minha irritação aparente quando me viro para ver quem decidiu se intrometer.

O cabelo grisalho de Dennis aparece no batente da porta, e o seu sorriso animado só piora a minha impaciência.

— Ei, sra. P. — ele fala docemente ao entrar no quarto. — Por acaso eu estava passando e pensei em dar uma olhada na senhora.

A sra. Pereira parece mais disposta do que há pouco.

— Dr. Martin! Que bom te ver.

— Espero que o dr. Taylor a esteja tratando bem — Dennis diz com uma pontada de provocação na voz que irrita os meus nervos. — Ele pode ser meio rabugentinho às vezes.

— Ah, não, não — ela ri. — Ele está me tratando muito bem.

— Nós estávamos só discutindo os próximos passos, dr. Martin — digo categoricamente. — Então...

— Sempre direto ao assunto, este daqui — Dennis ri, me dando um tapinha no ombro. Por alguma razão, tenho vontade de quebrar a mão dele. — Ele não gosta de bater papo como nós, os mais velhos.

— Não dá para acreditar em como ele é novo — admite a sra. Pereira. — Quando você me disse que eu iria falar com o chefe do departamento, imaginei uma pessoa da nossa idade!

— Bem. — Dennis ergue os ombros, enfiando as mãos nos bolsos do jaleco branco. — A gente tenta não usar a idade contra ele. Ele se sai muito bem para um filhotinho.

Tenho que cerrar os dentes para não falar alguma coisa de que vou me arrepender. Nossa paciente em comum pode não se dar conta de que Dennis está sendo condescendente, mas eu com certeza percebo. É algo a que estou mais do que acostumado — mas, por alguma razão, estou achando bem mais difícil deixar isso não me afetar hoje.

— Dr. Martin — digo com firmeza, apontando para a porta. — Na verdade, eu tinha uma pergunta para fazer, você se importaria?

— Claro, claro — Dennis diz com aquele mesmo sorriso enfurecedor. — Foi bom ver a senhora, dona Pereira. Não deixe o dr. Taylor aqui ser muito duro com a senhora.

A sra. Pereira ri.

— Ele vai se sair bem.

Já estou chegando ao corredor para deixá-los para trás, sentindo o sangue pulsar nos meus ouvidos. Cerro os punhos junto do corpo esperando Dennis se juntar a mim, me certificando de que ele fechou a porta antes de abordá-lo.

Dennis faz cara de inocente quando sai, encostando na parede junto da porta.

— Qual é a boa, Noah?

— O que é que você estava tentando fazer ali dentro?

Ele inclina a cabeça, fingindo confusão.

— O que você quer dizer?

— Não venha com essa merda para cima de mim — bufo. — Algumas pessoas podem não perceber a sua condescendência nojenta, mas eu percebo.

— Uau. Alguém está de mau humor hoje. — Ele me olha como se eu estivesse sendo ridículo. — Eu só estava dizendo um oi para uma paciente. Não tem necessidade de ficar todo nervosinho.

— Guarde a sua falsa gentileza para si mesmo — eu o aviso. — Já estou por aqui.

Para minha surpresa, Dennis sorri. Quase… contente. Como se eu tivesse acabado de contar boas notícias. Isso me deixa absolutamente lívido.

— Imagino que esse seja o famoso temperamento de que ouvimos falar. — Seu sorriso fica mais largo e ele volta a enfiar as mãos nos bolsos, se afastando da parede enquanto me olha de cima a baixo. — Acho que você é um alfa mesmo no fim das contas, hein?

Ele me deixa atordoado e enfurecido, dividido entre lançar uma cadeira ou dar um soco em sua cara — não consigo decidir. Preciso de um bom minuto para me recompor, sem conseguir de fato me acalmar até que seus passos desapareçam, e quando fico de novo sozinho não consigo deixar de me perguntar o que há de errado comigo.

Eu não faço isso. Eu não deixo panacas idiotas como Dennis me tirarem do sério desse jeito. E apesar das histórias sobre fazer enfermeiras chorarem, não sou capaz de me lembrar de uma única vez que tenha repreendido um colega de trabalho abertamente como acabei de fazer. Parece que cada dia que passo sem inibidores fico cada vez menos parecido comigo mesmo. Isso me leva a me perguntar se essa farsa à qual estou me agarrando com tanto vigor vale mesmo a loucura a que ela está me levando.

"Acho que você é um alfa mesmo no fim das contas, hein?"

Apago a voz sarcástica de Dennis da minha cabeça, respirando fundo para me recompor quando me lembro que ainda tenho trabalho a fazer. Posso resolver essa loucura mais tarde, acho.

Com sorte.

~

O encontro com Dennis fica martelando por horas na minha cabeça enquanto atendo mais duas pacientes, e até agora na hora do almoço ainda tenho uma sensação de desconforto na minha pele que parece quase uma comichão que não consigo alcançar. É um fato, eu e Dennis nunca fomos e provavelmente nunca vamos ser amigos, nem de longe, mas pelo menos até hoje consegui manter um tom profissional com ele, apesar de todas as suas alfinetadas veladas. Tudo relacionado ao embate me deixa um pouco preocupado com o fato de que nesse ritmo vou ser demitido exatamente pelo tipo de comportamento que estou tentando provar que não é algo com que devem se preocupar.

Digo a mim mesmo que é uma coisa absolutamente normal eu descer até o andar dela. É para a gente ser amigo afinal, não é? Sem dúvida dar uma conferida em como ela está só pode fomentar a nossa fachada. Não que alguma dessas justificativas ofereça qualquer esclarecimento sobre a razão que vou dar a *Mackenzie* para vir ao andar do pronto-socorro — um lugar a que fui mais nas últimas duas semanas do que nos últimos dois meses. Não tenho uma boa razão para estar aqui, mas a cada hora que passa desde hoje de manhã, me sinto atormentado por um desejo cada vez mais urgente de simplesmente a *ver*. Algo que venho tentando justificar na minha cabeça como um olá educado para ver como está seu estado de espírito depois de tudo o que aconteceu na noite passada.

Já reparei em pelo menos três enfermeiras e dois médicos virando a cabeça para me olhar enquanto sigo pelos corredores daqui, cada um olhando para o meu perfil como se eu fosse um visitante alienígena que não conseguem entender. Isso está fazendo eu me perguntar se há de fato alguma coisa em todo aquele absurdo de "Lobo Mau do Denver General" de que todo mundo fala.

Estou perambulando por cinco minutos desde que saí do elevador, mas por fim escuto uma risada familiar ao virar no corredor, e só esse som já faz minha tensão se dissipar nos ombros, uma tensão que nem tinha percebido totalmente até este exato instante. Reparo no meu passo acelerando enquanto meu corpo parece tentar vencer o espaço entre nós o mais rápido, como se ele tivesse vontade própria, e é só alguns segundos depois que vejo um rabo de cavalo loiro-escuro e macio inclinando para trás com sua risada, enquanto ela tenta empurrar o ombro de alguém, quase como se tivessem acabado de lhe contar uma piada.

Também reparo que o ombro é bastante masculino.

Isso também provoca coisas estranhas em mim, por razões inteiramente diferentes.

Paro a poucos metros, assistindo à conversa dela com um metamorfo bonitão que é só poucos centímetros mais baixo do que eu. O cheiro dele faz minha pele comichar, sobretudo por causa de sua proximidade com Mackenzie, e seu rosto bonito com uma covinha charmosa só faz seu sorriso ficar ainda mais brilhante. Mas o pior é que mesmo daqui eu reparo no jeito afável como ele olha para minha parceira.

Minha parceira *de mentira*, corrijo na minha mente.

A distinção não ajuda em nada quanto ao calor viscoso que sinto de repente escorrendo em meu peito.

Mackenzie me percebe um segundo depois, e sua risada morre à medida que a confusão toma suas feições.

— Noah?

— Eu… — Meus olhos disparam do homem ao seu lado, que parece menos feliz do que um segundo atrás, de volta para Mackenzie, que ainda está me olhando com uma curiosidade evidente em relação ao que estou fazendo aqui embaixo. — Só vim ver como está o seu dia.

— O meu dia — ela repete com uma voz distante. Quase consigo sentir que estou derretendo no chão, mas ela se recupera rápido, me lançando um sorriso. — Está bom. Uma manhã meio devagar, na verdade. Ainda não vi nenhum osso quebrado.

— Isso é de surpreender — observo. — Considerando que estamos na temporada de esqui.

— Foi isso que eu disse — ela ri. Mackenzie parece se lembrar de que tem outra pessoa ali, lançando um olhar de desculpas ao homem ao seu lado. — Desculpa. Noah, este é o Liam. Ele trabalha comigo no pronto-socorro.

Liam me estende a mão, mas reparo que seu sorriso não chega aos olhos.

— Ouvi muito a seu respeito, dr. Taylor — diz ele, educado.

— Só Noah está bem — corrijo. O sorriso está começando a me incomodar, por razões que não consigo estipular. — Desculpa. A Mackenzie nunca me falou de você.

Meu tom deve soar mais tenso do que eu pretendia, porque Mackenzie enruga o nariz bem na hora que a expressão de Liam vacila levemente.

— Não falei? — A risada de Mackenzie sai entranha, meio constrangida. — Foi mal. A gente costuma estar muito ocupado conversando sobre cavidades torácicas abertas e o que fazer no jantar.

— Não tem problema — Liam me garante. — A Mackenzie em geral está ocupada demais para erguer o olhar na metade do tempo. Nunca conheci uma médica mais focada.

— Ela é incrível — digo com naturalidade, meus olhos descendo pelo rosto dela enquanto ela pisca, surpresa. — Tenho sorte de estar com ela.

— Claro — Liam ri com um ligeiro toque de desconforto. Ele estende a mão para apertar de leve o ombro de Mackenzie, e a mesma sensação viscosa ameaça tomar todo o meu peito. — Eu estava dizendo para a Mackenzie que faria uma festa com pizzas para o pronto-socorro inteiro se a gente conseguisse chegar até o final da semana sem precisar consertar outro osso quebrado.

— E eu disse que isso não vai acontecer de jeito nenhum — ela ri.

— É bem improvável — penso categoricamente. Reparo que a mão dele ainda está no ombro de Mackenzie e, apesar do meu bom senso, meu corpo parece estar se movendo sozinho, puxando-a para junto de mim suavemente para que eu possa abraçá-la ao meu lado, garantindo de fato que a mão de Liam saia de cima dela. — Imagino que por isso mesmo é uma sorte que a Mackenzie seja tão competente.

Há então um silêncio constrangedor, e só quando Liam pigarreia é que reparo que estamos simplesmente parados numa roda e que não tenho nenhum bom motivo para estar aqui.

— De qualquer modo — digo, fazendo de tudo para soar casual, baixando os olhos para ela. — Acabei agora minhas consultas da manhã e estava pensando se você queria almoçar.

— Ah. — Ela arregala os olhos um pouco, com uma surpresa genuína estampada no rosto. — Ah! Bem… — Seus olhos se voltam para Liam por um instante antes de encontrar de novo os meus, com um ar de desculpas. — Achei que você tinha dito que iria… sabe. Que você estaria ocupado na maior parte do dia. Então falei para o Parker que iria almoçar com ele.

— Ah. — Assinto com a cabeça mais enfático do que o necessário. — É claro. Eu deveria ter mandado uma mensagem primeiro.

— Não, está tudo certo! — Ela estende a mão para tocar no meu braço, e até essa pressão suave de seus dedos na minha manga parece aliviar a sensação esquisita que sinto por dentro. — Você pode ir com a gente. Se quiser.

— Não, não — insisto. — Tudo bem. Sinceramente, agora que parei para pensar, preciso despachar uns prontuários, de qualquer jeito. Talvez eu deva dar uma adiantada nisso. Vou só… te vejo mais tarde.

— Está bem — ela diz, ainda encostando no meu braço. — Te vejo em casa?

É mentira, e sei disso, então por que me sinto melhor por ela dizer isso?

Acho que a pego de surpresa quando diminuo a distância entre nós, e a proximidade a afasta ainda mais de Liam enquanto me inclino para puxar a boca de Mackenzie para junto da minha. Tenho certeza de que isso *me* surpreende, já que acho que nem tomei uma decisão consciente ao beijá-la. Simplesmente meio que aconteceu.

É rápido, quase casto, mas mesmo assim me demoro um segundo a mais do que preciso, me regozijando com a pequena vitória que é Mackenzie cedendo ao meu beijo na mesma hora. Escuto Liam fazendo um barulho constrangedor baixinho ao nosso lado, e alguma coisa em mim meio que ronrona de contentamento por ter deixado claro que Mackenzie está absolutamente fora de cogitação para ele.

Mesmo na minha cabeça isso parece uma loucura.

Afasto-me dela, fazendo de tudo para parecer que não estou cheio de conflitos e incertezas, repetindo "te vejo em casa" junto da sua boca antes de recuar e seguir para o outro lado do corredor. Não tem nada de apropriado no que acabou de acontecer, e sei que se eu me permitir dissecar tudo o que acabei de fazer, vou ficar ainda mais preocupado do que já estou.

Não diminuo o ritmo até estar de volta na segurança do meu próprio andar e trancado dentro da minha sala — afundando na cadeira da minha mesa e suspirando enquanto pondero a bagunça que foi a manhã. Talvez eu esteja desmoronando.

Meu telefone vibra no bolso na hora em que estou considerando bater a cabeça na mesa, e eu o apanho rápido para ver o nome de Mackenzie brilhando na tela.

> **MACKENZIE:**
> Aconteceu alguma coisa? Você estava meio estranho.

Se ela soubesse a metade.

> **EU:**
> Só uma merda aqui com o Dennis.
> Achei que seria bom a gente ser visto junto.

> **MACKENZIE:**
> Ah. Boa! E boa jogada com o beijo. Acho que você provocou um ataque cardíaco no Liam. Todo mundo no meu andar tem certeza de que você é um serial killer nas horas vagas.

Levo alguns segundos a mais do que o necessário enquanto analiso como responder, e mordo o interior do meu lábio tentando descobrir por que diabos eu a beijei. Solto um suspiro resignado enquanto invento uma mentira.

> **EU:**
> Só estou fazendo o meu papel.

Solto o telefone na mesa sem esperar pela resposta, e por fim cedendo à ânsia de deixar minha cabeça bater na madeira enquanto gemo com a cara nela. De todas as emoções tumultuosas que senti hoje, nenhuma delas se compara à assustadora compreensão de que posso estar perdendo a cabeça.

"Não acho mesmo que seja uma boa ideia", eu disse a ela. "Isso pode deixar as coisas muito complicadas", eu avisei. E eu quis dizer isso, na hora. Realmente quis.

Só nunca imaginei que poderia ser *eu* quem deixasse as coisas complicadas.

11.

Mackenzie

— Então, você ficou simplesmente... presa?

A expressão de Parker é em parte horrorizada e em parte intrigada — sua testa fica franzida de tanto pensar enquanto ele se inclina por sobre a mesa no refeitório do hospital.

— Basicamente — confirmo. — Para ser sincera, presumi que essa parte tivesse sido exagerada nos livros de biologia, mas é à risca como soa.

Parker contorce o rosto como se eu tivesse acabado de dizer que boto ovos espontaneamente.

— E o que é que você fez durante esse tempo? Jogou damas?

— Não. — Eu rio. — A gente só dormiu depois. Vou dizer isso pelo Noah, ele sabe mesmo como exaurir uma garota.

— E como é que você conseguiu dormir desse jeito?

— Sabe que é estranhamente reconfortante? Tipo o melhor sono pós--exercício.

— Então ele goza e depois simplesmente... incha como um balão.

— É uma maneira de colocar a coisa, imagino. — Sorrio dando uma mordida no meu pão. — Fiquei me sentindo uma garrafa de vinho. — Parker

ergue uma sobrancelha, interrogativo, e eu dou um sorrisinho malicioso. —
Arrolhada — esclareço.

Ele faz um som de nojo.

— Você é abominável.

— É o que dizem — rio.

Ele balança a cabeça enquanto volta a atenção para o almoço, golpeando
com gosto a salada com o garfo.

— Eu ainda não consigo acreditar que você transou com a *Porra do
Noah Taylor*.

— Pelo menos validei o seu abuso constante do nome dele.

— Hilário. — Fico séria enquanto viro o pescoço, e Parker olha curioso
para mim. — O que foi?

Eu balanço a cabeça.

— Só estou um pouco tensionada. Vai ver que dormi de mau jeito.

— É isso que estou tentando dizer — zomba Parker.

Sorrio, girando os ombros para me livrar da estranha tensão que estou
sentindo esta manhã.

— Ah, não. *Essa* parte estava absolutamente certa.

Ele revira os olhos, empunhando o garfo na minha direção.

— Você ao menos pensou em como isso vai deixar as coisas estranhas?

Faço uma careta enquanto mastigo.

— Por que ficaria estranho?

— Você é duas vezes mais estudada do que eu — ele bufa. — Era para
você ser inteligente.

— Uau, obrigada.

— Só estou dizendo. Você já tinha uma rede estranha de mentiras com
esse cara, e agora ainda por cima acrescentou sexo na mistura. E com um
alfa! Você não estava com medo de que ele viesse com alguma reivindicação
predatória para cima de você? O que aconteceu?

— Acho que talvez eu tenha exagerado essa questão na minha cabeça
— digo a ele, dando de ombros. — O Noah parece bom.

— Hum-hum. — Parker solta, indignado. — Tenho certeza de que o
alfa recém-livre de inibidores está simplesmente formidável depois de dar
um nó na sua primeira ômega.

— Dá para falar baixo? Ou você também pode subir na mesa e começar a gritar sobre o pau do Noah.

Um corpo despencando na cadeira ao meu lado me assusta, e fico tensa até ver Priya toda sorridente sentada à nossa mesa.

— Ah, a gente está falando do pau do Noah?

Ela se inclina animada apoiando a bandeja em cima da mesa, ajeitando suas tranças escuras atrás da orelha como se tivéssemos um presente que ela quer abrir.

— Não — eu logo afirmo, lançando um olhar a Parker para que ele saiba que é tudo culpa dele. — A gente não estava.

— Ah, que *isso* — Priya choraminga. — Você não pode me privar das coisas boas. Já perdi o equivalente a uma eternidade de histórias.

— A gente estava falando como essa fofoca toda é boba — lanço com indiferença, mantendo minha atenção na comida. — Ouvi todo tipo de besteira esta semana.

Priya me cutuca, conspiratória.

— Sobre o pau do Noah?

Sinceramente, não posso dizer que é mentira. Eu sem dúvida entrei em algumas salas e ouvi sussurros sobre o possível funcionamento do equipamento do meu parceiro de mentira. Mas, de novo, acho que agora posso confirmar que a curiosidade é mais do que legítima.

— Entre outras coisas — murmuro.

— Bem, *ouvi* dizer que hoje o seu maridinho foi te visitar no pronto-socorro — Priya praticamente cantarola.

Parker faz uma pausa no meio de um bocado.

— Espera, o quê?

— Não foi nada de mais — digo, irreverente.

— Não foi o que ouvi dizer — diz Priya. — A Jessica da radiologia me disse que vocês dois estavam se pegando no corredor.

— É sério — bufo. — Quem é essa Jessica da radiologia e por que ela está sempre dando relatórios a meu respeito?

— Não foi só ela — Priya me diz. — Estavam comentando sobre isso lá na anestesiologia. A minha técnica mencionou depois de uma epidural.

— Mal faz uma hora — resmungo. — As pessoas precisam arranjar coisa melhor para fazer do que fofocar sobre mim e Noah.

— Está bem — interrompe Parker. — Mas por que você não começou com essa história quando se sentou? Se pegar com o Noah no corredor é bem digno de nota.

—A gente não se *pegou* — digo, negando com a cabeça. — Ele só me deu um beijo.

— E você não acha que isso é estranho?

Priya inclina a cabeça.

— Por que seria estranho? Eles são parceiros, não é?

— É — digo com os dentes levemente cerrados, apertando os olhos para Parker. — Não tem nada de estranho nisso.

Parker faz uma expressão equivalente à minha enquanto fisga a salada e enfia uma garfada na boca, mastigando pensativo enquanto dá de ombros.

— Eu só quis dizer que ele nunca beijou você no corredor *antes*.

Eu sei o que ele quer dizer, mesmo que Priya não saiba — mas não posso contar para Parker que Noah estava apenas fazendo seu papel com Priya sentada bem do nosso lado.

— Ele deve estar apenas feliz por não precisar mais fingir — Priya arrisca. — Deve ser bom ter um alfa que não consegue ficar com as mãos longe de você o dia todo.

Faço uma careta, logo disfarçando quando Parker me olha nos olhos com uma sobrancelha erguida como quem diz "é disso que estou falando". Reviro os olhos, desviando o olhar. Não é como se o beijo significasse alguma coisa. Ele só fez isso por...

— E coitado do Liam — Priya faz um som de reprovação. — Ele deve estar arrasado por descobrir que você tem um parceiro.

Enrugo o nariz.

— Espera, o que é que o Liam tem a ver com isso?

— A Jessica disse que ele parecia um filhotinho chutado quando contou para ela do beijo.

— Espera — interrompi. — O Liam contou para a Jessica da radiologia? Por quê?

— Mackenzie — Priya diz, balançando a cabeça. — Você sabe que aquele cara está meio que apaixonado por você faz uns seis meses.

— Oi? — solto em tom de descrença. — Não, ele não está.

— Na verdade, tenho certeza de que é sério — Parker acrescenta. — Já vi o cara rir das suas piadas.

Eu fecho a cara.

— O que isso tem a ver com qualquer coisa?

— São piadas péssimas — Parker diz com naturalidade.

— Ah, sai fora — caçoo.

— Não acredito que você não sabia disso — diz Priya. — Tipo, eu tenho certeza de que todo mundo do segundo ao sexto andar sabe. No mínimo.

Pondero, fazendo uma varredura das minhas interações com Liam e tentando encontrar alguma legitimidade para o que os dois estão alegando. Quer dizer, é claro, eu nos consideraria bons amigos, mas não consigo pensar em nada que pudesse sugerir que ele estivesse me desejando secretamente. Encolho-me, pensando em como aquele beijo deve ter sido constrangedor para ele. Afinal de contas foi tão inesperado, já que Noah praticamente me arrastou para longe de Liam para me agarrar e bem na…

Paro com a mão suspensa no meio do caminho entre a mesa e a boca, com o canudo da minha bebida pendendo a apenas alguns centímetros dos meus lábios. Será possível que Noah tenha me beijado *porque* Liam estava lá? Quer dizer, ele estava meio estranho desde o momento que se deparou com a gente, mas na hora eu simplesmente presumi que ele tinha tido um desentendimento e estava irritado por não poder me contar os detalhes.

Mas isso é bobo. Noah não tem motivo nenhum para começar a ficar todo ciumento e territorialista. Sobretudo depois de uma noite de sexo reconhecidamente estonteante. A não ser que… Com certeza todas aquelas histórias sobre o comportamento dos alfas são bobagem, certo? Não tem como Noah mudar de oito para oitenta depois de *uma* noite.

Balanço a cabeça, tomando um gole nervoso do meu canudo enquanto a conversa de Parker e Priya volta de onde eu tinha parado de ouvir.

— Eu acho bem fofo — Priya diz.

Olho para ela.

— O quê?

FAREJANDO O AMOR 165

— O Noah ficando todo meloso agora que todo mundo sabe que vocês são parceiros.

A parte mais imatura do meu subconsciente recupera o fôlego; depois da noite passada, tenho certeza de que não tem nada de *meloso* no Noah.

— Eu acho esquisito — Parker resmunga.

Priya revira os olhos.

— Você só está com ciúmes. Você está precisando de um garoto fofo e de uma massagem, cara.

— Eu *tenho* um garoto fofo — Parker diz, convencido.

As sobrancelhas de Priya disparam para o alto.

— Ah, meu Deus, vocês dois andam guardando tantas fofocas boas. Quem é? De quão fofo a gente está falando?

— Você se lembra do instrutor daquela época que você foi fazer hot yoga com a gente?

— Lembro — Priya faz uma careta. — Não vou nunca mais fazer ioga suada, muito obrigada. Mas o instrutor era definitivamente uma delícia. Espera. — O queixo dela cai. — *Não*. Ele é gay?

— Hum-hum. — Parker sorri. — Minhas massagens estarão em boas mãos no futuro próximo.

Priya faz um som de indignação.

— Vocês não prestam. O último cara com quem eu saí me levou num drive-in de filme pornô. Em 3-D! A gente ficou sentado lá quarenta e cinco minutos vendo coisas esguicharem na telona.

— Espera — digo. — Acho que quero experimentar isso.

Parker bufa.

— Você deveria.

— Confia em mim — Priya zomba. — Se considerem sortudos por estarem fora do mercado.

Eu e Parker trocamos outro olhar, e sei que se Priya não estivesse sentada aqui com a gente, ele provavelmente ia estar de novo esbravejando sobre a irracionalidade das minhas ações nos últimos tempos, mas minha mente já está voltando a mergulhar na seguinte espiral: por que Noah me beijou mais cedo? Será que ele estava simplesmente dando mais uma demão na nossa farsa ou foi levado a fazer isso por outra coisa?

Não sei o que me deixa mais confusa: os possíveis motivos de Noah ou o fato de eu não ter pensado duas vezes sobre isso até agora.

— Tenho que correr — Priya diz, jogando a embalagem do sanduíche na bandeja com o guardanapo. — Tenho uma intubação em meia hora. — Ela aponta para nós dois, nos lançando um olhar sério. — Espero mais fofocas quentes quando encontrar vocês dois de novo. Agora estou oficialmente vivendo indiretamente por meio de vocês.

Pelo menos Parker espera até que ela desapareça de vista para começar a me atacar.

— Ele te *beijou*?

— Nem começa.

— Isso não te pareceu esquisito?

— Eu já falei. Ele estava só atuando de acordo com o papel.

Ainda que até eu já esteja duvidando disso agora. Não que Parker precise saber.

— Só estou preocupado com você — ele diz com um suspiro. — Não quero que comece a ter sentimentos por um cara que vai se mudar para Albuquerque daqui a umas semanas e deixar você na mão.

Balanço a cabeça, fazendo um som indignado.

— Isso não vai acontecer.

— Famosas últimas palavras — ele murmura.

Reviro os olhos, grata quando Parker fica concentrado no telefone segundos depois, já que isso me dá um momento sozinha com meus pensamentos. Consigo entender por que meu amigo estaria preocupado, já que supostamente eu e Noah estarmos juntos deveria ser algo magnífico e predestinado — mas fora uma noite de sexo espetacular, absolutamente nada mudou em nosso arranjo original. Com beijo ou sem beijo. Tentar interpretar isso demais só vai me render uma dor de cabeça desnecessária. Melhor só deixar quieto num canto.

Levo o último pedaço de pão à boca, olhando para um ponto vazio na parede do refeitório enquanto um número indeterminado de segundos passa. Estico a mão para esfregar meu pescoço quando a mesma tensão volta a surgir, uma comichão que se segue e ignoro enquanto minha mente divaga.

Mas *por que* é que ele me beijou?

Não tive notícias de Noah desde o incidente no corredor mais cedo e, sinceramente, estou um pouco hesitante em mandar uma mensagem para ele de novo. Culpa de todas as ideias confusas que tenho tido desde que vi suas ações anteriores sob uma luz diferente. Ainda assim, sei que não posso evitá-lo para sempre e provavelmente eu deveria esclarecer que a gente está bem.

O corredor onde fica a sala dele está sem dúvida vazio a essa hora da tarde, e parte de mim teme que eu possa ter sentido sua falta. Noah pelo menos teria me avisado que estava indo embora, estou certa. Mas... por que ele faria isso? Apesar das minhas garantias de que nada no nosso relacionamento — ou melhor, no nosso relacionamento de mentira — iria mudar depois de uma noite... Por alguma razão, coisinhas como essa são um pouco confusas para mim.

Minha pele parece um pouco pegajosa, como se eu estivesse prestes irromper em suor, e ralho comigo mesma silenciosamente por estar tão exaltada com uma coisa tão pequena. Com certeza não tem problema eu ir falar com ele. Não tem nada de estranho nisso.

Bato de leve na porta da sala, ouvindo sua resposta calma só um segundo depois. Giro a maçaneta para abrir e dou uma espiada lá dentro, me deparando com Noah curvado sobre a mesa olhando para o laptop.

— Ei — cumprimento, tímida. — Você está ocupado?

Sua expressão muda quando ele olha para mim, a cara fechada fica mais neutra e a ruga na testa suaviza.

— Oi. Não estou ocupado.

Dou um sorrisinho, acenando com o rosto para a tela que parece o estar ofendendo quando entro na sala e fecho a porta atrás de mim.

— Você quase me enganou.

— Estou documentando algumas anotações de procedimentos. Eu acabo ficando atrasado com isso.

Faço uma careta.

— Poxa!

— Pois é. Eu vou trabalhar até tarde, mas pelo menos é capaz que eu consiga colocar tudo em dia esta noite.

— Lá se vai o nosso jantar romântico — brinco.

Ele ergue as sobrancelhas.

— Você queria jantar?

Ah, meu Deus. Esqueci com quem estou falando. Esforço-me para não fazer mais piadas idiotas que insinuem que existe alguma coisa romântica entre nós.

— Não, não. Desculpa, eu só estava de brincadeira.

— Ah.

Agora ele parece ligeiramente decepcionado. Mas que merda?

As coisas de repente parecem constrangedoras, e eu não consigo entender por quê. Ou melhor, consigo, só não tenho certeza se devo abordar o fato de que ele estava dentro de mim há menos de vinte e quatro horas ou se a gente deveria só manter esse tipo de conversa a portas fechadas. Suponho que depende se vou querer ou não fazer isso de novo. Mais importante ainda... se ele vai querer.

Meu Deus, estou me sentindo corar só de pensar a respeito. O que aconteceu com aquilo de não deixar as coisas ficarem complicadas?

— Então, parece que o nosso incidentezinho no corredor gerou umas novas fofocas.

— Ah. — Ele olha para a mesa. — Desculpa.

— Não, mas é isso que a gente quer, não é?

— É, sim. Claro.

Oscilo de um pé para o outro, dizendo a mim mesma que provavelmente deveria deixar isso para lá, mas ainda estou meio confusa com todas as perguntas que brotaram na minha cabeça. Pigarreio enquanto passo para um tom casual, me virando para fazer parecer que estou muito interessada no diploma de Noah que está pendurado na parede.

— Você está bem?

Ouço sua cadeira ranger quando ele provavelmente a volta na minha direção.

— O que você quer dizer?

— Não sei. — Dou de ombros, despreocupada. — Só parecia que alguma coisa estava te incomodando mais cedo.

— Ah. Bem. — Ouço ele soltar uma rajada de ar. — Eu tive um desentendimento com o Dennis.

— O amargoso de novo?

Avisto o mesmo sorriso quase imperceptível de Noah quando viro o rosto apenas o bastante para vê-lo de canto de olho.

— Pois é.

— O que ele falou?

— Aparentemente decidiu ser menos declarado em seu desgosto por mim. Evidentemente, agora ele se sente confortável em fazer observações babacas na frente de pacientes que temos em comum.

Eu me volto para ficar de frente para ele, boquiaberta.

— Ele não fez isso.

— Duvido que a paciente tenha captado o que estava acontecendo, mas eu, sem um pingo de dúvida, captei.

— Você quer que eu acabe com ele?

Noah faz uma careta.

— Como assim?

— Estou só dizendo. Sinto que posso dar uma de "parceira enfurecida" e sair impune.

Seu sorriso fica mais largo então, e acontece algo engraçado na minha barriga, como um movimento de precipitação.

— Está tudo certo — ele garante. — Eu consigo lidar com ele.

— Só fiquei surpresa de você ter ido lá no meu andar de novo.

— Eu... — Ele suspira, coçando a nuca. —Acho que não posso mentir e dizer que eu não estava meio esquisito hoje.

— Esquisito?

Ele faz um gesto entre nós.

— Em relação a nós dois. Acho que eu esperava... — Ele inspira só para soltar todo o ar. — Acho que eu precisava ter certeza de que a gente estava bem.

— Eu te disse — o lembro. — Eu não vou pirar com você. Isso pode ser o que a gente quiser.

— Eu sei — ele diz. — Eu sei que você disse. Só queria... ter certeza.

Então, todo o motivo de ele ter ido me ver foi *mesmo* porque estava preocupado que eu estivesse em algum lugar o desejando? Mas e aquele beijo? Pensar nisso faz minha cabeça doer, mas não consigo dizer nada.

— Espero não ter causado nenhum problema com o seu amigo — Noah fala ainda, me arrancando dos meus pensamentos.

Fico séria.

— Meu amigo?

— O Liam — ele esclarece.

— Ah. — Procuro em seu rosto dele por qualquer sinal de ciúme ou disparate de alfa, mas sua expressão continua frustrantemente vazia. — Não, não. Ele é só um amigo mesmo.

"Ou pelo menos era isso que eu achava até hoje."

— Certo — Noah diz, equilibrado. — Fiquei com medo de ter passado dos limites com o... sabe.

Ah. Então ele *estava* matutando sobre isso.

— Você quer dizer dar uns amassos no corredor?

Ele se encolhe.

— Mais ou menos.

— Você estava só desempenhando o papel — digo, evocando a mensagem que ele me mandou mais cedo.

— Certo — ele responde na mesma hora.

— Não é como se você estivesse com ciúmes ou algo assim. — Eu rio, fazendo parecer uma piada, ainda que parte de mim esteja se animando com a resposta dele. — Não é?

Ele leva um segundo para responder, mas só um segundo.

— Claro que não.

Pondero, raciocinando que, independentemente dos motivos *dele*, eu sem dúvida não *odiei* ele ter me beijado no corredor.

— Acho que talvez nós dois estejamos pisando em ovos — admito. — Dá para dizer que você ainda está preocupado com as coisas mudando na noite passada, mas acho que nós superamos bem isso. Quer dizer, você não está atacando os meus colegas de trabalho e eu não estou implorando para que você me morda, então, de modo geral, eu diria que foi uma experiência bem-sucedida.

— Acredito que isso seja... verdade.

— E nós dois aproveitamos... certo?

Percebo o jeito como sua garganta sobe e desce ao engolir, e o jeito como sua mandíbula fica tensa, como se estivesse se lembrando.

— Eu aproveitei.

Tudo bem. Então podemos lidar com isso. Talvez não fosse tão constrangedor se estabelecêssemos algumas regras básicas para começo de conversa.

— Sabe — eu lanço, me afastando de onde estou para dar a volta na mesa dele —, não tem nada que diga que não podemos nos ajudar e também, sabe, nos *ajudar*.

Noah olha para mim quando me aproximo.

— O que você quer dizer?

— Eu não acho que vai ser o fim do mundo se a gente tirar um pouco de proveito desse relacionamento, mesmo ele sendo de mentira.

— Proveito?

— Só quero dizer... que a gente não precisa pensar muito sobre o nosso pequeno adendo.

— A gente não precisa — ele repete, com os olhos na minha boca.

Aperto as mãos dos dois lados de sua cadeira.

— Nós dois sabemos o que estamos fazendo e não tem nenhum perigo, uma vez que não estamos esperando nada disso.

— Certo — ele murmura. — Já que estou indo embora.

Por alguma razão, o lembrete da data de validade do nosso pequeno arranjo me faz parar, mas só por um segundo. Lembro a mim mesma que essa é a melhor parte da coisa toda.

— Exato — eu digo a ele. Curvo meu corpo para fazer minha boca ficar a centímetros da dele, me esticando para tocar sua mandíbula. — Então vamos tirar proveito até lá. Nada mais de se preocupar sobre como eu estou, está bem?

— Se é isso que você quer — ele sussurra.

Chego mais perto, deixando meus lábios roçarem nos dele em um beijo lânguido que faz seu cheiro desabrochar ao meu redor e meus joelhos bambearem. Tenho que fechar as pernas com força quando recuo, e a expressão de Noah diz que ele gostaria de fazer muito mais do que só isso. É um olhar muito diferente do dr. Taylor, que costuma ser taciturno.

É estranhamente excitante ser a única pessoa que conhece esse seu lado.

— É, sim — garanto a ele. Dou outro beijo rápido por precaução antes de me afastar. — Se você não fosse trabalhar hoje à noite, eu ia dizer que você poderia me apresentar a sua casa.

A implicação é clara e, felizmente, Noah parece muito menos receoso do que da última vez que lhe fiz a proposta.

— Você quer conhecer a minha casa?

Tenho que segurar um sorriso, e minha incerteza anterior é arrasada pela expectativa.

— Para fins de pesquisa, é claro. Eu preciso ser capaz de dizer às pessoas com certeza que você não dorme *de fato* de ponta-cabeça em uma caverna.

Ele não ri, mas acho que é porque agora está me olhando como se quisesse me puxar para seu colo. Devo dizer que eu provavelmente deixaria?

— Eu poderia... — Sua garganta sobre e desce. — Eu poderia fazer isso amanhã.

Eu me arrasto *sim* para seu colo, e meus lábios se curvam junto dos dele.

— Noah Taylor? Procrastinando? *Agora* eu vi de tudo.

Acontece que a boca de Noah é um método eficaz para me fazer ficar quieta.

Quem diria.

12.

Noah

Mal conseguimos passar pela porta da frente da minha casa.

Talvez tenha sido a promessa do que estava por acontecer quando chegássemos; talvez tenha sido por isso que seu cheiro estava tão mais doce no caminho. Quase como se ela estivesse antecipando a coisa toda. Quase como se estivesse *excitada* com isso.

Já faz muito tempo que ninguém fica tão excitada para estar comigo.

Meu jaleco branco está em cima do dela numa pilha, suas costas na parede enquanto minhas mãos exploram cada centímetro que conseguem alcançar de seu corpo. Estou aprendendo que alguma coisa na Mackenzie me deixa impaciente, e impaciência não é algo que estou acostumado a sentir. Acho que faz muito tempo que não me sinto agitado, mas Mackenzie me faz sentir quase ensandecido.

— Gostei da sua casa — ela diz sem fôlego.

Ergo sua cabeça, com os olhos tão vidrados quanto os meus devem estar.

— É só a entrada.

— Cala a boca e continua me beijando — ela bufa.

Achei que poderia ter imaginado isso, poderia parecer que era só na minha cabeça, de algum modo mais do que na realidade — o quanto o gosto dela é doce. Seu cheiro de madressilva é bem assim na minha língua, é como ir atrás daquela única gota de doçura da flor e ficar querendo mais a cada gotinha.

Sinto seus dedos no meu cabelo, suas unhas arranhando de leve meu couro cabeludo enquanto ela vira a cabeça para que meus lábios cheguem melhor ao pescoço.

— Você — ela tem um calafrio enquanto meus dentes passam raspando o caminho que minha língua fez — quer mesmo que eu te mostre a minha casa?

— Depois. — Ela suspira.

Sinto meu coração martelando no peito, meus lábios pressionados no queixo dela.

— Depois?

— O quarto está bem por agora — ela esclarece.

Ela guincha quando minhas mãos se fecham debaixo de suas coxas para erguê-la junto de mim, suas pernas se fecham em torno do meu corpo como que por instinto, enquanto a boca de Mackenzie encontra a minha. Eu queria dizer que minhas mãos fechadas na sua bunda são para o bem dela, que estou simplesmente a segurando com mais força enquanto sigo para o quarto — mas isso seria quase uma mentira completa.

Não que ela pareça se importar.

Meu Deus do céu, eu consigo sentir o *cheiro* de como ela está excitada. É uma coisa com a qual nunca vou conseguir me acostumar. O que ele faz comigo.

Quero ser mais delicado com ela dessa vez, conseguir me concentrar mais nos barulhos e no gosto e no corpo dela. Mas até quando a deito na minha cama, que sempre foi grande mas que parece muito *maior* com seu corpo pequeno esparramado — já consigo ter a mesma sensação estranha de ser rendido por alguma coisa que assume o controle. Será que vai ser sempre assim?

"Não sempre", algo sussurra lá no fundo. "Só por um tempo."

Afasto esses pensamentos bem para longe enquanto me arrasto para cima dela.

Me surpreende, como já aconteceu muitas vezes desde que travamos esse acordo, como Mackenzie é *deslumbrante*. Pelo que deve ser a centésima vez desde que ela embarcou nessa loucura que me pergunto por que diabos ela *precisaria* desse relacionamento falso. Como é que alguém minimamente inteligente ainda não a fisgou?

E como é que *eu* acabei sendo a pessoa que ela procurou para ajudá-la?

— Você só vai ficar me encarando ou vai tirar a minha roupa? — Seus dedos mexem na minha gravata pendurada entre nós, seus lábios se curvam num sorriso enquanto ela a enrola no punho. — Eu sei que é só um uniforme. Mas use sua imagina...

— Não preciso imaginar nada — murmuro, correndo a mão por baixo da sua blusa. — Você é bonita pra cacete.

Eu me dobro para pressionar os lábios em sua barriga, o leve declive estremecendo debaixo da minha boca enquanto subo a blusa do uniforme mais para cima. Tão de perto assim, a fragrância doce de sua umidade é mais forte, mais potente, fazendo o sangue correr nos meus ouvidos. Olho para ela enquanto minha boca resvala no seu quadril, e me deparo com seus lábios presos entre os dentes e as pálpebras pesadas com expectativa enquanto engancho um dedo no cós de sua calça de uniforme.

— Ontem à noite eu... — Preciso fechar os olhos à medida que seu cheiro faz minha cabeça rodar. — Eu não... eu quero...

— Você pode fazer o que quiser, Noah — Mackenzie diz com a voz rouca. — Só me toca.

Não é preciso dizer duas vezes.

A pele dela é macia — *tão macia, porra* — que me pego beijando cada centímetro a que consigo chegar enquanto desço seu uniforme pelas coxas e pelas canelas até lançá-lo para o lado. O verde-limão da calcinha dela está mais escuro entre as pernas, um brilho úmido surge na parte interna das coxas enquanto sua umidade quase me deixa maluco.

Ouço sua respiração falhar quando mergulho para pressionar minha língua lá, lambendo uma ampla faixa na coxa e estremecendo quando o sabor dela explode na minha língua. É uma ideia tentadora ficar desse jeito, continuar sentindo o gosto da sua pele assim como estou — só que eu quero mais. Sou o mais cuidadoso que meus dedos trêmulos permitem ao lhe tirar a calcinha, e ela ergue os quadris cheia de ânsia para me ajudar, até que não tenha nada além do cheiro, da pele e da umidade entre suas pernas que fazem meu pau doer.

— Porra, Mackenzie — esganiço. — Olha só para você.

Ainda são um pouco assustadores os impulsos que se misturam dentro de mim, deixando minhas emoções nebulosas e meus sentidos turvos quando estou assim com ela. É quase como se houvesse outra pessoa dentro de mim tentando rastejar para fora e tocá-la mais, provar mais, simplesmente... *mais*.

Escuto ela prender a respiração quando empurro os ombros entre as suas coxas para me assentar ali, meus dedos se fechando em torno delas para mantê-la perto enquanto o aroma de sua umidade só atiça os impulsos ferozes que estou fazendo de tudo para conter. Minha respiração está entrecortada, e consigo sentir meus olhos revirarem enquanto a cheiro profundamente, mal conseguindo me segurar ao me abaixar para deixar meu nariz fuçar em sua mancha loiro-escura enquanto a provoco com cautela, passando minha língua através de sua abertura molhada.

— *Ah* — ela arfa. — Noah, isso...

Faço de novo, dessa vez com menos hesitação. Minha língua corre por suas dobras enquanto seu gosto me deixa tonto. A parte da frente da minha calça está dura e desconfortável, e dobro os quadris na cama para conseguir algum alívio enquanto giro a língua em volta do botãozinho de nervos em seu cume. Gosto dos barulhos que ela faz, gosto do jeito que seus dedos deslizam pelo meu cabelo para me puxar — tudo isso só me excita mais, só me faz querer mais.

Agarro suas coxas com mais força quando seus calcanhares afundam nos meus ombros, concentrando toda a minha atenção no botãozinho inchado do seu clitóris enquanto sua umidade molha o meu queixo. Fecho os olhos e deixo os barulhos suaves de sua respiração entrecortada esquentarem o meu sangue, provocando-a com o movimento de vaivém da minha língua antes de fechar meus lábios em volta da parte mais sensível dela para chupá-la. Ela grita baixinho, quase sem palavras — como se o grito estivesse preso na garganta. Suas mãos caem nos meus ombros, e as unhas arranhando minha camisa dizem mais do que o suficiente.

— I-isso, bem aí — ela engasga. — Você pode... um pouco mais forte... *ah*.

Murmuro contra o seu cerne, chupando o botãozinho tenso do clitóris enquanto as costas dela começam a se curvar, seus quadris dando solavancos como se tentassem escapar por conta própria. Agarro suas coxas com mais força, chupando-a sofregamente enquanto ela sussura meu nome. Sua pele nas minhas mãos está quase tão quente quanto a carne mais macia entre as suas pernas, tão quente que quase é como se ela fosse derreter contra a minha língua.

A cada puxada dos meus lábios vem mais um fio de sua umidade, cada pouquinho aumentando minha ânsia de me enterrar dentro dela e mantê-la atada no meu nó até de manhã. Um pensamento distante pergunta se esses impulsos vão continuar aumentando quanto mais eu lhe tocar, mas há uma ideia mais presente que diz que isso não importa, desde que eu *possa* continuar tocando-a.

— O seu gosto — dou uma lambida larga e quente de baixo para cima no meio dela — é tão bom quanto o seu toque. — Fecho meus lábios em seu clitóris para dar uma chupada longa, que faz um som úmido quando eu o solto. — Quero saber como é o seu gosto quando você goza.

Ela solta uma risada tensa.

— Se você continuar fazendo isso aí, não vai ser um proble... *porra*.

Ela ergue os quadris para se esfregar mais fundo na minha boca quando concentro toda a minha atenção em seu clitóris, tirando a mão da sua coxa e a levando entre nós dois para esfregar um dedo na abertura. Eu a ouço se lamuriar quando faço uma pressão para enfiá-lo, acariciando a parede interna e esfregando nela para fazer círculos profundos ali enquanto minha língua a deixa maluca.

Seus dedos vão de dar batidas no meu ombro a puxar minha camisa, e de novo — um coro de *sins* e *humms* miados ecoando no silêncio do meu quarto. As coxas se fecham com mais força junto das minhas orelhas à medida que começam a tremer, e suas costas se curvam na cama enquanto seus dedos caem no edredom para torcer o tecido.

Ela está sussurrando meu nome quando a sinto chegar lá, e há um jorro delicioso de umidade que eu sorvo mesmo enquanto ela me lambuza. Consigo senti-lo nos meus lábios e no queixo e até escorrendo pelo meu pescoço, e ainda assim é como se eu quisesse mais. Quero fazer *isso* quase tanto quanto quero estar dentro dela de novo. Só recuo quando sinto sua mão tatear entre nós dois para agarrar minha gravata, me incitando a sair de entre suas pernas enquanto olho para ela aturdido.

Tem uma espécie de sorriso sonhador na sua boca enquanto ela enrola a seda da minha gravata na mão, dando mais um puxão suave.

— Vem aqui em cima.

Vou como um cachorrinho sendo chamado, com tanta ânsia quanto, e me arrasto para cima dela até ficar pairando com as mãos fechadas nas laterais do seu corpo. Minha respiração está entrecortada e ainda me sinto um pouco desvairado, mas seus dedos descem pela minha bochecha, seu polegar corre no meu lábio inferior; e não sei dizer por que é tão calmante.

— A sua primeira consulta é só às nove horas — ela diz com calma.

Eu assinto.

— Pois é.

— E eu estou no turno do meio-dia — ela continua.

Concordo de novo.

— Eu sei.

A boca de Mackenzie se ergue de um lado enquanto sinto suas mãos descendo sobre a frente da minha calça para dar uma apertada no meu pau duro. Suas mãos estão tão quentes quanto o resto do seu corpo.

— De quantas horas de sono você precisa?

Antes de beijá-la, penso que posso estar com problemas bem sérios.

Como era de esperar, não durmo muito, e mesmo com a quantidade de trabalho que estou enfrentando durante o dia, não consigo de jeito nenhum me sentir incomodado com isso.

Deixei Mackenzie na minha cama hoje de manhã, e saber que ela estava dormindo pelada e enrolada nos meus lençóis enquanto eu ia de carro para o trabalho foi agradável de um jeito que nunca poderia ter previsto. Meu Deus, deixei até uma cópia da *minha chave* para ela poder trancar a porta. Tudo em relação a isso parece o tipo de complicação que eu tinha dito a ela que a gente precisava evitar.

Então por que é que estou sentado à minha mesa, escondendo um sorriso com a mão?

Dou uma olhada no relógio e percebo que preciso ir para a minha consulta em menos de meia hora, e me esforço para controlar meus sentimentos até lá. Estendo a mão do outro lado da mesa para pegar o prontuário do paciente e dar uma revisada de última hora, e mal coloco os dedos debaixo dele até sentir meu telefone vibrar do outro lado da mesa.

É constrangedora a rapidez com que o agarro, e *mais* constrangedor ainda como um lampejo de decepção corre por mim quando percebo que não é Mackenzie ligando. Eu preciso mesmo me controlar.

Quem está *de fato* ligando, porém, é efetivamente preocupante.

— Oi, mãe.

Eu a ouço estalar a língua.

— Não me venha com essa de "mãe" para cima de mim. Por que você não me ligou?

— Tenho andado ocupado — digo equilibradamente, com minha vertigem anterior se dispersando. — Você sabe como são as coisas aqui.

— Aparentemente — ela diz naquele tom que sei que quer dizer que estou prestes a levar uma bronca —, você anda tão ocupado que não conseguiu encontrar tempo para contar para a sua mãe que está com uma *parceira*?

"Droga."

Mary Anne Taylor é muitas coisas, mas principalmente engenhosa. Eu deveria ter sido mais esperto e não achado que poderia esconder isso dela até que tudo estivesse acabado.

— Escuta. Quanto a isso…

— E eu tive que ficar sabendo disso pela *Regina*, justo ela. Aquela mulher terrível do meu clube de crochê. Aparentemente, ela ficou sabendo disso pela filha, a Jessica.

Esse nome me soa vagamente familiar, ainda que eu não consiga saber bem de onde.

— Olha, não é o que você está achando.

— Como pode não ser o que estou achando? Como você pôde estar com uma parceira sem nos contar? Você nem contou para a gente que estava *saindo* com alguém. A pobre da sua mãe não chega a conhecer a nora antes de você pegar e...

— É que não estou com uma parceira de verdade — suspiro.

— ... ela poderia ser a mãe dos meus futuros netos, e eu nunca nem... Espera. O quê?

— Não *estou* com uma parceira — repito com mais firmeza.

— Então por que parece que o hospital inteiro está comentando sobre você e uma mulher com quem tem saído em segredo?

Esfrego a mão no rosto.

— É complicado.

— Você acha que herdou toda essa inteligência do seu pai? — Ela bufa. — Experimenta.

— Que se foda — gemo.

— Olha a boca.

— É o conselho — eu digo, derrotado. — Eles descobriram.

Ela imediatamente entende o que eu quero dizer.

— Ah, não. Mas como? Você foi tão cuidadoso.

— Uma "denúncia anônima", ao que parece. É uma porra de um papo--furado.

— *Olha a boca* — ela ressalta. — Você levou uma advertência?

— Bem...

— Meu Deus do céu — ela bufa. — Depois de todo esse trabalho que você fez. E o emprego de Albuquerque está em jogo! Ele vai ser afetado agora que você...

— Não recebi uma advertência formal de qualquer tipo — digo a ela. — Na verdade, não foi nada além de uma conversa. — Hesito por um instante, sabendo que estou prestes a abrir uma caixa de pandora. — Foi tudo graças a Mackenzie.

— Mackenzie?

— A, hum, parceira de quem você ouviu falar.

— Mas você disse que não estava com uma parceira de verdade.

— Eu não estou.

— Mas tem uma mulher chamada Mackenzie.

— Tem.

— E você não está com uma parceira?

— Não.

— Mas as pessoas pensam que você está.

— Isso.

Minha mãe fica calada por um instante, e eu me sinto meio como um menino de novo, esperando que ela grite comigo por ter quebrado seu vaso preferido.

— Me conta tudo — ela diz com calma.

Minha mãe escuta calada enquanto conto tudo o que aconteceu nas últimas semanas — só interrompendo para fazer perguntas esclarecedoras, me deixando explicar como eu e Mackenzie nos envolvemos no nosso arranjo e como ele é benéfico para nós dois. Deixo de fora de propósito o nosso *adendo sexual* recente, como Mackenzie o chama; esse é um patamar que eu mesmo ainda não entendi, afinal de contas.

— Então, você está fingindo ser parceiro dessa mulher.

— Ou saindo com ela, até onde a avó dela sabe.

—Ah, meu pai.

— Eu sei o que você vai dizer — suspiro.

Ela faz um som de desagrado.

— Não sabe, não. Apesar dessa sua inteligência sofisticada de médico… você não sabe *tudo*.

— Está bem — resmungo. — Então fala o que você vai dizer.

— Como é que ela é?

Isso me pega de surpresa. Definitivamente não é o que eu esperava que viria da minha mãe.

— Você está dizendo, a Mackenzie?

— Não, estou falando da Regina do clube de crochê — ela caçoa. — É claro que quero saber da Mackenzie.

— O que é que isso tem a ver com qualquer coisa?

— Estou curiosa para saber que tipo de mulher se lança numa farsa tão complicada para ajudar o meu filho. Sobretudo porque ela aparentemente mal te conhecia antes de tudo isso.

— Eu não sei. — Fico pensativo na minha mesa. — Ela é... engraçada? E competente. Todo mundo aqui parece adorar ela. Quer dizer, não tenho certeza de verdade por que ela aceitou isso para começo de conversa. Ela é muito bonita, afinal de contas. Acho incrivelmente difícil acreditar que ela precise de ajuda no ramo dos encontros. Imagino que deveria estar grato por ela... Do que é que você está dando risadinhas?

— Ah, querido — ela ri. — Quanto você gosta dessa mulher?

— Oi? — Faço uma careta. — Não é desse jeito. Estamos nos ajudando. "Dentro e fora do quarto, ao que parece", penso com culpa.

— Eu te conheço há trinta e seis anos, filho — diz ela. — E *nunca* ouvi você falar de uma mulher do jeito que está falando agora.

— Você perguntou como ela era — murmuro.

— Ah, isso é maravilhoso — ela praticamente gargalha. — Talvez isso te faça pensar duas vezes antes de arrumar as malas e se mudar para outro estado.

— Não é *desse jeito* — continuo protestando.

— Claro, claro — ela dá uma risada alta. — E o seu relacionamento de mentira inclui ela conhecer os seus pais?

— De jeito nenhum.

— Provavelmente seria bom para a farsa se vocês dois...

— *De jeito nenhum* — enfatizo.

— Está bem, está bem. — Ela fica quieta por um segundo enquanto belisco a ponte do meu nariz. — Só fico preocupada com você — ela admite. — Você é sempre tão fechado, Noah.

— Eu não sou.

— Sim, você é — ela rebate. — Você tem estado tão preocupado em manter essa parte de você escondida que nunca se permitiu se aproximar de ninguém. Que inferno, você quase não fala mais conosco sobre seus problemas!

— Olha a boca — digo, sarcástico.

— Ah, cala a boca — ela bufa. — Só estou dizendo que... parece que a Mackenzie pode ser uma mulher especial. Afinal de contas, é preciso ser bem excepcional para virar a própria vida de cabeça para baixo para ajudar um estranho.

— Eu te falei, isso também beneficia…

— Sim, sim, eu ouvi — ela diz, me cortando. — Só estou dizendo. Tem uma pessoa que claramente tem mais a ganhar com esse acordo do que a outra, e uma pessoa está *claramente* arriscando mais coisas pelo bem da outra.

— Mãe, não estou entendendo.

— Ah, pelo amor de Deus — ela zomba. — *Você* tem mais a ganhar, e *ela* está colocando mais coisas em risco. Só estou dizendo que… talvez seja algo que valha a pena investigar.

— Você só quer que isso siga um rumo determinado.

— Bem, você não está ficando mais jovem, meu filho.

— Uau. Valeu, mãe.

— Não é um crime querer *netos*, Noah.

Talvez minha mãe e a avó da Mackenzie não sejam tão diferentes. A Mackenzie provavelmente acharia essa conversa hilária. Não que algum dia eu possa contar a ela.

— Tá, mãe. Eu realmente preciso ir. Tenho uma consulta já, já.

— Só não rejeita isso como você faz com todo o resto. — Ela me dá uma bronca. — Você não pode simplesmente vetar todo mundo para o resto da vida. Vai acabar perdendo alguma coisa… especial.

— Tá. Certo. Já deu.

— E você nunca mais mente para mim. Não estou nem aí para quão adulto você é, eu vou gritar com…

— Tá. Te amo mãe. Te ligo depois.

Desligo antes que ela comece com um discurso inflamado, largo o telefone na mesa e descanso a cabeça nas mãos. Minha mãe ficaria louca se eu dissesse que estou indo para a cama com a minha "mulher especial" e que estou perdendo a cabeça aos poucos por causa disso. E eu mesmo ainda nem entendi os detalhes disso.

Meu telefone vibra de novo, dessa vez uma mensagem, ainda bem, e presumo que minha mãe esteja continuando com um último conselho, então fico surpreso (e secretamente animado) quando vejo o nome de Mackenzie. Abro a mensagem e quase deixo o telefone cair — uma foto das pernas nuas de Mackenzie na minha banheira com uma legenda embaixo.

MACKENZIE:

Quero levar essa banheira embora comigo.

Estou sorrindo antes que possa me conter, sentindo uma ânsia visceral de pegar as minhas coisas, cancelar meus compromissos e voltar para casa para me juntar a ela, mas até na minha cabeça isso parece ridículo. Para não dizer perigoso.

Digito uma resposta rápida, que não revela nada do calor que corre agora no meu sangue ou da rigidez repentina na minha calça, e respiro fundo, soltando o ar enquanto volto a colocar o telefone na mesa. O problema, acho, é que eu *quero* largar tudo e ir ficar com ela. Que a ânsia de fazer isso fica cada vez mais forte a cada ocasião que estou com ela. Tudo nessa situação grita *perigo*, e não consigo fazer nada a respeito.

"Não torne as coisas complicadas."

Eu estou mesmo com problemas.

13.

Mackenzie

É MUITO MAIS DIFÍCIL DO QUE DEVERIA sair da jacuzzi de Noah. Ela é grande o bastante para ser usada como uma piscina pequena, o que faz sentido, já que as pernas de Noah são do estilo das de nadadores olímpicos. Estou enxugando o cabelo com a toalha quando saio do banheiro dele por volta da hora do almoço, me perguntando de novo se é estranho eu ter ficado em sua casa enquanto ele foi trabalhar. Tinha parecido uma ideia formidável de manhã cedo, quando eu estava enrolada nos lençóis e extasiada por uma noite todinha de orgasmos — mas agora que estou um pouco sensata, questiono se isso é ultrapassar algum tipo de limite. Ainda que, para ser justa, os limites desse acordo nunca foram muito claros. E por mais que eu deteste admitir... o sexo sem dúvida não ajuda na questão.

Ainda que... pode-se argumentar que transar com Noah vale a pena.

Suspiro enquanto caio de costas na cama gigantesca de Noah, tentando me desvencilhar dos pensamentos do meu parceiro de mentira. O quarto dele é exatamente como eu esperava (a casa toda, na verdade, até onde eu vi). A não ser pela mobília e pela cama muito larga, muito *espaçosa* — não tinha muito para ser explorado no quarto de Noah depois que ele saiu hoje de manhã. Há uma tv de tela plana de tamanho razoável em cima da cômoda e, no alto da cama, uma única pintura de cores suaves que me lembram águas tranquilas e árvores ao vento. É uma explosão de cores surpreendente no quarto de aparência monótona, e se eu tivesse sido capaz de reparar em qualquer coisa além da boca, das mãos e do corpo de Noah na noite passada, poderia ter comentado a respeito enquanto ele ainda estava aqui.

Lanço um braço sobre o rosto enquanto minha pele formiga com a lembrança da noite passada. As mãos de Noah na minha pele e a sua voz no meu ouvido estiveram bem ali esperando sempre que deixei meus pensamentos divagarem hoje de manhã — algo que parece piorar a cada vez que ficamos juntos. Cada lembretezinho faz com que eu feche minhas coxas com mais força enquanto tudo abaixo do meu umbigo começa a latejar de excitação.

Não basta que Noah seja a pessoa mais competente no trabalho; não, é *claro* que ele seria uma transa absolutamente maravilhosa. Estou começando a querer identificar uma falha só para eu não me sentir inadequada. Um pau ligeiramente torto ou uma pinta feia na bunda ou alguma coisa assim. Um desejo frustrado, já que posso confirmar que ele tem um pau perfeito e uma bunda ainda mais perfeita. Não me vejo encontrando nenhuma falha no futuro próximo.

Para não falar que transar com Noah parece muito mais... íntimo do que deveria. Eu não sou uma especialista nesse negócio de amizade colorida — na verdade, diria que na melhor das hipóteses ainda estou no nível de aprendiz —, mas imagino que a maioria dos paus amigos não te olham como se você fosse algum tipo de deusa e sussurram coisas doces no seu ouvido enquanto lhe dão orgasmos estonteantes.

"Eu não preciso imaginar nada."

Aperto os lábios enquanto meu estômago se alvoroça com a lembrança de sua voz grave, soando totalmente sincera quando ele olhou para mim na noite passada.

"Você é bonita pra cacete."

Eu me sento soltando um suspiro. O quarto está quente demais. Ficar corada parece estar virando meu estado de referência, se os últimos dias servirem como um indicativo.

— Droga — resmungo para o nada.

Acho que provavelmente é uma jogada inteligente pegar o meu uniforme seco (espero) da secadora de Noah e começar a me arrumar para ir ao trabalho — e tenho toda a intenção de fazer isso. Pelo menos até eu dar dois passos da cama e meu pé bater na camisa de Noah, que ele tirou na noite passada. Eu a pego um pouco hesitante, mordendo o lábio enquanto estimo seu peso.

Eu a apanhei com intenções inocentes, correndo os dedos por uma manga e acariciando o tecido que me parece fino demais, bonito demais. Consigo imaginar o mesmo material enrolado em seu bíceps, fechando meus dedos lá para me segurar enquanto ele me puxa mais para perto, enquanto sua boca desce para...

Afasto o pensamento, assustada. Eu não *anseio* por ninguém, e no entanto cá estou eu falando poeticamente na minha cabeça da porra de uma camisa. O que há de errado comigo hoje? Mesmo me reprendendo, ainda consigo sentir o cheiro do material nas minhas mãos, me tentando. Tem cheiro do sabão de lavar roupa e do pegajoso cheiro de Noah — alguma coisa fresca e masculina que me faz querer mais. Não é algo consciente quando encosto o tecido nas narinas e respiro fundo. Ele ficou um pouco mais denso desde que concordamos com toda essa história, até a parte esmaecida grudada na camisa de ontem basta para fazer meus olhos revirarem.

Tenho uma sensação de formigamento na pele, como se ela estivesse esticada demais — o formigamento fica quase desconfortável à medida que o latejar entre minhas pernas se intensifica. Como é que posso estar com tesão de novo depois de passar a maior parte da noite perdendo o sono com Noah? E o que é pior — apesar de ter acabado de passar uma hora na banheira grande demais de Noah, sinto um pouco de umidade saindo de mim e molhando minhas coxas. Quase como se o meu corpo estivesse esperando que ele irrompesse do armário e viesse dar um jeito em nós.

"Você disse que não ia ficar com amor de pica", lembro a mim mesma. "Não se esquece de que tudo isso é só por um tempo."

A ideia me deixa um pouco sóbria, mas não melhora em nada o latejamento no meio das minhas pernas.

Enfio os dedos dentro de uma das mangas para sentir o material macio na minha pele, tentada por um instante a vesti-la, para sentir seu peso sobre os meus ombros como um abraço.

Muito tentada, ao que parece.

Deixo cair minha toalha enquanto enfio os braços nas duas mangas compridas, meu corpo quase *suspirando* de alívio quando estou totalmente envolta no cheiro dele. Não consigo explicar, não consigo nem começar a entender — mas estar envolta em algo de Noah parece aplacar aquela sensação esquisita na minha pele. Quase como se estivesse me acalmando.

Provavelmente é uma má ideia (para não dizer tosca) me masturbar na cama de Noah enquanto ele não está, mas raciocino que é culpa *dele* que eu esteja tão excitada só uma hora antes do começo do meu turno, o que diminui um pouco a minha culpa. Isso torna muito mais fácil voltar a me arrastar para sua cama vestindo só a sua camisa.

Desse jeito, o cheiro dele é mais acachapante, me dando a ilusão de estar encostando o nariz no seu peito, no seu pescoço, quem sabe. Fecho os olhos enquanto imagino braços grossos ao meu redor; uma fantasia inocente, sim, mas nem tanto o efeito que ela tem sobre mim. Aperto minhas coxas uma na outra imaginando o peso dele se assentando em cima de mim, imaginando o mesmo cheiro dele que me cerca enquanto ele me empurra para sua cama tão, tão grande — e é fácil, envolta em sua camisa, lembrar como ele me *cobre*. Ele é tão *grande*, afinal de contas.

Minha garganta está seca, e tem uma umidade óbvia no meio das minhas pernas me forçando a abri-las um pouco só para aplacar a sensação. Um erro, eu me dou conta, já que de algum modo fiquei molhada o bastante só de *imaginar* ele me masturbando a ponto de deixar minhas pregas internas viscosas.

Meus batimentos cardíacos aceleram mais ou menos uma dúzia de pulsações enquanto volto a encostar meu nariz no tecido macio de sua camisa para sentir seu cheiro — e meus dedos *só* roçam abaixo do meu umbigo debaixo das pontas das mangas. Sinto um forte latejar entre as pernas, uma bola de calor estranha na minha barriga que ameaça se espalhar para os meus membros.

Mordo meu lábio inferior ao tentar engolir, mas agora tem uma bola ali que dificulta. Esfrego o pulso na barriga até a manga subir o suficiente para deixar que meus dedos mergulhem entre as pregas úmidas, ofegando quando correm pelo botãozinho do meu clitóris, que intumesce rápido.

Sibilo entredentes quando faço uma leve pressão, um *viço* imediato de prazer que se mescla ao alívio estranho que o cheiro de Noah traz para quase arrebatar meu fôlego. Rolo meu corpo até meu rosto ficar encostado em seu edredom, deitada de lado com o nariz enterrado junto do meu ombro. Continuo com os olhos bem fechados, respirando fundo para conseguir fingir que ele está aqui, que *ele* está me tocando.

Esfrego os dedos no meu clitóris sem qualquer pretensão, sem qualquer tipo de provocação ou exagero — tão somente com a missão de saciar a forte sede que parece tomar posse dos meus sentidos nesse momento. Imagino mãos maiores, um corpo tão mais *largo* — deixando a fantasia me alimentar até que eu praticamente consigo *ouvir* aquela voz tão, tão grave murmurando elogios no meu ouvido. Escuto um incentivo impossível de como sou *boa* para ele, coisas que nunca contemplei além da pornografia, coisas que eu poderia até ter considerado *risíveis* antes disso — mas não estou rindo da ideia de ser *boa* para Noah. Não estou rindo nadinha de nada.

Minha respiração é pouco mais do que um ofegar desesperado agora, meu pulso dói, mas estou *quase lá*. Posso me ouvir começando a gemer, movendo a mão o mais rápido que consigo, alongando esse esfregar até o sangue disparar nos meus ouvidos. Estou quase lá. Quase *lá*, porra, e eu...

O trinado do meu celular quase me faz sair da minha própria pele.

Isso me assusta tanto que tenho um *tranco* físico — me esgravatando para ficar de costas e sacando a mão do meio das pernas tão rápido que meus dedos úmidos se fecham na beirada das mangas para secar meus fluidos ali, me obrigando a fazer uma careta. Meu telefone continua tocando na mesa de cabeceira, e fico piscando para o teto, aturdida, enquanto tento conciliar isso com o que estava fazendo agora mesmo. Me ocorre que pode ser do trabalho, e sei que apesar da posição *terrível* em que me encontro, tenho que atender.

Dou um jeito de engatinhar para o outro lado da cama e apanhar o telefone, tentando sacudir as mangas compridas da camisa de Noah para que desçam de novo. Arregalo os olhos só por um instante de surpresa antes de atender a ligação, tendo um ataque de pânico porque...

— Mackenzie. — A voz dele sai pelo telefone, tão grave e tentadora quanto eu estava imaginando.

Meu clitóris lateja como se o reconhecesse, ainda exigindo que eu termine.

— Oi, Noah.

— Tudo bem? Você parece ofegante.

— S-sim — digo rápido demais. — Eu estava... secando o cabelo.

— Secando o cabelo?

— É — tento de novo, mantendo minha voz tão uniforme quanto possível. — Eu tenho muito cabelo.

Por um momento apavorante acho que ele vai me apertar sobre a questão, mas ainda bem, ele passa por cima do assunto.

— Ah. Bem. Eu estava ligando para saber se você queria almoçar no refeitório hoje — ele pergunta, inocente. — Pode parecer esquisito a gente nunca fazer isso.

Eu poderia rir se ainda não estivesse tão terrivelmente excitada. Cá estou eu me exorbitando na cama dele, e ele está preocupado com as aparências. Isso só consolida como estou sendo totalmente ridícula.

— É uma boa ideia — digo levemente, fechando os olhos enquanto sua voz me anima, apesar das palavras inócuas saindo de sua boca. — É claro.

— A gente não precisa se você não quiser — ele sugere, arrependido, quase como se estivesse com medo de que a pergunta tivesse me irritado. — Pode ser uma ideia idiota.

— Não, não — eu afirmo. — É uma boa ideia.

"Meu Deus, como é que eu ainda estou excitada desse jeito com uma conversa tão inocente? Só a voz dele de algum jeito agrava e aplaca ao mesmo tempo a febre da minha pele."

Ele ri um pouco, com um som baixo e prazeroso escorrendo em mim até ir parar bem no botãozinho ainda latejante do meu clitóris.

— Imagino que o mínimo que posso fazer é me certificar de que você almoce, já que não te alimentei ontem à noite.

"sos. sos. Não pense na noite passada agora."

— Eu não estava muito preocupada com comida ontem à noite — consigo dizer com firmeza.

— Nem eu — ele murmura.

Há um período de silêncio atormentador em que o formigamento na minha pele fica pior a cada segundo.

— Certo... — Meu coração não para de bater forte enquanto escuto o som de sua respiração, abarcando apenas um momento.

— Te vejo mais tarde, então?

— Você está... bem. Não está? Você parece estranha.

Fecho os olhos. Com certeza não posso dizer que fiquei cheirando a camisa dele e de repente perdi a cabeça. Ele vai me mandar passear se achar que estou aqui desenvolvendo algum tipo de fixação doentia por suas roupas usadas.

— Eu estou bem — minto. — Só meio cansada.

— Tá certo — ele diz. — Se você tem certeza. Vejo você quando chegar, então.

Deixo-o desligar antes que eu estrague tudo de vez, largando meu telefone no colchão e encarando o teto enquanto tento aceitar o que eu quase fiz. O que acabou de acontecer está além do que achei ser capaz. Eu nunca fiz *nada* desse jeito.

Só que mais uma vez, tem muitas coisas que eu não havia levado em consideração até esse... acordo.

Não volto a me tocar, ainda que meu corpo *grite* para que eu termine — principalmente porque estou chocada comigo mesma por ter ficado tão exaltada com uma coisa tão simples como o *cheiro* de Noah. Essa sensação de retesamento ainda está na minha pele, e aquele latejar ainda está forte entre as minhas coxas, e mesmo enquanto vou tropeçando até a secadora com as pernas bambas, enfiando a camisa de Noah no meio da roupa suja — ainda tem alguma coisa que parece... estranha. Mesmo que eu não consiga imaginar o que é.

"Eu não preciso imaginar nada", a lembrança da voz de Noah murmura. "Você é bonita pra cacete."

Um arrepio me atravessa. Vai ser um longo dia.

— Você não parece muito bem.

Aperto os lábios, correndo os olhos para a direita, até um Parker de aparência astuta.

— Valeu.

— Quer dizer, você parece doente ou alguma coisa assim.

— Eu estou bem — lanço de volta. — Se preocupe só com o computador.

— Tenho certeza de que eles apagaram o ícone do programa da área de trabalho de novo — ele reclama.

Dou de ombros, olhando o prontuário que estou segurando.

— Bem, ouvi três enfermeiras diferentes chorando as pitangas sobre isso, então só conserte seja lá o que for para que eu não precise mais ouvir falar disso de novo.

Parker para de trabalhar no terminal atrás do posto de enfermagem e me olha estranho.

— Alguém está de mau humor. Tem certeza de que não está mesmo doente?

Fecho os olhos com força, tentando bloquear a leve dor de cabeça latejante. É verdade que estou me sentindo estranha desde hoje de manhã, mas o que eu achava ser um caso grave de amor de pica se transforma em uma sensação de fraqueza a cada hora que passa. Talvez eu *esteja* ficando doente.

— Não sei — suspiro. — A minha cabeça está me matando.

— Provavelmente é a sua consciência tentando te enfiar algum juízo sobre as suas mais recentes aventuras sexuais — Parker brinca.

— Hoje não — bufo. — Não, a não ser que você tenha uma bela de uma dose de ibuprofeno para oferecer.

— Quando é que isso começou?

Belisco a ponte do meu nariz.

— Parece que está ficando pior desde hoje de manhã — digo a ele com sinceridade. — Desde que saí da casa do Noah.

Parker caçoa.

— Você vai passar as noites com ele agora?

— Só fazia sentido — digo a ele, exausta. — Já que cheguei lá tão tarde.

— Eu sei que você acha que estou sendo um cuzão…

— Uma opinião válida — interrompo.

— ... *mas* estou preocupado com você, Mack. Só isso. Achei que era uma má ideia quando você se meteu nessa bobagem de parceiro de mentira, mas não creio que você esteja considerando as possíveis repercussões disso tudo.

— Fala baixo — sibilo, olhando ao redor para conferir que ainda estamos sozinhos. — Você está fazendo uma tempestade num copo d'água, eu juro. É só uma droga de uma dor de cabeça. Não é uma crise existencial.

— Eu sei, mas você sempre foi tão cuidadosa em relação a quão próxima fica das pessoas, e agora você está mergulhando nesse relacionamento de mentira de cabeça sem pensar duas vezes. Sei que você quer ajudar o Noah, mas tenho medo de que você acabe se machucando.

— Eu disse, fala baixo...

— Ei — uma voz cadenciada chama do balcão atrás de nós. — Você tem uma lista das medicações do sr. Wheeler?

Eu me volto, sentindo minha coluna tensionar na mesma hora ao reparar na última pessoa que quero que ouça essa conversa. Dennis Martin está sorrindo para mim do outro lado do balcão, sua expressão aparentemente desprovida de qualquer indicação de que ele possa ter ouvido o que Parker e eu estávamos falando.

— Ah — Dennis diz com uma surpresa inocente. — Não vi você aí, dra. Carter. Quer dizer, Mack. — Ele dá uma risadinha. — Não é?

— É — digo, engessada. — Mack está ótimo.

— Pensei que você fosse uma enfermeira — ele diz com outra risada silenciosa. — Alguma ideia de onde todas elas foram parar?

— Reunião de equipe — digo a ele. — Parker estava só dando uma olhada num terminal instável enquanto elas estão fora. Mas devem voltar logo, se você estiver precisando de alguma coisa.

— Não, não — ele diz casualmente. — Posso voltar depois. Não é urgente. — Ele apoia o cotovelo no balcão, se inclinando para a frente. — Como está o Noah?

Fico eriçada.

— O Noah está... bem.

— Que bom, bom — Dennis responde animado. — Ele parece meio estranho ultimamente, não é? Fico preocupado, sabe.

"Eu aposto que fica."

— Só estresse, eu acho — digo, tentando não deixar o pânico na minha barriga se manifestar no meu rosto. — Ele anda muito ocupado.

— Ah, bem, isso é bom de se ouvir — Dennis lança aquele mesmo sorriso indecifrável. — Eu sei que toda aquela confusão com o conselho deve ter sido um belo de um transtorno.

Mantenho minha expressão impassível, me recusando a tirar os olhos dos dele por medo de parecer culpada.

— Felizmente, foi só um mal-entendido.

— Pois é — ele diz, e seu sorriso se abre ainda mais.

Ele fica assim por um segundo excessivo, e por fim bate os dedos na bancada enquanto se afasta.

— De qualquer modo — ele nos diz naquele mesmo tom alegre —, acho que vou voltar daqui a pouquinho. Espero que vocês consigam resolver essa situação.

Ele aponta para o terminal de onde Parker o estava espiando nos últimos minutos, e eu assinto com firmeza para Dennis.

— Com certeza.

— Fala para o Noah que mandei um oi — ele grita por sobre o ombro enquanto segue pelo corredor.

Não respondo, e Parker e eu ficamos em silêncio até que os passos de Dennis desapareçam no corredor. Como é que nós não o ouvimos chegando? Solto um suspiro forte quando fica claro que ele já foi, me curvando para segurar meus joelhos com as mãos. Minha dor de cabeça está exponencialmente pior do que antes de Dennis nos interromper.

Parker faz um som engasgado ao meu lado.

— Você acha que ele ouviu alguma coisa?

— Eu... — Pondero por um bom tempo, e por fim balanço a cabeça. — Acho que não. Ele teria sido muito mais arrogante, pelo que conheço dele. Acho que aquilo foi só a besteirada normal.

— Vou ter um ataque do coração antes que tudo isso acabe.

— Vou te prescrever um Rivotril.

— Parece antiético. — Ele deve reparar no jeito que estou tremendo. — Ei, você está bem? Eu realmente não acho que ele ouviu nada.

Balanço a cabeça, que de repente parece confusa.

— Eu não sei.

Por cima da dor de cabeça, agora tem aquele mesmo retesamento estranho na minha pele, parecido com o desta manhã, mas absolutamente pior com o meu coração ainda martelando depois do encontro angustiante com Dennis. Me sinto tonta e fraca, e meus joelhos tremem como se eu fosse ter um colapso a qualquer segundo.

"O que tem de errado comigo?"

Sinto-me cambalear antes mesmo que minha bunda acerte o chão, minha cabeça está começando a rodar e minha língua parece muito grossa. Sinto a mão de Parker na minha testa e escuto seu praguejar murmurado.

— Meu Deus, Mack. Você está pegando fogo. Com certeza você não está bem. — Eu o escuto chamar por socorro e me retraio com a altura da sua voz, fechando os olhos na esperança de que isso alivie a minha dor de cabeça. — Ei! Precisamos de ajuda aqui!

Há passos que soam distantes até quando consigo sentir outro corpo se aproximando, e tento piscar para discernir quem se juntou a nós, só para descobrir que minha vista agora está embaçada. Sinto uma cólica começando no fundo da minha barriga, meus pulmões queimando, o que se agrava a cada respiração.

Mas o pior só acontece quando volto a ouvir a voz de Parker — eu o escuto perguntar o que tenho a alguém que não consigo ver.

E assim que sinto uma umidade cada vez maior entre as pernas, escuto uma voz tensa murmurar de volta:

— Ela está entrando no cio.

Mais do que o pânico, me dou conta da decepção profunda quando percebo que a voz não é a de Noah.

14.

Noah

Quando bate, é como ser atingido por um raio.

Sinto o cheiro no instante em que saio do elevador no andar dela, e o que vem depois fica obscuro, como se eu estivesse vendo tudo acontecer de fora do meu corpo. Vir encontrá-la para almoçar é um pensamento distante, submerso na sensação totalmente abrangente de ser golpeado pelo cheiro de Mackenzie que está praticamente escorrendo das paredes. Mesmo sem conseguir vê-la, fica claro no mesmo instante para mim o que ocorreu. Não sei dizer por quê, nem mesmo como, mas o meu corpo *sabe* que ela precisa de mim. Isso se torna a força motriz que parece me manter seguindo em frente.

Os pelos da minha nuca se arrepiam, meus batimentos cardíacos aumentam e o sangue corre nos meus ouvidos enquanto meus pés começam a me levar pelo corredor atrás dela. Consigo senti-los andando silenciosamente um após o outro enquanto me desloco como se estivesse sendo puxado por uma corda, um cântico hipnótico de *ômega ômega ômega* na minha cabeça que se infiltra em todas as facetas do meu ser. Não consigo saber o que está acontecendo ou por que meu corpo está respondendo desse jeito, mas agora sou pouco mais do que uma necessidade urgente de *ir até ela*.

Há uma pequena multidão em torno do posto de enfermagem e, ainda que não consiga vê-la, *sei* que Mackenzie está aqui antes mesmo de abrir caminho pelo pequeno grupo de pessoas. Consigo ouvir uma voz masculina que parece rígida e tensa, perguntando a outra pessoa se ela consegue ouvi--lo, se ela está bem.

Mas é só quando consigo vê-la — ver seu pequeno corpo enrodilhado em si mesmo, com a pele vermelha e o cabelo encharcado colado nas têmporas — que realmente começo a perder a cabeça.

Porque alguém está tocando nela. Outro lobo que ergue o olhar para mim com uma dureza nos olhos que de algum modo consigo sentir que está beirando o desafio, e com o jeito como o vermelho está piscando na minha vista, demoro um segundo a mais do que deveria para reconhecer o enfermeiro amigo de Mackenzie pairando junto de sua constituição ofegante, me olhando como se quisesse que eu estivesse em qualquer outro lugar.

"Minha. Ômega. Minha."

Rilho os dentes e cerro os punhos, com uma ânsia breve de arrancá-lo de perto dela que é difícil de ignorar, mas que de algum modo consigo manter sob controle.

— Preciso que todo mundo se afaste da minha parceira agora, por favor — peço o mais equilibradamente que consigo. Até para os meus próprios ouvidos, soa bruto. Preciso de cada pingo do meu controle para não arrancar fisicamente os outros de perto. — Eu cuido dela.

Os dedos de Liam continuam no braço dela por quase mais tempo do que meus sentidos esgotados podem aguentar, mas quando dou um passo adiante para diminuir a distância entre nós, percebo a mão curvada se afastando do antebraço de Mackenzie antes que ele se mova devagar para se levantar.

— Ela está entrando no cio — ele diz num tom duro.

Minhas narinas se dilatam, a prova disso praticamente se enterrando no meu cérebro.

— Sim. É por isso que vou levá-la para casa. Mas preciso que todos nos deem um pouco de espaço.

"Minha. Ômega. Minha."

— Por que você a deixou sair de casa hoje de manhã?

Cerro tanto a mandíbula que sou capaz de quebrar meus dentes se eu continuar assim. O cheiro dele é agitado, e ter uma amostra dele misturado com o cheiro da Mackenzie está fazendo meu estômago revirar. Sentir o cheiro dela com *qualquer* outra pessoa parece totalmente errado. Sobretudo agora.

— Ela não estava apresentando sinais hoje de manhã.

E é verdade, ela não estava. Mas saber disso não me impede de querer acabar comigo mesmo por ter sido possivelmente até um pouco culpado. Por deixar que *qualquer* outra pessoa a veja desse jeito. A parte mais primitiva do meu cérebro está ativamente me censurando porque *eu* deveria ser o único a vê-la assim, e ela ruge.

— Bem, ela sem um pingo de dúvida está agora — resmunga Liam. — Ela está pegando fogo. Ela precisa…

— Eu sei exatamente do que ela precisa — sibilo. — Obrigado.

Eu o ignoro então, indo para junto de Mackenzie e engolindo o estrondo territorial no meu peito quando reparo que seu amigo — Parker, acho que ela disse que era esse seu nome — ainda está tocando nela. O fato de eu conseguir ver que ele é humano e que, portanto, não pode sentir o cheiro dela desse jeito é a única coisa que me mantém sob controle. É a única coisa que me impede de arrancar a mão dele do corpo dela.

Parker olha sério para mim, ainda segurando firme os ombros de Mackenzie.

— Ela desmaiou. Estava reclamando de dor de cabeça, e depois começou a ficar pálida, e ela simplesmente… — Ele olha para ela com preocupação. — Ela está mesmo pegando fogo.

Assinto sem pensar, sem me dar ao trabalho de olhar para ele. Não consigo tirar os olhos de Mackenzie agora.

— Eu cuido dela — murmuro. — Vou levá-la para casa.

A mão de Parker avança entre nós na hora em que eu a alcanço, com uma expressão dura e sem um pingo sequer de medo de se meter entre um alfa e uma ômega se aproximando do cio. Na verdade, quase parece que ele vai tentar quebrar a minha cara se eu continuar. O pingo de sanidade ao qual me agarro me lembra que seria ruim tornar o melhor amigo de Mackenzie meu inimigo.

— Nós dois sabemos por que eu não acho que essa seja uma boa ideia — Parker diz, baixo o bastante para que só eu o ouça. — Não sei se eu deveria deixar você simplesmente...

— Noah?

Mackenzie surpreende nós dois quando se ergue do chão, se livrando da mão de Parker, enlaçando os braços em torno do meu pescoço e se içando para poder se aconchegar na parte da frente da minha camisa. Consigo senti-la inspirar e ouvir seu suspirar suave depois.

— Noah — ela solta de novo, quase como um arrulho. Como se estivesse *aliviada*.

Coloco meus braços em volta dela.

— Eu estou aqui.

— Dói — ela geme baixinho.

— Eu sei — eu a acalmo. — Vou cuidar de você.

Ela recua a cabeça para piscar para mim, virando o pescoço de leve para observar o pequeno público.

— A gente pode ir? Eu não... — Seus dedos agarram minha camisa com mais força. — Me leva para casa.

— É claro. — Ela não protesta nem um pouco quando a puxo nos meus braços antes de me levantar, segurando-a junto do meu peito para levá-la dali. — Eu te levo para casa. — Olho para Parker então, me dando conta de que ele ainda parece mais do que reticente comigo. Eu me aproximo, baixando a voz. — Eu nunca faria nada que ela não queira, mas agora, o meu cheiro pode pelo menos mantê-la calma. Me deixa cuidar dela. Se tudo o que ela quiser for ficar perto de mim, então isso vai ser tudo. Te dou minha palavra. Está bem?

Ele ainda parece incerto quando me afasto, e olha de mim para Mackenzie e para mim de novo, assentindo por fim com relutância.

— Eu vou cobrar essa merda de você, Taylor.

Já lhe dou as costas antes mesmo de ele terminar de falar, abrindo caminho por entre as pessoas com Mackenzie nos braços, enquanto ela se aninha em mim, com o rosto enfiado na curva do meu pescoço e a respiração soprando contra a minha pele.

— Não me solta — ela murmura, parecendo sofrida e cansada.

Não sei se ela me escuta responder.

— *Nunca.* — E ela cai no sono. Mas talvez seja melhor assim, já que não faço ideia de por que eu disse isso.

———

Faz mais de uma hora que a observo dormir.

Em qualquer outra ocasião, eu poderia temer a possibilidade de estar sendo um total esquisitão, e ainda existe uma grande possibilidade de que eu possa ser — mas não acho que consigo fisicamente desgrudar os olhos dela.

Ela acordou apenas por um instante quando a deitei na minha cama depois de trazê-la de volta para a minha casa, só tempo suficiente para se enterrar nos lençóis e puxar os cobertores desenfreadamente em torno de si. Quase como se estivesse se aninhando. De vez em quando ela solta um som mínimo e penoso durante o sono, e cada um extrai alguma coisa no meu interior que não reconheço. Cada um atiça aquela mania mal controlada que parece vazar de mim sempre que estou próximo dela. E esses sentimentos estão mil vezes piores agora, com seu cheiro preenchendo o meu quarto e muito provavelmente penetrando nas paredes a tal ponto que talvez não desapareça nunca. Eu nem consigo chegar a me importar, para ser sincero.

Claro que essa não é a primeira vez que passo por isso. Sou experiente o bastante para ter ajudado mais de uma metamorfa com quem saí durante o cio na última década mais ou menos — mas *nunca* senti algo tão ofuscante quanto o que estou sentindo sentado a só uns trinta centímetros da ômega minúscula na minha cama, cujo cheiro periga me deixar louco. O que estou sentindo agora parece maior, mais desgastante até. O que estou sentindo agora torna difícil ficar parado. Quase como se cada fibra do meu ser protestasse por eu não estar envolto nela.

E se está tão ruim agora, quão pior vai ser quando ela entrar de vez no cio? Eu sei que isso é só um gostinho do que está por vir, e essa ideia tanto me delicia quanto me aterroriza. Será que vou ser capaz de manter o controle quando ela o perder?

Eu me pergunto se houve algum sinal que deveria ter percebido, se houve qualquer demonstração sutil que eu pudesse ter sacado hoje de manhã antes de tê-la deixado sozinha. Em todas as minhas experiências com o cio de alguém, foi sempre algo muito regular, que funciona quase como um relógio. Sempre sintomas reconhecíveis que iam aumentando e que permitiam que a pessoa *planejasse* — mas nunca vi ninguém entrar no cio tão de repente e, definitivamente, não com tanta fúria.

Isso basta para eu me perguntar todo tipo de coisas, mas sobretudo me flagro concentrado apenas no subir e no descer do seu peito, nos sons suaves que ela faz durante o sono e na sua fragrância aliciante, que me varre em ondas.

Não sei quanto tempo espero antes de avistar seus cílios tremendo, se erguendo ainda mais quando noto que ela se move, suas mãos a impulsionando devagar para uma posição mais ereta enquanto ela pisca olhando pelo quarto, aturdida. Mackenzie repara que estou sentado na beirada da cama, com o cenho franzido enquanto ao que parece tenta justificar minha presença ali com o que ela está sentindo — ou pelo menos é isso que imagino.

Fico absolutamente imóvel, lutando contra a vontade de tocar nela, mesmo que de leve.

— Como é que você está se sentindo?

— Cansada — ela resmunga. — Com calor. — Ela franze o nariz olhando para o uniforme amarrotado. — Estou toda suada.

"Não posso contar que fiquei uma hora fantasiando lamber o suor do seu corpo. Definitivamente não posso."

— Você estava… esperando isso?

Seus olhos encontram os meus e se arregalam, parecendo surpresos.

— O quê? Não! Eu não fazia ideia. Eu nunca… — Ela fecha os olhos enquanto solta um som baixo, que parece me tocar por inteiro. — Sem dúvida nunca tive um que veio tão de repente assim.

— Quão fora do esperado?

— Um mês? Talvez? Mal se passaram seis semanas, e eles em geral vêm como um reloginho. Eu juro, nunca teria escondido isso de você.

— Eu sei que você não faria isso — garanto. Nós dois sabemos como pode ser irresponsável mergulhar de cabeça em algo assim sem qualquer tipo de cautela; com certeza ela está tão ciente quanto eu de quantos enlaces de parceria acontecem assim, apenas para que esses mesmos casais sejam submetidos a procedimentos dolorosos mais tarde para romper o enlace quando percebem que não prestam um para o outro.

— Mas não faz sentido — digo a ela com sinceridade. — Nunca ouvi falar de um cio tão fora do esperado.

Ela balança a cabeça.

— Eu também não.

— Não teve nenhum sinal?

— Nada que parecesse superóbvio — ela diz. — Estou um pouco ruborizada desde ontem, mas pensei que era só porque você... — Ela cora, e por mais que eu queira implorar para que ela termine a frase, fico calado, e a deixo falar. — Não achei nada estranho. Tive uma dor de cabeça terrível mais cedo também, mas até isso é esquisito. Nunca foi tão forte antes de um cio. — Ela me olha atenta. — Você já ouviu falar de alguma coisa assim?

Balanço a cabeça.

— Nunca.

— O que você acha que significa?

— Eu acho... que pode ser uma daquelas consequências que mencionei que a gente não ia poder prever quando... acrescentamos nosso adendozinho.

Ela desvia o olhar, parecendo quase decepcionada.

— Consequências?

— Não estou dizendo que me arrependo do adendo — digo na mesma hora, precisando que ela saiba. — Mas não faço ideia do que a gente deve fazer.

Ela parece mais calma.

— Eu sei.

— Ainda está doendo? A cabeça?

— Não tanto. Não desde que... — Ela cora novamente. — Melhorou quando você chegou lá. Acho que o seu cheiro está ajudando.

— Essa parte, pelo menos, faz sentido — matuto.

Nós dois ficamos parados, olhando um para o outro de cada lado da cama com o que deve ser a mesma pergunta na ponta da língua. Mesmo que nenhum de nós pareça capaz de tomar a frente e fazê-la.

— Você vai precisar se transformar — eu digo. — Vai começar a doer se você não fizer isso.

— Eu sei — ela suspira. — Em geral, faço uma reserva no retiro para cio na fronteira da cidade, mas não tem como eles conseguirem me encaixar em tão pouco tempo.

Tenho que me conter fisicamente para não me intrometer em como ela cuidou disso antes, com *quem* ela cuidou disso — me concentrando, sim, no que está acontecendo agora. Eu sei que se deixar minha mente vagar muito nessa direção, vai ser difícil me manter tão calmo quanto estou tentando, para o bem dela.

— Eu sei de um lugar — digo a ela. — Não é longe. Talvez a duas horas daqui. A gente pode ir lá. Se você quiser.

Seus olhos parecem mais redondos, mais brilhantes, como se ela estivesse curiosa.

—A gente?

— Quer dizer... — Pigarreio, desviando o olhar. — Eu não quis insinuar que... só quis dizer... Porra. — Passo as mãos no cabelo. — Não sei qual é o procedimento aqui. Eu ainda posso providenciar para que você vá sozinha, se é isso que você quer.

— E isso... Você poderia fazer isso?

É quase uma agonia imaginar mandá-la para longe de mim do jeito que Mackenzie está agora, mas me lembro da minha promessa a Parker, e me lembro de que *não* sou a porra de um animal apesar do que sou, e assinto, sério.

— Se você quiser. Faço qualquer coisa que você quiser, Mackenzie.

Ela olha para os lençóis que estão embolados em volta da sua cintura, o dedo mexendo na ponta de um enquanto os dentes deixam uma marca leve no lábio inferior. Observo atentamente, lutando contra a ânsia de mordiscar o mesmo lábio antes de usar a boca em outra parte. Mas por que é que ela tem que cheirar tão *bem*?

— E se... — Posso ouvi-la engolir, ver o jeito como muda o corpo de posição minuciosamente. Meus olhos acompanham cada pequeno movimento. — E se eu quisesse que você fosse comigo?

"Sim. Ômega. Minha."

Cerro os dentes para conter o rosnado alto em algum lugar lá no fundo do meu subconsciente, desejando que ele se cale.

— Você quer?

Ela sustenta meu olhar, com seus olhos âmbar brilhantes muito mais escuros agora — de um mel cru e intenso no qual eu poderia facilmente me perder.

— Eu quero que você vá comigo.

— Você quer... — Minhas unhas se afundam na pele através do tecido da calça, e deixo a leve picada me conter. — Você quer a minha ajuda.

Ela leva pelo menos dez segundos para responder:

— Quero. A gente... a gente disse que poderia se ajudar, não é?

E mesmo enquanto ela o diz, tem uma parte cada vez maior de mim que sabe que isso está ficando perigoso, que os limites do nosso acordo estão se confundindo imensamente — pelo menos para mim. E só por essa razão devo mandá-la para a cabana do meu primo fora da cidade, devo ficar o mais distante possível dela para não correr o risco de mergulhar de cabeça no desastre que com certeza vai resultar de eu compartilhar uma experiência tão íntima com essa mulher que invade cada vez mais meus pensamentos.

Mas não faço nenhuma dessas coisas, porque a ideia de tocá-la agora parece mais importante do que a água. Do que o ar até.

— É. A gente disse.

— E você sabe de um lugar?

Assinto.

— Meu primo tem uma pequena cabana de esqui em Pleasant Hill. Um pouco menos do que duas horas de carro — digo a ela de novo. — Tenho certeza de que ele estaria disposto a... emprestar. Por uns dias.

Meu corpo está quase berrando com a ideia de ficar sozinho com Mackenzie por uma sequência de dias, quando ela está com um cheiro tão incrível quanto agora. Com todas as coisas que estou pensando em *fazer* com ela. Era capaz de ela fugir gritando se pudesse ler meus pensamentos.

— Mas e o trabalho?

Eu pisco. Ainda não tinha pensado nisso. Fico pensativo olhando para o meu colo, considerando todas as opções antes que a mais óbvia bata.

— Eu tenho uma licença para o cio.

— Tem?

Ergo o olhar e encontro seus olhos.

— *A gente* tem — corrijo. — Afinal, você é minha parceira.

— Parceira — ela repete, e o jeito fogoso que olha para mim... eu queria poder capturá-lo de algum modo. Para que eu pudesse pegá-lo e olhá-lo quando quisesse. — Até onde sabem.

A realidade é uma danada de uma volúvel, e a lembrança de que tudo entre nós é de mentira tem uma picada dolorida. Não tenho capacidade mental para explorar o porquê neste instante, estou distraído demais com seu corar suave e sua boca ainda mais. Realmente não consigo considerar nada além de levar Mackenzie para uma cama onde eu possa sentir seu gosto e tocá-la até não poder mais num futuro próximo.

— Certo — eu consigo dizer.

Ela morde o lábio de novo, e tenho que mandar um apelo silencioso para que meu pau se acalme, sabendo que ela precisa que eu seja mais forte do que isso agora. Que vou ter que tomar providências em breve.

— Tá bem — ela diz tranquilamente.

— Tá bem? — Posso ser um idiota por questioná-la, mas preciso ter certeza. — E você está certa de que quer que eu... ajude?

Ela pondera por um momento, com os olhos ainda examinando meu rosto, por fim se desvencilhando do pequeno ninho de cobertas e rastejando devagar pela cama para se aproximar de mim. Ela não me toca, mantendo as mãos pressionadas firmes no colchão — mas consigo sentir seu hálito quente junto da minha boca momentos antes de ela roçar os lábios nos meus, e preciso fazer de tudo para não a tomar aqui mesmo, mesmo sabendo que provavelmente nós destruiríamos a casa quando a necessidade de ela se transformar a tomasse.

Nesse momento quase parece que essa possibilidade vale a pena.

— Eu tenho certeza — ela murmura. — Pode ligar. — Ganho outro beijo de leve, mas que quase me deixa louco do mesmo jeito. — Depressa, Noah.

Acho que nunca fiz algo tão rápido.

15.

Mackenzie

A VIAGEM DE CARRO ATÉ A CASA do primo de Noah beira a tortura. A cada quilômetro, a febre na minha pele parece ficar pior, um fogo crescendo lá no fundo que ameaça me consumir. Há momentos durante a viagem de duas horas em que reparo nos dedos de Noah segurando com bastante força o volante, outros em que sua mão se estende para me tocar quase inconscientemente, só para recuar no último segundo. É como se ele tivesse medo de que se começar a me tocar não vai conseguir parar. Tem uma parte de mim que está deliciada com essa ideia, mas outra não tem tanta certeza de como se sentir a respeito disso.

É verdade que foi *minha* ideia que Noah viesse comigo para me ajudar a passar por esse cio estranho que nenhum de nós viu chegar — mas nos breves momentos de clareza (por mais raros que sejam), não posso deixar de ficar cautelosa com tudo isso. Porque o jeito que venho me sentindo desde que Noah me encontrou lá no hospital, o jeito que cada parte de mim parece *precisar* dele... É um sentimento que nunca tive antes.

Parece pesado demais, parecido demais com todas as coisas que passei minha vida adulta evitando, e ainda mais diante do cio que está me consumindo totalmente e que está crescendo na minha mente, na minha pele e bem, bem no fundo da minha barriga — parece que não consigo lutar contra isso. Parece que nem consigo *querer* lutar, e isso não deveria estar me fazendo questionar essa situação toda?

A neve fica mais espessa à medida que vamos chegando perto de Pleasant Hill, caindo em grandes flocos no para-brisa para se somar à exuberante camada branca que cobre o chão e as árvores fora do carro. Noah fala muito pouco durante a viagem toda, e fora leves arquejos e gemidos baixos, eu também não sou exatamente o retrato de alguém a fim de conversar. A necessidade de me transformar é mais proeminente agora, aquele retesamento na minha pele piora a ponto de parecer que ela pode rasgar a qualquer segundo. Não é nada que eu já não tenha experimentado; afinal de contas, uma metamorfa no cio significa ser mais o lado animalesco, mas não consigo me lembrar de ter sido tão extremo antes. Tudo em relação a esta vez parece diferente e quase inteiramente novo.

Isso me faz pensar nas consequências com que Noah estava tão preocupado. Quer dizer, quando consigo formar um pensamento racional. Metade do tempo parece que estou vivendo num estado nebuloso de delírio que torna difícil me lembrar de onde estou.

— É logo depois dessas árvores — Noah diz em algum momento. — Você está bem?

Acho que assinto.

— Ainda está doendo.

Sinto então a sua mão, leve como uma pena, roçando na minha têmpora. É impressionante como esse toquezinho é capaz de me fazer sentir tão melhor.

— Você ainda está queimando. — Escuto-o murmurar. — Eu deveria ter cuidado de você antes de a gente sair.

"Cuidado de você."

Só de pensar nisso me dá arrepios, porque sei que *cuidar de mim* significa me tocar, me preencher, dar ao meu corpo tudo o que ele está implorando nesse momento.

Pisco com as pálpebras pesadas quando tenho um vislumbre de uma estrutura escura se destacando contra a neve branca ao emergirmos através de uma mata de pinheiros grossos e cobertos de neve. Ergo a cabeça com dificuldade para espiar o alojamento que é só um pouco maior do que uma cabana, e em nada melhor. A madeira está desgastada, o gradil quebrado em alguns lugares e umas telhas parecem partidas no telhado, como se pudessem cair a qualquer momento.

— O Hunter realmente precisa fazer uma manutenção — Noah resmunga. Ele olha rápido para mim. — Desculpa, já faz um tempo que não venho aqui.

Balanço a cabeça.

— Está ótimo.

Quando estacionamos, a porta da frente do chalé se abre para revelar um homem grande que compete em altura com Noah, mas é de alguma forma impossivelmente mais largo — seu cabelo escuro é de uma cor parecida, mas extravagante e encaracolado, fugindo de seu gorro cinza-escuro. Os traços parecem com os de Noah em vários aspectos; a boca é tão carnuda quanto, mesmo escondida atrás dos pelos escuros, e assume a mesma expressão que Noah tanto gosta, levemente irritada.

— É o seu primo?

Noah fica tenso quando meus olhos pousam nele, com a boca caída e os olhos duros. Sua garganta sobe e desce ao virar a cabeça para olhar para mim, com os olhos escuros e reticentes.

— Fica aqui — ele diz, menos um pedido e mais uma ordem. — Não sai do carro.

— Tá bom.

Ele volta a olhar para o primo, que nos dá um rápido aceno da varanda, soltando fumaça ao respirar.

— O Hunter também é alfa. — A voz dele parece mais tensa. — Eu não quero… — Ele balança a cabeça. — Não quero que ele sinta o seu cheiro assim.

— Tenho certeza de que ele não faria…

— Você não faz ideia de como está o seu cheiro agora, Mackenzie — Noah rosna. — Precisei de cada centímetro de força de vontade a viagem toda para não encostar esse carro e dar um nó em você no banco de trás.

Um arfar me escapa, e ao ouvi-lo Noah pisca, e sua expressão muda para uma leve surpresa.

— Desculpa — ele diz apressado. — Eu... — Ele se vira para a frente, fechando os olhos enquanto seus dedos apertam o volante com força. — Por favor, fica aqui.

"Ah."

Há um latejar entre as minhas pernas e sinto um fiozinho de umidade escorrendo pela minha calcinha. As narinas de Noah se dilatam, e isso faz algo estranho comigo, saber que ele *sabe*. Que ele pode sentir o quanto eu o quero agora.

— Eu vou ficar — digo suavemente.

Ele assente rígido.

— Obrigado.

Eu o observo sair do carro, fechando bem o casaco enquanto segue pela neve para encontrar o primo na varanda. Noah ainda parece meio confuso enquanto conversam, e há um momento em que Hunter vira a cabeça para olhar para mim através do para-brisa, e a intensidade de seus olhos me faz estremecer.

"Os genes dessa família, te juro."

Noah parece tudo menos feliz com a curiosidade de Hunter, tudo em relação a sua postura grita que ele está desconfortável com outra pessoa tão perto de mim agora. Sobretudo alguém como Hunter.

E por que isso é tão agradável? Isso me faz me sentir aquecida de uma forma que não tem nada a ver com o cio, o calor repercutindo só no meu peito como uma pedra quente que se assentou ali. É verdade que o comportamento de Noah durante todo o tempo tem sido bem possessivo e diferente, mas venho dizendo a mim mesma que é só uma reação dos seus hormônios aos meus. Nada mais do que seus instintos alfa entrando em atividade e até em exagero, já que nunca foram de fato usados. Porque não pode ser nada mais do que isso... pode?

Ainda estou ponderando isso quando Hunter entrega um molho de chaves a Noah antes de dar um tapinha no ombro dele, e vejo a boca de Hunter se erguer em um sorrisinho torto antes de ele descer correndo as escadas em direção a um velho Bronco verde-escuro estacionado na lateral do alojamento. Noah o observa ir embora, com a mesma expressão tensa no rosto, com a mesma boca numa linha dura. Mesmo tão agitado quanto parece, observá-lo faz eu me sentir ainda mais corada, se é que isso é possível, minha respiração fica superficial à medida que o retesar na minha pele piora. Meu corpo inteiro está gritando para eu ir para junto dele, parecendo saber que Noah pode nos dar exatamente o que queremos. Nesse momento, sabendo que estamos sozinhos, nada parece tão importante quanto o médico grande e agitado descendo os degraus do alojamento atrás de mim.

Não me mexo enquanto ele encurta a distância entre o alojamento e a porta do passageiro, esperando que ele abra a porta e se incline para me olhar e soltar a respiração que estou prendendo.

— Pode vir agora.

"Porra."

Eu estremeço inteira. O jeito como meu cérebro está interpretando não é o que ele quis dizer, mas isso não me impede de precisar fechar as pernas com força. Noah estende a mão numa espera silenciosa, e ela parece fresca na minha pele febril quando seguro a dele. Seu polegar acaricia minha palma devagar, para a frente e para trás, e então ele me puxa para fora do carro e me ajuda a ficar de pé, enquanto, com as pernas bambas, me apoio nele. Mesmo no ar frio, está quente entre nós dois, e sinto, através das minhas roupas, a mão de Noah completamente aquecida na minha lombar.

— Vamos entrar — ele cantarola. — É só você e eu agora.

A vertigem que isso me faz sentir com certeza é perigosa, dado o que nós somos, mas saber disso não adianta nada para me impedir de senti-la. Nem um pouquinho.

Eu o observo montar uma espécie de estação de cio de emergência na cômoda de madeira do quarto; parece que Noah pensou nisso muito mais do que eu, se for para me basear nas garrafas de água, nos lanches ao alcance da mão e nas toalhas. Dá para ver como ele está estressado — como se pudesse estar temendo deixar alguma coisa passar —, com a mão em cima da boca e a testa franzida enquanto provavelmente confere mentalmente qualquer outro detalhe que a gente possa precisar. Eu quase poderia rir; só Noah seria capaz de ser tão calculista durante um momento como esse.

Meu estômago aperta quando pondero o quanto ele pensou em mim, em *cuidar* de mim, mas essa confusão é algo com que não posso lidar agora.

— Não tem mesmo mais ninguém aqui?

Noah se vira para me olhar.

— Hunter foi ficar com a tia dele, Jeannie. Já que os negócios não estão mais como costumavam ser... — Seus olhos estão fogosos agora. — É só você e eu.

— Uau — respondo com uma risada estrangulada. — Um alojamento de esqui inteirinho para férias sexuais. Que romântico.

Noah não ri.

— Como você está se sentindo?

— Bem, no momento — digo a ele com sinceridade. — A dor de cabeça não está tão ruim, e não sinto que minha pele está como que pegando fogo, principalmente.

— O seu cheiro ainda está — ele passa os lábios um no outro — muito denso.

Não consigo evitar; nesse momento de clareza me vejo muito curiosa.

— É mesmo muito difícil de aguentar?

— Não é... fácil — diz Noah. — Na verdade, é difícil pra cacete.

E por que isso me deixa ainda com mais vertigem? Eu *gosto* do fato de Noah admitir que está ficando meio louco por minha causa? Sem dúvida esse parece mais o jeito "complicado" de fazer as coisas. Então mais uma vez parece que tudo em relação a nós dois tem sido complicado nos últimos tempos. Quanto mais avalio a questão, mais ela meio que me assusta pra caramba. Não posso me permitir interpretar muito, sabendo que ele vai embora dentro de um mês mais ou menos. É exatamente o tipo de cenário que eu queria evitar quando concordei com a farsa. O mesmo cenário que parecia *impossível* quando concordei com a farsa. Não fico com vertigens por homens que conheço há tão pouco tempo. Droga, não fico com vertigens por homens, e ponto-final, na verdade.

Então, por que o jeito como Noah olha para mim me faz me sentir tão fogosa? É meu cio? Ou outra coisa?

— É difícil ficar perto de você também — eu meio que sussurro. — O seu cheiro está muito bom.

Suas mãos se contraem nas laterais do corpo.

— Está?

— O seu cheiro sempre foi bom — respondo com sinceridade, as palavras saindo da minha boca quase fora do meu controle. — É calmante. É como estar na neve, mas... também é quente.

— Quente — ele repete, com os olhos acariciando meu rosto.

Eu concordo.

— Ou pelo menos... faz eu me sentir quente.

— Sério — ele diz com brandura. Noah cerra os punhos de novo, depois dá um passo, e sinto a respiração em meus pulmões ficar presa como se tivesse esquecido como sair do meu corpo. — Sabe o que o seu cheiro faz comigo?

Ele dá outro passo, e a distância entre nós é diminuta agora, dado o jeito como estou oscilando na beira da cama, me inclinando para a frente para tentar diminuí-la ainda mais.

— Não.

— Ele faz eu me sentir como se eu não tivesse controle — ele solta, batendo os pés nos meus enquanto enrodilha o corpo para fechar as mãos nas laterais da minha cintura. — E eu sou muito bom em manter o meu controle.

Engulo em seco.

— O que mais?

— O que mais... — Ele se inclina, o nariz roçando no meu pescoço para me cheirar enquanto tenho um calafrio. — Agora que sei qual é o seu gosto, qual é a sua *sensação*, o seu cheiro me faz lembrar de tudo. — Sinto uma quase pressão dos seus lábios na glândula odorífera na base da minha garganta, e se eu já não estivesse sentada, meus joelhos provavelmente estariam arqueados. — Os barulhos que você faz quando estou dentro de você. — Sua língua oscila no mesmo lugar e eu arquejo de leve. — O seu gosto quando você goza na minha língua. — Tenho que fechar os olhos. Não tenho certeza se seria capaz de ter imaginado Noah falando comigo assim, mas não posso dizer que não gosto. — Como você é macia pra caralho quando está esparramada na minha cama, atada no meu nó.

— Noah — me queixo, sentindo aquele cio crescendo de novo, obliterando a pouca calma que eu estava sentindo.

— É isso que você quer, Mackenzie? — Os dentes roçam minha pele, e tenho que agarrar sua camisa só para me manter estável. — Você quer o meu nó?

Eu me contorço debaixo dele, toda a razão indo pela janela e caindo na neve.

— Noah, eu...

— Consigo sentir o cheiro de como você está molhada — ele rosna. — Eu sempre consigo. Você sabe como isso me deixa louco, o fato de saber que isso é para mim? Que *eu* deixei você assim?

Ele tem razão; minha calcinha está praticamente toda encharcada, e cada centímetro da minha pele parece retesado a ponto de queimar. Na verdade, *eu* sinto como se estivesse queimando. Queimando desde o interior.

Deixei a mão vagar, as pontas dos dedos roçando na sua camisa enquanto descem até a porção de pele à mostra na bainha. Quando o seguro mais por baixo, consigo *sentir* o quanto ele quer me dar o que está me oferecendo, seu pau se esforçando contra a calça jeans e quente mesmo através do tecido. Eu sei como ele vai estar agora, como vai me levar a picos de prazer que quase poderiam ser dor, de tão intensos — e eu quero isso, *sim*. Nesse momento não há nada que eu queira mais.

— Porra — Noah sibila enquanto o aperto através do jeans. — Você me deixa louco, Mackenzie.

— Eu também fico meio louca — sussurro.

Respiro fundo quando uma cãibra me atravessa, uma explosão de calor como uma corrente elétrica correndo debaixo da minha pele faz eu me sentir como se estivesse pegando fogo. Solto um som penoso quando Noah se afasta de mim, seus olhos parecendo escuros de excitação, mas com uma expressão de preocupação enquanto pressiona a mão na minha bochecha.

— Você precisa... — Sua respiração está entrecortada, deixando óbvio que não sou a única afetada aqui. — Você precisa se transformar — ele diz, quase decepcionado. — Logo.

Posso sentir sua decepção como um reflexo da minha própria, porque não quero exatamente ceder aos instintos básicos da minha biologia agora, não se isso não envolver Noah me comendo nessa cama até que o fogo desapareça.

Mas eu sei que ele está certo.

— Você pode... — Engulo, mas minha garganta parece seca. — Você pode ir comigo?

Noah ergue o meu queixo, o polegar deslizando devagar pelo meu lábio inferior antes de correr através dos meus dentes e pressionar minha língua. Não posso deixar de lamber a parte macia, o que é recompensado com um som estrondoso vindo do fundo do peito de Noah, sua boca se abrindo com uma respiração entrecortada.

— Eu não vou a lugar nenhum — diz ele. — Enquanto a gente estiver... — Ele cerra a mandíbula, e há aquela mesma selvageria em seus olhos que só consigo vislumbrar em momentos como esse. Eu sei que ele não está se sentindo normal agora, consigo sentir como está afetado pelo que está acontecendo comigo, só que por mais estranho que pareça, em vez de ficar com medo, tem uma emoção desconhecida atravessando o meu corpo. — Enquanto a gente estiver aqui... você é minha, Mackenzie.

Meu eu racional ainda está preocupado, tudo isso é um disparate hormonal.

Meu eu irracional não dá a mínima.

16.

Noah

Faz muito tempo desde que me transformei, e a neve fresca nas minhas patas é uma sensação acolhedora enquanto corro sobre ela, seguindo o rastro de Mackenzie. Só tive um vislumbre dela antes de saltar para a linha das árvores depois de tirar as roupas, só um lampejo da pelagem loira antes de ela desaparecer na floresta. É claro que com o cio iminente ela está mais sintonizada com seus instintos do que eu, sobretudo considerando o tempo que não os uso.

Os inibidores previnem de fato a vontade de me transformar, assim como disse a Mackenzie há algumas semanas, mas correr assim faz eu me perguntar por que não optei por fazer isso antes, de qualquer maneira. Desse jeito, as preocupações do trabalho e da minha vida pessoal parecem mais distantes, ficando só o cheiro de Mackenzie no ar e a forte vontade de me aproximar dela.

Eu a avisto numa clareira, o sol filtrando por entre as árvores e lançando um borrifo de luz em sua pelagem, e percebo que ela está simplesmente ali parada de quatro, me esperando. Ela é menor do que eu, mas não menos forte, acho. Seus olhos âmbar são penetrantes e as orelhas estão erguidas, atentas, enquanto ela me observa se aproximar. Ela tem a cabeça baixa junto do chão como se estivesse pronta para fugir a qualquer momento. O que ela está fazendo?

Lanço um ganido para ela, me perguntando se existe uma chance de ela não me reconhecer em seu estado primitivo, e ela bufa contra a neve, abrindo e fechando a mandíbula em resposta. Mackenzie se vira no mesmo lugar para se eriçar um pouco enquanto me observa de perto, e assim que me movo para me aproximar, ela volta a pular tão rápido quanto suas patas podem levá-la por entre as árvores, me deixando intrigado. Ela se afasta mais uns trinta metros, só para parar, se virar e olhar para mim de novo, fazendo aquela mesma pose em guarda que está começando a parecer de certo modo um desafio.

"Ela está brincando comigo."

Mesmo nessa forma, quase consigo ver seu sorrisinho provocador, quase consigo ouvir sua voz doce fazendo algum insulto só para me provocar e me irritar, para que ela possa rir da minha reação. Minha pelagem se eriça na expectativa do seu jogo, chutando um pouco de neve e lançando minha cabeça para trás para emitir um som de alerta, a avisando que estou pronto para jogar. Sua reação bufando e o movimento de sua cabeça parecem inabaláveis, e eu raspo a pata na neve, baixando a cabeça enquanto me preparo para me lançar.

Parece que estamos numa época diferente; o que estamos fazendo parece uma reminiscência de uma era em que nossa espécie vivia em matas como essa, onde caçávamos nossa comida e reivindicávamos nossas parceiras em uma dança parecida com esta. E com meu rombencéfalo no comando agora, essa é uma ideia agradável.

Eu não me mexo até que ela volta a decolar, lhe dando uma pequena vantagem antes de colocar de vez minhas patas no chão e ir atrás dela. Corro até meus músculos queimarem, a leve ferroada estranhamente agradável. Assisto a seu corpo ágil serpear por entre as árvores como se ela tivesse nascido nessa mata, garantindo que pegá-la não vai ser uma tarefa fácil. Isso não me desanima em nada; na verdade, a dificuldade só me faz querer pegá-la ainda mais. Só faz esse nosso jogo mais prazeroso.

Deixo os pensamentos humanos se esvaírem para abrir espaço para a parte mais básica do meu ser, deixando o alfa movimentar meu corpo como se eu estivesse caçando Mackenzie. Como se ela fosse a presa que quero provar — e, de certo modo, suponho que seja. Porque mesmo transformado consigo sentir o cheiro de como cada instante a afunda mais no cio, e aqui em meio à neve seu cheiro está sem dúvida *maduro* para ela ser possuída. Sei que quando eu a levar de volta para o alojamento ela vai estar quente, molhada e com desejo, e só de pensar no jeito como ela vai estar atada ao meu nó me faz de fato *uivar* de expectativa.

O som faz Mackenzie parar mais adiante, e eu derrapo na neve a apenas uns dez passos dela enquanto recupero o fôlego. Consigo ver nos seus olhos um vislumbre da necessidade que eles apresentavam antes, ver uma fagulha de sua parte humana praticamente implorando para eu a possuir. Escuto um farfalhar atrás de nós que me faz virar com um rosnado, desviando os olhos de Mackenzie para alertar qualquer intruso que possa estar nos perseguindo, só para me deparar com um pássaro alçando voo entre as árvores. Bufo de irritação ao me virar de novo, me dando conta de que não vejo Mackenzie em lugar nenhum enquanto uma onda de pânico pulsa dentro de mim.

Meu alfa me faz circular enquanto viro para um lado e para o outro tentando avistá-la, sentindo um pavor cada vez maior por tê-la perdido, ainda que logicamente eu saiba que ela deve estar em algum lugar próximo. Eu me viro no mesmo lugar e solto um ganido de preocupação, ainda capaz de sentir o seu cheiro, mas sem conseguir vê-la.

"Para onde é que ela foi, porra?"

Pode ser porque estou tão em pânico que não a escuto se aproximar; talvez seja o sangue correndo nos meus ouvidos que esconde seus passos quando ela se aproxima por trás, o que quer dizer que não sei que ela está perto de mim até que esteja realmente *em cima de* mim. Seu corpo se choca com o meu enquanto rolamos, a força é tamanha que nos manda os dois de volta para a forma humana, deixando nossos corpos nus emaranhados na neve.

Sua pele está ruborizada, sem dúvida ainda quente demais por estar em sua outra forma, e o cabelo loiro e macio está indomável em volta do rosto, tão indomável quanto seu olhar quando ela me encara do alto. Suas coxas estão coladas dos dois lados da minha cintura para me manter preso junto ao chão, e posso dizer na mesma hora que eu estava certo, que ela está toda encharcada por minha causa, se a umidade no meu umbigo for alguma indicação.

— Te peguei — ela praticamente ronrona, com os seios se erguendo no ar gelado.

Corro as mãos sobre suas coxas, vendo-a estremecer com o meu toque. Ela está pegando fogo agora, já não perto, mas sem dúvida completamente no cio, embora eu saiba que o ar vai deixá-la doente se não for controlado.

— Você vai ficar com frio assim.

— Hum-hum. — Ela se inclina para a frente, seus mamilos roçando no meu peito enquanto prendo a respiração, seus lábios pairando junto dos meus enquanto se curvam num sorriso. — Então você provavelmente deveria me manter aquecida.

Já estou meio pronto para tomá-la aqui mesmo na neve, mas dado que ela se afasta de mim só para se transformar mais uma vez — eu não tenho chance. Faço a mesma coisa momentos depois, e me dou conta de que quando ela corre, está correndo pelo caminho por onde viemos, de volta para o alojamento. Ela para só por um momento no alto do monte, acenando com a cabeça na direção de onde viemos, num convite silencioso, como se me desafiasse a ir pegá-la.

E é exatamente isso que pretendo fazer.

Em toda a minha vida adulta, nunca senti um desespero como esse.

Mesmo quando a ponho em segurança no quarto que escolhemos, sinto ânsia de amarrá-la para que ela não possa fugir. Cada célula do meu corpo implora por ela, tonto por causa do seu cheiro e inebriado com seu gosto enquanto minha língua se emaranha na dela. Seu corpo está quente, meus quadris são incitados inconscientemente contra ela enquanto a cabeça do meu pau desliza sobre sua barriga, deixando um rastro pegajoso. Por mais estranho que pareça, tenho um desejo distante de marcar ela inteira assim, para que ninguém mais ouse tocá-la.

Ela anda de costas até que suas pernas encostem na cama, e é muito fácil erguer seu corpo pequeno, jogá-la no meio do colchão para que eu possa me arrastar para cima dela. Minha boca nunca deixa o seu corpo, nem por um segundo, minha língua e meus dentes sentindo o gosto de cada centímetro dela que consigo alcançar enquanto ela se contorce debaixo de mim.

— Está queimando — ela sibila enquanto minha língua banha o intumescimento de seu peito. — Está doendo, Noah.

— Shhh — eu a acalmo, girando minha língua em volta do seu mamilo enquanto meus dedos acariciam sua barriga. — Vou fazer isso melhorar.

Está uma loucura entre as suas pernas, a umidade escorrendo para cobrir suas coxas e as cobertas e a minha mão enquanto penetro meus dedos na abertura molhada. Ela geme quando empurro dois para dentro, e eles entram facilmente, fazendo um som lascivo que ressoa nos meus ouvidos a cada vez que entra e sai devagar.

Ela rebola os quadris, se esfregando na minha mão, enquanto seus dedos se emaranham no meu cabelo, e solto um gemido no seu mamilo quando ela dá um puxão, suas unhas arranhando meu couro cabeludo em uma ânsia silenciosa para que eu me apresse. Se não me senti normal nas vezes em que a masturbei antes disso — agora me sinto uma outra pessoa completamente diferente. Minha racionalidade e minhas preocupações sobre o que poderia acontecer depois foram por água abaixo, e no lugar existe apenas a necessidade bruta de dar a ela tudo o que está me pedindo.

Envolvo minhas mãos na sua cintura, a virando de barriga para baixo sem aviso, e ela faz um barulho de surpresa, se contorcendo no meu aperto.

— Noah, o que você está…

— Ergue os quadris — peço, puxando a sua cintura. — Eu quero ver você.

Suas pernas estão tremendo tanto que tenho que ajudá-la a erguer a bunda para o alto para expor a parte mais quente dela, meu sangue latejando ao ver a umidade escorrendo pelas coxas como se estivesse me provocando para lambê-la.

Acho que ela é pega de surpresa quando faço exatamente isso, pressionando a língua na parte de trás da sua coxa, limpando a linha fina e clara de umidade com a língua até que possa fuçar entre as suas pernas. Ela faz um som distorcido junto do colchão enquanto lambo suas dobras, enfiando minha língua dentro dela só para depois tirá-la para fora e acariciar o botãozinho inchado do clitóris, que está praticamente latejando agora.

Consigo sentir o gosto do seu cio; como mel e sexo líquido, e tudo isso é o bastante para garantir que estou ensandecido por ela. Eu a como esfomeadamente, meus lábios e minha língua percorrem sua carne macia enquanto minha mão se curva debaixo de sua barriga para encontrar o clitóris e esfregar a ponta dos meus dedos nele. Ela recua surpresa para junto do meu rosto quando começo a brincar com o clitóris, e eu a seguro ali, lambendo-a como um animal faminto enquanto trabalho no botãozinho sensível com os dedos.

— No-Noah — ela suspira, com a parte inferior tremendo. — Noah, eu... *ah*. Eu...

— Alfa — eu praticamente rosno contra ela, fazendo mais pressão no clitóris com meus dedos. — Quero que você me chame de Alfa.

Não soo como a minha pessoa, não me *sinto* como a minha pessoa — mas o Noah normalmente calmo e sereno parece ter ficado em segundo plano, incapaz até de lutar contra os instintos básicos que me incitam agora. Aquele Noah não tem chance nenhuma contra a ômega fogosa e flexível que está implorando pelo seu toque.

Eu deixo minha língua deslizar para dentro dela de novo, me deleitando com o grito agudo que isso arranca dela.

— Alfa.

A palavra faz meu sangue se agitar, faz partes de mim que nunca conheci se contorcerem e uivarem de prazer. Consigo senti-la tremendo inteira agora, ouvir seus dedos dos pés estralando e sua respiração ficando presa, e sei que ela está perto. Posso sentir seu cheiro. Consigo *sentir* na minha língua. Fecho os olhos enquanto corro a língua por essa porção dela, nunca cedendo, incapaz de fazer isso até sentir ela se despedaçando na minha boca.

E quando isso acontece, não tenho alívio, como achei que teria. Quando ela se dissolve em uma loucura de tremor, sussurrando meu nome enquanto sua umidade jorra na minha boca, aquele uivo por dentro só piora, só suplica por mais.

Não sou delicado, não como teria preferido ser, quando me ergo de joelhos. Minhas mãos em seus quadris são brutas demais quando a puxo de volta contra mim, a palma da minha mão pesada demais ao segurar sua bunda no lugar só para eu poder esfregar o comprimento quente do meu pau contra o centro úmido dela. Ela não me dá nenhuma indicação de que se importe, parecendo sim o *acolher* — mas então há um lampejo de lucidez na nuvem do fogo, que me deixa parado, ainda que eu esteja a apenas alguns segundos de me enterrar dentro dela.

— Eu preciso que você tenha certeza — gemo, meu alfa rosnando em protesto por ter parado. — Preciso que você tenha certeza de que quer que eu faça isso. Se eu atar você agora... — Inspiro com dificuldade. — Não sei se vou conseguir parar.

Sinto os dedos finos de Mackenzie se esticando para tocar os nós dos meus dedos, esfregando um círculo reconfortante enquanto seu rosto se volta do colchão para me olhar.

— *Por favor*, Alfa — ela sussurra, rouca. — Por favor, me dá o seu nó.

Sibilo um praguejar quando ela se lança contra o meu pau, rebolando os quadris tentadora para ressaltar sua vontade. Passo minha mão na parte baixa das suas costas enquanto impulsiono os quadris para me encaixar na entrada, prendendo a respiração enquanto observo a cabeça inchada do meu pau deslizar para dentro e desaparecer centímetro por centímetro. É fascinante vê-la se esticar em torno de mim — seu corpo tenso e quente e úmido me levando para dentro como se ela tivesse sido *feita* para mim. Solto um som sufocado quando a base ligeiramente inchada do meu nó desaparece, para me deixar totalmente enraizado lá dentro, sabendo que logo ele vai inchar, que ela vai tomar tudo que eu puder dar e mais.

E essa é a ideia que me obriga a me mexer.

Posso ver *tudo* assim — incapaz de arrancar meus olhos da visão do seu corpo se abrindo para mim de novo e de novo, e posso ouvir palavras que nunca pronunciei jorrando da minha boca, como se estivessem esperando por ela.

— Olha só você — rosno. — Olha como tomou bem o meu pau.

— *É* — ela geme. — Desse jeito mesmo.

Bato meus quadris contra ela, golpeando por dentro com um pouco mais de força.

— É disso que você precisa? Você precisava do nó do seu alfa?

"Não o alfa dela", uma vozinha sussurra ao longe. "Não o dela."

Eu ignoro a voz completamente.

— Fala — rosno. — Fala que você precisa do nó do seu alfa.

— Eu... *porra*. — Seu rosto se afunda nas cobertas enquanto ela solta um som ininteligível. — Eu preciso... *por favor... preciso do seu nó, Alfa*.

— Boa menina — murmuro, descendo a mão por sua coluna.

Seu cabelo parece mais escuro, pingando de suor, grudado na pele das têmporas e nos ombros. A boca de Mackenzie está entreaberta e intumescida e vermelha quando ela vira o rosto para encostar a bochecha com força no colchão, e quando seus olhos se abrem batendo os cílios, quando encontram os meus — as íris âmbar quase parecem *fulgurar* com o brilho que lançam.

— Vou fazer com que isso melhore — determino, os golpes da minha pele contra a dela ecoando no ar. — Vou dar um nó nesse seu corpinho lindo até você não aguentar mais.

— Hum-hum. *É* — ela arfa, seus dedos se curvando nos cobertores para agarrar o tecido. — *Isso que eu quero*.

— Tão bonita, porra — consigo dizer com os dentes cerrados. Meus cílios tremulam enquanto a pressão no meu pau se avoluma a níveis insuportáveis. Consigo sentir o meu nó já começando a engrossar, ficando cada vez mais difícil meter dentro dela a cada impulso. — Você é perfeita, Mackenzie. Sabia? Perfeita pra cacete.

— Noah, eu...

Ela grita quando enfio mais fundo, a cabeça do meu pau deslizando no lugar mais sensível dentro dela enquanto ela se agita em torno de mim. Consigo sentir como ela está quase lá na respiração irregular e em como seus membros tremem, e simplesmente enlaço sua cintura para meus dedos deslizarem entre suas pernas e brincarem com o botãozinho de nervos ainda sensível ali.

— *Porra* — ela sibila.

Faço círculos rápidos no clitóris, sentindo-a travar em torno de mim a cada golpe dos meus dedos enquanto sua voz sai numa loucura distorcida do meu nome e de *Alfa* e de *por favor* e todos os tipos de declarações obscenas. Tem tanta umidade dela escorrendo entre nós que o barulho da minha pele colidindo com a dela é molhado e pastoso, e consigo sentir minha barriga se contraindo quando a pressão no meu pau chega ao ponto de inflexão, mal conseguindo segurar enquanto espero para senti-la se soltar.

Mal consigo, e me solto só alguns segundos depois de senti-la se desintegrar em torno de mim, praticamente rugindo de alívio enquanto meto o mais fundo que posso e dobro meu corpo em torno do dela, enquanto o doce prazer do alívio me toma. A sensação do seu corpo aceitando o meu nó é indescritível, como todas as coisas boas que já senti atadas em uma só, enquanto me tranco dentro dela, garantindo que Mackenzie não possa estar em nenhum outro lugar a não ser bem aqui comigo.

Mesmo depois, quando o uivo do meu rombencéfalo se acalma de leve, quando abre espaço para alguma aparente racionalidade, ainda não consigo me preocupar com nada. Com toda a minha conversa sobre consequências e ter cuidado... No momento, só consigo me concentrar em como ela é *gostosa*. Como está *certa*. Ela se aconchega em mim depois, seu corpo se ajustando ao meu como se fosse projetado para isso. Lanço meus braços em torno dela com força enquanto acaricio seu cabelo, meu peito subindo e descendo pesado junto de suas costas.

Quando escuto sua respiração se estabilizar, me dizendo que ela caiu num sono tranquilo — dou um beijo no seu cabelo, puxando-a impossivelmente para mais perto, como se tivesse medo de que ela não esteja ali quando eu acordar se não o fizer. Fecho os olhos e tento me forçar a descansar também, sabendo que isso é só o começo, e que vai haver mais desse frenesi pela frente — mas na minha cabeça há um zumbido de alguma coisa que quer se fazer conhecida, algo que tenho feito de tudo para ignorar, acho.

Porque com Mackenzie nos braços assim... estou me dando conta de que não quero soltá-la.

17.

Mackenzie

Os ÚLTIMOS DIAS TÊM SIDO UM BORRÃO de suor e sensações — e hoje não é nada diferente. Na névoa do meu cio, tudo dá a impressão de estar longe e também impossivelmente próximo, meus sentidos sobrecarregados e meu corpo em constante estado de prazer e dor ardentes.

E Noah tem estado aqui a cada segundo.

Não consigo me lembrar de uma época em que tenha sido assim, em que tenha parecido que *precisava* de alguém como preciso de Noah — e a cada hora que passa, em que dou mais de mim para ele, uma ansiedade cresce em meu rombencéfalo, como um parasita, alimentando minhas ações, me deixando necessitada. Eu me agarro a ele durante o sono e quando estou acordada, e cada segundo que ele não está dentro de mim parece uma tortura. O que, para falar a verdade, não tem sido muito frequente.

Meus olhos estão bem fechados para que eu consiga me concentrar no que estou sentindo — minhas coxas abertas em cima do seu colo enquanto monto nele, seus dedos afundando nos meus quadris para me ajudar a me embalar em cima do seu pau. Meu corpo está tão coberto de suor quanto o dele, e o quarto inteiro a essa altura é uma mistura dos nossos cheiros se transformando em alguma coisa nova, alguma coisa inebriante.

Suspiro quando o polegar dele encontra o meu clitóris para brincar ali, ainda sensível do orgasmo que ele me deu apenas alguns minutos atrás. Tenho que agarrar os seus ombros enquanto minha cabeça se curva para a frente, tentando acompanhar o ritmo dos meus quadris enquanto rebolam no seu pau.

— Olha só você — ele cantarola, correndo o polegar entre minhas pernas, de onde escapa um jorro de umidade. — Você está fazendo uma bagunça danada.

— Me... *ah*. Me desculpa, eu...

Ele se ergue dos travesseiros para dar beijos na minha mandíbula.

— Não se desculpa — ele murmura. — Eu estou gostando.

Ele está assim desde que a gente chegou aqui; usa palavras e faz os elogios mais obscenos que já ouvi da boca dele, e aparentemente as minhas partes mais primais adoram isso pra cacete. Sua voz sussurra coisas sacanas neste quarto isolado só para fazer nós dois tremer, quase tanto quanto o seu toque.

— Estou quase lá — gemo.

Seu polegar continua a girar esfregando meu clitóris, sua outra mão se curvando na minha bunda para apertar enquanto ele começa a corresponder às minhas estocadas.

— Você pode me possuir de novo?

"O nó dele."

Estou praticamente viciada nele agora. Por melhor que fosse antes, agora — quando meu cérebro inteiro parece estar funcionando só por instinto — seu nó pode muito bem ser um coquetel de tudo que já tive de bom. A sensação dele me enchendo até dar a impressão de que não tem mais espaço, como se eu fosse *arrebentar* com ele — é um prazer que ultrapassa o sexual e se assenta bem no fundo dos meus ossos, como se o meu corpo estivesse *por fim* conseguindo o que sempre desejou. O que é *necessário*.

É isso que significa ser o que nós dois somos?

E como não tem espaço para constrangimento no meu estado atual, não hesito em me enrodilhar nele quando me dá vontade, de pressionar minha língua na glândula quente e latejante de seu pescoço, que tem um gosto tão puro de Noah. Chupo sua pulsação até que ele geme, até que seu pau começa a inchar como se ele fosse gozar sem mim.

— Eu quero, Alfa — sussurro, rouca, mordiscando de leve sua pele sensível. — Eu quero você.

Minha cabeça gira quando começo a balançar os quadris para acompanhar o ritmo dele, cada ondulação deixando o pau deslizar nos lugares mais sensíveis dentro de mim e desencadeando um jorro de faíscas na minha barriga. Tem uma pressão deliciosa que aumenta a cada balanço de seus quadris, e sei que quando ele finalmente ceder vai haver aquela euforia doce que vem ao conseguir exatamente o que meu corpo precisa.

Aperto minhas coxas com força nos seus quadris enquanto tudo se torna quase insuportável, tão perto que consigo praticamente sentir o *gosto*, e quando finalmente chega, quando *eu* chego — é um alívio por toda a parte, um desanuviamento no meu corpo inteiro como se cada parte de mim estivesse enroscada antes.

Faz tempo que descobri que gosto de como Noah goza, como os seus olhos se fecham e a sua boca cospe palavrões alto e seus braços me abraçam apertado — tudo isso satisfazendo partes de mim que eu nem sabia que existiam. Seu nó incha como já aconteceu uma dúzia de vezes, e ainda é tão estonteante quanto da primeira vez. Talvez ainda mais agora. Eu não consigo mesmo ter certeza.

Desabo junto dele depois, meus membros pesados e meu corpo exausto, contente em ouvir o martelar forte do seu coração enquanto nós dois recuperamos o fôlego. Sinto seu dedo passeando pelas minhas costelas de um lado para outro, me fazendo tremer, seu nó pulsando prazerosamente dentro de mim enquanto Noah me abraça.

Eu me sinto mais consciente dessa vez, minha mente menos embaralhada com o brilho do que acabamos de fazer, e dá para dizer que não temos muito mais tempo nessa escapadela frenética.

— Acho que está começando a passar — murmuro no peito dele.

Ele não diz nada, mas consigo senti-lo tenso junto de mim, e então sinto um beijo suave no cabelo enquanto ele me incita, calmo, a descansar.

Não sei o que ele está pensando, não faço ideia se esses dias juntos foram ou não só uma comichão que nós dois estávamos coçando ou se tem alguma parte dele que está se sentindo conflituosa, assim como estou começando a me sentir.

E o pior é que... só agora está me batendo o quanto estou com medo de saber a resposta.

Quando acordo, é com a sensação de um pano gelado e úmido na minha clavícula, o tecido fresco como o paraíso contra minha pele febril. Sorrio de leve abrindo os olhos, observando Noah enquanto ele tira o pano, olhando para mim com preocupação.

— Você estava suando — diz ele. — Não queria que você ficasse doente.

Esse mesmo peso quente se assenta no meu peito, e eu seguro um sorriso mais largo enquanto me levanto exausta, me encolhendo.

— Meu Deus, estou toda dolorida.

— Desculpa — Noah diz, culpado. — Está muito ruim?

Eu balanço a cabeça.

— Não. É uma dor boa.

Dá para dizer que isso o agrada, mesmo que tente esconder.

— Que bom — ele murmura.

— Quanto tempo eu dormi?

Ele dá uma olhada no telefone na mesa de cabeceira.

— Umas seis horas. Mais ou menos. Você dormiu um bocado direto dessa vez.

— Ah, bem. — Dou de ombros. — Isso é... bom, certo?

— Provavelmente significa que o seu cio está quase passando — ele observa, parecendo quase... decepcionado?

Será que estou imaginando?

Tento algo leve.

— Tenho certeza de que você está enlouquecendo por não poder trabalhar — provoco.

Noah não deixa passar e responde, enquanto sustenta meu olhar com uma sinceridade que faz meus lábios se abrirem de surpresa.

— Eu não quero estar em nenhum outro lugar.

— Ah — digo baixinho, sem saber o que mais acrescentar.

232 *Lana Ferguson*

Esses sentimentos calorosos estão mudando de lugar no meu peito como brasa ardente, o calor pesado como uma fogueira esperando para ser acesa. Fui eu quem garantiu para Noah que a gente poderia ficar juntos desse jeito sem complicar as coisas — que esse adendozinho ao nosso acordo não seria nada além de nós dois realizando os desejos um do outro, sem qualquer vínculo. Eu *acreditava* nisso quando disse essas palavras.

Então, por que é que me sinto tão incerta agora?

— Estou muito feliz por você ter vindo comigo — recomeço, um pouco mais alto do que um sussurro. Parece que não consigo encontrar minha voz agora. — Estou feliz que tenha sido você.

Noah não diz nada de imediato e, quando o espio, percebo que ele está me estudando, os olhos se movendo pelo meu rosto e os lábios apertados com força, como se estivesse tentando encontrar as palavras certas. Sinto uma tremulação de ansiedade na barriga com o que ele pode estar tentando falar; ele vai me dizer que tudo isso entre nós está ficando difícil demais? Que a gente deveria colocar um ponto-final? Eu *quero* que ele diga essas coisas? Meus sentimentos estão tão confusos, *ainda mais* com as consequências obscuras do meu cio minguante, e parece que não consigo definir uma única emoção em que me concentrar.

— Eu também. — Ele decide por fim, e não consigo discernir nada a partir dessas duas palavras.

Assisto a Noah se levantar da cama, ficar de pé e atravessar o tapete até a cômoda do outro lado do quarto. Ele vestiu uma cueca boxer — que deixa pouco para a imaginação quando se trata de sua bunda definida, que é quase capaz de me deixar com inveja —, mas sobretudo vejo meus olhos seguindo os traços fortes nos músculos das suas costas, traços cor-de-rosa espalhados aqui e ali do que presumo serem minhas unhas. Olhar para eles me faz corar, e esse calor se espalha pelo meu peito e desce à medida que traz à tona lembranças de tudo o que a gente fez nos últimos dias.

Ele pega uma garrafa de água da cômoda, trazendo-a de consigo enquanto se senta do lado da cama de novo e, com uma expressão preocupada, estende a mão para me entregar a garrafa.

— Você está precisando — ele insiste. — Quase não comeu nada hoje no café da manhã e eu praticamente tive que te obrigar a beber alguma coisa.

— Tá bom, mãe — rio, pegando a garrafa. Abro e tomo um bom gole, virando uma grande parte do conteúdo antes de recolocar a tampa e segurá-la para ele ver. — Feliz?

— Sim — ele diz sem expressão. — A última coisa que a gente precisa é que você fique desidratada.

Isso me faz rir mais.

— Uau, seria ótimo explicar isso. Noah Taylor fodeu com todos os meus nutrientes.

— Eu... provavelmente poderia ter sido um pouco melhor ao cuidar de você.

— Oi? — Fico séria, me afastando da cabeceira, levando o lençol comigo e o mantendo enrolado no peito (o que parece quase bobo, dado tudo o que o Noah viu). — Noah. É sério. Meus cios não eram fichinhas antes, mas esse... — Faço uma careta. — Teria sido uma bela de uma merda sem você. Tipo, completamente terrível. Foi ótimo como você cuidou de mim.

Vejo um pouco da tensão no seu rosto se abrandar quando ele balança a cabeça de leve. Dá para dizer que ele andava preocupado com isso e que precisava se tranquilizar. Com tudo que vi dele nos últimos poucos dias, posso sem dúvida presumir que é uma coisa de alfa. Sobretudo se me basear nas ânsias estranhas de agradá-lo que senti enquanto estamos aqui.

— Que bom — ele responde calorosamente. — Fico feliz.

Estou percebendo que essa é a conversa mais longa que a gente teve em dias, e isso é só mais uma prova de que meu cio está acabando. Saber disso com certeza me deixa inquieta, porque esses sentimentos incertos estão voltando para o meu cérebro, chegando ao meu subconsciente para fazer eu me perguntar sobre todo tipo de coisas desnecessárias. Coisas como: "O que a gente vai ser depois disso?" e "Será que eu ainda quero ser alguma coisa?".

Eu me dou conta de que durante toda essa linha de raciocínio o estou encarando, bem quando noto que ele está olhando para mim do mesmo jeito. Eu queria saber o que ele estava pensando, queria poder decifrá-lo apenas o suficiente para me ajudar a entender meus próprios pensamentos confusos, mas tudo que posso ver no rosto de Noah é o azul-claro dos seus olhos, a linha marcada de sua mandíbula, a curva macia dos lábios — todas as coisas que fazem ficar difícil desviar os olhos dele. Quando o conheci, eram simplesmente coisas bonitas de ver, mas agora apenas uma olhada basta para me dar um frio na barriga. Quando foi que essa porra aconteceu?

— Mackenzie — ele diz de repente, me fazendo dar um pulinho.

Encontro seu olhar, descobrindo um calor nos seus olhos que faz o frio na minha barriga aumentar. Dá para ver que ele quer dizer alguma coisa, posso praticamente ver as palavras na ponta de sua língua e, por algum motivo, estou *desesperada* para saber o que é. Sejam os hormônios, este lugar ou só o próprio Noah — todo o meu ser parece *depender* de seja lá o que ele está prestes a falar.

Então é surpreendente quando ele não diz nada, mas só por um instante, já que ele se inclina para roçar os lábios nos meus. Aquele furor que sempre vem depois do beijo dele parece menor agora, e no lugar há uma queimação lenta e fundida que começa logo abaixo do meu umbigo e se espalha mais fundo até latejar no meio das minhas pernas. Parece impossível que eu ainda possa ficar excitada depois da quantidade de vezes que estivemos juntos só *hoje* — e ainda assim as pontas dos seus dedos na minha pele são como faíscas de eletricidade, e sua boca na minha é doce como vinho, também me deixando tonta.

Sinto seu dedo se enganchar no lençol em cima de mim para tirá-lo, a palma da mão cobrindo meu peito e depois o apertando suavemente. Ele captura meu suspiro na sua língua quando o polegar brinca com meu mamilo, e eu inconscientemente me arqueio na sua mão para alcançar mais do seu toque.

— Você é tão macia — ele murmura na minha boca. — Tão bonita.

Minha cabeça tomba para trás quando sua boca vagueia, me regozijando com a sensação dela no meu pescoço, na minha clavícula, mais abaixo para segurar meu mamilo. Sua língua roda lá antes que ele o chupe mais, e a sensação vigora meu âmago, me fazendo querer mais.

— Noah — eu solto.

Sua mão corre na minha barriga, os dedos se curvam no meio das minhas pernas para deslizar para dentro de mim. Estou constrangedoramente molhada só com isso, e o som de seus dedos entrando e saindo de mim é obsceno e alto, e no entanto eu só consigo me preocupar em como ter *mais*. Ele está sem pressa agora, o ritmo frenético ao qual me acostumei já se foi há muito tempo, e Noah parece ir com calma de propósito.

Ele enfia os dedos lá dentro devagar, apenas para tirá-los no mesmo ritmo tortuoso, para repetir tudo outra vez, enquanto provoca e mordisca meu mamilo até minha pele formigar inteira. Não consigo decidir se quero que ele continue fazendo isso, continue me provocando nesse ritmo que parece pensado para me deixar louca, ou se quero implorar para que ele siga com isso, que me dê mais do que só a sua mão.

Seu corpo cobre o meu à medida que ele me toca, seus ombros largos são o lugar perfeito para as minhas mãos enquanto eu o mantenho junto de mim. Ele lambe debaixo da ondulação do meu peito, fazendo pressão com os dentes, e minhas costas se curvam quando solto um grito leve, como se estivesse pegando fogo de um jeito que não tem nada a ver com o meu cio.

Então é quase penoso quando ele para, quando tudo termina de repente com ele levantando a cabeça para me olhar com os olhos vidrados, e estou arfando em protesto, me inclinando para encontrar o seu olhar.

— Vai num encontro comigo — diz ele, apressado.

Pisco, ainda nervosa e frustrada por ele não estar mais me tocando.

— O quê?

— Um encontro de verdade — diz ele.

— De verdade... — Recuo, tentando entender o que ele está pedindo. — Mas... vai complicar. Você não queria complicar as coisas.

— Mas elas já estão — ele diz, firme, sem tirar os olhos dos meus. — Já está complicado. Pelo menos para mim.

E toda aquela preocupação e toda aquela incerteza voltam a desabar, todas as razões que tive para mantê-lo a uma distância segura erguem a cara feia para se fazerem conhecer. Eu não acredito nessa bobagem de destino; na verdade, rechaço isso completamente — afinal de contas, isso enlouqueceu o meu pai e me deixou sozinha, então tenho todos os motivos para rejeitá-lo, para evitar perdas e perceber que essa coisa boa que estávamos tendo acabou.

Mas o meu coração ainda está palpitando, e aquela pedra pesada e quente ainda está rolando no meu peito, impossível de ignorar, e estou me dando conta de uma vez de que posso estar com mais medo de dar as costas como se nada disso tivesse importado do que estou de arriscar alguma coisa para ver se importa *sim*.

— Um encontro de verdade — repito, atordoada. — Mas e Albuquerque?

— A gente dá um jeito — ele responde na mesma hora, sem uma sombra de dúvida. Diz isso como se fosse fazer de tudo para que a coisa funcionasse, mesmo que não tenha ideia de como. — Só diz *sim*.

— Noah, você tem certeza de que quer...

— Eu quero — ele me corta. — Acho que nunca tive a menor chance de só tocar em você e simplesmente ir embora.

Não posso fingir que isso não desperta aquele mesmo frio na barriga que pode estar assentando sua própria residência permanente, e apesar de toda a prudência e de todas as razões pelas quais eu deveria dizer não... sinto meus lábios se curvando num sorriso, tendo que me inclinar e encostar a minha boca na dele só para não deixar que aquele sorriso se espalhe a níveis constrangedores.

— Tá bem — murmuro junto da sua boca. — Um encontro de verdade.

Noah não esconde minimamente o sorriso, seus lábios se curvam largo só por um momento antes de cobrirem os meus com um grande beijo. Eu me derreto nele enquanto sua língua corre pelo meu lábio inferior, se abrindo enquanto ele rasteja um pouco mais na cama para me cobrir inteira. Suas mãos estão menos pacientes agora, descendo pelas minhas costelas até meus quadris, onde ele me aperta, afundando um joelho entre as minhas pernas para abri-las, enquanto agarro sua cueca para baixá-la.

Seu pau balança livre pela minha barriga, e seu gemido vem na minha língua quando eu o cerro, apertando devagar antes de bombeá-lo até a base.

— Enlaça as pernas em volta de mim — ele diz com a voz grossa.

Não hesito, cruzando os tornozelos atrás da sua cintura e arfando quando sinto a cabeça grossa do pau se encaixando na minha entrada, prendendo a respiração enquanto ele empurra devagar para dentro para me preencher. Fecho os olhos para tentar me concentrar na sensação do meu corpo se alargando em torno dele, e assim que faço isso, Noah empurra os quadris para a frente, me preenchendo completamente enquanto fico sem ar.

— Abre os olhos — ele insiste. — Quero ver exatamente como ficam quando está comigo dentro de você.

É uma luta manter meu olhar alinhado com o dele enquanto ele começa a se mover — os últimos pingos de meu cio fazendo a sala rodar um pouco enquanto me apego à minha racionalidade. Noah escora a mão perto da minha cabeça enquanto se apoia num antebraço, girando os quadris sem parar e criando um ritmo constante. Estou sensível demais por causa de todas as vezes anteriores, já sentindo aquela pressão quente inchando bem no fundo a cada vez que seu pau desliza para dentro de mim. Aquele calor no meu peito está brotando para fora — preenchendo cada parte de mim até que eu não seja nada além de calor, o ápice de tudo bem no fundo, bem no fundo, onde aquela pressão iminente ameaça romper como uma represa prestes a ceder.

— Noah — arquejo, agarrando seus ombros e com certeza deixando mais marcas. — Noah, eu...

— Vai — ele bufa. — Goza para mim, Mackenzie. Preciso que você goze para mim de novo.

Meus cílios tremem enquanto ele rosna para eu ficar de olhos abertos, e mesmo com eles arregalados, minha vista embaça com meu orgasmo iminente, meu corpo ereto e tensionado como a corda de um arco, pronto para ser solto.

Sinto primeiro nos dedos dos pés, quando acontece, sinto subindo pelas pernas e pelas coxas e mais fundo como uma corrente zunindo — explodindo numa série de faíscas quando começo a tremer. Noah grunhe enquanto afunda com mais dificuldade agora, e a grossura lá dentro só aumenta o meu prazer, seu nó me tocando do melhor jeito possível enquanto trava no fundo, até ele não conseguir mais se mover. Sinto Noah estremecendo nas minhas mãos, sua pele tem espasmos em todos os lugares que encosto, como se estivesse supersensível, e acaricio devagar seus ombros enquanto meu corpo derrete igual à gelatina, quente e macio e satisfeito para além da medida.

Ficamos assim um tempo no silêncio, o vento soprando suave do lado de fora da janela e os sons da nossa respiração se misturando no ar. Ele ainda está dentro de mim quando ergue a cabeça um tempo depois, as pálpebras pesadas e os olhos azuis mais escuros, mais tempestuosos.

— Você vai precisar se transformar de novo — ele diz rouco, ainda soando um pouco sem fôlego. — Senão, pode se sentir desconfortável.

Beijo sua bochecha.

— Temos tempo de manhã. Antes de a gente voltar.

— Voltar — ele repete. Noah vira o rosto para descansar no meu peito. — Quão atípico seria eu dizer que não quero voltar para o trabalho?

— Terrivelmente atípico — digo, impassível. — Eu teria que presumir que você contraiu algum transtorno cerebral e começou a falar besteira.

Seus lábios se curvam, os olhos me espiam.

— Talvez eu tenha.

— Duvido — eu rio. — Ainda que o fato de você querer sair comigo faça muito mais sentido agora.

Ele dá uma mordidinha no meu peito e eu grito.

— Se isso for plausível — ele caçoa. — Então pode ser *você* com o transtorno cerebral. Talvez eu devesse te encaminhar para o andar da neurologia.

Não consigo deixar de dar um sorrisinho enquanto vejo seu cabelo escuro caindo nos olhos, fazendo-o parecer mais novo do que é — passando para a curvatura suave da boca e depois para a largura dos ombros, que ainda me dão a impressão de alguma forma de serem maiores. Ele é mesmo lindo para um Lobo Mau. A expressão irritada que ele sem dúvida faria quase compensa dizer isso a ele.

Balanço a cabeça, ainda rindo baixinho.

— Até parece.

— Talvez a gente deva dormir um pouco *de verdade* — diz ele, bocejando. — Sobretudo se eu tiver que te perseguir de novo de manhã.

— Estou com certeza ansiosa para fazer você comer poeira de novo — provoco.

Ele bufa, me enlaçando enquanto se aconchega mais perto.

— Eu deixei você ganhar — ele murmura.

— Claro que deixou — rio. — Então amanhã vou garantir que você nunca me alcance.

— Ah, eu vou te pegar — ele diz, parecendo divertido.

Reviro os olhos.

— Você acha?

— Acho — ele entoa de olhos fechados. — Não vou deixar você se afastar de mim, Mackenzie.

Minha pulsação acelera quando abro a boca, surpresa, mas Noah já está começando a cochilar, caindo num sono satisfeito como se não tivesse me surpreendido pelo menos umas dez vezes desde que a gente chegou aqui. Estou concluindo que *gosto* do calor estranho que vem das coisas mais íntimas que estão acontecendo entre a gente, mesmo que ainda seja um pouco assustador... Acho que talvez possa valer a pena, se eu der uma chance.

Inclino o pescoço para dar um beijo na testa de Noah, caindo de costas nos travesseiros à medida que o cansaço vai me invadindo.

— Talvez eu também não vá deixar você fugir de mim — digo para o nada.

18.

Noah

"O QUE É QUE A GENTE VAI FAZER quando voltar para o trabalho, Noah?"

Estou fazendo todo o possível para me concentrar no trabalho, mas é decididamente... difícil. Faz só quarenta e oito horas desde que eu e Mackenzie fomos embora do alojamento, e tive que engolir uma mensagem mordaz de Hunter *e* de sua tia Jeannie sobre o estado em que deixamos o quarto. Mas valeu a pena a conta que vão me mandar pela limpeza, eu acho.

Mackenzie parecia tão incerta quando subimos no meu carro para voltar, tudo no seu comportamento demonstrava uma agitação sobre o que iria acontecer quando chegássemos em casa. Não consegui encontrar as palavras exatas para explicar a ela como depois de só algumas semanas estou considerando virar todos os meus planos de ponta-cabeça — com medo demais de assustá-la. Mas ainda assim ela se derreteu no meu beijo e disse de novo que ia sair num encontro *de verdade* comigo quando tivéssemos outra noite de folga, e acho que isso é um começo, para dizer o mínimo.

Falei com o diretor do conselho do hospital em Albuquerque hoje de manhã, e foi estranho. Antes de tudo isso, eu mal podia esperar para ir embora daqui. A ideia de fazer as malas e me mudar para outro estado para começar do zero com a mente mais aberta era *empolgante* — e agora ela só me deixa incerto. É lógico, eu sei que o fato de estar tão incerto sobre o que quero fazer tem mil por cento a ver com Mackenzie e com essa coisa esquisita florescendo entre a gente, assim como reconheço que hesitar por essas razões pode acabar sendo um erro enorme. Então por que estou postergando, de repente pedindo ao diretor um tempo para ponderar sobre a oferta?

Talvez eu esteja mesmo enlouquecendo.

Balanço a cabeça enquanto volto a atenção para o meu laptop, clicando no meu e-mail para me deparar com uma mensagem do enigma em si. Meu sorriso é imediato, todo o meu corpo se alvoroça com a ideia de falar com ela, mesmo que seja desse jeito, e penso rapidamente que posso mesmo estar perdendo o controle.

> Duas pessoas me perguntaram hoje de manhã se você me levou para uma caverna nos últimos dias. Espero que a sua manhã esteja sendo um pouco menos irritante.

Dou um sorrisinho enquanto digito a resposta.

> Então, imagino que não tenha sido uma boa ideia insinuar que a gente fez uma viagem de espeleologia em paralelo?

Posso imaginar como ela vai revirar os olhos ao ler, posso praticamente ouvi-la rir, o que faz meu peito ficar apertado.

É sério. Será que *estou* perdendo o controle?

Sou distraído das minhas meditações por uma batida na porta, me erguendo na cadeira enquanto a maçaneta gira e a porta se abre para revelar uma cabeleira loira familiar espreitando ao redor.

— Ei — ela diz, e essa única palavra basta para fazer meu coração acelerar.

— Ei — respondo, vendo-a entrar com um saco de papel pardo. — Eu estava respondendo o seu e-mail.

— Provavelmente me escrevendo um poema, certo? Só se certifique de fazer uma analogia bem estelar para os meus olhos. Nada daquela besteira de "moedas brilhantes".

Meus lábios se erguem enquanto balanço a cabeça.

— Devidamente anotado.

— Trouxe o seu almoço — ela me diz, pousando o saco na minha mesa.

Minhas sobrancelhas disparam para o alto de surpresa.

— É mesmo?

— Não é nada de mais — diz ela quase na defensiva. — Só sei como você fica quando está ocupado, e você tem aquele cateterismo cardíaco mais tarde. — Ela dá de ombros. — Acho que depois de te roubar do hospital por três dias posso garantir que você não vá ficar com os dedos tremendo por causa do nível de açúcar baixo no sangue.

É uma coisa pequena, mas me deixa feliz que ela tenha pensado em mim, uma sensação de entusiasmo pelo simples saco de papel pardo que está na minha mesa agora.

— Obrigado.

— É só um sanduíche — ela diz, irreverente. — Só o bom e velho peru. Não fica muito animado.

Rio ao pegar o saco.

— Pode deixar que não vou interpretar muita coisa a partir do sanduíche.

— Muito bem — ela diz com um sorrisinho. — Não quero que você tire qualquer conclusão precipitada antes de a gente ir para aquele encontro.

Paro de abrir o saco.

— Conclusão precipitada?

— É — ela diz séria. — Tipo, que você vai poder se safar só com um sanduíche ou alguma coisa assim.

Minha sobrancelha se ergue.

—Ah?

— Eu sou um encontro caro, Noah — ela me diz diretamente. — Sou uma garota cinco estrelas.

— A sua comida preferida é sopa — lembro.

Ela faz um gesto desconsiderando.

— Sim, mas vou pedir a sopa *mais chique* — ela me garante. — Flocos de ouro no caldo, quem sabe.

— Ah tá — eu solto. — Claro.

Ela se senta na beira da minha mesa.

— Então, como está o seu dia?

— O meu dia?

— O seu dia — ela repete. — Você tem ouvido sussurros que vão desaparecendo sempre que entra numa sala?

— Fiquei a maior parte do tempo aqui — digo a ela com sinceridade. — Eu tinha muitas anotações de procedimentos para documentar. Brincando de me atualizar.

Ela se retrai.

— Que droga.

— Tudo bem. — Estendo a mão por sobre a mesa para colocar a minha sobre a dela. — É sério.

Ela fica ruborizada nas bochechas quando sorri suavemente, mas vira o rosto logo depois, então não posso ver.

— Mas é estranho, sim — ela observa. — Voltar. Parece que a gente ficou fora bem mais tempo.

— Sei o que você quer dizer — murmuro.

Não digo que eu não queria ir embora, sabendo que pode ser demais, rápido demais. A última coisa que preciso é espantá-la, quando acabei de conseguir que ela concordasse em considerar uma chance real nisso tudo.

Quando abro a sacola, reparo que só tem um sanduíche.

— Você não vai comer comigo?

Ela balança a cabeça.

— Tenho que voltar. A gente está com poucos funcionários hoje.

— Bem, agradeço por você ter reservado um tempo para me trazer um sanduíche medíocre, sem nenhum significado vinculado a ele — digo categoricamente.

Mackenzie solta uma risada.

— Ah, meu Deus, sarcasmo? Preciso escrever sobre isso no meu diário. Ninguém nunca vai acreditar.

— Você é uma má influência.

Ela pula da minha mesa e dá a volta, inclinando-se com a mão escorada no meu joelho. Meus lábios se abrem em expectativa só um instante antes de os dela tocarem os meus, e fecho os olhos desfrutando o peso do seu beijo, com uma suavidade ainda suficiente para me fazer querer muito mais do que só isso.

— Você vai superar — ela brinca ao recuar.

Eu engulo.

— Tenho a impressão de que você pode estar certa.

Ela se afasta como se não tivesse deixado a ideia de trabalhar ainda mais difícil — me mandando outro beijo quando para na porta da sala.

— Te mando uma mensagem quando sair.

— Está bem.

Tenho que ficar muito tempo parado na cadeira depois que ela vai embora da sala, lembrando meu corpo de que não pode ficar atiçado agora, não importa o quanto ele gostaria. Não consigo acreditar que algo tão simples como um beijo — mal um beijo, na verdade — possa ter feito meu coração disparar e minhas calças armarem uma barraca, mas meu corpo parece ter passado para um estado de necessidade constante quando Mackenzie está envolvida. É o céu e o inferno ao mesmo tempo.

Estou só começando a me resignar a terminar minhas anotações minutos depois, quando meu celular começa a vibrar na mesa, me animando na mesma hora como um chihuahua fanático com a possibilidade de ser Mackenzie, por mais improvável que isso seja. Não fico exatamente decepcionado quando vejo que é a minha mãe, mas meu fervor de um instante antes se dissipa de leve, e me repreendo por ser tão ridículo.

— Alô?

— Quando você vai trazer essa garota para jantar?

— Oi para você também, mãezinha.

— Noah Taylor. Eu vou até aí e te dar umas palmadas. Não ligo para quão grande você seja.

Fecho os olhos, me recostando na cadeira.

— Acho que não vou levá-la para jantar tão cedo. Ainda é muito… recente.

— Não tão recente, já que você anda fugindo do trabalho para o alojamento do Hunter e da Jeannie, ao que parece.

Fecho a cara.

— É ridículo que você saiba tanto sobre a minha vida pessoal, considerando o pouco dela que eu divido com você.

— Eu sei — ela bufa. — Imagina. A pobre da sua mãe implorando por migalhas sobre a sua vida para a Regina como um tipo de perseguidora. Você sabe quantas vezes tive que ouvir daquela mulher a lembrança da época em que ela conheceu a Roseanne Barr num bar há vinte anos? Ela acha *tão* bacana ter conhecido a Roseanne *Barr* num *bar*. E cá estou eu, tendo que passar por isso de novo e de novo, fingindo que estou achando engraçado só para ter a esperança de obter qualquer tipo de informação privilegiada sobre o meu filho, já que ele nunca...

— Tá, mãe. Entendi. Você é muito maltratada.

Ela bufa.

— Estou feliz por termos batido o martelo nisso. Agora me diz por que não posso conhecer a minha futura nora.

— Bem, você se referir a ela como a sua futura nora é um grande passo contra você.

— Oi? Quer dizer, você já está passando os cios com ela, então com certeza isso significa que você vai...

— Não vamos discutir os cios da Mackenzie.

— Está bem, está bem. Só quero conhecer a mulher por quem meu filho está todo zureta.

Quero contestar a suposição de que estou *zureta* pela Mackenzie, mas mesmo na minha cabeça parece um esforço esfarrapado.

— Bem, para começar, eu acabei de conseguir que ela concordasse em ter um encontro de verdade comigo — suspiro. — Sujeitar ela aos meus pais parece algo que vai espantá-la.

— Você faz a gente parecer uma espécie de tortura.

Uma risadinha me escapa.

— Você garante que não vai perguntar se ela quer filhos em algum momento do jantar?

— Bem, eu com certeza poderia tentar — minha mãe murmura, pouco convincente.

— Acho que você e a avó da Mackenzie iam se dar bem — digo, dando um sorrisinho.

— Eu me pergunto se a avó da Mackenzie tem que arrancar informações da neta como se estivesse arrancando um dente.

— Só... me deixa entender o que tá rolando entre a gente, tá? Contanto que ela não perceba que é muita areia para o meu caminhãozinho, tenho certeza de que posso arranjar um encontro entre vocês duas... em determinado ponto.

— Ah, fica quieto. Você é um peixão. Quando não está sendo um eremita ranzinza.

— Sua confiança em mim é reconfortante.

— Você teve alguma notícia do trabalho de Albuquerque?

Aperto os lábios e fico sério. *Tive* notícias deles — mas é uma coisa que não mencionei a ninguém, nem a Mackenzie. Sobretudo porque não tenho certeza do que quero fazer com a oportunidade. É bem provável que seja imprudente reconsiderar o meu futuro todo com base na possibilidade de *um único encontro*, mas como já concluí que a avaliação da minha mãe sobre eu estar *zureta* pela Mackenzie não é totalmente infundada...

— Tinha um e-mail deles quando voltei de Pleasant Hill — admito. — Eu... pedi mais tempo.

— Você ainda está considerando o trabalho?

— Eu... — Meus dedos batem distraídos na mesa enquanto minha carranca se aprofunda. — Eu deveria estar, não é? Não considerar uma oportunidade como essa só porque conheci alguém seria ridículo.

Não digo isso como uma pergunta, me dando conta de que estou falando mais comigo mesmo do que com a minha mãe.

— Alguém e *a pessoa* são duas coisas muito diferentes — minha mãe lança.

Minha voz sai mais suave, como se tivesse medo de dizer qualquer coisa em relação a essa possibilidade.

— Não tem como eu saber. Não em tão pouco tempo.

— Querido, eu conheço você desde que nasceu e posso dizer com segurança que o fato de estar tendo dificuldade com isso é uma boa indicação de que você pelo menos faz uma ideia.

Ela está certa. Eu sei que está. Eu, antes da Mackenzie, não pensaria duas vezes para dar uma alavancada na carreira, não importa o que isso significaria para a minha vida pessoal. É tudo com o que sempre estive preocupado. Mas na verdade... nunca tive mais nada com que *estar* preocupado.

— Eu fico com medo de ela... mudar de ideia em relação a isso tudo.

"Em relação a mim", eu não digo.

Minha mãe não responde na mesma hora, mas posso praticamente ouvi-la pensando do outro lado da linha. Por fim, ela suspira.

— É isso que é engraçado no amor, Noah. É apavorante e não existem garantias. A gente não se apaixona porque é uma coisa certa. A gente se apaixona porque o nosso coração não fala a mesma língua que o nosso cérebro. O seu coração não tem aquela vozinha que fica preocupada com os "e se". Ele vê alguma coisa boa e vai com tudo. Às vezes você só tem que ouvir o coração mais do que a cabeça.

Meus pensamentos tropeçam na palavra *amor*, porque isso também parece um conceito distante que não teria como se relacionar com o que quer que eu e Mackenzie estejamos fazendo. É muito recente. Tem que ser. Pelo menos... é isso que a minha cabeça está me dizendo. Eu me pergunto se a minha mãe está certa quando diz que eu deveria ouvir outra coisa em vez dela.

Sacudo a cabeça, me recompondo.

— Só preciso de um pouco de tempo para resolver tudo — digo com firmeza. — A gente nem sequer teve um encontro de verdade. É totalmente possível que dar uma chance a isso vá fazer com que Mackenzie veja que ela tem opções melhores do que um, como você disse, eremita ranzinza.

— Não faz isso — repreende minha mãe. — Não se esconde atrás das suas inseguranças. Eu sei que os alfas devem ser durões e insensíveis a tudo, mas nós dois sabemos que você manteve essa sua parte tão bem escondida durante todos esses anos porque tem medo de que alguém veja quem você realmente é e não goste do que viu. Você tem medo de deixar as pessoas se aproximarem.

— É só mais fácil — admito.

— É, bem — minha mãe diz. — Pode apostar que essa merda de amor também não é fácil.

Solto uma risada pelas narinas.

— Olha a boca.

— Eu sou a sua mãe — ela retruca. — Faça o que eu digo, não faça o que eu faço.

— Certo.

— Só tenta não ficar muito preocupado com isso — ela incentiva. — Tenho uma boa impressão de que essa sua Mackenzie pode surpreender você.

Não conto que ela me surpreende todos os dias.

— Está bem — respondo, com meus lábios subindo nos cantos. — Vou tentar.

— E traz ela para conhecer a gente logo, droga.

— Olha a...

— Tá, tá. — Seu tom fica mais suave quando ela acrescenta: — Eu te amo. Mesmo você sendo um eremita ranzinza.

Meu sorrisinho se abre.

— Também te amo.

Desligo o telefone, jogando-o de lado enquanto abro o laptop para procurar algum lugar para levar Mackenzie. Tenho todas as intenções de encontrar a droga da sopa mais chique que ela já tomou na vida.

19.

Mackenzie

— E este aqui?

Parker ergue os olhos da minha cama, onde está zapeando pelo TikTok, franzindo o nariz para o vestido que o namorado dele, Vaughn, segura na minha frente.

— Não gosto da cor.

— Você me deu ele de presente no meu aniversário — observo secamente.

— Dei? — Ele franze a testa. — Não tenho a menor dúvida de que a minha mãe deve ter escolhido para mim. Você sabe que não tenho olho para essa merda. Portanto — ele faz um gesto na direção do namorado —, eu trouxe reforços.

Bufo enquanto afasto Vaughn para o lado e volto para o meu armário.

— Achei que era para você ser bom nisso.

— Nem todas as pessoas queer têm bom gosto — bufa Parker. — Não me coloque numa caixa. Não podemos todos ser o Tan France.

— Ah, ele tem um estilo *ótimo* — Vaughn diz. — Eu deveria mandar você para aquele programa.

— Eu não sou hétero — responde Parker. — Obviamente.

— Querido, se isso tirar você dessas Levi's, estou disposto a ser flexível.
— O namorado dele ri.

Parker revira os olhos, murmurando algo sozinho enquanto Vaughn dá uma piscada na minha direção. Ele passa por mim para alcançar algo no fundo do meu armário.

— Ah, este é bonito.

— Não uso esse desde a faculdade — digo, fazendo cara feia. Pego o pretinho da mão dele, dando uma olhada no belo do decote. — Nem sei se tenho um sutiã que daria certo com ele.

Vaughn agita as sobrancelhas.

— Você sempre pode ficar sem.

— E deixar os mamilos dela falarem oi para todo mundo que cruzar com eles? — Parker nos olha, incrédulo. — Está nevando lá fora.

— Por favor, não fala sobre os meus mamilos — digo voltada para ele antes de tirar minha camisa pela cabeça.

Parker faz um som de descontentamento.

— Só porque não estou interessado nos seus atributos não quer dizer que eu precise ficar vendo eles toda hora.

— Você já me viu pelada um milhão de vezes — rio. — Imagino que você veja o meu corpo como alguém vê arte abstrata ou alguma coisa do tipo.

Parker ergue uma sobrancelha.

— Você acabou de se referir ao seu corpo como uma obra de arte?

— Ela não está errada — Vaughn diz, fechando o zíper.

Lanço um sorrisinho presunçoso para Parker.

— Pelo menos um de vocês dois tem bom gosto.

— Não a incentive — diz Parker, estalando a língua. — Ela vai ficar mais insuportável do que já é.

— Você me ama. — Eu mando um beijo para ele.

Vaughn me empurra para fora do closet para que eu possa me olhar no espelho.

— Ah, eu acho que é esse — ele diz, elogioso, enquanto me viro de um lado e do outro. — E realmente não dá para ver os seus mamilos com esse tecido.

— Mas que tragédia — Parker murmura. — O dr. Alfa vai ficar muito decepcionado.

— Eu deixo ele ver depois — digo, impassível. — Não se preocupa.

Parker faz uma careta.

— Que nojo.

O vestido está *mesmo* bonito, não dá para negar. O tecido preto e confortável cola nos meus quadris de um jeito atraente, e o decote profundo combina com os cachos suaves que Vaughn fez no meu cabelo e me dá uma energia bem sexy. Está muito longe dos uniformes e dos jalecos brancos, isso com certeza.

Mordo o lábio inferior.

— Você acha que ele vai gostar?

— Você deixou o cara te carregar para uma cabana de sexo por dias a fio e está com medo de que ele não vai gostar do seu vestido?

Disparo um olhar feio por sobre o ombro para Parker.

— Isso é diferente.

— Você vai se casar com o dr. Alfa, não vai?

Meu estômago se revira perigosamente e me volto para que nenhum deles veja como minhas bochechas ficam coradas.

— Não é assim. A gente só está indo para um encontro.

— Hum-hum — diz Parker, não parecendo convencido. — Só você poderia dar uns amassos com o maior cuzão que a gente já conheceu e fazer ele virar um dono de casa.

— Talvez a vagina dela seja mágica — matuta Vaughn.

Agora *eu* estou fazendo uma careta.

— Nada de falar sobre a minha vagina também.

Dou outra olhada geral em mim mesma, apertando as mãos na barriga para tentar aplacar os nervos que ainda estão agitados lá dentro. Já fui a muitos encontros só nesse ano, mas não consigo me lembrar da última vez que fiquei tão… ansiosa. Não consigo nem distinguir todos os meus sentimentos em relação à questão; acho que estou meio animada e meio nervosa pra caramba. O que é realmente bobo, levando em conta tudo o que eu e Noah fizemos, mas algo nessa noite parece mais real do que qualquer outra coisa que já aconteceu entre a gente.

"Acho que nunca tive a menor chance de tocar você e depois simplesmente ir embora."

Preciso morder o lábio só para não sorrir com a lembrança.

A voz de Parker me traz de volta para o presente.

— Que horas ele vem te buscar?

— É para ele estar aqui às seis.

— Você está meio em cima da hora, não é?

— Relaxa — digo. — Ninguém nunca chega na ho...

O barulho da campainha me faz estremecer. Não tem nenhuma boa razão para eu entrar em pânico, mas me volto para Parker com os olhos arregalados, passando dele para Vaughn enquanto me abaixo para apanhar meus sapatos.

— Vocês dois precisam se esconder.

— Oi? Por quê?

— Não quero que ele saiba que eu preciso de *ajuda* para me arrumar para um encontro! — Calço um sapato, pulando um pouco. — Estou tentando parecer "madura" aqui.

— Claramente, e você está fazendo um ótimo trabalho — Parker ri.

Vaughn o puxa da minha cama.

— Vamos, meu bem. A gente pode se esconder.

Parker olha para a minha pequena quitinete.

— Onde é que você sugere que façamos isso?

Vaughn aponta para a porta aberta do outro lado da minha cama.

— No banheiro?

— Se você acha que a gente vai simplesmente se enfiar no banheiro dela...

Vaughn puxa o braço dele de novo.

— Seja bonzinho, e eu te compenso mais tarde.

Assisto ao rosto do meu melhor amigo ficar ruborizado, das bochechas às orelhas, até a linha do cabelo.

— Tá — ele murmura. — A gente sai sozinhos depois.

— Nada de sexo na minha cama — censuro com uma risada.

— Urgh — Parker geme. — A gente não vai...

A campainha toca de novo e eu os mando ir enquanto Vaughn puxa Parker para o banheiro. Passo a mão no cabelo dando uma última olhada no espelho pendurado na parte de trás do armário, alisando o vestido e dizendo a mim mesma que não tenho por que ficar nervosa. Esse é só um encontro normal, e o Noah já me viu *inteira*.

Isso não quer dizer que a minha mão não esteja tremendo um pouco quando alcanço a maçaneta, segundos depois.

Não sei o que é mais esmagador, ver Noah ou sentir seu cheiro. Seus inibidores já são coisa do passado faz algum tempo, e a explosão total do seu aroma fresco e limpo é vertiginosa da melhor maneira. Ela desperta lembranças das suas mãos em mim e do seu corpo me cobrindo, e tenho que engolir um caroço cada vez maior na garganta enquanto assimilo o jeans escuro e o suéter preto macio que parece de modo suspeito com caxemira.

— Bem. — Abro um sorriso para ele olhando entre nós, percebendo como estamos vestidos de forma parecida. — Claramente, um de nós vai ter que se trocar.

Os olhos de Noah descendo por todo o meu corpo parecem um peso real, e sinto cada centímetro devagar como se estivesse correndo o dedo pela minha pele.

— Espero que não seja você — ele diz, tranquilo.

Um pequeno arrepio me perpassa e escuto um leve som atrás de mim que parece muito com um bufar. Pego rápido meu casaco, saio para o corredor e fecho a porta atrás de mim para me juntar a Noah.

— Você fica bem demais nesse suéter para ser você, então imagino que a gente vai ser *aquele* casal.

Meus batimentos cardíacos disparam quando me dou conta do que eu disse; é definitivamente cedo demais para nos chamar de *casal* de fato ou qualquer coisa, e apenas dizer essas palavras faz aquele caroço na minha garganta ficar um pouco maior. Só que Noah parece completamente imperturbável, estendendo a mão para enlaçar os dedos nos meus antes de levar minha mão à boca para dar um beijo nos nós dos meus dedos.

— Eu não ligo — diz ele naquele mesmo tom tranquilo.

Ele me puxa como se a gente não tivesse acabado de ter um *momento* de pura honestidade — e sigo atrás dele, tentando lembrar do que são palavras.

Tenho medo de que se Noah não fizer algo irritante — como mencionar modelos de trens neste encontro —, eu possa correr o sério risco de não conseguir tomar conta de mim mesma.

— Você não vai mesmo me dizer aonde estamos indo?

A noite está amena, para Denver; a temperatura está quente o bastante para que eu e Noah possamos andar pelas calçadas do centro sem tremer dentro do casaco. Ele ainda está segurando minha mão, algo que é sem dúvida novo para nós dois, mas como não fiz nenhum movimento para livrar meus dedos, tenho de presumir que gostei.

— Você vai ver num segundo. — Noah ri.

— Acho que agora seria um bom momento para dizer que eu não gosto de surpresas — resmungo.

— Até uma surpresa boa?

— Essa é a questão, como é que a pessoa pode saber? Alguém diz: "Ah, é surpresa", e a gente tem que simplesmente aceitar que vão, sei lá, fazer uma festa surpresa em vez de roubar o nosso rim.

A sobrancelha de Noah se ergue e seus lábios se contorcem.

— Eu tenho *sim* acesso imediato aos instrumentos, suponho.

— Uau. Você vai simplesmente admitir, é? Essa coisa toda foi uma armadilha elaborada para arranjar um rim — eu o reprovo. — Provavelmente não tem trabalho em Albuquerque. Só uns bandidos com quem você se envolveu no mercado clandestino que...

A gente estaca depois de dobrar uma esquina e, aninhados sob um pavilhão coberto. ladeado de arbustos bem cuidados, estão várias fileiras de pequenos food trucks, formando um quadrado com mesas dispostas no meio de tudo.

Ergo uma sobrancelha para Noah, que ainda está sorrindo de leve.

— Lembra quando eu disse que não sou um encontro barato?

— Acho que você vai abrir uma exceção — ele diz, seguro.

— O que é isso?

— Mercado de vendedores de alimentos da região. Eles fazem isso todo final de semana. Todas as cozinhas são diferentes, mas em geral existe um tema para os menus que propõem.

— Um tema?

— Hum-hum.

Sinto seu polegar deslizar nas costas da minha mão e penso comigo mesma que posso deixá-lo me alimentar com coisas do lixão se ele continuar fazendo isso.

— Consegue adivinhar qual é o tema desta noite?

Ainda estou distraída com o lento ir e vir do seu polegar.

— Hum… terça-feira dos tacos?

— Hoje é sexta-feira. — Ele ri.

— Só bota para fora. Eu te falei, surpresas são meio *blé*.

Noah puxa minha mão de novo e passo para o seu lado, enquanto ele me conta casualmente:

— É noite de sopa.

— Você está de brincadeira.

Noah explode numa risada, e o som dela faz meu peito ficar esquisito. Pode ser a primeira vez que já o ouvi rir desse jeito.

— Não estou.

— Ah, meu Deus. — Posso estar pulando de fato. — Vou comer uma de cada. Posso pegar uma de cada? Eles têm miniporções? Quero experimentar todas.

Noah parece incrivelmente satisfeito consigo mesmo e, admitamos, ele deveria estar. Ele puxa minha mão até a boca de novo para roçar os lábios no dorso dela em um movimento que está rapidamente se tornando viciante.

— Você pode pegar o que quiser.

— Tá bem — aviso, tentando não parecer tão sem fôlego quanto seu beijo inocente me faz sentir. — Não vai dizer que eu não avisei.

Noah só continua sorrindo, sem soltar a minha mão.

Tem onze tigelinhas de sopa na nossa mesa. Onze. Talvez eu deveria estar constrangida com isso, mas simplesmente não consigo sentir nada além de uma empolgação vertiginosa. Tem missô, pho, taco e até um pouco de gaspacho que eu estava morrendo de vontade de comer — e Noah parece contente em me deixar experimentar cada uma delas, lidando bem com meus gemidos exagerados e barulhos de prazer enquanto beberica de sua própria tigela de minestrone e dá uma provada ocasional em alguma coisa que o obrigo a experimentar.

— Eu não fazia ideia de que isso existia — digo por fim, depois de ele contar sobre um *stent* difícil que tinha colocado no dia anterior. — Como é que eu não sabia?

— É relativamente novo — Noah me diz, lambendo a colher toda num movimento que me faz sentir calorosa demais. Boto a culpa nos aquecedores externos que instalaram no pavilhão. — Eles começaram a feira tem só uns meses.

— Cuidado — provoco. — Isso se parece perigosamente com o destino. Noah sorri enquanto dá outra colherada.

— E a gente sabe como você fica com isso.

— Ei, só porque não existe não significa que não gosto de uma boa coincidência.

— Então, você... gostou? — Levanto o rosto e vejo uma centelha nervosa no olhar de Noah, vejo-o me olhar receoso, como se estivesse incerto. — Eu sei que você falou que não era um encontro barato, mas isso só pareceu uma coisa...

Estendo o braço sobre a mesinha para colocar a mão embaixo da dele — em parte para tranquilizá-lo e em parte porque estou muito rápido ficando viciada no peso dela —, lhe dando o que espero ser um sorrisinho tranquilizador.

— Estou adorando — digo, sincera.

Os ombros de Noah parecem claramente menos tensos depois de ele ouvir isso.

— Que bom. Eu ia odiar acabar como uma das suas majestosas histórias de terror.

— Ei, você ficou uma hora inteira sem mencionar nenhuma vez academia ou criptomoedas, então eu diria que você já está bem acima de qualquer um dos outros encontros que tive esse ano.

— Que bom — ele repete. — Eu queria... — Ele baixa o olhar para dentro da tigela, parecendo um pouco constrangido. — Eu queria que fosse perfeito.

Aquela coisa pesada no meu peito que se assentou lá desde que ficamos juntos no alojamento lateja como se quisesse se certificar de que não a esqueci, e fico um segundo apreciando como o Noah é *lindo* — algo que nunca imaginei que fosse pensar em se tratando do Lobo Mau do Denver General. Mas ele é, eu concluo. E não só do lado de fora. Isso me assusta pra caramba, mas também me faz sentir aquecida de um jeito que nunca me senti.

— E está — digo a ele. — Está perfeito.

O sorriso dele é lento e tímido e, em alguém do seu tamanho, deveria parecer ridículo. Só que ele faz a minha barriga esvoaçar, isso sim. Tenho que desviar os olhos antes que o meu coração pule do peito, e me concentro na sopa francesa de cebola que estou comendo para me distrair.

— Isso não parece estranho?

Noah inclina ligeiramente a cabeça.

— O que você quer dizer?

— É só que... — Fico mexendo a colher sem rumo, ainda sem olhar para ele. — Quer dizer, com o acordo todo que a gente fez, e então depois de todas as coisas que a gente fez... — Agora olho sim para cima quando seu cheiro de repente fica mais denso, e consigo perceber um lampejo no seu olhar que me diz que nesse exato momento ele está pensando em *todas* as coisas que a gente fez. Isso me faz fechar um pouco mais as coxas debaixo da mesa. — Eu só fico com medo que tudo isso vá explodir na nossa cara.

Noah não responde por um instante, parecendo pensativo. Então pigarreia.

— Acho que é um pouco estranho.

— Ah. — Eu me sinto murchar um pouco. — Tá.

— Mas — ele logo acrescenta, deixando os dedos deslizarem na palma da minha mão aberta até que seu dedo médio trace três círculos quase imperceptíveis no meu pulso. — Estou descobrindo que gosto um pouco de estranheza.

Meus lábios se curvam num sorriso.

— Ah, é?

— Mackenzie, eu... — Ele parece meio constrangido de novo, mas consegue sustentar o meu olhar. — Estou descobrindo que não tem muito que eu *não* goste em relação a você.

Aquela coisa quente e pesada dentro de mim poderia muito bem estar inflando para encher todos os cantos e fissuras do meu peito agora, e parece perigoso me permitir desfrutar dela, parar um momento para me deleitar com a sensação. Talvez seja perigoso, mas isso não me impede de fazê-lo de qualquer jeito.

— Mesma coisa — digo sem muita convicção. — Quer dizer, quanto a você também.

O sorriso dele realmente deveria ser ilegal, penso indolentemente. Estou quase me sentindo grata por ele só trazer isso à tona quando está perto de mim; se todas as outras pessoas soubessem como ele fica bonito quando sorri, eu poderia ter uma competição na mira.

"Nossa, Mack, você poderia muito bem estar escrevendo o nome dele no seu caderno com uns coraçõezinhos."

— Eu estava pensando — Noah diz, interrompendo meus pensamentos patéticos. — Nós dois estamos de folga nesse fim de semana.

Meu pulso acelera.

— É?

— É só que... no último fim de semana — ele pigarreia. — A gente não teve muito tempo para só... ficar tranquilos, acho.

Imagens lampejam na minha mente, em algumas estou implorando e ele dando tudo. Aperto com mais força as coxas uma contra a outra.

— A gente não fez isso.

— Eu estava pensando... Se você quiser, é claro. Sem pressão se você não quiser, mas eu estava pensando em como a minha casa fica mais perto do centro da cidade, e achei que se você não tiver planos... o que você deve ter, e tudo bem , mas se você não tiver, eu achei que...

Um homem gigante que tem essa cara e esse cheiro não deveria ser tão *adorável* assim quando está atrapalhado.

— Bota pra fora, Noah.

— Você poderia passar o fim de semana lá em casa — ele diz, apressado. — Se você quiser. Só para... passar mais tempo juntos. Ver o que a gente tem aqui.

— Quase parece que você está querendo me trancar no seu quarto e me seduzir — provoco.

Seus olhos escurecem ligeiramente, sua garganta subindo e descendo ao engolir.

— Entre outras coisas — ele diz devagar, parecendo meio surpreso por ter dito as palavras. — Mas… só queria passar mais tempo com você.

Meu peito pode de fato explodir com o jeito que não para de inflar. Tenho que levar minha tigela à boca e beber os últimos goles da sopa só para esconder o sorrisinho vertiginoso no meu rosto, me recompondo por um instante antes de pousá-la de volta na mesa e dar de ombros.

— Estou dentro, se você estiver — digo, mostrando muito menos entusiasmo do que estou sentindo num último esforço para manter a calma.

Noah parece aliviado, esfregando os lábios um no outro enquanto os umedece e atrai meu olhar para o movimento. Neste momento, quase consigo me imaginar jogando até o último gole de sopa que ainda falta eu experimentar na lata de lixo mais próxima, só para ir embora daqui mais rápido direto para o quarto de Noah.

Percebo então que posso estar em apuros de verdade.

20.

Noah

— Dr. Taylor?

Pisco, reparando na mulher de uniforme olhando para mim com expectativa.

— Hum?

— Você está bem? — Ela ergue uma sobrancelha para mim. — Você estava meio que... sorrindo para a cafeteira por um minuto inteiro. É um tanto esquisito, para ser sincera.

— Desculpa. — Meus olhos voam para o crachá dela. — Jessica. — Franzo a testa, seu nome me parece conhecido, mas não consigo identificar de onde. — Posso ajudar?

Jessica sorri.

— Estava procurando por você havia quase uma hora. Você ainda não assinou o prontuário do sr. Guzman.

— Ah. *Merda*. — Não é do meu feitio fazê-los esperar tanto tempo. — Desculpa, eu estava... distraído.

— Hum. — A enfermeira cruza os braços, parecendo menos irritada e mais... presunçosa. — Aposto que está.

— Perdão?

Ela faz um gesto dispensando.

— Se você puder só assinar isto aqui para mim, prometo que não vou te procurar aqui na salinha dos médicos de novo.

— Certo, certo. — Ajeito a gola do meu jaleco branco num gesto confuso. — Vou fazer isso agora mesmo.

Jessica ainda está sorrindo quando dá as costas, lançando a mão por sobre o ombro num aceno.

— Parabéns pela parceria, a propósito!

Isso foi… estranho. Sacudo a cabeça, tentando me recompor. Não é a primeira vez desde o último fim de semana que me perco nas lembranças de Mackenzie comigo durante um final de semana inteiro. O cheiro dela está nos meus lençóis, na minha cozinha e no meu sofá — e desde que voltou a dormir em sua casa, me pego sentindo falta da sua presença na minha casa cada vez mais. O que não faz sentido, já que saímos uma única vez *oficialmente*.

Acho que os funcionários pensam que posso estar à beira de algum tipo de surto psicótico. Já entrei numa sala mais de uma vez para suspender conversas e olhares arregalados — para não mencionar o quão histérica Mackenzie acha a questão de o hospital estar alvoroçado com o "dr. Taylor sorrindo pela primeira vez na vida". O que não pode ser verdade, acho. Com certeza já sorri antes de conhecer Mackenzie. Com certeza.

Desisto do café e volto para a minha sala para assinar o prontuário antes que Jessica, a enfermeira, venha me procurar de novo. Quando está feito, penso em mandar uma mensagem para Mackenzie, mas me pergunto se seria irritante enviar uma mensagem duas vezes numa manhã antes que ela tivesse tempo de responder. Dou uma olhada nos meus e-mails em vez de fazer isso, tentando me distrair de qualquer coisa que possa me fazer parecer mais obcecado do que já pareço.

Há um retorno à minha resposta duvidosa a Albuquerque pedindo mais tempo para pensar, me lembrando de que precisam de uma decisão da minha parte o mais rápido possível. Eu a ignoro, dizendo a mim mesmo que mais uns dias não vão fazer diferença. Posso discutir isso com Mackenzie em breve, acho. Agora que a gente está…

Fico pensativo, me recostando na cadeira. Me ocorre que a gente ainda não… definiu exatamente o que a gente é. Eu queria pensar que agora a gente está mais do que só fingindo, mas dada a minha falta de experiência no ramo do namoro... não posso ter total certeza. Talvez a gente também deva conversar sobre isso. Mesmo que essa ideia embrulhe meu estômago... vai que ela acha que é cedo demais? E se ela não estiver interessada em considerar a ideia de um relacionamento de verdade comigo depois de só uma saída e de um punhado de encontros íntimos?

É uma questão que vem me atormentando desde a noite em que saí com ela.

Solto um suspiro enquanto afundo mais na cadeira, fechando os olhos e me perguntando como é que me permiti cair num apuro desses. Os vínculos nunca foram a minha praia, e Mackenzie é a *última* pessoa com quem eu jamais teria me imaginado — então por que tudo nela me deixa o tempo todo no limite, contando os segundos até ouvir sua voz de novo, aproveitar o seu cheiro de novo, tocá-la de novo? Eu só consigo pensar nisso. Uma batida constante pulsando no meu cérebro: *Mackenzie Mackenzie Mackenzie.*

— Dr. Taylor para o quarto 807. Dr. Taylor para o quarto 807.

Eu me ergo, desconfiado. O oitavo andar está atualmente em reforma, o que significa que mal está sendo usado. Para que poderiam precisar de mim lá em cima?

Eu me levanto apoiando na mesa com um suspiro, pensando que isso pelo menos vai me distrair de mandar mensagens para Mackenzie de novo. Por sorte o elevador está vazio, e subo para o oitavo andar com uma ligeira curiosidade enquanto me pergunto o que poderia ter acontecido, esperando que alguém da equipe das reformas não tenha sofrido um acidente. Mas, se algo tivesse acontecido, eu imagino que o trariam para o meu andar, e não o contrário.

Saio do elevador e me deparo com mais espaço vazio, reparando nos equipamentos e ferramentas espalhados, mas também na distinta falta de trabalhadores. Metade das luzes do corredor estão apagadas; as do teto parecem estar com várias lâmpadas faltando, o que dá ao andar inteiro uma impressão meio assustadora. Eu me pergunto inutilmente se estão me pregando uma peça de algum jeito, o que me irrita. Bufo enquanto aperto o passo até o quarto 807, me preparando para dizer a alguém o que está passando pela minha cabeça se a pessoa estiver jogando meu tempo fora com algum tipo de piada. Sei que não tenho muitos amigos neste lugar, mas de verdade, isso é simplesmente...

— Mackenzie?

Seguro a maçaneta e tombo a cabeça de lado, me demorando na porta que acabei de abrir enquanto a observo. Ela está recostada numa das cadeiras médicas, um braço descansando acima dela no encosto de cabeça e o outro girando um dos cordões na cintura da calça.

— Olá, doutor — ela diz, maliciosa, com os cantos da boca se levantando enquanto abre um sorriso. — Estava te esperando.

Ainda estou muito confuso.

— Mackenzie, o que você está...

— Me disseram que você é muito recomendado — ela segue, erguendo uma sobrancelha para mim em expectativa. — E estou me sentindo *tão* mal.

Consigo sentir que estou franzindo a testa enquanto tento entender o que está acontecendo, mas então seu cheiro brinca debaixo das minhas narinas, quente, denso e *excitado*.

Ah.

Ah.

Engulo, fechando a porta e a trancando. Nunca fiz nada tão remotamente imprudente quanto o que ela parece ter planejado. O velho eu teria dado uma bronca nela por sugerir isso, mas nesse instante... Nesse instante, só consigo pensar em seu olhar enquanto seus olhos me percorrem. Como se ela estivesse pensando em mim tanto quanto eu estava pensando nela. Como se ela me *quisesse*. Ainda é novidade para mim ser desejado por alguém como ela.

— Olá... sra. Carter. O que a traz aqui hoje?

Seu sorriso fica mais iluminado, parecendo satisfeita consigo mesma.

— Estou com essa... dor que não vai embora.

Isso é tão ridículo, como uma cena saída de um filme pornô ruim, mas já consigo sentir meu pau ficando duro na minha calça.

Me aproximo, cerrando os punhos junto do corpo para não me lançar em cima dela direto, o que é extremamente difícil com seu cheiro florescendo no ar, fazendo meu sangue ferver.

— Mas que tipo de dor?

— Hum. Isso é que é estranho. Não consigo distinguir. Eu estava esperando que você pudesse me ajudar a encontrá-la.

"Santo Deus, essa mulher vai ser a minha ruína absoluta."

— Eu precisaria… — pigarreio, minha língua parece quase grossa demais. — Eu precisaria tocar em você para fazer um diagnóstico adequado. Tudo bem?

— Claro, doutor — ela praticamente ronrona. — Você que é o especialista.

Diminuo a distância entre nós, meus dedos brincando no osso do seu tornozelo de leve enquanto os deixo deslizar mais para cima por baixo da calça do uniforme.

— O que você sente?

— Está tudo bem — ela diz, ligeiramente sem fôlego. — Não tem nada doendo aí.

Estico hesitante a outra mão para deixar a ponta dos meus dedos roçar na tira de pele exposta entre a cintura da calça e a bainha da blusa, contornando com suavidade seu umbigo.

— E aqui?

— Talvez um pouquinho — ela solta, com os cílios tremendo. — Acho que está ficando mais quente.

Encosto um joelho na cadeira para meio que cobri-la, me inclinando até que meu nariz ladeie seu pescoço para que eu possa cheirá-la profundamente. Só o cheiro dela basta para me deixar com água na boca.

— E aqui?

— Aí… — Ouço seu arfar quando meus lábios tocam seu pulso. — Aí não dói nada.

— Não dói?

Ela balança a cabeça de leve.

— Na verdade aí está muito bem.

— Entendi. — Passo minha língua na sua pele, me deleitando com o jeito como ela treme. Saber que *eu* a fiz fazer isso. — Vou ter que continuar procurando.

— Por favor, doutor, me faça melhorar.

Sorrio junto do pescoço dela, incapaz de não sair do personagem.

— Você sabe que alguém pode chegar aqui, não é?

— Isto é um hospital, doutor — ela diz, pudica. — Tem gente em todo lugar. Não achei que seria um... exame demorado.

— Está me dizendo para eu me apressar?

— Só quero me assegurar de que vou ter o tratamento completo antes da sua próxima consulta.

Uma risada sem fôlego me escapa.

— Vou garantir que você o receba.

Empurro sua blusa mais para o alto para deixar a barriga à mostra, vendo-a subir e descer a cada respiração ofegante. Não consigo nem decidir o que quero fazer com ela — se a quero na minha língua, no meu pau ou apenas nas minhas mãos. Só sei que quero ouvi-la fazer aqueles barulhos doces que ela faz quando desaba.

— Vou sugerir uma coisa pouco... ortodoxa.

Ela morde o lábio inferior.

— Ah?

— Vou precisar que você se vire, sra. Carter.

— Me virar?

— Isso mesmo. Quero que você fique de joelhos para mim. Coloque as mãos no encosto de cabeça.

Observo suas pupilas dilatarem, seu cheiro ficando mais denso, e consigo sentir como ela está ficando molhada com a sugestão.

— Eu posso fazer isso.

Eu a ajudo a ficar de joelhos, a mantendo firme enquanto ela se vira, e quando Mackenzie curva as costas para agarrar o encosto de cabeça, com a curvatura perfeita da bunda empinada como uma oferenda, quase perco o controle.

Ela se vira para me olhar por sobre o ombro, a ponta da língua aparecendo para molhar o lábio inferior.

— Desse jeito?

— Assim está perfeito — eu digo, com as mãos deslizando por seus quadris. — Ótimo.

E ela é. Ótima. Ela é o sonho molhado embrulhado para presente de que eu nem sabia que precisava. Minhas mãos de fato tremem ao saber que vou tocá-la. Que ela *quer* que eu faça isso.

A cadeira é baixa o bastante para que eu possa me sentar com as pernas abertas, mesmo que minha posição pareça muito ampla, mas se eu levantar um joelho para deixá-lo descansar em um dos dela, consigo quase confortavelmente curvar o corpo sobre o de Mackenzie. Passo as mãos pelas laterais de seus quadris, me debruçando até poder dar beijos suaves em seu pescoço. Mackenzie se força contra mim quando meus polegares entram na cintura da sua calça, soltando um sonzinho de necessidade que faz meu pau ficar incrivelmente mais duro.

Passo a língua ao longo da glândula febril abrigada na curva do seu ombro, a mordiscando com os dentes enquanto baixo suas roupas.

— Você parece meio febril, sra. Carter.

— Pareço?

— Hum-hum. — A palma da minha mão desliza em seus quadris e desce, os dedos brincando onde o uniforme está amassado acima dos joelhos e ansiando silenciosamente que ela se ajeite para que eu possa tirá-lo. Quando ela está pelada da cintura para baixo, continuo minha exploração lânguida, passando os dedos pela parte interna das coxas até atingir sua parte mais quente. — Especialmente aqui. — Ela arqueja fundo quando aperto o polegar na sua entrada, já molhadinha para mim. — Aqui está doendo?

— Demais — ela suspira.

Aperto mais fundo, provocando-a com o polegar.

— Talvez eu possa te ajudar com isso.

— Pode?

A porra do *cheiro* dela. Faz meus olhos revirarem de tão denso, e em algum lugar nas partes com mais clareza da minha mente perdida na luxúria sei que não tem como não perceberem como a toquei se ela sair daqui com esse cheiro. A ideia deveria me deixar cauteloso, mas só consegue me deixar com ainda mais tesão. Percebo que *quero* que saibam que a toquei. Quero que todo mundo na droga do hospital saiba que ela é *minha*.

Fico imóvel, tentando controlar meus pensamentos acelerados. Minha respiração roça sua pele, e como se ela percebesse meu episódio passageiro, sinto sua mão se esticando por trás até seus dedos se enfiarem no meu cabelo.

— Você está bem?

Eu estou?

A ideia ainda está lá — algum desejo primal de marcá-la, *reivindicá-la* — para ter certeza de que nunca haverá dúvidas de que ela pertence a mim e que eu pertenço a ela.

E nesse momento... é apavorante pensar que posso estar sozinho nesse sentimento.

— Eu só... você tem certeza de que é uma boa ideia?

Ela vira o rosto para deixar os lábios roçarem no meu queixo, e vou fechando os olhos enquanto me delicio com a sensação.

— Fiquei pensando em você dentro de mim o dia inteiro. Você quer mesmo esperar que a gente não esteja em turnos contrários de novo para me tocar?

Mackenzie tem razão. Ela vai estar no turno da noite por mais cinco dias, e eu trabalho no oposto — o que quer dizer que vai haver só uma pequena janela em que nossos horários se sobrepõem e que vou poder vê-la no trabalho. A ideia de não estar dentro dela por mais cinco dias parece uma *tortura* absoluta.

— Não — admito, bruto. — Não quero.

— Para de se preocupar, dr. Taylor — ela diz, me tranquilizando, suas unhas arranhando de leve o meu couro cabeludo enquanto se esfrega em mim. — Só não me dá um nó e a gente vai ficar bem.

— Porra — gemo. Apenas a palavra *nó* em seus lábios basta fazer meu pau doer. Enfio meu polegar mais fundo dentro dela, aproveitando o pequeno gemido que ela deixa escapar. — Você quer meu pau? Bem aqui?

— Quero, porra — ela suspira, rebolando contra mim. — Vai, doutor. Me dá uma injeção.

Um tipo diferente de gemido me escapa.

— Você é ridícula.

— Você ama — ela ri.

"Pode ser que eu ame você."

Isso me impacta por inteiro, ameaçando me engolir como se o chão tivesse se aberto debaixo de mim, mas mando a sensação para longe. É cedo demais — tanto o sentimento quanto o momento para mesmo remotamente começar a cogitar a possibilidade de compartilhá-lo —, então me concentro no gosto de sua pele. Me concentro na sensação dela toda quente e molhada nas minhas mãos, praticamente implorando para que eu a possua. É a distração que preciso para manter os outros pensamentos preocupantes longe.

Vejo sua pele ficar toda arrepiada com o som forte do meu zíper descendo e preenchendo o espaço, e esfrego a palma da mão no meu comprimento quente através da cueca em busca de um alívio momentâneo. Alívio que eu sei que não vou alcançar até estar completamente enterrado nela. Nada mais se compara a ela. Mackenzie Carter me arruinou sem saber, e eu nem estou contrariado com isso.

Levo um instante para me livrar das calças e do jaleco — eu sei que sujar qualquer um dos dois vai ser uma revelação absoluta do que a gente fez aqui —, mas sou recompensado com um gemido baixo e arquejante que sai dela quando por fim deixo meu pau deslizar pelo vinco da sua bunda. As manchas do meu líquido pré-ejaculatório em sua pele a marcam bem como eu queria. Uma parte menos civilizada do meu cérebro espera que elas sequem ali. Que qualquer outro metamorfo que a encontrar hoje sinta meu cheiro nela.

Precisamos nos arranjar um pouco para eu me encaixar nela; Mackenzie desliza mais para baixo enquanto eu impulsiono os quadris, e ainda estou totalmente consciente de que isso é a coisa mais imprudente que já fiz, mas não consigo minimamente me importar quando sua umidade quente me envolve. Fecho os olhos enquanto enfio, me concentrando só na sensação dela em volta de mim, no deslizar fácil, enquanto seu corpo se abre, como se tivesse sido feito para mim. Como se ela tivesse sido feita só para mim. Parte de mim se pergunta se talvez ela não tenha sido. Não consigo decidir se é o meu cérebro ou os meus instintos ponderando essa ideia.

Assim consigo ver o jeito como ela se estica para me receber; consigo me ver desaparecer à medida que enfio mais e mais dentro dela. Agarro seus quadris para puxá-la para trás num movimento repentino que me empurra totalmente para dentro, e o grito assustado que ela dá se transforma num gemido baixo que posso sentir sob a pele.

— Você é tão gostosa — eu meio que balbucio, sentindo aquela névoa cada vez mais conhecida que vem de estar bem fundo dentro dela, cercado pelo seu cheiro, que me deixa louco. — Tão gostosa comigo. — Tiro devagar só para enfiar de novo. — Sempre me deixa te comer tão gostoso.

FAREJANDO O AMOR 271

— Noah — ela choraminga, estendendo a mão para raspar as unhas na minha coxa num apelo calado.

Sei o que ela quer; ela quer que eu pare de provocá-la, que aceite o que ela está oferecendo, mas nunca fui muito eu mesmo com Mackenzie. Não desse jeito. *Esse* Noah gosta dela implorando. *Esse* Noah quer se afastar só para meter de novo.

— Você quer mais? — Curvo meu corpo para que meus dentes possam mordiscar o seu lóbulo. — Foi você que me chamou aqui, Mackenzie. Quero ouvir você me dizer o que queria quando me chamou. Me fala como você queria o meu pau.

— Eu estava precisando dele — ela suspira. — Eu estava precisando de você.

— Você estava precisando que eu te comesse? Aqui? Você estava precisando tanto do meu pau que mal podia esperar por ele?

— Noah...

Continuo metendo e tirando dela num ritmo constante que sei que não vai oferecer nenhum alívio a nenhum de nós dois, mas estou longe demais para parar. Seja lá o que Mackenzie desencadeia dentro de mim... está no comando agora.

— Fala, Mackenzie — sussurro na sua orelha. — Fala que você quer a minha porra.

— *Porra*. Eu quero.

— O que você quer? Eu quero ouvir.

— Eu quero... *ah*. Eu quero a sua porra. *Por favor*, Noah.

— Boa menina — eu murmuro, deslizando a mão por sua coluna enquanto recuo, e alguma coisa do cio dentro de mim se envaidece com a submissão dela. — Você fica tão bonita quando implora.

Recuo mais uma vez, ainda no mesmo ritmo lento que está deixando a gente louco, me demorando na entrada só por um segundo antes de impulsionar os quadris para meter de volta enquanto ela grita.

— Isso — digo, expirando, prendendo a respiração quando faço tudo de novo. — Vou encher essa sua boceta perfeita até transbordar. E você vai aguentar, não vai?

— Vou — ela choraminga, o corpo indo e voltando com a força das minhas estocadas cada vez mais fortes.

Agarro seus quadris com as duas mãos, as unhas cravando na sua pele enquanto começo a me mexer dentro dela de um jeito frenético.

— Vai o quê?

— *Vou*, Alfa — ela geme. — Porra, Noah, eu vou...

— Se masturba. Quero sentir você gozar comigo dentro de você. Quero sentir como você desaba.

Consigo sentir, quando os seus dedos finos raspam a base do meu pau enquanto ela os desliza dentro de si de novo e de novo. Consigo sentir o ritmo que ela faz enquanto esfrega o clitóris, já que não consigo alcançá-lo. Uma parte estranha de mim fica com ciúmes da *mão* dela por a estar tocando.

— Eu queria poder atar você — digo. — Quero sentir você presa no meu nó. Quero sentir você recheada de mim.

Sua única resposta é um som sufocado, mas consigo sentir o vibrar das paredes internas em volta de mim à medida que cada impulso fica um pouco mais forte, seu corpo se retesando ainda mais enquanto cerro os dentes de êxtase. Como pode ser *tão gostoso* a cada vez? Como cada vez pode parecer *melhor* que a anterior?

— Noah, eu... *ah, porra, Alfa, eu...*

É uma loucura quando ela goza, sempre uma *bagunça* — mas adoro cada golpe molhado de pele, cada deslizamento molhado das suas coxas nas minhas enquanto a como com mais força, *mais rápido* — uma pressão crescendo lá no fundo, lá no fundo dentro de mim, até ameaçar me consumir. Meus lábios se abrem e minha respiração se lança do meu peito, e tudo está ardendo, *ardendo* pra caralho, até que eu...

— Porra.

Preciso de toda a moderação para não dar um nó fundo nela, para manter a base grossa do meu pau encostada na abertura em vez de deixá-la inchar lá dentro, e o ar fresco da sala de exames parece completamente ártico na minha pele afogueada. Cerro os dentes com tanta força que eles podem lascar enquanto a preencho com estocada após estocada do meu orgasmo, tremendo quase tanto quanto ela.

E mesmo quando tudo acaba, quando meu pau fica parado e seu corpo desaba na cadeira — o martelar do sangue nos meus ouvidos não se cala. Ela estremece quando saio dela de repente, e então um som assustado preenche o ar quando enfio os dedos na bagunça que fiz com ela, juntando tudo que consigo e enfiando de volta para dentro para manter lá, já que o meu nó não pode. Eu a mantenho preenchida com os meus dedos por um tempo insuperável, recuperando o fôlego enquanto dou beijos suaves na sua pele, esperando que meu corpo se acalme.

— Dr. Taylor para a sala de raio-x 204. Dr. Taylor para a sala de raio-x 204.

A risada de Mackenzie é arquejante mas alta, seu corpo treme junto do meu enquanto dou um último beijo no seu quadril antes de me endireitar. Estou relutante em tirar os dedos dela, uma pontada de instinto praticamente rosnando no meu peito, querendo que eu a mantenha repleta de mim.

— Alguém está com muita demanda hoje — Mackenzie brinca enquanto se vira para desabar na cadeira.

Meus olhos a percorrem — sua mão caída de qualquer jeito sobre o umbigo, traçando círculos lânguidos na pele como se ainda estivesse fora de si —, tendo que lutar contra o desejo de tomá-la de novo.

— O dia de hoje marca o auge da minha popularidade.

— Hum-hum. — Ela me pega desprevenido quando puxa minha gravata, quase me desequilibrando, já que só estou com uma perna dentro da calça. Ela deixa os lábios roçarem nos meus, a ação toda muito suave e doce para o que acabamos de fazer. — Eu devia mandarem te chamar com mais frequência.

Solto uma risada.

— Muito mais disso e vão ter que achar um cardiologista intervencionista para *mim*.

— Uau, essa foi a coisa mais doce ou a mais cafona que você já me disse.

— Você é uma má influência — murmuro, subindo as calças e as abotoando.

O sorriso dela é ofuscante, ameaçando roubar o ar dos meus pulmões.

— Acho que você gosta.

"Não, eu amo. Eu te amo."

Tenho que cerrar a mandíbula para manter as palavras na garganta de modo que não escapem. É como se agora que a semente foi plantada... eu estivesse desesperado para deixá-la crescer.

— Um pouco, quem sabe — digo em vez disso, me debruçando para beijá-la de novo enquanto entrego as calças dela. Depois encosto o rosto no seu pescoço, inspirando. — Você vai ficar com o meu cheiro por dias.

— Você não parece muito incomodado com isso.

Dou outra boa tragada do seu perfume.

— Não estou. — Eu me endireito e olho intrigado para a porta ainda trancada. — A gente deveria ficar preocupado com as câmeras nos corredores? Elas ainda estão funcionando neste andar? Pode ser estranho se nós dois aparecermos nas câmeras em um andar que ninguém está usando, certo?

—Aí está o Noah Taylor que todo mundo conhece e ama — Mackenzie ri, saltando da cadeira e pegando o papel-toalha na parede para se limpar.

Lembro a mim mesmo que ela não quis dizer isso tão literalmente quanto eu gostaria. O que tem de *errado* comigo?

— Eu posso ter... subornado o cara da TI para desligá-las por uma hora — ela continua, tímida, jogando fora o papel-toalha e se vestindo.

Minhas sobrancelhas se erguem.

— Isso poderia ser considerado um grave uso indevido de recursos, sra. Carter.

— É provável. — Ela praticamente salta para diminuir a distância entre nós, ficando na ponta dos pés para encostar a boca na minha. — Você vai me denunciar?

Minhas pálpebras se fecham enquanto ela beija mais forte, e abraço sua cintura para mantê-la mais junto de mim.

— Duvido — digo tão sério quanto consigo. — Como eu disse, você é uma má influência.

Ela sorri.

— Fica na minha, doutor. Vou te ensinar muitas coisas divertidas.

Ela dá outro selinho na minha boca, passando por mim como se não tivesse virado a porra do meu mundo todo de cabeça para baixo. Mackenzie abre a porta e me lança um olhar por sobre o ombro.

— Você me deve outro encontro, mas até lá, fique à vontade para mandar me chamarem.

Eu a vejo sair com a língua grudada no céu da boca, me perguntando como é que vou passar o resto da escala com a umidade dela nos meus dedos e a sensação dela ainda gemendo sob minha pele. Ou como vou aguentar os próximos cinco dias enquanto estivermos em escalas desencontradas sem perder a cabeça.

Só que, mais importante… como é que eu vou dizer para ela que a amo?

21.

Mackenzie

— Obrigada por vir — digo para Priya. — Eu vi isso uma vez na residência, mas não era tão grave assim.

Priya faz um aceno com a mão enquanto a terapeuta respiratória termina de inflar o balão no paciente que acabou de intubar.

— Nem começa. Isso pode ser chatinho. Faço isso há anos e ainda tenho medo de lascar os dentes de alguém com o laringoscópio.

O paciente que ela está atendendo foi internado com uma pneumonia grave que progrediu para níveis que dificultavam a respiração — o que não é incomum nessa época do ano, mas ainda difícil de ver. Ele está dormindo depois dos sedativos e medicamentos que lhes foram ministrados antes de Priya começar a intubação, o processo todo marcando o fim do que acabou sendo uma noite muito longa.

Enquanto deixa a enfermeira terminar, Priya retira as luvas, jogando-as na lixeira ao mesmo tempo em que peço para a enfermeira monitorar o paciente e me chamar caso haja alguma alteração.

— As seis horas não chegam nunca — ela diz com um leve bocejo.

— Nem me fale. Deveria ser ilegal trabalhar quando não tem sol.

Ela se espreguiça enquanto dá uma olhada no relógio.

— Falta só uma hora.

— Graças a Deus — grunho.

Ela me abre um sorrisinho malicioso.

— Deve ser bom que você vai poder voltar para casa e para o seu companheiro de cama mal-humorado pelo menos.

— Até parece — bufo. — Ele está na escala diurna.

— Ah — Priya suspira, dramática, levando a mão ao coração. — Foi breve mas intenso.

Reviro os olhos enquanto ela me segue rumo à salinha dos médicos. Uma xícara de café é exatamente o que preciso para aguentar essa última hora.

— Cala a boca.

— É sério, deve ser um inferno ter outro médico como parceiro — diz Priya. — Vocês têm que agendar o sexo?

Sinto as bochechas esquentarem com o rubor, pensando em apenas alguns dias antes, quando eu e Noah fizemos sexo *não agendado* neste exato prédio. Pigarreio, tentando parecer indiferente.

— Não é *tão* ruim.

— Cara, ainda não consigo imaginar vocês dois transando.

— Talvez então você devesse... não pensar.

Ela sorri.

— Você está de brincadeira? A minha amiga é parceira do equivalente a um criptídeo gostoso do hospital. Tipo, tem *lendas* sobre o Noah, Mack.

— Elas são todas...

— ... *absurdamente exageradas* — ela completa com uma risadinha. — Sim, você me falou. Você está até começando a soar como ele.

Isso me faz sorrir. Talvez eu esteja pegando isso dele. De outras maneiras além do sentido literal. Isso definitivamente está acontecendo. A ideia só me faz corar de novo.

— Como é que ele é em casa?

Dou batidinhas no queixo pensativa antes de pegar um copo de papel vazio perto da cafeteira.

— Lembra de quando a gente tinha conversas que *não* giravam em torno do Noah? Nos bons e velhos tempos.

— Ninguém pediu para você virar parceira da porra do Noah Taylor, em segredo, e esconder todos os detalhes interessantes por um ano todinho — ela diz, estalando a língua.

— Ele é… — Imagino o Noah no seu próprio espaço, com as meias de lã que ele tanto gosta e as calças de pijama de algodão que ele adora, sentindo um sorriso repuxar meus lábios. — Ele é como qualquer outro cara, para dizer a verdade.

— Isso é muito difícil de acreditar — ela zomba.

É engraçado. Eu pensava a mesma coisa antes.

Priya suspira de novo.

— Só estou com inveja. Você está mesmo vivendo o sonho? Fisgou um alfa sexy que ganha dinheiro *e* entende os nossos horários. Quem liga se ele faz cara feia enquanto transa?

— Ele não faz cara feia enquanto transa *na verdade* — rio.

— Shiu. — Ela fecha os olhos. — Só me deixa imaginar como eu quero.

Balanço a cabeça.

— Você é terrível.

— Você me ama — ela diz, mandando um beijo.

A porta da sala volta a se abrir enquanto coloco uma cápsula na máquina, a próxima frase já está na ponta da minha língua e se perde no ar quando reparo em Dennis chegando. Não o vejo desde o dia em que entrei no cio, e seu sorrisinho bajulador quando ele entra parece ficar mais intolerável a cada vez que nos encontramos.

Priya faz uma careta.

— É melhor eu voltar para o meu andar. Preciso terminar umas coisas antes de ir embora.

Olho dela para o copo que ainda está recebendo o jato de café, me deixando presa aqui, e lanço um olhar que, espero, diga a ela: "Não se atreva a me largar aqui com esse canalha".

Seu olhar em resposta diz algo como: "Desculpa, cada uma por si".

Argh. Não posso nem a culpar. Ela me dá um aceninho enquanto sai, e tento parecer ocupada com a cafeteira, esperando que Dennis consiga se mancar.

Ele não consegue, ao que parece.

— Mack — ele diz de um jeito que provavelmente considera amigável, mas sai mais pastoso do que ele pretendia. — Como você está? Não te vejo desde o seu... incidente.

Como é possível que eu nunca tenha encontrado esse cara antes de conhecer Noah, e agora ele parece estar em todo lugar?

— Eu estou bem — digo, seca, mantendo a atenção no meu copo. — Só um caso de confusão de calendário.

— Nunca tinha ouvido falar disso — diz ele em tom curioso. — Sobretudo para casais em parceria. Era para essas coisas serem bastante previsíveis, não é?

Viro o rosto o suficiente para que ele possa ver a dureza nos meus olhos.

— Sem querer ofender, mas isso não é algo que eu queira discutir com um estranho.

— É claro, é claro. — Ele ergue as mãos em um gesto de desculpas. — Apenas fiquei preocupado, só isso.

— Agradeço — respondo, categórica —, mas estou bem.

— Que bom saber — ele diz com outro sorrisinho nojento. É mesmo assustador, quanto mais você olha para ele. Ele sorri do jeito que imagino que uma armadilha de moscas faria ao ver uma voando. Enfia as mãos nos bolsos, se encostando na parede oposta, parecendo não ter intenção de ir embora. — Deve ser desesperador pensar na ideia dele indo embora.

Eu me viro de novo com uma sobrancelha erguida.

— Como?

— Ah, só quis dizer... Bem. Você conhece a boataria. Estão falando muito da transferência do Noah para Albuquerque. Eu tenho amigos lá. Um bando de fofoqueiros.

— Sei — respondo com moderação.

Viro de volta para o meu copo, tirando-o de baixo do bico da cafeteira e seguindo para as latas onde guardamos o creme e o açúcar.

— Ele ainda está pensando — digo, por fim, com o máximo de cuidado possível. — A gente... ainda está discutindo sobre isso.

O que é uma grande mentira, já que não tenho absolutamente nenhuma voz de decisão sobre o assunto. Saber disso me atinge com força total

280 *Lana Ferguson*

nesse momento e me deixa com uma sensação estranha. Uma sensação... perturbadora. Com a cara fechada mexo o café, esquecendo por mais ou menos um segundo que Dennis está aqui, até que ele volte a falar.

— Ah, bem. Eu sei que a gente com certeza sentiria falta do nosso gênio residente. Além do mais, posso imaginar que seria difícil para você se ele aceitasse o emprego.

"Mas eu não sei. É possível — e provável — que ele aceite."

Por que meu peito fica tão apertado?

Escondo minhas emoções alvoroçadas com um gole lento de café, com os olhos concentrados no líquido quente enquanto consigo dar meio de ombros.

— Tenho certeza de que o Noah vai tomar a melhor decisão.

— Ele sempre toma — Dennis responde com aquele sorriso que está começando a me dar arrepios.

— Pois é. — Viro meu copo na direção dele, louca para sair dessa sala. — De qualquer modo... Melhor voltar para o trabalho. Tenho umas coisas para terminar antes de ir para casa.

— É claro, é claro — Dennis diz com um aceno. — Bom ver você de novo, Mack.

Assinto, porque não consigo de jeito nenhum retribuir o sentimento, fugindo da sala com meu copo na mão enquanto solto um suspiro ponderado. Eu realmente, *realmente* não gosto desse cara. Dá para entender por que Noah também não.

Pensamentos sobre Noah mexem com alguma coisa dentro de mim, a fala de Dennis sobre a possibilidade de Noah se mudar e o lembrete de que isso é uma possibilidade desde que essa... coisa que estamos fazendo começou provoca uma ferroada no meu peito que não vai embora nem quando esfrego a mão ali. Se meu humor não estivesse de repente tão sombrio, eu mandaria uma mensagem para Noah fazendo uma piada sobre estar precisando de uma consulta. Mas agora vou em direção ao posto de enfermagem a passos lentos, com os pensamentos dispersos pululando na minha cabeça, sem ter onde se assentar.

"Posso imaginar que seria difícil para você se ele aceitasse o emprego."

É engraçado, até o Dennis dizer isso... nunca tinha me ocorrido que seria.

— Esse programa é completamente impreciso.

Sorrio para Noah do meu sofazinho, lutando contra a vontade de rir da sua expressão de nojo para minha televisão.

— Não é para ser preciso — digo. — É para ser dramático.

Ele faz um som indignado, cruzando os braços sobre o peito e abrindo ainda mais as pernas à sua frente num movimento que não deveria ser tão sexy quanto é. O meu sofá não é o maior móvel daqui, mas com Noah nele, ele parece infinitamente pequeno.

Já se passaram dias desde que me deparei com Dennis, e não consegui chegar a mencionar nada para Noah. É o nosso primeiro dia de folga juntos desde o fim de semana que fiquei na casa dele, e não estou exatamente morrendo de vontade de estragar tudo com conversas sobre a pessoa que ele menos gosta no hospital ou as minhas inseguranças cada vez maiores sobre o que a gente é e o que o seu possível novo emprego pode significar para... seja lá o que isso for. Não parece ser uma conversa divertida na minha cabeça, e não a consigo imaginar melhor em voz alta.

Além do mais, me dei conta nesses últimos dias de que a possibilidade de tocar no assunto apenas para Noah desdenhá-lo seria muito mais doloroso do que deve ser. E se ele surtar por eu estar preocupada com isso? Essa coisa toda entre a gente foi construída em cima de uma mentira, e só porque ele me convidou para *um* encontro de verdade não significa que esteja pronto para me pedir em casamento ou algo assim.

Não que eu *queira* que ele faça isso.

Meu Deus. Meu cérebro está uma loucura.

— Você viu aquilo? — Noah aponta para a tela, com uma expressão intrigada. — Ele acabou de tocar no braço dele depois de se limpar para a cirurgia. É um risco de contaminação!

— Tenho certeza de que estavam preocupados de verdade com a precisão médica ao escrever o personagem de Derek Shepherd — rio.

— E aquela mulher está de brincos na sala de cirurgia — ele resmunga. — Sério, quem escreveu essa merda?

— Sabe, estou começando a me perguntar por que achei que seria uma boa ideia assistir isso com você.

Ele olha nos meus olhos com um meio-sorriso tímido se erguendo de um lado do lábio.

— Desculpa.

— Não. Você é fofo quando está mal-humorado.

Ele fecha a cara.

— Eu não sou fofo.

— Eu acho. — Escorrego pelos centímetros de sofá que nos separam, me inclinando para roçar os lábios na sua bochecha. — Adorável, na verdade.

Ele vira o rosto só o bastante para deixar minha boca encostar no canto da sua.

— Hum.

— A gente pode assistir outra coisa.

— Tudo bem — ele murmura. — Vou tentar não ser crítico demais.

— No dia em que você parar de ser crítico, vou começar a me preocupar com sua saúde — brinco.

— Minha mãe fala uma coisa parecida — ele bufa. — Com frequência.

— Ah? A sua mãe não é tão... *rígida* quanto você?

Balanço as sobrancelhas ao dizer a palavra e ele revira os olhos.

— Minha mãe não sabe o significado dessa palavra. — Ele me olha especulativo. — Ela é muito mais parecida com você, para falar a verdade.

— Comigo?

— Sabe... — Ele acena a mão em movimentos circulares, sorrindo. — Elegante. Extrovertida. *Divertida*.

— Eu te acho muito divertido — digo a ele, passando os dedos na camiseta justa sobre seu peito.

Ele bufa.

— Você deve ser a única pessoa.

— Simplesmente não conseguem ver a personalidade brilhante que você esconde debaixo de todas aquelas caras feias.

— Sei. — Ele solta uma risadinha silenciosa. — Minha mãe iria te adorar.

Por alguma razão, a declaração casual faz minha pulsação acelerar.

— Você acha?

Farejando o amor 283

— Ah, sem dúvida. Tem semanas que ela está me atormentando para te convidar para jantar.

Meu coração está martelando agora e não sei dizer por quê.

— Ah, é?

Ele parece se dar conta do que disse então, arregalando os olhos e abrindo a boca.

— Eu... quer dizer... Não se preocupa. Eu disse para ela que não era uma boa ideia.

— Ah. — Minha frequência cardíaca parece quase parar de repente. Por que estou tão decepcionada? — Sei.

— Só quero dizer... — Ele parece aflito, como se não soubesse exatamente o que falar. — Só quis dizer que não gostaria de te colocar na berlinda ou pedir para você fazer algo com que não concordou quando a gente começou tudo isso.

"Algo com que não concordou."

São como um soco no estômago essas palavras, e faço o que posso para não deixar transparecer. Nada do que ele está falando é mentira ou mesmo injustificado; é lógico, eu sei que só porque a gente está entrando num novo território, isso não anula como a gente começou — mas os limites que parecem estar se anuviando estão tão confusos que já não consigo mais entender o que é o quê. Isso me deixa insegura. E eu odeio me sentir assim.

Controlo minhas feições, acenando a mão na frente do rosto e fazendo meu melhor para não parecer decepcionada.

— Tudo bem. Você está cem por cento certo. Provavelmente seria estranho.

— Pois é... — Sua expressão é difícil de interpretar, mas por um segundo consigo quase imaginar um lampejo de decepção em seus olhos, mas isso não faz sentido. Se foi tão rápido quanto apareceu. — Exato. Sobretudo porque a gente está num território... tão desconhecido.

— Está tudo bem, Noah — digo a ele com o máximo de segurança que consigo reunir enquanto meu estômago revira. — É melhor não deixar o barco balançar antes de a gente resolver as coisas entre nós.

Ele olha para mim como se tivesse alguma coisa que queria dizer, mas não tem certeza de como colocar em palavras. Seus lábios estão apertados numa linha firme, tem uma ruga no meio das sobrancelhas mais profunda do que o normal, e não consigo entender se ele está preocupado por ter me ofendido ou por eu estar esperando coisas que não deveria. Tenho a sensação de que a última alternativa me destruiria ainda mais por dentro.

Sério, o que é que tem de errado comigo nos últimos tempos?

— Certo — ele diz por fim, estendendo o braço para colocar a mão em cima da minha, ainda descansando no seu peito. — Não até a gente entender as coisas.

E talvez uma parte de mim espere que ele vá abordar essa conversa, aquela em que a gente *vai entender as coisas*, mas ou Noah está esperando a mesma coisa ou simplesmente não está pronto para ela. Seu polegar desliza para lá e para cá em cima dos nós dos meus dedos, e então ele se inclina para me dar um beijo na testa, pigarreando antes de voltar a atenção para o programa.

—Ah, mas pelo amor de Deus. Ele não está nem usando proteção para os olhos! E se respingar sangue?

Apesar das minhas emoções turbulentas, não consigo segurar a risadinha que me escapa.

— Não ia dar para ver os olhos do McDreamy se ele estivesse com óculos de proteção durante a cirurgia.

— Sinceramente — Noah murmura, ranzinza.

Ele ainda está segurando a minha mão, seu peso quente me oferecendo certo conforto diante dos pensamentos errantes passando pela minha cabeça. Não consigo me lembrar de uma época em que já tenha estado numa situação em que quisesse conversar com um homem sobre o que a gente "pode ser" e, para ser sincera, com a ansiedade que isso está me dando, não tenho certeza se ia querer isso na vida se tivesse escolha. Tudo em relação a mim e a Noah deveria ser uma coisa casual da qual nós dois tiraríamos proveito, e à medida que se transforma devagar em alguma coisa decididamente *menos* casual me vejo presa no limbo, sem qualquer direção.

"Essa coisa de romance é uma droga."

Eu me aninho mais junto da lateral de Noah, como se o calor do seu corpo fosse de algum jeito acalmar a guerra barulhenta assolando a minha cabeça, e seu braço que na mesma hora passa sobre os meus ombros estranhamente só piora as coisas. Ao que parece, contra a minha vontade, agora analiso tudo o que Noah faz, e meu cérebro me obriga a procurar os significados ocultos que podem não estar lá.

"Está tudo certo, digo a mim mesma. Para de se preocupar com coisas que talvez nem importem. Só aproveita o que vocês têm agora."

Dou um suspiro devagar e sorrateiro só para soltar o ar, esperando que esvaziar os pulmões de algum jeito esvazie minha cabeça. Não que isso funcione. Fecho os olhos enquanto escuto Noah achando defeitos em *Grey's Anatomy*, mal ouvindo o que ele está dizendo enquanto permito que o timbre grave da sua voz me tome, me deleitando com o perfume inebriante e quente que convoca meu sangue e me tira mim de uma forma que nada mais já fez.

É engraçado, quando pedi a Noah para ser meu namorado de mentira... nunca imaginei uma possibilidade em que eu pudesse desejar que fosse real.

22.

Noah

"Agradeço a oportunidade do emprego em seu hospital, mas como a minha situação mudou, sinto que é melhor permanecer no meu cargo atual neste momento. Espero que no futuro, caso as circunstâncias me coloquem em posição de ser reconsiderado, vocês me levem em conta."

Estou encarando o rascunho do e-mail para o departamento de RH do hospital de Albuquerque há uma hora — digitando e apagando e editando tudo de novo e de novo sem nunca ficar satisfeito. Ainda estou com receio de que seja uma loucura considerar enviá-lo; não consegui ter coragem nem de abordar o assunto ainda com Mackenzie, e depois de dobrar a língua alguns dias atrás na casa dela quando o assunto do jantar com minha mãe surgiu... isso faz eu me perguntar ainda mais se estou fazendo a coisa certa.

Não é a minha cara fazer as coisas por impulso. Mas eu posso mesmo chamar isso de impulso? Até porque estou remoendo isso há semanas, no mínimo. E agora que tive uma revelação e me dei conta da intensidade dos meus sentimentos por alguém que deveria ser minha parceira *de mentira* — fica cada vez mais difícil continuar a ignorar essa bifurcação iminente no caminho. Por mais imprudente que possa parecer, sei no fundo que, a não ser que a própria Mackenzie me fale que não quer mais participar desse...

novo território que estamos explorando, de jeito nenhum vou ser capaz de me separar fisicamente dela.

Mackenzie Carter está na minha pele agora. Ela vive no meu sangue. Sem nunca ter pretendido que isso acontecesse… minha parceira de mentira virou a mulher com quem eu gostaria *de verdade* de passar o resto da minha vida.

E talvez seja cedo demais para pensar desse jeito. Talvez alguém mais sensato do que eu possa teorizar que é apenas biologia, e o nosso DNA me arrasta para ela — mas isso não muda o fato de que cada célula do meu corpo parece ter se modificado para complementar as delas. Quase como se o órgão no meu peito já não se importasse mais com as suas funções básicas de levar o sangue pelo meu corpo e o oxigênio para o meu cérebro — não, aparentemente agora ele só bate por ela.

Faço um som autodepreciativo enquanto passo os dedos no cabelo, me perguntando quando é que fiquei tão sentimental. Pouco tempo atrás, eu teria rido de alguém por dizer as coisas que estão passando pela minha mente, ou no mínimo olhado como se tivesse perdido a cabeça. E ainda assim… não sinto nenhum tipo de constrangimento pelos meus próprios pensamentos. Muito pelo contrário, aceitar os meus sentimentos apenas preencheu os espaços solitários no meu interior que eu não sabia que existiam, deixando para trás uma completude terna que de algum modo torna respirar mais difícil e ainda assim faz a respiração ficar mais *leve*. Com isso em mente, retomo minha atenção para o e-mail à minha frente, dizendo a mim mesmo que vou fazer um rascunho, salvar e, da próxima vez que a vir, vou dizer a Mackenzie tudo o que está passando pela minha cabeça.

Bem, talvez eu guarde certa palavra para um futuro encontro, já que existe uma boa chance de ela sair correndo e gritando se eu a disser em voz alta depois de só algumas semanas. Ainda assim, posso lhe dizer que quero uma coisa de verdade. Posso me agarrar à possibilidade de que ela queira a mesma coisa. A conversa com a minha mãe na semana anterior passa pela minha mente, e tento me apegar aos seus conselhos.

"Só tenta não ficar muito preocupado com isso. Eu tenho uma boa impressão de que essa sua Mackenzie pode surpreender você."

Eu espero, espero mesmo, que ela faça isso.

Não sei dizer quanto tempo passa enquanto ainda fico angustiado com um único e-mail, até que alguém bate na porta, e como Mackenzie já foi para casa, mal olho quando falo a quem quer que lá esteja para entrar. Para ser sincero, não posso dizer que qualquer um *exceto* Mackenzie seria uma presença bem-vinda na minha sala, mas uma onda particularmente especial de desgosto me toma quando vejo que se trata da *última* pessoa que eu quero ver agora, ou na verdade em qualquer momento.

— Noah — Dennis me cumprimenta com uma simpatia que soa inteiramente falsa. — Será que você tem um minuto?

Fecho a cara na mesma hora.

— Na verdade, estou meio ocupado agora, dr. Martin.

—Ah, é? Bem, não quero incomodar. — Ele praticamente faz beicinho enquanto fecha a porta depois de entrar mesmo assim, seu rosto dizendo o contrário. — Mas *é* muito importante, então…

Suspiro, apertando a ponte do nariz enquanto volto a cadeira para longe da mesa. É provavelmente melhor deixá-lo apenas ter o momento que ele está procurando, para que vá embora mais rápido. Só tenho que garantir que ele não me faça perder a cabeça como da última vez que nos vimos.

— Tudo bem — digo, resignado. — O que é tão importante?

— É na verdade bem constrangedor — diz ele, parecendo desconfortável, só que de uma forma que, mais uma vez, não parece real. — Eu realmente odeio tocar nesse assunto, sabe…

Já me sinto irritado apesar do que tinha decidido.

— Então simplesmente bote para fora para que eu possa voltar ao trabalho.

— Certo — Dennis diz enquanto um sorriso lento e perturbador vai surgindo no seu rosto. — Bem. Sabe… já faz um bom tempo que estou com um dilema, e não sei mesmo como lidar com ele.

Minha mandíbula estala.

— Que tipo de dilema?

— Bem… — Percebo um instante antes de acontecer, o jeito como suas feições mudam para uma total alegria, como se ele estivesse planejando esse momento há mais tempo do que desse para imaginar. — Eu estava me perguntando o que deveria fazer sobre você e a dra. Carter mentirem para o conselho do hospital sobre seu relacionamento de fachada.

Sinto o sangue gelar. Fico boquiaberto enquanto me esforço para formar palavras, e meu cérebro parece embaralhado.

— O quê?

— Você me ouviu — ele diz, sem a simpatia anterior, apenas com um desprezo velado no lugar. — Você mentiu para o conselho. Você e a dra. Carter não são parceiros. O que quer dizer que você mentiu de propósito sobre a sua designação *e* sobre o seu status de parceiro para manter o emprego. Não sei como você envolveu a coitada da dra. Carter nisso tudo, mas acho que não importa, agora que ela é uma cúmplice.

— Dennis — eu digo, desorientado. — Isso é um mal-entendido, a gente...

— Não acredito que se trate de mal-entendido algum — ele dá uma risadinha. — Mas, claro, continue mentindo. Só vai deixar as coisas bem piores para vocês quando eu for ao conselho e entregar vocês dois.

"Vocês dois."

— Você está enganado — digo com mais firmeza, tentando manter a expressão equilibrada. — A Mackenzie e eu...

— São mentirosos — ele ri. — Sim, eu sei. Escuta, não adianta negar, ouvi sua parceira de mentira conversando com o amigo dela antes de você tirá-la do hospital para o que tenho certeza que foi uma bela de uma escapada.

Um calor inunda meu peito e cerro os punhos para não ir pra cima dele.

— Acho que você pode ter ouvido errado.

— Eu não ouvi nada errado — ele diz. — Ficou bem claro pela conversa deles. Agora, você pode confessar tudo e a gente pode seguir adiante, ou você pode continuar mentindo, e eu vou direto da sua sala até o conselho. — Ele estala a língua. — Imagino que vá ser uma grande surpresa para a dra. Carter.

Meu coração está martelando tão forte que é possível que Dennis possa ouvi-lo, e o pânico está tomando o meu peito. Na mesma hora me dou conta de que estou mil vezes mais preocupado com a ideia da carreira de Mackenzie ser afetada por isso do que a minha, e por isso sua ameaça bate mais fundo, me deixando tenso. Sinto que não há muito como continuar com a farsa; está óbvio que Dennis se apoderou dessa descoberta. Não faço ideia de que tipo de situação resultou em Dennis ouvindo Mackenzie, e nem estou certo se isso importa de verdade. Tudo que importa é que eu a salve de qualquer repercussão, se eu puder.

— Não tem necessidade de nada disso — digo, com meus instintos se intensificando para protegê-la. — Não é dela que você desgosta tanto.

— Isso é verdade — Dennis diz, pensativo. — Seria uma pena prejudicar a carreira dela assim apenas porque você a arrastou para as suas mentiras.

— Eu nunca menti — argumento.

Dennis ri descaradamente.

— Acho que o conselho encararia isso de modo diferente. — Ele estala a língua. — Mandar uma declaração falsa para evitar uma advertência pela omissão na sua ficha de inscrição? Como é que isso seria encarado no seu novo emprego confortável em Albuquerque?

— Como é… — Ele conseguiu me derrubar no chão duas vezes em cinco minutos. — Como é que você sabe disso?

— Não acho que isso importe, não é mesmo? — Ele dá de ombros. — O que importa é o que você vai fazer em seguida.

Minha mente está examinando freneticamente um cenário depois do outro, tentando encontrar uma solução para isso, mas a cada ponto de vista diferente tudo leva ao mesmo lugar. Sei que não importa o que eu faça, Dennis vai garantir que isso arruíne a mim *e* a Mackenzie por precaução; eu sempre soube que ele me odiava e que queria o meu cargo, só nunca imaginei que se rebaixaria a tais níveis para conseguir.

Na verdade, por mais surpreso que eu esteja com o que está acontecendo, sem dúvida não acho tão surpreendente que Dennis tenha se rebaixado tanto assim.

— O que você quer, Dennis?

Ele cruza os braços.

— Você sabe o que eu quero.

— Se você sabia que estou indo embora de qualquer jeito, por que não esperar que eu vá embora para ficar com o emprego? Por que me ameaçar?

— Porque você está pensando em não aceitar o emprego. Não é mesmo?

Tento manter minha expressão vazia, mas sinto meus olhos se estreitando.

— O que o faz dizer isso?

— Você não é o único que tem amigos em posições importantes, Noah. Você está fugindo deles há semanas. Enrolando sem dar uma resposta direta. Acho que nós dois sabemos por que isso está acontecendo.

— Sabemos?

— Claro que sabemos. — Seu sorriso de gato de *Alice no País das Maravilhas* quase chega aos olhos. — Porque você começou a comer a dra. Carter de verdade.

Meu sangue corre nos meus ouvidos e mudo de posição na cadeira, meu corpo começando a se mexer sem a minha permissão.

Ele estende a mão para me impedir.

— Todo mundo ficou sabendo sobre ela ter entrado no cio no andar de baixo e então você a pegou no colo e sumiu com ela por três dias. Quer dizer, ela é muito bonita, não me entenda mal, mas parece idiota alguém com a sua inteligência fazer uma coisa tão burra quanto ficar por aqui só porque enfim está molhando o ganso.

— É melhor você tomar cuidado com o que fala — aviso. — Ou posso não ser tão civilizado.

— Está bem, está bem. O grande alfa assustador. Isso vai melhorar ainda mais as coisas para você, não é? Agredir um colega de trabalho porque não conseguiu controlar a raiva? Claro. — Dennis recupera o fôlego, olhando para mim. — Você desfilou por anos por esse hospital agindo como se fosse o dono da droga do lugar. Acha que só porque o dr. Ackard o tratou como um principezinho e o indicou para ser seu substituto você é uma espécie de gênio. Estou aqui pelo triplo de tempo que você e era para esse cargo ser *meu*.

— Não é culpa minha que o Paul achou que eu era mais qualificado.

— Ele só achou isso por causa do jeito que você manteve a sua mão puxando o saco dele por tanto tempo. Você o encantou até conseguir esse trabalho, não foi? Tomou tudo que deveria ser meu. — A alegria dele se foi, e ele parece enojado agora. — E agora você acha que pode virar a cara para uma oportunidade ainda *melhor*, que provavelmente não merece, para ficar por aqui por causa de uma transa fixa? Não. Você precisa saber como é quando as coisas não acontecem do jeito que você quer.

Respiro fundo, tentando aplacar o rugido na minha cabeça.

— Vou pedir demissão — digo a ele. — Vou aceitar o outro trabalho. A gente não precisa envolver a Mackenzie de forma alguma. Você pode ficar com o que quiser.

E eu achava que seria o ponto-final de tudo, mas Dennis não parece convencido, estalando a língua.

— É, olha só… isso não vai resolver, eu acho.

— E o que mais que eu posso fazer?

— Bem, sabe… conheci a sua "parceira", como você está bem a par. Ela é inteligente. Muito inteligente. Algo me diz que ela não é do tipo que ia engolir isso. Acho que nós dois sabemos que ela teria muito a dizer se você simplesmente desistisse por minha causa. — Ele parece irritado quando acrescenta: — Ela é muito protetora em relação a você, seja lá por quê.

Meu coração vibra com algo que não é raiva por um breve momento.

— Eu não preciso dizer os detalhes para ela — insisto, ainda tentando salvar a situação.

Dennis faz uma careta.

— É… eu realmente não posso deixar tudo isso para a sorte. Chantagem não vai exatamente cair bem para mim.

— Então o que é que você *quer*, Dennis?

Ele volta a sorrir, aquele mesmo sorriso horrível que diz que está conseguindo todas as coisas terríveis que sempre quis, e eu daria qualquer coisa para ser capaz de arrancá-lo do seu rosto agora mesmo.

— Você vai ter que terminar com a dra. Carter.

Sinto o ar sair dos meus pulmões.

— Como assim?

— Acho que é o único jeito de ter certeza de que nada vai dar errado.

— De jeito nenhum — ridicularizo. — Não vou fazer isso.

— Ah — Dennis arrulha, enlouquecendo. — Que bonitinho. — Ele ergue as mãos. — Claro. Não. Tenho certeza de que ela vai ficar muito bem quando o conselho descobrir que mentiu numa declaração. Mais cedo ou mais tarde. Faz o quê, um ano que ela saiu da residência? A sua carreira pode se recuperar rápido depois de um escândalo como esse, quer dizer, você *é* um gênio, afinal de contas. Eu me pergunto se a Mackenzie teria a mesma sorte?

Ouvir Dennis dizer o nome dela me dá vontade de quebrar alguma coisa, e eu aperto os braços da cadeira para me manter firme, só para me certificar de que não vou voar no seu pescoço.

— Ela não merece isso — digo, rilhando os dentes.

— Não tenho dúvidas. É por isso que você vai fazer a coisa certa e terminar tudo. Bem claro.

— Ela simplesmente não vai aceitar eu terminando as coisas do nada. É esperta demais para isso.

Dennis joga os braços para o ar e volta a dar de ombros, ainda parecendo satisfeito consigo mesmo.

— Acho que você vai ter que ser *bem* convincente então. Você não é?

— Eu poderia contar ao conselho sobre a chantagem — digo num esforço derradeiro. — A destruição mutuamente garantida está em jogo aqui.

— Até parece — ele bufa. — Você acha que eles vão ligar mais para o fato de eu ter descoberto seu esqueminha e insistido para você confessar tudo do que para as suas mentiras? Nós dois sabemos que você está sem saída.

Estou tremendo de raiva e de frustração e até de medo com a ideia do que ele está me pedindo para fazer, sabendo que me colocou em uma posição impossível. Dennis sente meu conflito e possivelmente até minhas intenções assassinas e recua em direção à porta com as mãos estendidas.

— Só pensa a respeito — diz ele. — Vou te dar essa noite para decidir.

— Se você machucar a Mackenzie — eu aviso —, vou te arrebentar.

Dennis dá um último sorrisinho presunçoso enquanto abre a porta, dando de ombros num gesto indiferente.

— Tudo isso só depende de você agora, não é? — Ele me lança um olhar perspicaz. — Espero uma resposta amanhã, dr. Taylor.

Conto até dez na minha cabeça enquanto ele fecha a porta, tentando me segurar para não ir atrás dele. Mesmo sem nunca ter sentido impulsos violentos como nesse momento, sei que se eu encostasse a mão nele agora isso acabaria comigo na cadeia e ele afogado no próprio sangue. Cada célula do meu corpo está preocupada só em proteger Mackenzie, a ideia de ela estar em risco faz meus sentidos ficarem em alerta.

Eu sei que Dennis está certo, que Mackenzie com certeza teria *muito* a dizer sobre suas ameaças e provavelmente daria um murro na cara dele e jogaria toda a sua carreira no lixo por minha causa, porque esse é o tipo de pessoa que ela é — assim como sei que isso é algo que não posso permitir. As implicações de Dennis sobre a carreira dela ser tão recente são cem por cento válidas; há boas chances de que ela *nunca* se recupere de uma coisa dessas. Todos os anos de formação, todo o trabalho duro... na lata do lixo. Tudo por minha causa.

Não sei quanto tempo se passa até que eu consiga afundar na cadeira, até minha raiva minguar e dar espaço para uma derrota arraigada que faz meu corpo parecer pesado. É injusto que eu tenha acabado de me abrir para outra pessoa, sobretudo uma pessoa tão especial como Mackenzie, só para ouvir que tenho que desistir dela. E o que é pior — que eu tenha que partir o coração dela nesse processo.

É um lembrete amargo de todas as razões por que dei tão duro para manter as pessoas longe por toda a minha vida, até essas últimas semanas — para evitar complicações como essa. Acho que de fato me iludi pensando que poderia ter tudo, que as coisas iriam melhorar e que eu poderia ter alguém que me enxerga, que me *enxerga* de verdade, e ainda manter tudo isso. Estou me dando conta agora de que não passou de uma fantasia. Que tentei subir alto demais e agora estou arcando com as consequências. Por mais estranho que pareça, não ligo para nenhum dos perigos que pairam sobre mim, não ligo minimamente para o que pode acontecer comigo.

Porque tudo isso é insignificante em comparação com a mulher de quem estão exigindo que eu desista.

23.

Mackenzie

— Está reto?

Seguro o varão da cortina o mais firme que consigo, e meus braços já começam a queimar enquanto espero a aprovação da minha avó.

— Hum. — Ouço atrás de mim. — Talvez um pouquinho mais para a esquerda.

Gemo, me movendo um centímetro em cima do banquinho.

— Vou comprar um nível para você de Natal.

— Você está fazendo um ótimo trabalho — ela me assegura.

Reviro os olhos, sabendo que ela não consegue enxergar o que estou fazendo.

— Aqui?

— Ah, aí está perfeito — ela me informa. — Você precisa dos parafusos?

Balanço a cabeça, tirando o lápis da orelha e marcando na parede onde vão ficar os suportes. Depois desço do banco, deixando cair de leve o varão no chão, junto da pilha de cortinas novas da minha avó.

— Vai ter que me dar um minuto — digo a ela, girando os ombros. — Você me fez segurar aquele varão de cortina por praticamente meia hora.

Minha avó estala a língua.

— Você ainda é nova. Está ótima.

— Mesmo assim — resmungo.

— Bem, arrasta esse seu corpo mole para a cozinha que vou fazer um café para você.

— Isso parece melhor.

Deixo o projeto que ela me ludibriou a assumir na porta de vidro de correr, vou atrás dela e me sento numa das banquetas acolchoadas na ilha da cozinha. Ela está ocupada com o café, esquentando o que sobrou da manhã e tirando duas canecas do armário.

Aproveito o momento de folga para dar uma olhada no meu telefone, estranhando quando percebo que Noah ainda não respondeu à mensagem que mandei de manhã. Sei que ele está trabalhando hoje e que não é difícil que esteja ocupado demais para responder — então por que é que eu não paro de conferir como uma adolescente obcecada? A mensagem dele de ontem à noite também foi bem vaga; ele disse alguma coisa sobre estar cansado depois de um dia longo e falou que estava indo para a cama, e isso é completamente normal, *esperado* até — sou só eu quem está sendo estranha.

Para ser sincera comigo mesmo, faz dias que estou estranha. Semanas, até. Desde que fomos embora do alojamento e começamos a fazer coisas que pareciam bastante *não* de mentira. Entre ir ao encontro e passar o fim de semana juntos e abraçados no sofá e o desejo cada vez maior de vê-lo, de conversar com ele... tudo parece pouco claro. Parece que não consigo decidir se o que a gente está fazendo é algo que deveríamos *continuar* fazendo. Não porque eu não queira — pelo contrário, porque eu quero *demais*. Estava feliz me escondendo na bolha que era um acordo bem demarcado que terminaria assim que Noah saísse do hospital, mas agora, diante disso, depois de tudo... Bem. Sem dúvida estou passando por várias daquelas *complicações* com que Noah estava tão preocupado.

— Você vai fazer um buraco na tela se continuar desse jeito — ouço minha avó dizer do outro lado do balcão.

Viro o rosto abruptamente.

— Oi?

— O que te deixou tão absorta no telefone?

298 *Lana Ferguson*

— Ah. — Franzo a testa de novo, balançando a cabeça. — Nada. Só dando uma olhada nas minhas mensagens.

— Procurando alguma do Noah?

Percebo que a expressão da minha avó é convencida e reviro os olhos.

— Você está muito envolvida nisso.

— É tão ruim querer que a minha neta seja feliz?

— Eu *estou* feliz — ressalto. — Conhecer o Noah não teve nenhum efeito nisso.

A cafeteira solta um bipe, indicando que terminou, e a minha avó aperta os lábios voltando sua atenção para ela.

— Fala isso para o seu telefone — ela retruca. — Nunca vi você tão colada nele.

Eu poderia driblar a pergunta, e provavelmente é isso que eu *deveria* fazer — mas a minha avó já acha que tudo isso é de verdade. Talvez não seja difícil conseguir uns conselhos.

— É estranho quando alguém para de mandar mensagens de repente?

Minha avó se vira para me entregar uma caneca, pousando-a na minha frente.

— O que você quer dizer?

— Eu só... — Solto um suspiro. — Não é nada de mais nem nada, mas o Noah costuma me responder rápido. Tipo, irritantemente rápido até, mas... não sei. Ele tem estado bem quietão nos últimos dias.

— Vocês brigaram?

— Não? — Penso na última vez em que o vi. É claro, todo o constrangimento com ele mencionando o jantar com a mãe e eu tendo um momento de bobona foi desconfortável, mas estava bem certa de que só eu tinha percebido isso. Noah parecia alheio à minha crise interna. — Ele disse que estava cansado ontem à noite. Talvez só tenha tido um dia ruim e eu esteja enxergando coisas demais nisso.

Quando volto a erguer o olhar, minha avó está radiante, e percebo que falei demais.

— Não — digo antes que ela comece.

Ela dá de ombros, ainda sorrindo.

— Só estou dizendo... parece que você gosta mesmo do Noah.

— Bem, eu... — Não tenho certeza de como conduzir essa conversa, sabendo que a minha avó acha que tudo isso é *de verdade*, e luto para encontrar as palavras certas. — Quer dizer... ele é um cara legal. A gente se dá muito bem.

Minha avó toma um gole devagar do café, me olhando pensativa por sobre a borda da caneca. Ela faz um barulho satisfeito quando engole, me encarando alguns segundos enquanto pensa. Até que isso faz eu me contorcer. Ela só me dá essa olhada quando está prestes a me repreender.

— O que foi?

— Só estou me perguntando quanto tempo mais vou ter que fingir que não sei que você vem tentando me enganar.

Meu queixo cai de surpresa.

— O que... o que você quer dizer?

— Mackenzie — diz minha avó, sem parecer irritada, quase se divertindo. — Você esqueceu de que eu te criei durante a adolescência? Eu poderia muito bem ter um doutorado em interpretar a sua cara quando mente.

Fico perdida; não havia como eu ter me preparado para ser encurralada por Moira Carter, de um metro e sessenta de altura. Na verdade, eu tinha tanta certeza de que a gente estava se safando que a possibilidade de contar a verdade nem tinha passado pela minha cabeça.

— Há quanto tempo você sabe?

— Desde que você o trouxe aqui — ela diz de maneira direta.

Eu me sinto abalada.

— Como você ficou sabendo?

— Querida — ela ri —, o rapaz nem sabia que você era uma ômega. Ele arregalou os olhos quando eu mencionei isso.

— Eu... Merda. Por que você deixou a gente continuar com a farsa?

Minha avó ri.

— Porque dava para ver que vocês gostavam um do outro. Mesmo que você ainda não soubesse.

— Dava?

— Vocês dois ficavam se olhando furtivamente a cada segundo como se não conseguissem aguentar. Parecia que estavam tão envolvidos na mentira que nem conseguiam entender a verdade.

Pondero. Claro, naquele momento existia uma atração entre nós; afinal de contas, eu praticamente implorei para que ele fosse para o meu apartamento naquela noite, mas não consigo imaginar que estava acontecendo alguma coisa mais intensa do que isso tão cedo na nossa artimanha, certo?

— Eu não sei — suspiro. — Provavelmente ainda é muito cedo para enxergar coisas demais nisso. A gente teve só *um* encontro de verdade.

— Bem, vocês passaram *sim* o cio juntos.

Quase cuspo o gole de café que acabei de tomar.

— Mas como é que você sabe disso?

— Ah, o Parker me contou — ela diz casualmente.

Fecho os olhos, apertando os lábios.

— Eu vou matar ele.

— Ah, calminha. Ele estava preocupado com você. Você estava tão fora da época!

Esfrego as têmporas, com dificuldade de olhar para ela agora que sei que está ciente de que passei uma temporada sexual de três dias com Noah há apenas algumas semanas.

— Foi… definitivamente uma surpresa.

— Significa só que vocês são compatíveis — minha avó diz.

Agora eu olho para ela.

— O que você quer dizer?

— Quando dois metamorfos têm alta compatibilidade, isso pode confundir o ciclo do cio. Os feromônios acabam afetando vocês um pouco mais. — Ela zomba. — Sinceramente, Mackenzie. Você é médica. Deveria saber disso.

— Digamos que não tenho a compatibilidade com lupinas no alto da minha lista de prioridades — digo impassível.

— Bem, se você desse uma chance para alguém — ela repreende. — Você encontra alguma coisa errada com cada um com quem sai.

— Não foram exatamente encontros interessantes — resmungo.

— Ah, você só queria que tivesse algo de errado com eles.

— Fãs de modelos de trem, vó!

— Mackenzie Carter. Você pode ficar me dando essas desculpas bobas o quanto quiser, mas eu não acredito. — Ela coloca a caneca no balcão, me olhando com seriedade. — Nós duas sabemos que você está sempre procurando o que as pessoas têm de errado, porque encontrar algo de *certo* com a pessoa significaria se abrir para uma coisa que você não pode controlar.

— Isso não é verdade — murmuro, olhando para o colo.

— Até parece que não é — ela bufa. — Você faz isso desde que era criança. Para ser sincera, se o Parker não tivesse aparecido, você provavelmente teria se contentado em ficar só no seu quarto enquanto não estivesse na escola.

— Escuta, sinceramente, você me arranjou uns encontros *bem* ruins.

— Arranjei? Ou você apenas ficou procurando motivos para não sair uma segunda vez com ninguém?

— Vó, é sério, alguns...

— Mackenzie — ela diz, com um tom mais suave. — Eu entendo. Alguns foram chatinhos. Mas você tem vinte e nove anos e nunca teve um relacionamento que durasse mais do que uns meses. Sempre tem algum defeito ou hábito que atrapalha. Ele ronca demais, ele assiste a futebol demais, ele palita os dentes depois do jantar...

—Ah, mas isso é nojento, vamos lá.

— Só estou *dizendo* — ela enfatiza. — Você sempre encontra um motivo para terminar as coisas antes mesmo que elas comecem.

Sinto uma emoção crescendo em meu peito que parece muito pesada, muito crua — uma emoção que passei boa parte da vida suprimindo. Esfrego o braço preguiçosamente enquanto desvio o olhar, sabendo que isso também é algo sobre o qual não posso mentir para ela. Isso não. Ela me conhece muito bem.

— Eu não tinha essa intenção — digo baixinho. — Não é exatamente divertido estar o tempo todo solteira.

— Não estou dizendo que eu te culpo — diz ela, estendendo o braço por sobre o balcão para colocar a mão em cima da minha. — Você teve que lidar com muitas coisas difíceis quando era criança. Coisas que eram muito pesadas para alguém tão nova como você. O seu pai... — Ela balança a cabeça, desviando o olhar. — Ele perdeu uma grande parte de si ao perder a sua mãe. Não conseguiu lidar com isso. Eu amo meu filho, mas ele não foi o homem que deveria ter sido. Ele deveria ter tomado a frente por você, não importa o quanto estivesse sofrendo. — Ela olha para mim de novo, com os olhos fixos nos meus. — Mas essa não precisa ser a *sua* vida. Só porque seu pai machucou você, não quer dizer que todo mundo vai fazer isso. — Seus olhos começam a lacrimejar, as rugas em torno da boca se aprofundam enquanto ela franze a testa. — Talvez eu devesse ter te dito tudo isso antes. Talvez a culpa seja parcialmente minha.

— Não — protesto, com a voz abafada. — Vó. Vocês são perfeitos. Você sempre foi. Eu só… Acho que só estava com medo. — Sinto uma única lágrima escorrer pelo rosto, e minha avó aperta a minha mão. — Eu não fui o bastante para o meu pai. Não consegui fazê-lo ficar por perto. Como é que posso esperar ser o bastante para mais alguém?

— Ah, querida. — Minha avó solta a minha mão, dando a volta no balcão para envolver os braços finos em torno do meu corpo. — Você é maravilhosa. Você é linda, inteligente e engraçada… bem, às vezes.

Uma risada lacrimejante me escapa e eu me aconchego ainda mais no seu abraço.

— Eu puxei o senso de humor de você.

— É, bem, você com certeza não herdou isso do seu avô.

Nós duas rimos, e ela recua para me olhar, estendendo a mão para segurar meu rosto.

— Você é o bastante — ela me diz, com os olhos cheios de emoção. — E mais um monte. Qualquer um que você escolher vai ser sortudo pra caramba.

Engulo um som que é uma mistura de soluço e risada interrompida, tentando limpar as lágrimas dos meus olhos que parecem ao mesmo tempo penosas e de alguma forma boas. Catárticas, até. Passei tanto tempo fingindo que nada disso me incomoda… parece que um peso saiu, agora que posso por fim admitir que sempre me incomodou.

A minha avó dá um tapinha na minha bochecha.

— Mesmo que essa pessoa não seja o Noah, tem alguém por aí que vale a pena deixar entrar. Só espero que você se permita encontrá-la.

— Vó — digo a com voz grossa —, eu… acho que gosto do Noah. Tipo, de verdade.

— Não posso dizer que te culpo. — Ela assobia enquanto recua. — Aquele homem é… Uau.

— *Vó* — rio, limpando as últimas lágrimas errantes dos olhos.

— Só estou dizendo — ela dá uma risadinha.

Eu seguro um sorriso.

— Ele é... sem dúvida um negócio.

— Tenho certeza de que ele está só ocupado. Não fica muito preocupada. Lembra que você é incrível. Qualquer um teria sorte de estar com você.

— Tá, agora você está me deixando sem jeito — gemo.

— É a minha função — ela retruca. — Agora termina o café antes que esfrie.

Ainda estou fungando um pouco quando me viro para o balcão, minha avó voltando para a cafeteira para completar a própria xícara. Só reparo no telefone todo iluminado quando alcanço minha caneca, parando o que estou fazendo e me debruçando sobre a tela para ver o nome de Noah. Uma onda inegável de excitação percorre meu corpo quando puxo o telefone para mais perto, me perguntando quando foi que no último mês cheguei a ponto de só ver o *nome* dele e já ficar com vertigens.

Abro a mensagem, a resposta dele é curta, mas ainda assim me dá um frio na barriga...

> **NOAH:**
>
> A gente pode se encontrar quando eu sair?
> Talvez naquele café que a gente foi da última vez?

Estou sorrindo como uma boba ao ler o convite, percebendo que estou feliz só pela possibilidade de vê-lo de novo. Talvez eu tenha enlouquecido.

"Só espero que você se permita encontrá-la."

Sorrio, pensando que a minha vó pode estar tramando alguma coisa enquanto digito uma resposta.

> **EU:**
>
> Mal posso esperar.

O café não está tão movimentado quanto da última vez que a gente esteve aqui, mas ainda há um punhado de casais e estudantes universitários em torno das mesinhas modernas quando entro. Do lado de fora, a neve começou a cair e eu bato meus sapatos, começando a tirar o casaco enquanto olho em torno procurando Noah. Ele está sentado no mesmo reservado em que tivemos nosso primeiro encontro de mentira, e me dar conta disso me faz sorrir ao acenar para ele. Não perco tempo em ir me juntar a ele, me arrastando para o outro lado do reservado e colocando meu casaco no assento ao meu lado enquanto lhe dou atenção.

Noah definitivamente está *com cara* de cansado; está com olheiras, como se tivesse dormido pouco, e há uma carranca estampada na sua boca que parece de algum modo mais mal-humorada do que a que ele gostava tanto quando fechamos nosso acordo.

— Uau, alguém teve um dia difícil — provoco. — Você estava gritando com as enfermeiras de novo?

— Eu já disse — ele diz cansado —, isso foi...

— *Absurdamente exagerado* — rio. — É. Eu sei. Mas, de verdade, você parece cansado pra caramba.

— Estou me sentindo — ele diz baixo. — Tem sido um dia longo.

— Sinto muito. — Estendo a mão sobre a mesa para acariciar seus dedos, baixando a voz. — Eu sei de uns bons jeitos de aliviar o estresse, se você estiver interessado.

— Mackenzie...

Só estou começando a me dar conta de que tem alguma coisa por trás desse cansaço todo; seus olhos azuis parecem mais baços e o cabelo, bagunçado, como se estivesse passando os dedos nele. Noah está mordendo o lábio como se estivesse preocupado com alguma coisa, e é impressionante para mim que não apenas consigo perceber essas coisas, mas, ao que parece, meu primeiro instinto é acalmá-lo. Para ser sincera, tenho dificuldade em não mudar para o outro lado do reservado e lançar meus braços em torno dele. Nem tenho certeza se a culpa é do seu humor ou se é só um desejo constante que tenho agora.

— Qual é o problema? — Aperto sua mão, e meu polegar a acaricia para um lado e para o outro. — Aconteceu alguma coisa? — Ele olha as nossas mãos, com a boca se voltando para baixo e a testa franzindo. Seus olhos correm ao redor como se ele estivesse lutando para encontrar as palavras, e sinto uma onda de preocupação dentro de mim. — Noah. Me fala. Foi o Dennis? Ele está te incomodando de novo? Ou é o conselho? Pode me dizer. A gente vai dar um jeito.

Quando por fim ergue o olhar para mim, ele parece… triste. Pesaroso, talvez. Não sei dizer por quê, mas alguma coisa no jeito como ele me olha é desconfortável. Quase como se eu já tivesse visto isso antes. Estou tentando identificar onde, mas não consigo.

— Mackenzie — ele tenta novamente. — Preciso que você saiba de antemão que essa não é uma decisão fácil para mim. Nunca quis te machucar.

Minha mão escorrega da dele, surpresa demais para processar corretamente o que ele disse. Por que ainda está me *olhando* desse jeito?

— Noah, o que você está…

Mas agora entendi. A expressão dele. *Realmente* entendi. É a mesma que um pai lança mão quando diz a uma menina que não pode mais ficar com ela. É a mesma que você nunca esquece de verdade.

— Mackenzie — Noah diz cuidadosamente, com a voz tensa. — Acho que a gente deve acabar com o nosso acordo.

24.

Noah

Eu sabia que tudo isso ia doer, mas ver a concretização no rosto de Mackenzie — seu sorriso se dispersando, a surpresa nos seus olhos que logo se transforma em dor, a forma como sua boca se abre, como se ela não conseguisse entender o que estou dizendo —, experimentar tudo isso é o bastante para me destruir *mesmo*. Quase consigo sentir uma faca girando na minha barriga.

E não posso deixar isso transparecer.

Ela recua as mãos da mesa e as coloca no colo, desviando o olhar de mim enquanto franze a testa.

— O que você quer dizer?

— Eu simplesmente acho que não vai dar certo — digo categoricamente, tudo dentro de mim gritando para eu esticar as mãos e tocar nela, para acabar com a dor que está se formando nos seus olhos.

Ela ri, mas sem humor algum.

— Você acha que não vai dar certo.

— Recebi notícias de Albuquerque e querem que eu comece de imediato.

— Querem é? — ela diz, vazia, e sinto a faca torcer ainda mais fundo.

— E vou ter bem mais responsabilidades do que imaginei inicialmente. Com a mudança e a carga de trabalho... não sei se é a hora certa para tentar conciliar um relacionamento à distância.

Ela ri de novo, um som quebradiço que faz meu peito doer, por fim me encarando com os olhos marejados.

— Não sabe se é a hora certa.

— Escuta, não foi nada que você fez, foi...

— Por favor, não me vem com aquele discurso de "não é você, sou eu" — diz ela com raiva. — Não se atreva, Noah.

Sinto minha determinação hesitar, a dor e a raiva no rosto dela me destruindo. Ela está tentando esconder de mim o jeito como minhas palavras a ferem, mas posso perceber na rigidez dos seus ombros, no modo como o queixo se projeta para a frente e os dentes se inquietam no lábio inferior, como se ela estivesse tentando impedi-los de tremer. É algo que nunca vi antes em Mackenzie, tristeza, e sinto cada grama dela como se fosse minha própria, como se fosse uma ferida que estou cutucando sem parar. Eu sei que no fim pode ser algo que talvez nunca cicatrize.

Preciso lembrar a mim mesmo que a estou salvando de muito mais sofrimento do que isso, sabendo que ela nunca me perdoaria se eu arruinasse sua carreira. Ainda consigo ouvir a voz presunçosa de Dennis ecoando nos meus ouvidos.

"Acho que você vai ter que ser bem convincente então. Você não é?"

Dou um suspiro fundo e angustiado.

— Mackenzie... sempre foi para ser temporário.

— Ah, vai se foder — ela sibila. — Nós dois sabemos que a gente deixou o temporário para trás naquela cabana. Você me convidou para a droga de um encontro. Por que me chamou para sair, Noah? E todas aquelas outras merdas nos últimos dias? O que foi tudo isso, hein?

Fico baqueado por um instante, vendo o exato momento em que a estou perdendo se manifestar no seu rosto. Acho que nunca poderia ter previsto que doeria tanto. Ou quem sabe sim, e simplesmente não queria reconhecer. Acho que antes desse momento eu tinha de alguma forma me convencido de que *seria* algo que nós dois poderíamos esquecer; parece tão pouco tempo desde que ela me abordou pela primeira vez naquela salinha de descanso minúscula do hospital, então como algo mantido por tão pouco tempo poderia ter um impacto duradouro?

"Amar com certeza não é fácil."

— Sinto muito — eu digo. É tudo o que *posso* dizer, de verdade, porque é a coisa mais forte que estou sentindo. — Sinto sinceramente, Mackenzie. Nunca quis machucar você.

— É, bem — ela bufa. — Que bom. Porque não machucou. — Até através dos seus olhos marcados de lágrimas consigo ver como ela tenta reprimir as emoções. O jeito como está tentando desesperadamente não deixar transparecer como isso a está machucando. Só me faz querer confortá-la mais. — Como você disse. Sempre foi para ser temporário.

Mackenzie olha bem dentro dos meus olhos, e parte de mim está implorando para que ela enxergue a verdade ali, implorando para que ela *lute* comigo. Com certeza ela tem que saber o que sinto de verdade. Sei que não imaginei essas últimas semanas e todas as pequenas coisas que têm crescido entre a gente. Não imaginei que esse acordo começaria a se transformar em qualquer coisa além de casual. Quero que ela enxergue para além da mentira. Quero que ela *brigue* comigo. Só um pouco.

Ela solta um som frustrado, batendo as mãos na mesa.

— Você me chamou aqui só para eu não fazer uma cena? De verdade? Você teve que escolher o primeiro lugar a que a gente foi junto? Não bastava ser um idiota, você tinha que tornar a porra da coisa pessoal?

Meu Deus, mesmo desse jeito, ela é linda. Mesmo quando está me odiando. Minhas mãos estão coçando para tocá-la, para tirar cada gota de dor que provoquei e lhe dizer que não é isso que eu quero, e tenho que as manter apertadas junto de mim só para não fazer isso. Parece impossível imaginar que nunca mais vou voltar a tocá-la, é *torturante* — mas tortura é exatamente o que devo esperar. Não tem como voltar atrás.

Preciso me lembrar que estou fazendo isso por ela. Mesmo que doa pra cacete.

— Sinto muito, de verdade — falo baixinho, sem saber o que mais dizer. O que mais eu poderia dizer?

— Você sente muito — ela repete, seca. — Perfeito. Diz muita coisa.

— Mackenzie, eu...

Ela agarra o casaco, apanhando-o apressadamente enquanto começa a deslizar para fora do reservado.

— Me poupe, Noah. É sério. Eu já entendi. — Ela enfia os braços nas mangas do casaco, soltando o cabelo da gola. O movimento provoca uma lufada do seu cheiro, e é menos animado, quase amargo. É doloroso saber que a culpa é minha. — Você não queria uma cena, não é? Então vamos resumir isso. — Ela solta outra risada despeitada. — A gente se divertiu, certo? A gente aproveitou o nosso adendozinho? Nenhum dano, nenhum problema, de verdade.

— Não, Mackenzie, não foi isso que eu...

Ela fecha bem o casaco, me lançando uma última expressão dura, e sei que vai ser a última vez que vou vê-la.

— Parabéns pelo novo trabalho, dr. Taylor.

Eu a vejo se afastar, observando como ela enxuga os olhos enquanto tudo que sou luta contra a minha decisão de ficar parado. Parte de mim se pergunta se havia outra opção, se de algum modo a gente poderia ter resolvido as coisas — só que a parte mais racional de mim sabe que Dennis não teria parado até arruinar a minha vida *e* a de Mackenzie, só para garantir.

Então não digo nada e não faço nada, sentindo toda a felicidade que tinha ganhado nas últimas semanas indo embora devagar, me deixando vazio e oco, provavelmente para nunca mais ser vista. Mackenzie não olha para trás ao sair furiosa do café, e por um bom tempo depois de ela ir embora continuo congelado na mesa, esperando assimilar que ela se foi. Que ela nunca mais vai voltar e que eu sempre vou ser uma lembrança ruim para ela.

É quase engraçado o quanto eu queria evitar complicações como essa. E como eu as encontrei, de qualquer modo. Como eu faria qualquer coisa para tê-las de volta.

Uma risada amarga borbulha de mim. *Complicado.*

Acontece que não existe nada mais complicado do que o amor.

O hospital em Albuquerque está extasiado de saber que vou aceitar o cargo — e dois meses atrás eu também teria ficado. Em vez de comemorar, estou me escondendo na minha casa, tentando não pensar em todos os lugares aqui dentro em que Mackenzie esteve.

O meu quarto é insuportável; o cheiro dela ainda está grudado nos meus lençóis, proporcionando alívio e dor, e depois de três dias desisti de tentar dormir lá, me resignando ao sofá até que ela desapareça ou eu supere. O que acontecer primeiro. Não há um momento que passe que eu não queira ligar para ela e pedir desculpas, explicar tudo e implorar que me perdoe, mas sempre que pego o telefone com essa intenção, me lembro de como seria fácil para Dennis destruir a carreira dela. Como seria totalmente culpa minha se ele fizesse isso. No fim das contas, não vale a pena estar comigo e privada de tudo pelo que ela trabalhou tanto, e eu sei disso.

E essa é a razão de eu ter passado todos os momentos da semana anterior em que não estava trabalhando chafurdado na minha poltrona com uma bebida na mão. Ajuda, mas só um pouco.

Acho que eu não tinha considerado, antes de obrigar Mackenzie a se afastar de mim, o quanto ela me marcou, o quanto eu sentiria quando ela já não estivesse por perto. Argumento que não tive tempo para pensar nisso, já que passei as primeiras semanas do nosso acordo me recusando a reconhecer que estava lutando uma batalha perdida desde o começo — porque eu estava, e agora me dou conta. Desde a hora em que Mackenzie me pediu uma selfie idiota... eu nunca tive uma chance. Ela é simplesmente boa demais, *perfeita* demais, e nunca houve qualquer possibilidade de eu não me apaixonar completamente por ela.

É quase ridículo que eu só tenha percebido depois de não ter mais a chance de dizer isso a ela.

Essa noite não é diferente; já tomei dois drinques olhando para a lareira e sentindo pena de mim mesmo, mas ao contrário de todas as outras noites entre o café e agora, ouço o celular tocando na mesinha ao lado da poltrona, o toque irritante perturbando meus nervos. Eu o pego com toda a intenção de silenciá-lo, já que não há chance nenhuma de ser a única pessoa com quem quero falar, mas o nome na tela me faz parar, e luto com a decisão de ignorar ou não por pelo menos vinte segundos até dar um suspiro e atender a chamada.

— Ah, que bom — Paul diz. — Você está vivo.

— Por um triz — murmuro pateticamente.

— Estou tentando ligar para você a semana inteira — ele reclama.

Tomo um gole do meu copo, saboreando a queimação do uísque descendo pela minha garganta.

— Eu não tinha reparado. Tenho andado ocupado.

— Fiquei sabendo que você pediu demissão.

— É.

— Então você aceitou o emprego de Albuquerque?

— Parece que sim.

— Você não parece muito animado com isso.

Rio secamente.

— Não, né?

— Você já encerrou o seu acordo com a dra. Carter então?

Estremeço.

— Por que está perguntando?

— Só imaginando que pode ser por isso que você parece tão mal-humorado.

— Ela não tem nada a ver com isso — murmuro, veemente.

— Isso é um sim, então — ele suspira.

— Sim, eu encerrei — respondo. — Faz uma semana.

— De novo, você não parece muito animado com isso.

Tomo outro gole, dessa vez maior. Sibilo entre os dentes por causa da queimação.

— É, bem. É a vida.

— Ah, mas que besteira — ele zomba. — Por que terminar as coisas se você fica tão infeliz?

Hesito, me perguntando se contar a verdade para ele é uma má ideia. Agora que Mackenzie não está por perto... estou definitivamente com uma carência no ramo das amizades. Não sei se falar a respeito vai ajudar ou se vai deixar as coisas mais intoleráveis.

— Eu não tive escolha — decido dizer.

— Sempre há uma escolha, Noah. Em tudo.

— Não dessa vez.

— Me fala o que aconteceu — ele insiste. — Você pode me contar.

A emoção brota na minha garganta, fazendo minha língua parecer grossa demais. Não falei o nome dela em voz alta desde que terminamos; só pensar já é doloroso o bastante. Ainda assim, talvez eu me sentisse menos maluco ouvindo que fiz a escolha certa. Acho que *preciso* ouvir isso, só para começar a tentar juntar os cacos.

— Foi o Dennis — suspiro. — Ele descobriu sobre a gente.

— Aquela raposa — Paul bufa. — Imagino que ele tenha ficado extasiado por conseguir esse tipo de vantagem.

— Bem, ele ameaçou o emprego da Mackenzie — digo com firmeza, o nome dela na minha língua ferroando tanto quanto eu imaginava que o faria. — O meu também, é óbvio.

— Isso é ridículo. Você deveria denunciá-lo por assédio.

— E de que isso adiantaria? Ele sabe o que eu sou e sabe que a gente mentiu. Não sei se a carreira da Mackenzie sobreviveria a uma coisa dessas, e não estou disposto a arriscar.

— Você não acha que ela merece tomar essa decisão sozinha?

Isso me faz hesitar. A única coisa pior do que a ideia de colocar em risco o futuro de Mackenzie com a minha mentira é a culpa de mentir para ela. Não tenho um pingo de dúvida de que Mackenzie faria exatamente o que Dennis disse que ela faria, lutaria com unhas e dentes para tentar ficar com tudo — assim como sei que existe uma grande possibilidade de que tudo acabasse exatamente do mesmo jeito. Ela perderia o emprego, e talvez no início não me culpasse, mas no fim... seria inevitável. Seria só uma questão de tempo até que ela percebesse que sem dúvida não vale a pena jogar fora o futuro por mim. Não tenho nada a oferecer para alguém tão brilhante quanto Mackenzie. Não tenho certeza se já tive.

— Já está feito — respondo baixo, fechando os olhos enquanto recosto na poltrona. Eu queria de verdade virar outra bebida e desmaiar no sofá agora mesmo, já que a cama está fora de questão. — Eu não posso voltar atrás agora.

— Então você vai simplesmente fazer as malas e se mudar? Deixar as coisas assim mesmo?

— Esse sempre foi o plano — digo com uma irritação crescente. — Não faz muito tempo que você *queria* isso para mim.

— Bem, isso foi antes de eu achar que poderia haver uma chance de uma vida *de verdade* para você. Não só uma vida de jornadas de trabalho compridas e noites em casa. Sozinho.

— Nunca houve qualquer sugestão de que algo sairia disso. Eu e a Mackenzie concordamos desde o início que era uma coisa temporária. Ela *queria* que fosse desse jeito, Paul.

— E você pode dizer sinceramente que é isso o que ela ainda quer?

— Eu...

Olho para o brilho laranja e vermelho atrás da grelha da lareira, fechando a cara. A lembrança do rosto de Mackenzie quando eu disse duramente que colocava um ponto-final no nosso acordo invade meus pensamentos, tão devastadora quanto na hora. Mesmo que ela quisesse desesperadamente esconder isso de mim, ficou mais do que claro que eu a estava despedaçando com a minha falsa indiferença. Saber que existe uma chance de ela ter começado a sentir algo mais intenso por mim, assim como sinto por ela, faz meu peito doer, porque com tudo o que sei sobre ela, só isso já parece um milagre.

E eu o rasguei em pedacinhos.

— Provavelmente é o melhor. — Estou assentindo devagar para mim mesmo, como se isso pudesse de alguma forma me convencer. — Ela é boa demais para mim, de qualquer jeito.

— Tenho certeza de que você está certo — Paul diz. — O homem que a ama é obviamente a pior escolha possível.

Fico tenso, segurando o telefone com mais força.

— Eu nunca disse que a amava.

— Meu filho — Paul ri. — Você não precisava. Ninguém fica tão mal em relação a alguém, a menos que o ame.

As emoções sufocantes que tenho dado tão duro para reprimir enchem minha cabeça, meu peito e todos os outros lugares — meu corpo se sente pesado e exausto. Sinceramente, eu só queria dormir um pouco e esquecer.

— Vou ter que desligar — digo brandamente para Paul. — Preciso fazer as malas.

Paul suspira, parecendo exausto por sua vez.

— Se valer de alguma coisa... eu sinto muito, Noah. De verdade.

— É — murmuro. — Também sinto.

Desligo sem me despedir, virando na mesma hora o que sobrou no meu copo e fechando os olhos com força para me concentrar apenas em como o líquido queima quando desce. Se eu pudesse voltar atrás, nunca teria encostado a mão nela. Nunca teria me permitido saber como ela é macia, como é quente... Talvez voltasse até o início e dissesse que era uma ideia ridícula, esse nosso plano. Eu enfrentaria o conselho e aceitaria minha penalização e seria o fim.

Só que... eu não saberia como é a risada dela. Não poderia me lembrar de como ela enruga o nariz quando está pensando. A suavidade adocicada do seu perfume que me assombra, mesmo agora. Eu não a *conheceria*, e tenho a impressão de que isso seria uma tragédia ainda maior do que a perder, não a conhecer de todo.

Não me lembro de ter me levantado, mas sinto meu corpo me levando pelo corredor para o quarto, antes sequer de me dar conta de para onde estou indo. Levo só uns segundos para cair na cama, encostando o nariz nos lençóis e respirando fundo. Ainda está lá, quase tão forte quanto no dia em que ela o deixou, e sentir o cheiro dela é quase como tocá-la, como se ela estivesse acariciando meu cabelo ou suspirando no meu ouvido. Isso faz tudo melhorar. Isso faz tudo *piorar*. Isso faz a realidade ficar ainda mais esmagadora, porque sei que nunca mais vou tocá-la.

Rolo para fora da cama o mais rápido que consigo, me afastando do colchão como se ele tivesse me queimado e me maldizendo por ter voltado aqui quando prometi a mim mesmo que não o faria. Vou em direção à porta do quarto, só para parar logo antes dela, me voltando para olhar os lençóis enquanto as lembranças de estar com Mackenzie embaixo de mim me provocam memórias vívidas, tornando aquela sensação sufocante dentro de mim quase insuportável.

Fecho a porta ao sair, fazendo mais uma promessa de não voltar, mesmo sabendo que provavelmente vou quebrá-la. De novo.

Hora de mais uma bebida.

25.

Mackenzie

— Já chega. A gente vai tomar uns drinques hoje à noite.

Eu pisco, me lembrando de onde estou, reparando em Parker fazendo uma careta enquanto mexo minha sopa sem pensar.

— Como assim?

— Eu *não posso* ficar sentado aqui e ver você passando o tempo como um zumbi deprimido mais um dia.

— Eu não estou deprimida — minto, encarando a sopa enquanto a mexo com mais vigor.

Parker revira os olhos.

— Você tem me passado uma energia "Anne Hathaway em *Os miseráveis*" faz uma semana, Mackenzie.

— Não entendi a referência — murmuro.

— Bem, não posso fazer nada se você se recusa a investir em cultura.

— Puxa, valeu.

— Estou falando sério. Você está *me* deprimindo. Eu estou preocupado com você.

Fecho a cara.

— Estou bem, de verdade.

Quer dizer, se *bem de verdade* significa chorar até dormir como uma heroína espezinhada numa comédia romântica depois de ter tomado um fora traiçoeiramente. Mas Parker não precisa saber disso.

— Tanto faz. Você não precisa chorar no meu ombro nem nada, mas pode admitir que está sofrendo.

— Sofrer com o quê? Foi um relacionamento de mentira.

— A maioria das pessoas não dá uma escapada no cio com o cara do relacionamento de mentira — ele acusa. — E não me liga chorando de um café porque o cara do relacionamento de mentira terminou tudo.

— Eu não estava... chorando.

Ele revira os olhos de novo.

— Tá. É claro. Independentemente disso, vamos tomar uns drinques essa noite.

— Eu não estou com muita vontade de sair — protesto sem vigor.

— Bem, eu não estou mesmo com vontade de ver você definhar na minha frente por causa daquele cuzão.

É estranho; meu instinto inicial é defender Noah, mesmo agora. Dizer para Parker que ele não é um cuzão, está só fazendo tudo o que a gente esperava desde o início. E por quê? Talvez seja porque eu tinha (literalmente) me aberto para algo mais, para experimentar uma coisa *de verdade* — só para ter o coração todo pisoteado num sofá velho de um café de que eu gostava bastante. O que é um golpe duplo, porque agora acho que nunca mais vou conseguir voltar lá.

— Tenho certeza de que é só uma bobagem hormonal — digo. — Vai passar.

— Mackenzie — Parker suspira —, você pode vir com essa merda para cima de outra pessoa, porque *eu te conheço*. Eu te vi com ele naquele dia em que você estava entrando no cio. Não sei o que foi que aconteceu entre vocês dois quando eu não estava olhando, mas alguma coisa mudou. E não tem *problema* admitir que você está sofrendo.

Não falo nada, pousando a colher na mesa do refeitório antes de passar os dedos no cabelo, que não me dei ao trabalho de lavar hoje. Pensando bem, não tenho certeza de quando lavei pela última vez.

— Só sai comigo — Parker insiste. — A gente pode esquecer os homens por uma noite.

— É fácil para você dizer isso — resmungo. — O *seu* relacionamento está ótimo.

— E vou ficar feliz em inventar vários problemas para ficar reclamando para o universo.

Meu lábio se contorce, apesar de tudo.

— Tá. Tanto faz. Vamos tomar uns drinques.

— Perfeito — Parker diz alegre. Ele dá uma olhada no telefone. — Tenho que voltar. Te encontro quando você sair?

— Tá bem, tá bem.

Ele me deixa sozinha à mesa, e a sopa continua lamentavelmente intocada, meu apetite inexistente. É assim que é estar com o coração partido? Consegui evitar o romantismo quase a minha vida adulta inteira, e agora que o experimento em primeira mão, ficaria feliz em devolvê-lo.

Repassei aquele dia no café de novo e de novo em minha cabeça, tentando desmontá-lo e encontrar sentido no jeito como Noah estava ansioso para seguir um passo à frente comigo dias antes de acabar com tudo de uma vez. Segundo consta, não faz sentido absolutamente nenhum, mas a expressão indiferente em seu rosto quando me falou que estava tudo acabado, que não era a *hora* certa para ele e para mim... deixou pouco espaço para dúvidas.

E o que é mais confuso é como dói lá no fundo, como a dor se demora como uma ferida que não cicatriza de jeito nenhum. Eu estava tão confiante de que poderia levar as coisas casualmente, que poderia explorar o corpo dele enquanto mantinha meu coração na linha — então por que está *doendo* tanto?

Lá no fundo, eu sei a resposta. É claro que sei. Acho que sei desde a primeira vez que ele encostou a mão em mim, mas eu estava tão desesperada para mantê-lo à distância que de algum modo consegui mandar Noah direto para o meu ponto cego. Eu o mantive onde não conseguia ver o jeito como ele estava conquistando um lugar no meu coração.

E agora estou vivendo as consequências sozinha.

"Não vou deixar você se afastar de mim, Mackenzie."

Tenho que fechar os olhos com força para conter as lágrimas, me recusando a deixar que qualquer um do trabalho veja eu me entregar a essa fraqueza. Recolho a tigela, a colher e o resto do lixo e levo até a lata para jogar fora, uma emoção amarga a que estou me acostumando pingando no meu peito enquanto as palavras vazias de Noah não param de passar pela minha cabeça.

"Não vou deixar você se afastar de mim, Mackenzie."

Rio baixinho enquanto sigo para os elevadores. Acontece que... ele mesmo me afastou.

Está frio do lado de fora do hospital, onde estou esperando Parker depois do meu turno; as luzes da noite se acendem e o céu escurece enquanto a temperatura cai. Esfrego as mãos e bafejo entre elas, encostando na parede do lado de fora da porta, olhando para os grandes arbustos a alguns metros dali.

Parece aquela primeira manhã em que encontrei Noah aqui depois que fechamos o nosso acordo, e há uma parte pequena e patética de mim que imagina que ele pode sair pela porta a qualquer momento. O que sei que está fora de questão; não o vejo desde o dia no café. Ele se certificou disso ao pedir demissão no dia seguinte.

Mesmo sabendo disso, tomo um susto quando as portas automáticas se abrem do meu lado, e dou um pulinho quando sai alguém que não é Noah nem Parker, mas é igualmente familiar.

— Mack?

Eu praticamente não vi Liam desde o dia em que Noah me beijou no corredor; as coisas pareceram estranhas depois que Priya me informou que Liam poderia sentir alguma coisa por mim. Ainda não sei se tem alguma verdade nisso, e com tudo o que aconteceu desde então... não tive a capacidade emocional para sequer considerar lidar com essa possibilidade.

— Ei — eu cumprimento. — Você acabou de sair?

Ele assente.

— Agorinha. E você?

— Tem um tempinho. Estou esperando o Parker.

— Ah. — Ele olha para os pés, oscilando de um lado para o outro. — Eu não tenho visto você nos últimos tempos.

— Ah, é, bem... — Desvio os olhos. — Eu andei ocupada.

— Eu também ouvi dizer que o dr. Taylor pediu demissão.

Isso me faz estremecer, e me esforço para que minha expressão permaneça neutra.

— É. Ele recebeu uma proposta ótima em Albuquerque. Não podia se dar ao luxo de deixar passar.

— E você vai... se mudar com ele?

Forço um sorriso, fazendo um gesto para dispensar a ideia.

— Não, não. Nada disso. Pelo menos não agora. A gente vai manter a coisa toda à distância até acertar os detalhes.

Olha só para mim. Ainda mentindo, até agora. Ainda mantendo o estratagema em prol de Noah. Mesmo quando não existe mais razão para isso.

— Ah. Eu achei... — Liam estende a mão para esfregar a nuca. — Você parecia bem triste ultimamente. Achei que poderia ter acontecido alguma coisa.

Engulo um suspiro.

— Jura?

— Eu percebo essas coisas — ele diz, calmo.

Seus olhos encontram os meus, e vejo uma melancolia neles que não é costumeira. Seus olhos castanhos calorosos estão mais baços, a boca que sorri tão rápido está com uma carranca profunda estampada.

— Sei — digo, sem saber o que mais posso falar. — Bem... as coisas têm estado complicadas.

"Complicadas."

Eu quase posso rir alto da ironia.

— Em relação ao Noah?

Cerro a mandíbula, me virando para olhar adiante para não ter que encará-lo.

— Por que você acharia isso?

— Desculpa, Mackenzie. Não quero ser um babaca... mas algo sempre foi esquisito nessa coisa toda. Eu só... não consigo entender. E agora ele vai deixar você aqui? Como é que alguém poderia abandonar a parceira desse jeito?

Mais uma vez tenho aquela vontade maníaca de rir, porque foi *incrivel-mente* fácil para Noah se levantar e me deixar para trás, considerando que nunca fui sua parceira, para começo de conversa.

— Ele não é... — Minha voz soa muito densa. — Ele não é exatamente...

— Mack — Liam diz suavemente, estendendo a mão para tocar meu ombro. — Sei que eu deveria ter falado alguma coisa antes, mas eu... eu gosto de você. Mais do que só como um colega de trabalho. E eu... — Ele faz um som frustrado. — Eu nunca faria você se sentir como está agora. Infeliz pra caralho.

Olho para ele então, olho para ele *de verdade*, e em outra vida Liam seria o parceiro perfeito. Ele é gentil e atencioso e perfeitamente maravilhoso — mas a verdade terrível de por que não posso estar com ele do jeito que ele quer fica evidente com o primeiro pensamento que brota na minha cabeça, mesmo que não faça sentido.

"Ele não é o Noah."

— Desculpa — digo baixinho, olhando para os pés. — Eu não consigo.

Não é exatamente uma resposta, mas acho que ele percebe o que quero dizer mesmo assim, se o jeito como ele recua a mão servir de base. Eu o escuto respirar fundo, só para soltar o ar em seguida, e quando dou uma espiada, vejo-o balançando a cabeça.

— Certo — ele diz devagar. — Tá. Claro. Desculpa, eu... eu não devia ter falado nada.

— Não, eu fico grata, eu... — bufo. — Que coisa terrível de se dizer. Desculpa. Olha, Liam, você é... *maravilhoso*, e qualquer pessoa teria sorte de estar com você, mas eu...

— Ama o Noah — ele completa, soando melancólico. — Eu entendo. Não dá para lutar contra o amor.

Olho para ele aturdida, tentando processar.

"Amor?"

Por mais que eu esteja patinando, por mais que perder Noah tenha me machucado — nunca considerei que pudesse ser tão terrível porque *amo* ele. Isso é impossível... não é? Não teve tempo o bastante para o amor. É simplesmente... *impossível*.

— Eu...

Liam balança a cabeça.

— Está tudo bem. Você não tem que me explicar nada. Acho que eu precisava te dizer. Só para poder dizer que fiz tudo o que pude.

— Não quero perder a sua amizade — desabafo, ainda me recuperando do que ele disse e tentando entender isso na minha cabeça. — Você ainda é importante para mim.

— Você não vai perder — ele diz com um sorrisinho. — Vou assistir a uns filmes melosos, dar uma boa chorada e, no fim, vai ficar tudo bem de novo.

Sorrio, apesar de tudo.

— É tão fácil assim me superar?

— Não — diz Liam no mesmo tom melancólico. — Não, duvido que seja.

Fico ligeiramente boquiaberta. Não tenho certeza do que responder. Eu gostaria de ter só ficado de boca fechada.

— A gente se vê, Mackenzie — diz ele, me poupando da resposta. Acho que deve ser a primeira vez que ele fala meu nome inteiro desde que nos conhecemos.

Eu assinto, solene.

— A gente se vê.

Eu o vejo seguir para o estacionamento, sem olhar para trás. Me pergunto se um dia as coisas vão voltar ao normal entre nós, e tudo que posso fazer é esperar que com o tempo Liam encontre alguém que o mereça. Que possa lhe dar tudo que ele procura.

Não me mexo até que as portas de correr se abram de novo, com Parker saindo do prédio algum tempo depois, ajeitando o cachecol.

— Ah, ei — ele diz quando me avista. — Desculpa, deu um problema no servidor. Fiquei preso.

Balanço a cabeça.

— Tudo bem.

— Está pronta para aquele drinque?

Bufo uma risada pelas narinas enquanto penso em tudo o que acabou de acontecer, tudo o que aconteceu nos últimos poucos *meses*, na verdade — balançando a cabeça.

"Não dá para lutar contra o amor."

Eu me desencosto da parede.

— É. Estou pronta.

~

— Sabe, era para o álcool *melhorar* a tristeza — Parker resmunga do meu lado no bar.

Viro o resto do meu copo, revirando os olhos.

— Foi ideia sua.

— Porque eu achei que te intoxicar deixaria mais agradável ficar perto de você.

— Uau — bufo. — Você é um amigão.

— Alguém tem que fazer você se cuidar — ele reclama.

Deixo minha cabeça tombar na madeira lustrada do balcão do bar, pressionando o rosto contra ele e suspirando. A leve tontura na minha cabeça deixa *sim* a dor no meu peito menos perceptível, de fato, mas não acaba com ela completamente.

— Eu só não entendo — murmuro.

Parker se debruça em direção à minha silhueta lamentável.

— Você vai ter que falar alto. Não consigo te ouvir com essa merda de música.

— Ei. — Ergo os olhos semicerrados para ele. — A gente não difama a Miley Cyrus nessa casa.

— Ah, é ela? — Ele olha para os alto-falantes fazendo careta. — Eu gostava mais dela na bola de demolição.

— Lamento que nem todo mundo possa ser a Taylor Swift.

— Hum, ela foi a artista do ano *e* a artista da década — Parker diz na defensiva. — *Ninguém* pode ser Tay.

— Tay — eu bufo.

— Mas o que foi que você tinha dito?

— Eu disse que não *entendo* — meio que grito.

— Entende o quê?

— Ele me chamou para sair — gemo. — Um encontro *de verdade*. Por que ele fez isso se só ia me dar o fora?

— A gente pode chamar de fora quando era contratual? — Olho feio e ele levanta as mãos se desculpando. — Tá bem, tá bem. Ele te deu um fora. Ele é um desgraçado.

— Ele não é um desgraçado — choramingo.

— Estou recebendo sinais contraditórios sobre como devo te apoiar.

Solto um suspiro.

— Eu só... tinha *acabado* de decidir que tentaria deixar alguém se aproximar, sabe? Tive uma conversa enorme com a minha avó e teve um chororô e tal, e eu estava sentindo que o universo inteiro estava se alinhando ou alguma coisa do tipo, e aí *pá*. — Bato a mão no balcão para dar ênfase. — Levei um fora.

— Bem, está claro que o Noah não tem nada na cabeça. Obviamente foi por isso que ele fez o que fez.

— É, talvez — respondo com lástima.

— Me fala como posso te animar — Parker insiste, soando preocupado. — Eu odeio mesmo te ver assim, de verdade. É como ver um filhotinho chorar ou algo assim.

— Quem me dera eu soubesse. — Suspiro.

— Quer ouvir sobre uso questionável da internet por parte de um dos seus colegas da equipe do Denver General?

Eu me animo.

— Você ao menos tem permissão para me contar isso?

— Provavelmente não, mas se você começar a chorar eu posso de fato parar de funcionar.

Isso me faz sorrir.

— Achei que era para os gays serem bons com esse tipo de coisa.

— Quantas vezes eu já te disse para não me colocar dentro de uma caixa? — ele bufa. — Posso ser emocionalmente incapacitado se eu quiser. Agora, você quer saber ou não?

— Bem, obviamente — ridicularizo.

— Pois então, há um quiropodista no sétimo andar que está... envolvido demais com o trabalho dele.

Ergo a cabeça, franzindo a testa.

— O que você quer dizer?

— Fotos de pés, Mack. Fotos de *pés*.

— Credo. — Faço uma careta. — Ah, meu Deus. Não é aquele careca que está sempre perturbando na radiologia?

— Vai ver que ele gosta de pés por dentro *e* por fora.

— Isso é nojento. Mas estou gostando. Me conta outra.

— Alguém usa um dos terminais do posto de enfermagem para assistir pornografia todas as noites de quinta-feira.

— *Não.*

— Sim. Estou tentando pegá-lo tem semanas. Estou apostando no Kevin, o zelador esquisitão.

— Ah, ele não... — Eu me lembro de como ele parecia satisfeito de ter nos encontrado praticamente dando uns amassos num depósito, e reconsidero. — Sabe, talvez.

É claro que agora estou pensando em nós dois dentro de um depósito.

O que significa que estou pensando em Noah. O que quer dizer que volto a ficar deprimida.

Deixo minha testa tombar no balcão do bar.

— Eu estava gostando dele de verdade, Parker. Achei que era só coisa idiota de alfa, mas acho que estava *gostando* dele de verdade. Achei que Noah estava gostando de mim também.

— Para ser sincero — Parker suspira —, eu também. Você deveria ter visto ele no dia em que você estava entrando no cio. Era tipo... quase predatório. Achei de verdade que ele ia arrancar o meu braço por tocar em você quando encontrou a gente.

— Então *por que* ele me largou em seguida? Ele só estava atrás de sexo esse tempo todo?

Parker franze a testa.

— Essa conta realmente não fecha para mim. Quer dizer, vocês fizeram *muito* a coisa, hein?

— Basicamente — gemo. — Talvez tenha sido uma coisa de ômega? Ele ouviu o que eu era e estava fazendo hora até eu entrar no cio?

— Você realmente acha que é isso?

Volto a pensar — e me lembro do jeito cuidadoso com que ele me segurou nos momentos em que eu não estava num estado delirante. Me lembro de suas palavras doces e de seu toque mais doce, e praticamente ainda sou capaz de sentir seus dedos roçando de leve na minha pele.

"Não vou deixar você se afastar de mim, Mackenzie."

— Não — respondo baixinho. — Não parece isso.

— Para não dizer todas as merdas de casal que você me falou que vinha fazendo com ele nas últimas semanas. Talvez tenha sido mesmo o que ele disse — Parker sugere. — Talvez ele simplesmente não estivesse conseguindo lidar com o estresse da coisa toda. O cara já era workaholic. Agora vai ser chefe de pessoal? Vai ver ele estava com medo de não conseguir dar conta de tudo. Você sabe como são os homens. Eles acham que estão sendo nobres quando na metade do tempo estão só sendo idiotas.

— Pode ser — suspiro.

Consigo sentir os olhos se enchendo de lágrimas, e é mais difícil lutar contra elas com o álcool no organismo. Sinto a mão de Parker nas minhas costas, fazendo um círculo reconfortante, e estendo a mão por sobre o ombro para dar um tapinha na mão dele, grata por ele estar aqui.

— Quer ouvir mais fofocas de internet?

Assinto debilmente.

— Por favor.

— Deixa eu pensar… — Ele olha para o teto. — Teve a vez que eu tive que bloquear o Tinder do servidor porque um enfermeiro estava postando fotos do pau usando o laptop do trabalho.

— Mas… por quê?

— Talvez ele tivesse um enquadramento mais amplo com a câmera do laptop?

— Uau, ele devia ter um *enorme*…

— Sem comentários — Parker logo diz, pegando seu drinque. — Mas sim.

Uma risada borbulha de mim.

— Me conta outra coisa.

— Hum. Ah! — Ele estala os dedos. — Essa não é muito quente, é meio triste, quase. Tem um cardiologista no andar do No… — Ele percebe que estremeço. — Bem, tem um tal cardiologista que deve ter muita inveja de um certo… outro cardiologista.

Meu queixo cai.

— O que você quer dizer?

— Tive que atualizar o computador dele há pouco tempo, e o histórico de pesquisa não tinha nada além de merdas de alfa. Quero dizer, esse cara está pesquisando a respeito disso há *meses*. E estou imaginando que esse seja o melhor dos cenários.

Mesmo em meio ao enevoado dos meus três drinques, surge um peso em minha mente, alguma coisa sobre o que Parker está dizendo cutucando uma lembrança que parece importante. Eu me ergo, minha cabeça parecendo pesada demais e instantaneamente fazendo eu me arrepender, e encaro atenta a parede atrás do bar enquanto tento pensar.

— Ele não é... — Balanço a cabeça. — O nome dele é Dennis Martin?

— Ei, não sei se deveria te falar os *nomes*...

— Parker. — Fecho os olhos e engulo, tentando juntar meus pensamentos, mesmo enquanto eles continuam escapando de mim. — Parker, você disse que ele está pesquisando alfas faz meses?

— Pelo menos — Parker bufa. — Todo o histórico de buscas estava lotado disso.

— O que... — Continuo com os olhos fechados, pensando. — O que ele estava procurando exatamente?

— Hum, não sei... características de alfas, histórias de terror de alfas, regulamentações de alfas no trabalho...

Preciso me concentrar de verdade, o que não é muito fácil para mim agora, mas respiro fundo para tentar mesmo assim — e uma memória boiando no limite da minha mente implora para ser lembrada. Faz... faz pouco mais de um mês. Desde que alguém denunciou Noah. Se Dennis realmente estava com inveja de Noah... por que ele estaria fazendo buscas sobre alfas por *meses*? Penso ainda mais, desesperadamente atrás do que quer que o meu cérebro queira que eu lembre, sentindo como se as pontas dos meus dedos estivessem ali, roçando na borda da questão.

E então cai a ficha.

Aquele dia. O dia em que entrei no cio. A conversa que eu estava tendo com Parker, a que me convenci de que Dennis não poderia ter ouvido. Como posso ter esquecido disso?

Bufo baixinho. Eu sei a resposta. Três dias de sexo como eu e Noah passamos bastam para fazer você esquecer muita coisa. Penso em como eu e Parker estávamos praticamente gritando, como Dennis apareceu logo em seguida, só alguns segundos depois do que tínhamos dito, e será que ele *poderia* ter ouvido?

Se Dennis... se foi Dennis quem denunciou Noah... Se ele queria *tanto* o cargo de Noah — o que ele não faria se descobrisse que o meu relacionamento com Noah era de mentira?

Pisco e então suspiro, brigando com a possibilidade de esperança e o medo de descobrir que foi tudo em vão. Encaro inexpressiva a parede enquanto pondero o que fazer, se é que devo fazer alguma coisa, porque... e se eu estiver errada? E se a coisa entre mim e Noah só tivesse mesmo chegado ao fim e ele na verdade não sentir nada por mim?

E se Noah quisesse mesmo terminar?

Acho que lá no fundo só existe uma opção para mim, não importa qual seja o resultado.

— Parker — digo, tomando uma decisão.

Ele estanca com o drinque a meio caminho da boca.

— Hum?

— Seria muito difícil acessar remotamente o computador de alguém?

Ele franze a testa, sem entender.

— Não é difícil. Por que você...

Já estou levantando do banquinho, dando um tapa nas bochechas para me ajudar a me recompor antes de apanhar o meu casaco.

— Vem — digo a ele. — A gente vai embora.

Parker parece embasbacado, me observando enfiar os braços nas mangas do casaco e seguir para a porta.

— Aonde a gente está indo?

— De volta para o hospital — lanço por sobre o ombro.

— Você está deixando a conta para mim? *Ei!*

Tenho certeza de que ele vai reclamar disso por um tempo, mas não consigo parar.

Não até que eu tenha certeza.

26.

Noah

— ... E OUTRA COISA — minha mãe diz. — Estou cansada de ouvir sobre a sua vida por meio da *Regina*, justo ela. É *constrangedor*, Noah. Se não fosse pelo fato de aquela filha dela ser tão fofoqueira quanto a mãe, eu não ia ficar sabendo de nada! Não acredito que você não me contou que pediu demissão. Você ia simplesmente embarcar para o Novo México sem nem se despedir?

Considerando o jeito como a minha mãe está me interrogado há dez minutos, decido que talvez seja má ideia lhe dizer que, sim, é provavelmente isso que eu iria fazer. Sobretudo para evitar uma conversa como essa *enquanto* ainda estou curando as feridas relacionadas a Mackenzie.

— Aconteceu tudo muito rápido — digo, tentando acalmá-la um pouco. — Tem sido meio que um turbilhão.

— Ainda assim você poderia ter arranjado um tempo para atender o telefone — ela retruca. — A gente poderia ter feito uma festa de despedida para você.

"Definitivamente não estou no clima de uma festa agora."

— Está tudo bem, mãe. De verdade. Você pode ir me visitar quando eu tiver me acomodado.

— Pode apostar que vou até a porra do inferno — ela bufa.

— Olha a boca — eu a lembro, ganhando outro xingamento.

— E quanto a Mackenzie? O que aconteceu com o "algo mais"?

Será que algum dia vai haver um momento em que pensar nela não faça meu peito doer? Paro de dobrar minhas camisas, respirando fundo.

— Não deu certo.

— "Não deu certo" — ela repete sem expressão. — Soa como uma bela de uma cagada para mim.

Fecho os olhos, suspirando.

— Não era um relacionamento de verdade, mãe.

"Vou precisar ter essa conversa com todas as pessoas da minha vida?"

De repente, fico grato por meu círculo pessoal ser muito pequeno.

— Não me vem com essa — diz minha mãe num tom acusador. — Nós dois sabemos que era mais do que isso.

— É, bem. — Jogo a camisa que estava dobrando no sofá, com mais força do que o necessário. — Acontece às vezes.

— Você pode conversar comigo, sabe — ela diz, mais gentil. — Nunca se é velho demais para receber o apoio da sua mãe.

— Eu estou bem — minto. — Tenho muita coisa para fazer antes da mudança.

— O hospital lamentou a sua demissão?

— Eles me ofereceram um bom aumento para ficar, mas acho que essa vai ser uma oportunidade melhor.

Outra mentira. Não existe oportunidade melhor para mim que não inclua Mackenzie.

— Simplesmente odeio o fato de que você esteja se mudando para tão longe. Você vai ficar absolutamente sozinho.

— Eu estou acostumado — murmuro.

— Bem, não *deveria* estar — ela suspira. — Fico muito preocupada com você, filho. Você está chegando aos quarenta e ainda não tem ninguém em casa para quem voltar. Não quero que você trabalhe até morrer sozinho e jovem.

Minha mãe não tem ideia de como essa conversa está tornando cem vezes pior tudo o que estou sentindo, e estou lutando para manter as emoções sob controle. Se ela descobrir como estou mal agora, a conversa nunca vai ter fim.

— É sério, mãe. Estou bem com o jeito como as coisas estão. Eu gosto da minha vida.

"Mentiroso da porra", penso, infeliz. "Você só achou que gostava."

— Bem. Só estou dizendo que você poderia…

Uma batida na porta me faz perder o resto do que ela está dizendo, e dou um passo para trás para espiar o corredor com cautela. Não me vem à mente uma única pessoa que viria me visitar, a não ser quem sabe Paul — mas mesmo isso parece improvável.

— … um dia você vai olhar para trás e desejar que…

— Só um segundo, mãe — murmuro ao telefone.

Não acho que ela de fato tenha me escutado, porque ainda consigo ouvi-la me dando bronca mesmo quando afasto o telefone do ouvido e começo a seguir pelo corredor. Há outra batida quando me aproximo, mais insistente que a primeira, e olho o relógio na parede e me dou conta de que são quase dez horas, então mesmo uma entrega de qualquer pacote não faz sentido. Não que eu estivesse esperando. Alcanço a maçaneta bem na hora em que há uma terceira batida, que é praticamente um punho socando a madeira. Abro a porta e quase deixo meu telefone cair quando vejo quem está parada ali.

Levo uns bons segundos para me lembrar como formar palavras.

— Mackenzie?

O cabelo dela está desgrenhado, quase como se estivesse correndo, e ela parece estar sem fôlego, com os olhos brilhantes mas duros sob a testa franzida. Noto que ainda está de uniforme, o que não faz sentido, já que ela saiu horas atrás. Isso eu sei. Porque ainda sei a escala dela. Como um esquisitão patético. Ela parece quase com raiva, apontando um dedo para mim.

— Você é uma porra de um *mentiroso*, Noah Taylor.

Recuo, pasmo. Não sei o que esperava que ela dissesse, mas *definitivamente* não era isso.

— Oi?

— Você me ouviu. Não acredito que você teria… — Ela percebe o telefone na minha mão. — Você está no telefone com alguém?

— Merda. — Eu me lembro da minha mãe, que *ainda* está me dando sermões, alheia ao fato de eu não estar ouvindo. Coloco o telefone de volta no ouvido, interrompendo-a. — Mãe, te ligo de volta depois.

— Não vou cair nessa! Sabemos que você não vai...

— Logo nos falamos — digo, ainda aturdido.

Ponho o telefone no bolso devagar depois de desligar, ainda me recuperando da mulher com raiva parada na minha porta.

— Você quer entrar para gritar comigo?

—Ah. — Ela parece menos irada por um instante. — Sim. Desculpa.

Ela passa por mim sem me olhar uma segunda vez, e eu fecho a porta devagar atrás dela, me perguntando se por fim enlouqueci. Talvez essa coisa toda seja uma alucinação. Quando a vejo no meio da sala, seus braços estão cruzados enquanto ela me olha irritada, batendo o pé.

— Como é que você teve coragem de mentir para mim?

— Mackenzie, eu... — Estou dividido entre a total confusão e a euforia por ela estar *aqui*. Que ela está ao alcance, pelo menor tempo que seja. *Porra*. O cheiro dela está condensado com a raiva, e tenho que resistir à vontade de fechar os olhos e respirar fundo, sabendo que isso provavelmente pioraria seu humor. — Desculpa, não estou entendendo.

— O Dennis te ameaçou. Não foi?

Meu queixo cai e perco todas as razões por que minha mentira era tão importante enquanto fico atordoado.

— Como é que você...?

— Eu *sabia*. — Ela bate as mãos, parecendo ter acabado de terminar um quebra-cabeça muito complicado. —Aquele filho da mãe. Ele te entregou para o conselho, e depois quando ouviu Parker e eu conversando no outro dia, deve ter somado dois mais dois, e então ele... — Ela parece quase contrita. — Eu tinha esquecido completamente, foi no dia que entrei no cio, e eu estava tão mal, e ele foi chegando enquanto Parker estava me criticando por me permitir me aproximar demais de você, e eu apenas... esqueci.

— Espera. Parker achou que você estava se aproximando demais de mim? Ela ridiculariza.

— Essa é a sua conclusão?

— Desculpa, eu... eu estou muito confuso agora.

— Sobre que parte, Noah? — Ela dá um passo adiante, enfiando o dedo no meu peito. Só consigo pensar em como estou feliz por ela estar me tocando de novo. — Sobre o fato de que você mentiu para mim? Sobre ter partido a droga do meu coração porque não confiou em mim o bastante para me contar que o Dennis estava te ameaçando?

Pisco, ainda vacilando.

— Eu parti o seu coração?

— Você quer que eu te bata? É isso? Não ligo para o quanto você é grande, juro que vou...

— Como você descobriu?

— O Parker. Ele me disse que o Dennis está pesquisando umas merdas sobre alfas há meses. Somei dois mais dois e sabia que alguma coisa tinha que ter acontecido. Quando a gente invadiu o computador dele, encontramos fotos que ele tirou dos resultados de um dos seus exames físicos, que você tinha deixado na sua mesa. Acho que foi assim que ele descobriu.

— Vocês *invadiram* o computador dele?

Ela ergue as mãos.

— Por que é que você está se concentrando em todas as coisas erradas?

— Então *o Dennis* me entregou?

— Quer dizer, você está surpreso? Aquela raposa está atrás do seu cargo faz muito tempo, certo? Não precisa forçar muito para que ele seja o candidato mais provável para te sabotar desse jeito.

— Não acredito — solto. — Eu sabia que ele me odiava, mas nunca achei que poderia xeretar o meu escritório desse jeito.

— O que ele fez foi um *crime*, Noah. A gente pode, no mínimo, enquadrá--lo em uma violação da Lei de Portabilidade e Responsabilidade dos Provedores de Saúde. Depois tem a chantagem. A gente pode encurralar esse cuzão.

— A gente?

Ela faz uma parada, parecendo incerta pela primeira vez desde que chegou.

— A não ser que você... — Ela franze o nariz. — A não ser que você não estivesse mentindo no café?

— Mackenzie, eu... eu te machuquei de verdade.

— Pode apostar que machucou pra caramba. Cá estou eu, por fim achando que posso tentar toda essa coisa de relacionamento, e você aparece com a besteirada estúpida de "não sei se é a hora certa para a gente", e se não achasse que você estava fazendo isso por causa de alguma ideia absurda de alfa de me proteger, eu nem estaria aqui. — Ela projeta o queixo, me encarando. — Foi por isso que você fez o que fez, Noah?

Eu poderia seguir com a mentira, mesmo agora. Ainda tem uma parte de mim que acha que no fim Mackenzie teria se dado conta de que eu não bastava, que existem opções melhores para ela por aí, e talvez uma boa pessoa lhe desse essa oportunidade. Talvez uma pessoa melhor a guiasse porta afora para garantir que nada de ruim acontecesse com ela.

Mas talvez eu não seja uma pessoa melhor.

— Ele ameaçou o seu trabalho — conto devagar. — Ele ia denunciar você por mentir para o conselho.

— Aquela porra daquele idiota — Mackenzie sibila. — Vou fazer uma torção testicular nele quando o vir de novo.

— Você não está... brava comigo?

— Ah, eu estou brava com você — ela me garante, irritada. — Você devia ter me falado a verdade. A gente podia ter achado uma solução junto. Você devia ter *confiado* em mim, Noah.

— Eu devia — repito baixo, sabendo que ela está certa. — Desculpa.

— Eu não sou uma donzela em perigo que precisa ser salva por você. Era a *minha* carreira em jogo também, e eu merecia ter voz aqui. Você tirou isso de mim quando ficou todo machão alfa.

— Eu sei. Sei disso, mas eu...

— Era exatamente isso que eu queria evitar quando você descobriu o que eu era. Nunca quis ou precisei de alguém para me proteger, entendeu? Posso fazer isso sozinha. O que eu quero é alguém do meu lado. Mesmo nos tempos difíceis. — Ela pisca, parecendo surpresa. — Porra. Eu nem sabia que era isso que *eu queria* até você aparecer.

— Mackenzie, eu... — Passo os dedos no cabelo, ansioso. — Você está certa. Você está absolutamente certa, tá? Eu nunca quis te machucar, você tem que acreditar em mim. É só que eu... — Solto um suspiro forte, me esforçando para encontrar as palavras. — Nunca gostei de alguém como gosto de você.

Ela pisca, surpresa, e a raiva que estava na ponta da sua língua desaparece.

— O quê?

— Não sei quando aconteceu, e sei que a gente queria evitar isso, mas em algum ponto no meio desse disparate todo de parceria de mentira, comecei a gostar de você *de verdade*. E isso me apavorou. Não só porque a sua carreira foi de repente posta em risco, mas porque sabia que um dia você descobriria que merecia bem mais do que eu.

— Bem mais do que você — ela repete devagar.

Assinto, olhando para os pés.

— Eu sou mais velho do que você, e não sou muito divertido, e estou descobrindo que sou muito possessivo e... olhe só para você — gesticulo para ela. — Você é engraçada e inteligente, e todo mundo te adora. Quer dizer, eles me chamam da Porra do Lobo Mau do Denver General, pelo amor de Deus.

— Noah... — ela começa, mas não consigo parar de falar agora.

— A última coisa que quis fazer foi te machucar, mas eu sabia que você mergulharia de cabeça para lutar contra isso, e eu não poderia arriscar que você jogasse tudo no lixo. Não por mim. Porque você pode não se arrepender hoje ou amanhã, mas um dia... você ficaria ressentida comigo por isso. E eu mereceria. Entendi que esse futuro seria bem mais doloroso para você do que terminar as coisas por aqui. Achei... — Respiro fundo, soltando o ar quando por fim levanto a cabeça para encontrar os olhos dela. — Achei que seria mais fácil para você simplesmente me esquecer antes que eu pudesse te machucar ainda mais.

Ela não diz nada por um bom tempo, e os segundos passam enquanto nós dois só nos encaramos. Não consigo imaginar o que ela pode ter para dizer sobre tudo isso, mas me preparo para o pior.

Ela balança a cabeça.

— Você está certo.

Sinto a derrota pesando sobre os ombros.

— Eu sei — digo, abatido. — Entendo se você...

— Eu *teria* mergulhado de cabeça para lutar contra isso — ela interrompe, e esqueço o que ia dizer. — Não só por mim, mas por *você* também.

Fico pasmo de novo.

— O quê?

— Noah — ela suspira, beliscando o nariz —, você não é tão mau quanto quer que as pessoas acreditem. Você é um bom médico, e uma boa pessoa, e você me faz rir... mesmo sem querer. Você não é o lobo mau de lugar nenhum. Você é só um grande de um gênio idiota com boas intenções e má execução.

— É mesmo?

— É — ela diz, exaurida. — É, é isso que estou começando a perceber.

— Achei mesmo que estava fazendo o que era melhor para você — digo sem ânimo.

Ela assente.

— Mas agora você entende que não era. Certo?

— Certo — respondo suavemente. — Acho que entendo.

— Você disse que gostava de mim — ela diz com uma expressão indecifrável.

Respiro fundo.

— Eu gosto.

— Por quê?

— Porque... — hesito, não por não saber a resposta, mas por estar com dificuldades de encontrar as palavras certas. — Porque quando estou com você... não sinto que estou só seguindo o andamento da vida. Quando estou com você... eu sinto que estou *vivendo* de verdade.

Seu lábio treme, mas é o único sinal que ela oferece antes de pigarrear. Ela balança a cabeça devagar e então me pega completamente de surpresa quando seus lábios se curvam de leve.

— Isso chegou perigosamente perto de poesia, Noah Taylor.

Eu me animo, sentindo a esperança despertar no meu peito. É um sentimento desconhecido.

— Foi terrível.

Ela bate o pé languidamente, ainda me examinando.

— Você me machucou de verdade.

— Eu sei — digo, sentindo aquela pontada de culpa me perpassar. — Me desculpa, Mackenzie.

Ela já não está sorrindo, mas enruga o nariz enquanto pensa, e seus olhos perscrutam meu rosto. Conto dez segundos, e então vinte mais — e cada segundo é agonizante enquanto espero que ela me dê outra chance ou saia da minha vida para sempre. Sei com certeza qual é a opção que eu mereço, em todo caso.

— É, bem — ela diz por fim, soltando o ar com força e apertando os punhos nos quadris. — Você definitivamente vai ter que me compensar.

Aquela chama minúscula de esperança está de volta, ameaçando crescer ainda mais.

— Vou?

— É óbvio — ela bufa. — Você vai ter que rastejar por mim por muito tempo, dr. Taylor.

Eu não consigo evitar. Meus lábios têm um espasmo.

— Por muito tempo?

— Anos, talvez — ela diz no mesmo tom de queixume. — Estou falando de sopa sob demanda. Orgasmos encadeados. Mais da poesia terrível. Ainda não decidi.

— Eu me viro com isso — digo com um sentimento de ofuscamento e felicidade crescendo por dentro. — Posso rastejar pelo resto da vida.

Isso a faz arfar, e sua expressão se suaviza um pouquinho enquanto ela morde o lábio.

— Eu vou ser muito chata — ela me diz.

— Tudo bem — garanto a ela, dando um passinho cuidadoso para diminuir a distância entre nós. — Eu sou especialista em ser insuportável.

— E vou ficar assustada às vezes — ela continua.

— Posso estar ao seu lado para garantir que não seja por muito tempo — prometo, diminuindo a distância em mais um centímetro.

Seus punhos deslizam dos quadris, até os braços ficarem pendurados junto do corpo. Ela fixa os olhos nos meus.

— E você nunca pode ir embora.

— Eu nunca quis fazer isso, para começo de conversa — digo, e meus dedos se estendem para se fechar de leve em torno dos seus braços. — Não quero deixar você nunca mais.

— E se você um dia…

Mal consigo esperar mais um segundo, e minha boca se choca contra a dela enquanto a puxo para perto de mim. Ela se derrete como se estivesse esperando por isso tão desesperadamente quanto eu, e seus dedos agarram minha camisa enquanto tentam me puxar mais para perto. Meus lábios se movimentam contra os dela brutalmente enquanto minha língua mergulha na sua boca, minhas mãos deslizam nos seus braços e ombros, subindo pelo pescoço até que meus dedos se enrosquem em seus cabelos.

— Desculpa — solto entre beijos. — Desculpa.

— Rastejar — ela suspira. — Você vai rastejar muito.

Sorrio junto da sua boca enquanto minhas mãos descem por suas costas.

— Eu não tenho sopa aqui, mas... provavelmente já posso começar com a tal lista.

— Bem, se você acha que deve... *ah*.

Eu a puxo para os meus braços enquanto minha boca volta a se encostar na dela, praticamente correndo rumo ao meu quarto, com medo de que se eu jogar mais um segundo fora ela possa desaparecer. De que vou acordar e tudo isso vai ter sido um sonho. Suas mãos estão debaixo da minha camisa, puxando o tecido com tanta força, tentando tirá-la, que ela quase a rasga.

Eu a deixo cair na cama e termino a tarefa para ela, jogando a camisa em algum lugar no chão antes de erguer a dela para beijar sua barriga. Seu cheiro é tão bom, *doce* pra cacete — tudo muito mais inebriante agora depois de pensar que eu nunca experimentaria isso de novo. Subo o sutiã com força para levar a boca à parte baixa e macia do seu seio, mordiscando de leve enquanto ela se contorce nas minhas mãos.

Tiro sua blusa pelos braços, jogando-a por sobre o ombro enquanto volto minha atenção para o volume dos seus peitos se derramando pela parte de cima do sutiã. O gosto da pele dela é tão parecido com mel quanto o seu cheiro, e acho que se eu tivesse a chance poderia passar horas sentindo o gosto de cada centímetro, se ela deixasse. Só recuo quando ela se estica entre nós para mexer em uma pecinha de plástico entre os seios, sorrindo para o que certamente é uma expressão de espanto no meu rosto quando as taças caem de lado revelando tudo para mim.

— O fecho é na frente — ela ri.

Abaixo a cabeça para acariciar seu mamilo com a língua, murmurando na sua pele.

— Genial da porra.

— *Noah* — ela arfa quando a chupo.

Seus dedos se curvam nos meus ombros, as unhas cravam na minha pele, e eu gosto da leve ferroada, um lembrete de que ela está aqui. De que ela está aqui *de verdade*.

Começo a descer pelo seu corpo, com a boca na sua pele o tempo todo, até que meus dentes arranham a ondulação de sua barriga e meus dedos se agarram no elástico da calça do uniforme. Eu a desço por suas coxas com a calcinha não muito atrás, fechando a mão na mesma hora ao redor dela para que possa beijar as coxas macias, suaves e quentes na minha língua.

— Noah — Mackenzie diz, impaciente. — Já faz quase duas semanas, você não quer só...

Ela geme quando dou uma mordidinha na sua coxa.

— Já *fez* quase duas semanas. E você falou sim que os orgasmos encadeados faziam parte do processo de rastejamento.

Ela estremece quando arrasto a língua na sua pele, levando-a para mais perto de seu centro fogoso, que já está molhado para mim. Sou recompensado com um leve som de prazer quando lambo uma faixa quente entre as suas pernas.

— *Ah.*

E pensar que talvez eu nunca mais fosse sentir o gosto dela desse jeito de novo. Fecho os olhos, murmurando enquanto lambo de novo, mais devagar. Ela se contorce só o bastante para que eu tenha que fechar as mãos no alto das suas coxas para mantê-la no lugar, usando a língua para pegar a porção de umidade que sai dela. Sei que vou sentir ela tão gostosa quanto seu sabor, e a lembrança do seu calor em volta do meu pau basta para me fazer ansiar por isso.

Mas uma coisa de cada vez.

Eu a provoco, passando a ponta da língua em volta do clitóris, mas não exatamente o tocando — a ouço fazer barulhos frustrados enquanto enfia os dedos no meu cabelo para puxar devagar. Bato de leve no seu botãozinho tenso antes de cobri-lo por inteiro, girando a língua num círculo lento antes de envolvê-lo com os lábios para chupá-lo.

O efeito é imediato; ela projeta os quadris para cima irrefletidamente e seus dedos puxam meu cabelo com mais força — e quando uso um pouco mais de vigor, chupando-a para fazê-la gemer, consigo sentir as suas coxas se apertando nas minhas mãos como se ela estivesse tentando fechar as pernas para fugir da sensação. Como se fosse demais para ela.

— Noah — ela suspira. — *Noah*. Não pa… *porra*.

Não a estou provocando agora; já *fez* quase duas semanas, afinal de contas, e o que pode parecer um espaço curto de tempo é como uma eternidade quando não posso tocá-la. Solto suas coxas só para deslizar a mão por baixo de Mackenzie, erguendo-a para ter acesso a mais partes suas com a minha boca. Uso a outra mão para curvar dois dedos dentro dela, esfregando o ponto sensível em que sei que vou encostar o meu pau logo depois. Quase consigo sentir como ela vai se encaixar em volta de mim quando meu nó inchar.

Bombeio os dedos para dentro e para fora dela numa confusão, enquanto chupo mais intensamente o clitóris, e suas coxas apertam minhas orelhas com tanta força que é quase desconfortável, mas isso com toda a certeza não vai me parar. Ela começa a tremer quando está quase lá, as mãos agarrando qualquer lugar que alcancem, sejam os lençóis ou os travesseiros ou os meus ombros e tudo de novo, e quando ela finalmente goza, tremendo na minha língua enquanto ofega de contentamento… é quase o bastante para *me* fazer gozar junto com ela. Quase.

Ela já está puxando meus ombros antes mesmo de se recuperar completamente, e meus dedos ainda se mexem dentro dela para prolongar seu prazer enquanto minha boca se choca contra a dela. Sei que ela pode sentir o próprio gosto na minha língua, e não sei dizer por que isso me deixa com ainda mais fogo, mas deixa. Sinto suas mãos empurrando com insistência a calça de moletom que ainda estou usando para tentar tirá-la, e levo apenas uns segundos para assumir a tarefa, chutando-a para longe para que não haja nada além da nossa pele e do seu calor e da ânsia fogosa do meu pau enquanto ele se encaixa nela.

— Achei que nunca mais ia ter isso de novo — murmuro na boca de Mackenzie.

Ela empina o quadril para que eu esfregue meu pau na entrada molhada.

— Anda, Noah.

Ela passa os braços em volta do meu pescoço enquanto meu braço se curva embaixo dela, segurando-a com força enquanto pressiono na sua entrada para deslizar devagar para dentro. Assisto a sua expressão enquanto meto centímetro após centímetro, me deliciando com o ligeiro abrir da sua boca, suas pálpebras semicerradas, o jeito que ela está me olhando como se eu estivesse lhe dando tudo o que ela precisa.

Ela me beija quando estou dentro dela inteiro, a língua se enroscando na minha e os dentes mordiscando meu lábio inferior, assentindo de leve como se estivesse me dizendo sem palavras para eu me mexer. Não que eu precise de qualquer motivação. Seus mamilos estão duros no meu peito enquanto me movo dentro dela, comichando a minha pele enquanto aproveito o deslizar úmido do meu pau a preenchendo. Apoio a mão perto de sua cabeça no colchão para me preparar, garantindo que estou mantendo sua cintura bem firme para poder segurá-la junto de mim enquanto giro meus quadris para dentro dela.

Sinto aquela urgência aumentando por dentro; há um tamborilar constante *minha minha minha* pulsando sob a minha pele que vem de um lugar que estou só começando a conhecer. Um lugar que só *ela* consegue acessar. Isso faz eu me sentir mais selvagem, mais desesperado… faz eu me sentir como se nunca fosse ter o bastante dela.

— *Porra* — grito. — Não quero parar nunca de fazer isso.

Mackenzie ri sem fôlego, me puxando para baixo para beijar minha mandíbula.

— Isso é uma tentação.

— Eu poderia te manter aqui — murmuro, deixando minha cabeça pender para arranhar os dentes em seu ombro. — Te manter cheia com o meu nó para sempre.

Ela prende a respiração quando roço meus lábios na glândula quente e latejante na base do seu pescoço, passando a língua nela.

— Noah.

Tenho impulsos absurdos de fechar os dentes aqui, de marcá-la para o resto dos seus dias, para que todo mundo saiba para sempre que ela pertence a mim, que eu pertenço a ela — mas uma partezinha resistente do meu cérebro que ainda se agarra a um resquício de sanidade sabe que não é hora para isso. Ainda não. Eu a beijo ali mais uma vez, só para garantir, com força o bastante para deixar uma marca, no mínimo.

"Um dia."

— Goza pra mim assim? — Enfio mais fundo, o suficiente para que ela gema no meu ouvido, e isso só faz eu me sentir mais *selvagem*. — Você está tão *molhada*. — Meus lábios descem pela lateral da sua mandíbula, minha respiração marulhando a pele ali. — É pra mim?

— É, é, Noah... *ah*... continua.

— Assim. — Bato o quadril, grunhindo enquanto sinto meu pau inchando à medida que uma pressão quente começa a aumentar. — É isso que você quer?

— *É. Eu... Eu vou...*

— Goza comigo — solto. — Quero sentir você gozar no meu nó. Goza?

— Ah. *Ah*.

Seus dentes afundam no meu ombro, seus gritos ficam abafados na minha pele enquanto ela desmorona, e rilho os dentes quando meu nó começa a inchar, alargando-a para o que parecem medidas impossíveis, até que eu não consiga mais me mexer dentro dela. Nós dois ficamos sem fôlego em seguida, meu corpo treme enquanto jorro bem fundo para preenchê-la, e suas mãos alisando meus ombros parecem um fogo escaldante depois de tudo isso.

Não consigo acreditar que teve um momento em que quase escolhi viver sem isso, sem *ela* — tudo em relação às minhas intenções antes dessa noite parece agora absolutamente estúpido. Seus olhos estão vidrados e o seu sorriso é lânguido quando recuo para olhar para ela, e meus lábios se curvam para parear com os dela quando ela tira o cabelo ensopado da minha testa.

— Em relação a rastejar — ela diz depois de um respiro entrecortado. — Isso é um começo.

— Estou preparado para passar um tempo *incrivelmente* longo te compensando — digo, sério. — Várias vezes por dia, se tiver que ser assim.

Ela solta uma risada.

— Uau. Um sacrifício e tanto.

— Às vezes eles valem a pena.

Ela ainda está sorrindo e me beijando, e quando desço para encontrá-la, sinto um leve tranco no meu nó que me faz tremer, e prendo a respiração.

— É melhor você nunca mais fazer isso — ela me diz de repente, e quando recuo a cabeça, vejo a preocupação nos seus olhos. — Nunca mais mente para mim desse jeito.

Aquela culpa volta a surgir em mim por ter feito isso.

— Nunca. — Subo a mão por suas costas para segurar sua cabeça, garantindo que ela não possa olhar para nenhum outro lugar a não ser para os meus olhos, esperando que ela enxergue a sinceridade neles. — Eu não vou te deixar, Mackenzie. Nunca mais. Fui um idiota de pensar que ia conseguir, para começo de conversa. — Descanso a testa na dela. — Eu sei que você não acredita em destino, mas... — Meus lábios encostam suavemente no canto da sua boca, sussurrando. — Acho que talvez eu possa acreditar.

— E talvez eu possa estar — eu a ouço engolir em seco — me acostumando com a ideia.

Eu me ergo, com um sorrisinho.

— É?

— Pode ser — ela emenda. — Só um pouco.

— Já está bom para mim.

Ela parece séria novamente.

— A gente vai procurar o conselho amanhã.

— Vai?

— Sim. A gente vai garantir que aquele filho da mãe não se safe de nada disso. Quero ver ele frito, Noah.

— Olha só para você — rio, passando os dedos em seu cabelo. — E eu aqui pensando que estava te protegendo, mas é você que está fazendo isso.

— Alguém precisa fazer — ela diz, impassível. — Você é tão frágil, afinal de contas.

Meus lábios se contraem.

— Sou?

— Encare isso, dr. Taylor — provoca ela. — Você precisa que eu tome conta de você.

Eu não estou rindo agora, meu sorriso inexistente e meus olhos examinam cada centímetro do seu rosto.

— É — digo baixinho. — É, acho que eu preciso.

Amanhã vai ser um pesadelo, e não tem como saber o que vai acontecer — mas agora… agora, não tem nada além do calor de Mackenzie e dos sons suaves e do seu corpo tão macio que se encaixa à perfeição no meu. Tudo isso torna uma coisa gritantemente óbvia, uma coisa que eu deveria ter descoberto muito antes.

Eu *nunca mais* vou deixar essa mulher se afastar de mim.

Mackenzie

— Vocês estão dizendo... que *não* são parceiros?

Eu e Noah trocamos um olhar, e ele acena para mim, incentivando.

— Não — respondo, sustentando o olhar do velho integrante do conselho. — A gente não é.

Outro homem abre a boca do outro lado da mesa.

— Então você mentiu nas declarações?

— Você não me deu exatamente muitas opções — Noah diz, irritado.

— Agora, dr. Taylor — interrompe uma mulher ficando grisalha —, nunca se falou em nenhuma medida disciplinar em relação à sua designação, preciso deixar isso claro. Essa fachada foi totalmente desnecessária. E antiética, entendo.

— Não — retalio com raiva. — O que é antiético é a atmosfera dessa instituição. Todo mundo conhece as repercussões tácitas para alguém como o Noah. Pouco importa o fato de ele ser o médico mais qualificado que qualquer um de vocês já empregou, provavelmente.

— Dra. Carter, isso não é...

— Se vocês são tão tolerantes, por que perguntar a designação de alguém durante o processo de contratação? — Cruzo os braços. — Como é que isso afeta a competência de uma pessoa?

O primeiro senhor idoso do conselho estala a língua.

— Veja bem, é responsabilidade desse conselho garantir a segurança dos nossos funcionários, mesmo que isso queira dizer fazer perguntas incômodas.

— E o Noah já deu a esse hospital alguma indicação de que era perigoso de qualquer forma? Ele não desempenhou suas funções com competência exemplar?

Alguns dos membros do conselho trocam um olhar.

— Isso é… verdade — diz a mulher mais velha. — O dr. Taylor nunca nos deu indicação de que precisava de supervisão.

— Porque ele é um médico bom pra cacete — explodo.

— Mackenzie — Noah alerta gentilmente, segurando a minha mão.

Olho para ele com o peito repleto de indignação, e ele aperta minha mão, me abrindo um sorriso antes de se virar para o conselho.

— A culpa por omitir meu status quando fui contratado recai totalmente sobre mim. Assim como a ideia de apresentar a dra. Carter como minha parceira para proteger o meu trabalho.

— Noah, não…

Ele me lança outro olhar de alerta antes de seguir.

— Mas ainda assim cumpri todos os requisitos do meu cargo muito além das expectativas durante meu tempo aqui e, se me derem a oportunidade, eu gostaria de continuar fazendo isso.

— Bem — um homem diz —, você já pediu demissão…

— Sobre isso — Noah responde —, fui informado de que a pessoa que me denunciou ao conselho é um colega cardiologista, e descobri que ele obteve essa informação invadindo meu consultório e violando meus direitos protegidos pela Lei de Responsabilidade de Provedores de Saúde ao vasculhar meus registros médicos pessoais. Desde então, o dr. Martin me ameaçou, me chantageou não apenas em relação ao meu emprego, como também ao da dra. Carter, e acho que esses dois casos justificam um processo, caso eu decida prosseguir com isso.

— Para não falar no processo de discriminação que vamos abrir se vocês optarem por desligar o Noah de vez só por causa do que ele é — digo.

Todos os membros do conselho trocam olhares, parecendo nervosos.

— Não vamos passar o carro na frente dos bois. Nós não decidimos oficialmente nenhuma penalidade aqui. E se todos nós apenas fizéssemos uma pausa para respirar, hein?

— Não acho que me vou me sentir confortável em voltar com a presença do dr. Martin, tão disposto a infringir a lei somente para ficar com o meu cargo — diz Noah. — Se ele não tivesse interferido, nunca teriam surgido essas questões, para começo de conversa. — Noah olha o chefe do conselho bem nos olhos. — Além do mais, como vocês nunca se posicionaram *oficialmente* contra alfas durante os procedimentos de contratação, não há base *oficial* para me desligar por conta disso, há?

— Mas a sua demissão...

— Creio que me ofereceram um aumento de salário significativo caso eu optasse por permanecer — diz Noah, alegre. — Não dei minha resposta oficial em relação a isso, não é? Gostaria de aceitar os termos.

Todos os quatro membros do conselho parecem pasmos, boquiabertos ao perceber que nós os encurralamos.

— Além disso, também gostaríamos de divulgar oficialmente o nosso relacionamento — acrescento.

A mulher parece confusa.

— Mas você disse...

—Ah, nós não somos parceiros — garanto a ela.

Noah pigarreia.

—Ainda não.

Meu queixo cai enquanto olho para ele, uma sensação de vertigem pula no meu peito. Seus olhos são calorosos, até demais para a situação, e tenho que segurar um sorriso, voltando minha atenção para o conselho.

— E também gostaríamos de solicitar oficialmente a demissão do dr. Martin. Isto é, se vocês quiserem evitar que nós tomemos medidas legais pelos diversos crimes que ele cometeu.

O membro mais velho do conselho se debruça na direção da mulher ao seu lado, ambos parecendo nervosos enquanto sussurram rápido um para o outro antes de se voltarem da mesmíssima forma para os demais membros sentados em torno da mesa. Enquanto deliberam aos sussurros, Noah não solta minha mão, segurando-a firme para me lembrar de que ele está aqui — que não importa o que aconteça, estamos juntos nisso.

É um sentimento novo para mim, mas acho que não desgosto dele.

— Dr. Taylor — o velho integrante do conselho por fim chama, soando cansado. — À luz dessas novas descobertas, acho que é seguro dizer que você poderá retomar o trabalho a partir da semana que vem. Gostaríamos de nos desculpar oficialmente por fazê-lo se sentir importuno na nossa equipe por conta da sua designação. Não é do interesse desse conselho perder tempo com exclusões de quaisquer tipos. Sobretudo não no caso de alguém tão talentoso quanto você.

Eu me sinto radiante, e a vitória me invade.

— E o dr. Martin?

— Certo — diz a mulher mais velha. Ela gesticula para a secretária que toma nota da ata na ponta da mesa. — Patricia, você poderia, por favor, mandar chamar o dr. Martin? Parece que temos muita coisa para discutir.

— Vamos garantir o encaminhamento de uma transcrição oficial dessa reunião para os seus arquivos após a conclusão — diz um membro de meia--idade meio calvo. — E, mais uma vez, nossas mais profundas desculpas.

— Não é necessário se desculparem — Noah diz a eles, parecendo sincero. Ele me olha. — No fim das contas acabou valendo a pena.

"Noah Taylor? Sendo meloso? Daqui a pouco o céu vai começar a despencar."

Ele me puxa para fora da sala do conselho depois de nos despedirmos, e nenhum de nós diz qualquer coisa até estarmos no fim do corredor, onde ninguém pode nos ouvir. Dou um gritinho quando ele se vira de repente e me levanta do chão, me puxando para o alto e para junto do seu corpo antes de encher a minha boca com um beijo ardente. Ele me segura ali por muito mais tempo do que o apropriado, considerando onde estamos, mas não consigo ligar, e só aproveito o calor dos seus braços e o beijo e todo o resto.

Escorrego de volta para o chão devagar, meu corpo desliza junto do dele até que meus dedos tocam o linóleo antes de meus pés se assentarem no chão.

Ele está sorrindo para mim como se eu fosse algum tipo de presente, acho isso contagioso, e minha boca acaba refletindo o movimento.

— Não acredito que a gente conseguiu — rio.

Noah dá de ombros.

— Você fala de ações judiciais para essa gente e elas quase molham as calças.

— Talvez devesse ter sido a nossa *primeira* linha de ação — digo com falsa irritação.

Noah ri.

— Acontece que não sou tão inteligente quanto eu achava.

— Tudo bem — digo sem expressão. — Garanto que vou te ensinar uma coisinha ou outra.

— Perfeito — ele diz com um sorrisinho.

Não ouvimos os passos em meio à nossa conversa, então ficamos levemente surpresos quando escutamos sua voz áspera.

— Ora, se não são os pombinhos — diz Dennis. — Engraçado ver vocês aqui. Decidiram que o trabalho de vocês não valia a pena, no fim das contas?

Sinto Noah ficar tenso ao meu lado, mas pressiono a mão em seu peito, dando um sorriso doce para Dennis.

— Na verdade, a gente acabou de ter uma boa conversa com o conselho sobre uma coisa muito pior do que mentir numa declaração de relacionamento. Não é, Noah?

— Isso mesmo. — Noah assente rígido. — Parece que eles estão bem mais interessados em coisas como extorsão e violações da Lei de Portabilidade e Responsabilidade dos Provedores de Saúde. — Ele estala a língua. — Não fica muito bem para o hospital quando um dos funcionários está mexendo com coisas assim.

Ver a cor sumindo do rosto de Dennis é extremamente satisfatório, e fica claro pela sua expressão que ele não tinha considerado nem por um segundo essa possibilidade. Ele achou *mesmo* que tinha vencido, que tinha nos pegado de jeito, e por si só isso me dá vontade de dar um chute no meio de suas pernas. Mas concluo que a total ruína de sua carreira vai ser muito melhor.

— Divirta-se lá dentro — digo.

— Sua *puta* maldita — Dennis rosna enquanto começa a dar um passo na minha direção.

Ele nem consegue dar um passo completo antes que Noah prense Dennis na parede com o antebraço contra seu peito, parecendo um homicida enquanto fala devagar e com cuidado.

— Dr. Martin — diz Noah, com uma raiva latente no tom —, se você encostar nela, vou te mostrar *exatamente* como é o famoso temperamento de um alfa e arrancar os seus dois braços para garantir que isso nunca aconteça de novo. Entendeu?

Percebo Dennis engolir em seco, com o rosto branco como a neve. Ele parece mais velho assim, mais frágil. Ainda assim, não sinto nem um pouco de pena. Ele é um babaca completo, afinal de contas.

— Vou te botar no chão agora — Noah diz. — E você vai embora. E não vai nem *olhar* para a Mackenzie.

Dennis não diz nada, só fica com a boca abrindo e fechando como um peixe fora d'água.

— Entendeu — Noah repete sombrio — o que eu disse?

Dennis passa os lábios um no outro.

— Sim — ele diz baixo. — Entendi.

— Que bom. — Noah sorri, animado, e seu comportamento todo muda num piscar de olhos. — Uma boa reunião para você.

Dennis dá meia-volta rápido, como se temesse que Noah pudesse ir atrás dele, e eu não posso fingir que ele não fica incrivelmente atraente ligando o botão alfa daquele jeito. Eu sou toda a favor do feminismo… mas puxa vida.

— Isso foi… pura satisfação — Noah diz depois de um segundo, voltando-se para mim.

— Hum-hum. — Aperto as mãos nos seus ombros. — Teria sido melhor se você tivesse batido nele.

Noah balança a cabeça, rindo baixinho.

— Acho que o conselho vai machucá-lo mais do que eu seria capaz.

— Meu Deus, eu queria que a gente pudesse estar lá dentro para ver. Você acha que ele vai chorar?

— Quero imaginar que é assim que vai acontecer.

Eu sorrio.

— Não tem problema você desistir do emprego de Albuquerque? É uma boa oportunidade, sabe.

— Mackenzie… — Noah me puxa para junto dele, com a mão firme nas minhas costas. — Você é a melhor oportunidade que eu poderia escolher.

Sinto o calor correndo nas minhas bochechas e descendo para o meu peito.

— Uau, você está ficando todo sentimental, não é? O que vai vir depois, um soneto? Sabe, você poderia…

A boca de Noah *é* mesmo um método muito eficaz para me fazer ficar quieta. Passo os braços em torno do seu pescoço enquanto o beijo com mais intensidade, sem ligar nem um pouco para o fato de estarmos num corredor muito público de um hospital muito público, onde qualquer um poderia aparecer. Agora a gente é oficialmente *oficial* — nada de mentiras. Eles podem simplesmente passar reto. Sinto suas mãos se curvarem na minha cintura e a apertarem, e minha cabeça começa a rodar com a potência do seu cheiro, já pensando em como posso convencê-lo a dar o fora daqui e me levar de volta para casa para que a gente possa retomar o "rastejamento" dele.

Noah recua com uma expressão de deleite no rosto, a mais feliz e leve que já vi nele. E é para *mim*. Isso faz o meu coração martelar e a minha cabeça rodar, e todas aquelas noções sobre sina e destino ainda me são estranhas, ainda um pouco fora do meu horizonte — mas olhando para ele agora… sinto coisas que nunca achei que fossem possíveis.

Noah olha pelo corredor.

— Vamos embora daqui? Se a gente continuar assim, vou te arrastar para outro depó…

— Acho que eu te amo — deixo escapar, brandamente, como se estivesse anunciando o clima.

Noah me olha como se eu tivesse acabado de lhe dizer que o céu é feito de queijo, piscando para mim aturdido enquanto processa o que falei.

— Você acha que me ama?

Assinto, sentindo as palavras brotando da minha garganta antes que possa impedi-las.

— Eu não tenho certeza absoluta, porque nunca amei ninguém antes. Bem, a não ser os meus avós. E o Parker, é óbvio, mas só como amigo. Sei que provavelmente é bobo, porque não faz muito tempo, mas alguém me disse uma coisa há pouco e isso me fez pensar, e acho que tem uma boa chance de eu...

Ele me cala com mais um beijo — está mesmo ficando muito bom nisso —, e todo o nervosismo que eu estava sentindo desaparece, meu pulso bate forte nos meus ouvidos e sob cada centímetro da minha pele enquanto uma *alegria* verdadeira jorra pelo meu sangue. Eu relaxo com a pressão de sua boca, e ele deixa os lábios ali por uns segundos, como se estivesse saboreando o momento.

E quando a gente se separa, Noah está de fato *radiante*.

— Eu te amo — ele me diz. — Não ligo quanto tempo faz. Você é a única que eu já quis e é a única que vou querer. Não ligo se isso é bobo ou louco ou qualquer outra coisa... eu te *amo*, Mackenzie.

— Ah, está bem — respondo de leve, ainda processando tudo. — Tudo bem que eu ainda só tenha *meio que* certeza de que eu te amo? Porque não quero...

— Eu vou aceitar — ele dá outro beijo forte nos meus lábios — o que você tiver para me dar. Eu só quero você. Como eu puder te ter.

— Quer dizer — digo baixinho. — Eu tenho *quase* certeza.

Ele sorri, se abaixando para roçar os lábios na minha bochecha.

— Quase certeza é bom o suficiente para mim.

A felicidade que estou sentindo é assustadora, mas também existe uma doçura, uma sensação de satisfação, quase como colocar a última peça de um quebra-cabeça e ver a imagem completa. Não sei dizer se o que estou sentindo é o destino, não sei se um dia vou acreditar nisso — mas é algo incrivelmente próximo.

Nós nos afastamos quando ouvimos mais passos, e Noah pigarreia enquanto uma moça baixinha de cabelo escuro vem batendo os pés pelo corredor, parecendo preocupada. Ela para quando nos vê, arregala os olhos e abre a boca de surpresa.

— Dr. Taylor? Dra. Carter?

Ergo uma sobrancelha.

— Oi?

— Desculpa — ela diz e aponta para si mesma —, sou a Jessica. Da radiologia. É *tão* maravilhoso ver vocês juntos. Vocês são o babado do hospital!

Arregalo os olhos e finalmente entendo.

"Essa é a porra da Jessica."

— É, bem... — digo desajeitadamente, dando o braço para Noah. — Tem sido... um turbilhão.

— Uau — Jessica ri. — Que ótimo. Venho torcendo total por vocês dois.

— Obrigada — digo, desejando que essa conversa termine. — De qualquer forma...

— Você vai ter que nos dar licença — Noah diz, me salvando. — A gente tem um compromisso.

— Ah, certo, claro. — Jessica faz um aceno. — Vão em frente. — Ela parece extasiada. — Vejo vocês por aí!

Ela se despede e segue o seu caminho, e Noah espera até que ela não possa ouvir para se inclinar na minha direção.

— Por que ela parece tão familiar?

— Confia em mim — suspiro. — Você não vai querer saber. — Deixo a mão deslizar pelo seu braço para segurar sua mão enquanto dou um puxãozinho, mas ele ainda está com o rosto franzido.

— Jessica — ele murmura.

Ergo uma sobrancelha.

— Conhece?

— Ela me parabenizou pela nossa parceria outro dia.

— Ao que parece, a gente tem o nosso próprio fã-clube.

Ele aperta os olhos.

— O nome da mãe dela é Regina?

— Eu... não tenho certeza? Por quê?

Noah murmura algo baixinho, balançando a cabeça.

— Deixa pra lá. — Ele desliza a mão na minha. — O que você acha de conhecer a minha mãe?

— Uau, um "eu te amo" e você já está morrendo de vontade que eu conheça o pessoal.

— Não — ele zomba. — É autopreservação. Minha mãe fareja fofoca como um cão de caça. Se ela descobrir por boatos antes que eu possa contar para ela...

— Que romântico — arrulho. — "Conhece a minha mãe, Mack, para ela não me matar."

Ele revira os olhos.

— É melhor acabar logo com a questão, já que você vai estar por perto um bom tempo.

— Ah? — Meu coração se aperta. — Um bom tempo, hein?

— Para sempre, no que diz respeito a mim — ele murmura, se inclinando para roçar os lábios na minha testa, e tenho que me esforçar para não virar uma poça.

Que se foda o "quase certeza". Eu *amo* esse cara.

Meu rosto estampa um largo sorriso. Vou contar para ele depois.

— Vamos — insisto, puxando a mão dele. — Se a gente esperar do lado de fora da entrada, talvez a gente consiga ver eles escoltando o Dennis até a rua.

Noah solta uma risadinha, balançando a cabeça.

— Você é meio que assustadora, sabia?

— Talvez — respondo o puxando. Olho para trás para dar uma piscadela. — Acho que sou mais corajosa com meu alfa do lado.

A expressão em seu rosto diz que com certeza vou sentir as consequências dessa frase mais tarde, ou na cama dele ou na minha, mas isso não é nem de longe má notícia. Sorrio enquanto Noah me segue, incapaz de parar enquanto a enormidade de tudo o que aconteceu me inunda, me maravilhando com o quanto a minha vida mudou em tão pouco tempo.

Porque Noah Taylor pode não ser mais meu parceiro de mentira — mas ele é meu.

E isso basta.

EPÍLOGO

Noah

— Para de mexer — digo a ela, segurando a mão que ajeitava o cabelo.

— E se for um desastre?

Não consigo deixar de dar uma risadinha.

— Vai dar tudo certo.

— Não faz muito tempo que conheci a sua mãe, e a gente já vai jogar a minha avó para cima dela? Ela nem teve tempo ainda de ter certeza de que me aprova.

— *Aprova?* — vocifero uma risada. — Meus pais não são aristocratas. Pode confiar em mim, eles estão entusiasmados só de você existir.

— Nossa, expectativas bem baixas aí — ela bufa.

Estico o braço no carro para fechar meus dedos em volta dos dela, trazendo-os até minha boca e os beijando. Faz meses que revelamos para o hospital — *de verdade* dessa vez —, e só foi preciso um encontro (que aconteceu mais ou menos três dias depois de revelarmos nosso relacionamento; sério, minha mãe e a avó da Mackenzie foram irmãs em outra vida) para a minha mãe ficar totalmente apaixonada pela Mackenzie — não que eu tivesse duvidado disso em algum momento. É impossível não se apaixonar por ela. Para ser sincero, é provável que ela a ame mais do que me ama. O que é completamente compreensível.

— Tenho que admitir que estou ansioso para ver a sua avó e a minha mãe na mesma sala — medito.

Mackenzie faz uma careta.

— Será que vai ser horrível? O que deu na gente para concordar com essa bobagem de juntar as famílias?

— É uma ocasião especial — lembro. — É melhor a gente já acabar de vez com isso. Tipo arrancar um Band-Aid.

— É fácil para *você* falar — ela resmunga. — Não é você na sinuca de bico. Minha avó já me interroga o bastante do jeito como as coisas estão. Aposto que ela e a sua mãe vão se juntar para cima de mim. A gente vai ter que passar a noite inteira se esquivando de conversas sobre bebês.

Não consigo fingir que a ideia não me faz sentir um frio na barriga, mas tem muito tempo para isso mais tarde.

— Agora você sabe como é — rio, pensando naquela noite penosa em que ela me levou para conhecer sua avó. As coisas eram muito diferentes na época.

— O Parker vai levar o namorado — ela me diz. — O nome dele é Vaughn. Ele é bem-falante. Talvez ele mantenha as velhinhas ocupadas.

— Vamos torcer — murmuro.

— Fiquei sabendo hoje, a propósito — ela diz num tom de provocação. — Uma das suas pacientes te mandou flores?

Sinto o calor chegando às minhas bochechas.

— Ela só estava grata por eu ter cuidado tão bem dela.

— Devo ficar com ciúmes, dr. Taylor?

— Ela tem setenta e quatro anos — zombo.

— O acidente de esqui foi com uma mulher de setenta e quatro anos de idade?

—Aparentemente, a sra. Wythers e o marido decidiram que era hora de riscar isso da lista de desejos.

— Uau, tenho que admirar a garra dela.

— Ela era sem dúvida uma figura. Insistiu para que eu a chamasse de Wanda e se recusou a deixar as enfermeiras a ajudarem a ir ao banheiro.

— Parando para pensar, como é que você acabou com uma acidentada de esqui?

— Evidentemente, ela teve um ataque cardíaco antes, e deu entrada com uma angina preocupante depois de uma queda.

— Uau, espero que o cardiologista lindo não dê a ela uma arritmia.

Reviro os olhos.

— Ela tem *setenta e quatro anos*, pelo amor de Deus.

— Parece que ela já está por aí há tempo o suficiente para saber o que está fazendo, te mandando aquelas flores galanteadoras — Mackenzie diz, impassível.

Eu gemo.

— Por favor, não coloque essas imagens na minha cabeça.

— Tá bem, tá bem — ela ri. — Você com certeza melhorou desde a época em que fazia enfermeiras chorarem.

Reviro os olhos; faz meses que não escuto isso. Eu achava (esperava) que ela tivesse esquecido.

— Quantas vezes tenho que falar? Aquilo foi…

— … *absurdamente exagerado* — ela ri. — É, eu sei.

— Chegamos — indico, desacelerando para virar na entrada da casa dos meus pais.

— Meu Deus, não consigo superar nunca o tamanho da casa deles — Mackenzie se maravilha. — Temos certeza de que eles não são aristocratas?

Balanço a cabeça, estacionando atrás do que reconheço como o carro dos avós de Mackenzie.

— Eu tenho certeza.

Ela assente para si mesma, como se estivesse se preparando psicologicamente, e coloco a mão debaixo do seu queixo, acariciando-o com o polegar.

— Ei. — Ela se vira para olhar para mim com preocupação. — Vai dar tudo certo — prometo. — Todo mundo aí te ama.

— Como você sabe?

— Porque *eu* te amo.

— Tá. — Ela balança a cabeça de novo, dessa vez com mais certeza. — Tá. Você está certo.

— Eu sei.

Abro a porta do carro e dou a volta para o lado do passageiro, faço o mesmo com a porta e estendo a mão para ajudá-la a sair. Ela está impressionante num vestido verde-oliva que faz seu cabelo parecer mais brilhante, mas só penso em como queria tirar os grampos e passar meus dedos pelos fios — mas imagino que não seja disso que ela precisa agora.

Mackenzie ainda parece concentrada, como se estivesse dando a si mesma um discurso motivacional, e só sai desse estado quando a porta se fecha atrás de si. Ela me olha me olha com uma sobrancelha erguida, parecendo ansiosa.

— Ei, Noah...

Hesito com a mão na cintura dela.

— Oi?

— *Por que* a enfermeira estava chorando?

Meus lábios se contraem e dou ligeiramente de ombros.

— A lente de contato dela rasgou. Disseram que é uma experiência bem dolorosa.

— Ah, meu Deus. — Ela fica boquiaberta de surpresa. — Sério? É isso?

— Acabou com a ilusão?

— Claro que acabou. Como posso continuar usando a minha carta de "o Lobo Mau me pertence" para conseguir biscoitos grátis no refeitório?

— Você tem feito *mesmo* isso?

— Não — ela admite. — Mas com certeza não vou conseguir fazer se a verdade se espalhar. É melhor você guardar isso para você.

Minha boca se inclina de um lado.

— Sim, senhora.

Mackenzie olha para a ampla porta da frente da casa dos meus pais, com a garganta subindo e descendo enquanto ela assente uma última vez para si mesma, encorajando-se.

— Vai dar certo.

— Vai — garanto a ela.

— Não vamos deixar nenhuma delas nos intimidar para termos bebês tão cedo.

— Não vamos — concordo, cruzando os dedos nas costas. Não preciso lhe dizer que não sou tão contrário à ideia quanto ela. — Vai dar tudo *certo*.

— Estou sempre com medo de que a sua mãe me odeie secretamente por causa de toda aquela coisa de namoro de mentira — ela admite calmamente.

— Pode ser que a minha mãe goste mais de você do que de *mim* por causa da coisa do namoro de mentira — bufo. — Ela meio que acha que você é a mulher mais durona de que já ouviu falar.

— Tá. — Ela parece determinada, franzindo o nariz. — Tá. Eu *sou* a mulher mais durona de que ela já ouviu falar.

Rio baixinho, me inclinando para beijar sua testa.

— É sim — eu incentivo. — E além do mais... — Meus dedos descem da sua nuca, a ponta do indicador contornando a marca escura dos meus dentes que ainda não começou a sumir. A marca me faz sentir uma infinidade de emoções sempre que a vejo, sabendo que combina com a que ela me deu, que significa que ela vai estar comigo pelo resto da vida. Eu me abaixo para beijá-la ali e ela estremece. — Não é mais de mentira.

Mackenzie sorri para mim, estendendo a mão para apertar a minha, e eu me pergunto languidamente se ela se dá conta de que tem todo o meu ser na sua palma.

— Não — ela responde calmamente. — Não, não é.

Eu ainda não sei se Mackenzie acredita em destino, mas uma coisa é certa.

Eu com certeza acredito.

AGRADECIMENTOS

É ESTRANHO ESCREVER OS AGRADECIMENTOS para um livro que estou terminando de ver a preparação só um mês depois que o meu primeiro livro foi publicado! A parte mais confusa desse processo todo de "ser uma autora" tem sido me acostumar com o cronograma de edição. Eu adoraria dizer a vocês que depois de mais de um ano entendi completamente, mas se eu fosse dissimulada o bastante para isso, tenho certeza de que a minha equipe inteira me lançaria um olhar de soslaio bombástico (som do TikTok). Falando da minha equipe — meu amor e adoração incessantes para cada um de vocês não diminuíram em nada. Minha editora, Cindy Hwang, que é a animadora de torcida empolgada dos meus sonhos, e cuja concordância de que este livro precisava de travessuras em salas de exames só confirma que ela é, de fato, perfeita; Jess Watterson — que estou feliz em confirmar que ainda acaricia o meu cabelo sempre que há justificativa (o que quer dizer muitas vezes, já que sou o equivalente humano de um desastre natural: pense em um furacão, cheio de vacas rodando dentro dele, varrendo uma tempestade enquanto as pessoas gritam de pavor) — é realmente a melhor, e mesmo que ela me demita por ser insuportável (o que seria totalmente justo), eu ainda vou amá-la; Jessica Mangicaro (marketing) e Kristin Cipolla (divulgação, e minha Bebê Cebolinha) — eu penso na Jess e na Kristin como uma dupla, e talvez isso não seja verdade, mas não vai me impedir de colocá-las sempre em cópia juntas (e, mais recentemente, obrigá-las a me aguentar em um grupo de mensagens de texto). Essas duas mulheres merecem medalhas de ouro pelo mero número de e-mails em letras maiúsculas e perguntas neuróticas que tiveram que aguentar (às vezes as MESMAS perguntas, já que tenho a capacidade de atenção do Doug do filme *Up*). Eu adoraria dizer para vocês duas que as coisas VÃO MELHORAR, mas... eu não sou mentirosa. Vou sempre ser uma tragédia não do tipo grega, já que não sou nem de longe importante o suficiente, mas sinto muito por dizer tanto "no pelo". A equipe criativa da Penguin, que é dona do meu coração inteiro e da minha bunda inteira (sim, tornando a coisa estranha); Monika Roe por outra capa FANTÁSTICA (que ela sempre esteja disponível para mais); e meu obrigada especial para Ruby Dixon, que não só fez um elogio ao meu primeiro livro como depois sofreu um ano inteiro com graça e postura comigo a atormentando para ser minha amiga. (Eu amo os livros dela, só que a amo mais ainda.) E, aproveitando o assunto, obrigada a TODOS que fizeram elogios ao meu livro depois da Ruby; TODOS eles me fizeram rolar na cama mais do que gato depois de experimentar *cat nip*.

Farejando o amor teve muitos defensores enquanto era produzido, mesmo que meu amigo mais antigo, Dan, não fosse um deles. (Dan, seu idiota insosso e de mau gosto, você nunca vai conhecer a glória dos nós!) Minha doce Katie, que adora tudo o que eu faço, mesmo que não seja nem um pouco interessante; minha adorável Keri, com seu gosto pouco confiável por Sleep Token (IV é melhor, desculpa), mas com seu incentivo mais que exitoso aos meus lobos cheios de tesão; minha pseudomãe, Andria, por me fazer usar o FaceTime para gritar comigo quando eu ficava deprimida; e meu papai, Kristen, por apontar depois de uma leitura do original que este livro precisava DE FATO de travessuras cheias de tesão na sala de exames (o universo trouxe você para minha vida para nos dar isso, e me tornou uma pessoa melhor).

Uma aclamação a todos os incríveis bookstagrammers, blogueiros, jornalistas, leitores, booktokers e resenhistas que elogiaram meu primeiro livro e compartilharam o hype pelo meu segundo — não vou fingir que não fiquei com medo de que as pessoas passassem por cima deste livro por ele ser (para mim, pelo menos) tão experimental em relação ao gênero, mas se você chegou até aqui, saiba que sou grata. Eu amo esses dois, e espero que você também tenha amado. (Quer dizer, vamos lá, DAR NÓS.)

E para o meu cara há mais de uma década — sinto muito por ainda não ter feito de você um dono de casa, mas continuo trabalhando nisso, não tenha medo!

Este livro, composto na fonte Fairfield,
foi impresso em papel Lux Cream 60g/m², na Rettec.
São Paulo, Brasil, outubro de 2024.